Della stessa autrice in edizione Garzanti:
Il profumo delle foglie di limone
La voce invisibile del vento
Entra nella mia vita
Le cose che sai di me
Le mille luci del mattino
La meraviglia degli anni imperfetti
La forza imprevedibile delle parole
L'amante silenzioso
L'estate dell'innocenza
Cambieremo prima dell'alba

CLARA SÁNCHEZ

LO STUPORE DI UNA NOTTE DI LUCE

Traduzione di
ENRICA BUDETTA

Garzanti

Prima edizione: settembre 2016
Prima ristampa: ottobre 2016
Nuova edizione: luglio 2017
Prima ristampa: settembre 2017
Nuova edizione: maggio 2018
Prima ristampa: ottobre 2018
Seconda ristampa: febbraio 2021
Terza ristampa: ottobre 2021

Titolo originale dell'opera:
Cuando llega la luz

ISBN 978-88-11-14938-5

Finito di stampare nel mese di ottobre 2021
presso ELCOGRAF S.p.A. Stabilimento di Cles (TN)

Printed in Italy

www.garzanti.it

LO STUPORE DI UNA NOTTE DI LUCE

A mio padre (in memoriam) per aver prestato il suo cuore a Julián.

A Paco, per aver sopportato i miei dubbi e le mie insicurezze e aver affrontato con imparzialità la prima lettura dei miei romanzi.

A Julia, per la sua energia creativa e per non avermi permesso di dormire sugli allori.

«Un uomo può sorridere, e sorridere,
ed essere una canaglia.»

W. Shakespeare, *Amleto*

PERSONAGGI DELLA CONFRATERNITA

I VECCHI

Bert: criminale di guerra noto come il Macellaio di Mauthausen
Fredrik: ex ufficiale delle SS, proprietario di Villa Sol
Karin: moglie di Fredrik
Otto: uno dei fondatori dell'organizzazione Odessa, proprietario della villa detta la Magione
Alice: compagna di Otto
Elfe: vedova di un ex ufficiale delle SS

I GIOVANI

Frida: ex governante di Villa Sol, assistente di Bert
Martín: neonazista che funge da «gorilla» della Confraternita, vive con la madre
Sancho: neonazista coordinatore della Confraternita

PROLOGO

Nacque alle undici e mezzo del mattino, e fin dal primo istante facevo fatica a separarmi da lui. Restavo imbambolata a contemplarlo, affascinata: era un miracolo. La sua pelle rosa e gli occhi socchiusi, attraverso i quali entravamo a poco a poco noi che lo circondavamo, concentravano il potere di tutti i poteri misteriosi.

Lo chiamai Julián, che con il passare dei giorni gli altri, senza che potessi fare niente per evitarlo, pian piano trasformarono in Janín. E non spiegai mai né a Santi – il padre del bambino – né alla mia famiglia il motivo di quel nome. Non avrebbero capito perché un uomo che avrebbe potuto essere mio nonno e che era entrato da poco nella mia vita avesse più influenza su di me rispetto a loro. Neanch'io lo avrei capito. I legami forti sono riservati all'amore o alla famiglia, non a un estraneo di ottant'anni con cui prima non si è condiviso niente.

Santi mi diceva che la mia esperienza a Dianium mi aveva rivoltato come un calzino. Ed era vero, adesso m'interessava soltanto crescere Janín, guadagnare per lui, e non mi preoccupavo se mi annoiavo o meno, se questo era ciò che desideravo oppure no. Non ci pensavo neanche. In me era nata la smania di proteggere quello che avevo. Se mi ero resa conto di qualcosa, a Dianium, era di quanto sia facile che ti rubino l'anima a poco a poco, senza che tu te ne accorga. Avevo smesso di vedere la vita dalla parte dei desideri impossibili e anche di quelli possibili. Di fronte alla morte, lo dico con il cuore in mano a chiunque voglia ascoltarmi, i desideri smettono di avere anche solo la minima importanza.

1.
UN PASSATO AVVELENATO

giugno 2006

Sandra

Da quando sono tornata da Dianium, più di un anno fa, ho sognato molte volte Alberto: quei tipici sogni dell'addio, come quando sognavo la scuola o una casa dove abitavamo quando ero piccola, che mi risuonava nella memoria con il suo corridoio labirintico e la luce bianca e accecante della cucina.

Prima di Alberto, non avevo mai creduto che potesse esistere qualcosa di più rispetto a quello che c'era tra me e Santi, e non perché fosse ideale o meraviglioso, ma perché mi era difficile immaginare ciò che non avevo. Il nostro era un amore normale. Ed eravamo una bella coppia: lui più grande di me di tre anni, con un posto fisso (era uno dei pochi esperti di un certo software e, se voleva, poteva lavorare da casa) e un vecchio appartamento in centro frutto di un'eredità. Quando ero rimasta senza lavoro non avevo dovuto preoccuparmi: avremmo vissuto insieme e io avrei seguito un corso di formazione. Il giorno che gli avevo annunciato di essere incinta ne era stato molto felice e aveva detto che il suo sogno era sposarci e formare una famiglia. Ma quando aveva capito quanto mi angosciasse quella prospettiva, aveva smesso di parlarne. Avevamo convissuto per quattro mesi. Un giorno in metropolitana avevo visto una coppia baciarsi in un modo che mi aveva sorpreso. Mi era venuta voglia di piangere, era stato come un grido profondo nella mia anima. Avevo capito con una certezza assoluta, come se mi avessero piantato una lama di luce nel cervello, che se non avevo quel bacio non ne volevo nessuno. Non desideravo un amore normale.

Era stato allora che avevo deciso di chiedere a mia sorella di prestarmi la casetta al mare per andare a passare qualche mese a Dianium. E lì c'era lui, Alberto, coinvolto in una delle storie più brutte e pericolose che mai avrei potuto immaginare: la Confraternita, un gruppo di vecchi nazisti e neonazisti rifugiati nello splendore di quella cittadina della Costa Blanca. Lui era uno di loro, eppure mi aveva aiutato. Mi aveva salvato. Quasi tenendomi in braccio mi aveva portato via da Villa Sol, un posto che prima era stato bellissimo e poi terrorizzante. E un giorno, in un fresco tardo pomeriggio, uno dei pochi momenti che avevamo trascorso da soli, mentre passeggiavamo lungo la spiaggia, avevo sentito le sue labbra sottili e morbide sulle mie, che le mordevano. La sua lingua serica mi era scivolata in bocca come un pezzetto di mare, uscendo ed entrando come le onde. Il suo corpo vicino, molto vicino. Dunque era quello. Non avevo più dubbi su ciò che desideravo. Era tutto in quel corpo slanciato e in quei capelli castani e così fini che una debole brezza avrebbe potuto strapparglieli. Era in quella camicia spiegazzata e arrotolata fino ai gomiti e nel suo modo di attendere gli avvenimenti con un piede appoggiato al muro, mentre soffiava il fumo della sigaretta verso l'alto, formando nuvolette di tempesta. Era nei suoi occhi scivolosi come un'anguilla. E vorrei raccontare a qualcuno cui interessi veramente che da quella volta con Alberto non mi sono mai più sentita sola, anche se non gli ho più parlato e non ho più avuto sue notizie.

Julián

Dal castello di Dianium si scorge il porto dei pescatori con motoscafi, barche a vela, qualche yacht spettacolare e un traghetto che copre quotidianamente la rotta di andata e ritorno dall'isola di Ibiza. C'è uno splendido panorama anche dal monte.

E un po' più all'interno, a una decina di chilometri dal centro, tra ulivi, cisti, pini e vigne, si trova la residenza per la terza età I Tre Ulivi, dove vivo da oltre un anno. In primavera qui fioriscono i mandorli, emanando un colore rosato che ci avvolge tutti in una specie di sogno, come se fossimo già passati a miglior vita.

Appena arrivato, ero riuscito a installarmi nella stessa stanza in cui aveva passato i suoi ultimi anni il mio grande amico Salva. Prima di morire mi aveva scritto una lettera chiedendomi di andare a trovarlo in Spagna. Purtroppo, quando ero arrivato da Buenos Aires lui era già morto. Ma mi aveva lasciato un'eredità avvelenata: la Confraternita, un'organizzazione nazista che si nascondeva a Dianium e che ero riuscito a smantellare con l'aiuto fortuito di Sandra, una ragazza incinta di cinque mesi che avevo messo davvero in pericolo e alla quale non avevo mai chiesto perdono. Non l'ho neanche ringraziata per l'incommensurabile piacere che provo per aver costretto i capi di questa macabra banda a nascondersi di nuovo, con tutto ciò che questo comporta per persone della nostra età, la loro e la mia, in nessun caso inferiore agli ottant'anni.

Due tra i più importanti erano Fredrik e Karin Christensen. Vivevano nella zona di Tosalet, in una casa molto bella costruita negli anni Cinquanta, la cui targa con il nome VILLA SOL brillava sempre, con la pioggia e con il sole. In gioventù Fredrik aveva fatto parte delle Waffen-SS ed era stato decorato dal Führer in persona per i suoi meriti terribili. Si era sposato con Karin, un'allegra ragazza bionda affiliata al partito nazista, che la vecchiaia aveva imbruttito e l'artrosi ritorto come un albero marcito. Dopo la guerra si erano nascosti sotto il sole dorato di Dianium, finché Salva prima e io poi non li avevamo scoperti costringendoli a fuggire precipitosamente.

L'ultima volta che avevo incontrato Fred, era su una sedia in ferro battuto dello splendido giardino di Villa Sol, tra i suoi limoni, e gli era costato moltissimo sollevare quella sua carcassa enorme. Aveva cercato di dissimularlo in tutti i modi, ma io so bene cosa significhi essere a pezzi.

Non avevano avuto il tempo di portare via i mobili né i vestiti. Quando ero passato alla villa otto giorni dopo la mia denuncia, la fuga frettolosa era evidente da ogni particolare: asciugamani buttati in mezzo al prato, una scarpa da golf di Fred che galleggiava tra le foglie sull'acqua della piscina, qualche finestra aperta, un vestito rosso di Karin accanto ai cespugli di rose, ormai trasformato in uno straccio pieno di polvere. La sala da pranzo, dove certamente avevano trascorso tante serate con i loro compagni di antiche scorribande, sembrava abbandonata da secoli. Dalle vetrate del salone si intravedeva all'interno un tavolino con due tazze dal bordo dorato e una teiera di un colore splendido. Forse erano stati avvertiti nel pomeriggio, durante o dopo l'ora del tè, che bisognava scappare. Probabilmente qualcuno era andato a prenderli in macchina e li aveva portati chissà dove, magari in un altro paese pieno di turisti pensionati. Ma per quanto quel posto assomigli a Dianium, il fatto di doversi adattare a una realtà nuova e non sentirsi sicuri come prima deve averli distrutti, e questo pensiero mi dà una grande soddisfazione.

La villa era rimasta vuota per qualche mese, finché la Confraternita non se n'era occupata incaricando un'agenzia immobiliare di affittarla. Quante volte ho pensato agli sconosciuti che berranno dagli stessi bicchieri di quei due criminali e si siederanno sulla stessa tazza del water; e qualcuno di loro, magari uno dei figli, dormirà nella stanza dove era stata sequestrata Sandra, ammalata e sul punto di morire. Forse ogni tanto, di notte, quella persona avrà un incubo terribile e non saprà perché, e magari, svegliandosi con i sudori freddi e provando angoscia, darà la colpa al caldo maledetto.

Invece la villa dell'altra coppia di capi, Otto e Alice, è rimasta sigillata, sostenuta da quelle possenti colonne doriche sul punto di sbriciolarsi, come se qualcuno sognasse di tornarvi, come se ancora pensassero di avere una seconda occasione. Non mi meraviglierebbe se conservassero ancora oggetti di valore tra le molte pareti di quella casa – quadri, mobili, arazzi, lampade, specchi – e li portassero via a poco a poco di notte. Per quanto ciò sia rischioso, chiunque abbia conosciuto Alice sa che la sua avidità non ha limiti ed è quasi impensabile che abbandoni ciò che ha rubato. Se potesse, lo porterebbe con sé anche all'inferno.

Otto era un tipo eccentrico e prepotente. Essere nazista lo riempiva d'orgoglio. E gli altri potevano contemplare quell'orgoglio nel suo sguardo esaltato, come se fosse appena stato coinvolto in una rissa tra ubriachi. Lo accompagnavano il vocione e la statura, la spavalderia dello sguardo vitreo e, in gioventù, la divisa. Uno dei suoi progetti più folli era stato quello di prelevare il Duce nel centro stesso di Milano con un piccolo aeroplano per portarlo in salvo. Aveva bisogno di essere un eroe per i suoi, da quando da giovane gli avevano fatto un taglio in faccia con una sciabolata durante un duello. Proprio non gli veniva in mente l'idea di essere un idiota? Lo pensavano tutti, a partire da sua moglie, la deforme Alice, per continuare con Fred e Karin, che lo consideravano il garzone di Alice, e per finire con il Macellaio di Mauthausen, per il quale coloro che non avevano oltrepassato la soglia della crudeltà estrema erano esseri inutili che non meritavano il suo rispetto. Lo pensavano tutti tranne lo stesso Otto e qualche altro sbadato.

Con mia sorpresa, nello stesso momento in cui mi ci ero trasferito io erano arrivati ai Tre Ulivi due nazisti: una donna di nome Elfe, che aveva gravi problemi di alcolismo, e il mio obiettivo, il motivo che mi spinge a non saltare nessuna medicina e a prendermi cura di me stesso, il mostro numero uno, colui che tutta la banda di criminali venera: il Macellaio di Mauthausen. Non appena lo vedo entrare dalla porta della residenza, cerco di rendergli amara la vita, di turbarlo e convincerlo che, a causa della sua età avanzata, sta perdendo la ragione e che non è una persona speciale, ma un semplice mortale che si piscia addosso più frequentemente di quanto sia auspicabile.

Ogni giorno gli fanno visita due giovani della Confraternita che hanno deciso di rimanere ai loro posti, Frida e Martín, con altre nuove leve. L'altro ragazzo, Alberto, di cui Sandra si era innamorata – a mio parere in maniera esagerata –, è stato ucciso dopo che lei era fuggita da Dianium. E mi addolora molto l'idea che prima o poi Sandra lo scopra. Se mi venisse concesso un potere soprannaturale, solo uno, lo userei per farlo resuscitare, perché lei sia contenta dovunque si trovi, dato che mi sono chiesto spesso se sia riuscita a essere felice.

Sandra

A volte credo che non sia reale, che se cercassi Dianium su una cartina mi renderei conto che è esistita soltanto per me. È passato già un anno e mezzo da quando ho dovuto abbandonarla precipitosamente. Dovetti fuggire a Madrid alle sei di mattina, seduta in una delle ultime file di un autobus, mentre osservavo i primi raggi del sole che scendevano sugli alberi, gli scogli e qualche tetto isolato. In un motel sulla strada, dove facemmo una sosta, comprai una bottiglia d'acqua e in bagno mi spaventai vedendo quanto fossi pallida. A volte non ero cosciente del mio stato e del fatto che nel mio corpo c'era qualcun altro con esigenze tutte sue.

Non volevo addormentarmi prima che facesse giorno del tutto e che pian piano svanissero gli occhi di aquila di Fred, fissi sul mio pancione come se cercasse di ipnotizzare mio figlio, e le dita deformi di Karin che mi sfioravano; prima di smettere di vedere lo sguardo pieno di ansia di Julián che mi diceva addio, e il suo corpo magro che trasformava i vestiti che indossava in capi più grandi di tre taglie. Forse non lo avrei rivisto mai più, ma in quel momento fuggire era più importante di qualsiasi buon sentimento.

Julián mi aveva ispirato fiducia dal momento in cui l'avevo conosciuto. Era successo poco dopo il mio arrivo a Dianium. Lo sorpresi di fronte alla casetta al mare, con trentacinque gradi e l'umidità che li faceva sembrare quaranta, ed ebbi l'impressione che stesse per svenire. Doveva avere un'ottantina d'anni. Gli offrii un bicchiere d'acqua. Lui, per cavalleria nei miei confronti, si tolse il cappello tipo panama e si asciugò il viso imperlato di sudore con un fazzoletto bianco di stoffa. Non l'ho mai visto usare fazzoletti di carta, né ovviamente asciugarsi con la manica della giacca. Per quanto facesse caldo non si separava dalla sua giacca azzurro chiaro, dato che nelle tasche portava le pastiglie per il cuore, il diabete, la pressione e chissà quali altre, un quaderno per gli appunti perché non si fidava più della sua memoria, gli occhiali per vedere da vicino, quelli da sole e una foto di sua moglie, Raquel. Distribuiva tutto con grande cura per equilibrare il peso. E per qualche giorno portò anche un ritaglio di giornale con la foto di Fredrik e Karin Christensen, in cui si dimostrava la loro vera identità. Dopo aver visto quello scatto non potei più tornare indietro. Passai all'altro lato della foto, al lato terribile che avrei preferito non conoscere. Prima di tutto questo non avrei mai sospettato di due occhi amichevoli e di un sorriso bonario. Si dice che tutti coloro che entrano nella nostra vita siano necessari. Alcuni svolgono il ruolo di cattivi, altri di folli, altri di generosi, altri di eroi o di codardi. Secondo questa teoria, da tutti impariamo qualcosa e solo per questo bisogna riconoscere loro un qualche merito, ma chi lo dice non ha conosciuto la Confraternita.

La verità è che, a mano a mano che i mesi passavano, pensavo sempre più spesso a Julián e mi chiedevo cosa ne fosse stato di lui. Avevo la sensazione di averlo abbandonato. Se mi avesse visto adesso con le camicie stirate, le giacche attillate e le scarpe con il tacco, sempre truccata e sveglia dalle sette di mattina, non ci avrebbe creduto.

Julián

Sempre la stessa storia. Dopo cena mi addormento davanti alla televisione nella sala annessa a quella da pranzo e alle quattro di notte mi sveglio senza più riuscire a dormire. Quando ero giovane e fumavo, mi accendevo una sigaretta in terrazza, facevo qualche tiro e tornavo a letto. Il calore di Raquel – la mia compagna per trent'anni – finiva per farmi riaddormentare, il suo profumo mi dava sicurezza, il buio restava fuori, chiudevo gli occhi e mi lasciavo trasportare dai nostri respiri. Un ballo lento, ritmato, tra un incubo e l'altro e, a volte, qualche sogno dolce, che mi faceva agitare più degli incubi perché non sapevo se fosse destinato a me o avesse deviato dalla sua vera rotta. Mi svegliavo una volta per tutte alle sette.

Adesso però non avevo Raquel, e in più dovevo cavarmela senza fumare. Leggevo finché, in breve tempo, non iniziavano a bruciarmi gli occhi. Oppure rimanevo a fissare il soffitto o l'anta dell'armadio come se dentro il cartongesso e il legno fosse nascosto lo spirito di Salva. Mi sarebbe piaciuto credere agli spiriti e pensare che il suo fosse rimasto nella stanza per accompagnarmi e indicarmi a modo suo qualcosa a cui avrei dovuto fare caso, qualcosa che non avevo ancora notato. Sentivo che, da montagne molto alte e molto lontane, mi gridava che non avevo ancora scoperto tutto, e percepivo di essere molto lento a capire e di avere ragnatele sugli occhi e nel cervello, di aver visto forse soltanto la punta dell'iceberg.

Da quando avevo tanto tempo per pensare, sotto le palme del giardino e in mezzo al ronzio degli insetti, avevo iniziato a chiedermi perché Salva non avesse denunciato la Confraternita direttamente. Era facile comunicare alla nostra organizzazione di ricerca dei criminali di guerra i loro nomi e indirizzi come avevo fatto io. Invece mi aveva costretto a scoprire qualcosa che lui aveva già scoperto. Oppure voleva il mio aiuto perché potessimo spingerci più in là?

Sandra

Credevo che l'inizio della mia nuova vita a Madrid sarebbe stato tortuoso e pieno di insidie, ma non fu così. Iniziai a rendermi conto che forse, prima di vedere la morte in faccia a Dianium, non apprezzavo ciò che gli altri facevano per me. Mia sorella affittò un negozio in un centro commerciale e mi propose di essere sua socia, anche se era lei a metterci i soldi. Mi entusiasmava decorare la vetrina con qualche capo di abbigliamento, bigiotteria e accessori, come cinture o borse. Cercavo di fare in modo che fosse un riflesso dello stile del negozio. Giorno dopo giorno, anch'io cambiavo stile: assomigliavo sempre meno alla vecchia Sandra con la ciocca rossa e i piercing. Per tutto il giorno non facevo altro che aprire scatole, restituire merce e controllare fatture. Un tempo lo avrei considerato un vero supplizio e mi sarei depressa immaginandomi a invecchiare tra collane, foulard e le camicette appese in quelle quattro mura. Adesso era cambiato tutto ed ero grata di avere tanto lavoro e di non potere ossessionarmi con la storia di Alberto, un pensiero che mi intristiva moltissimo.

Tra l'altro ebbi la fortuna di trovare un piccolo appartamento nei pressi del negozio e di un asilo; i miei genitori mi aiutavano a pagare il mutuo con piacere, contenti che avessi un figlio e un lavoro, quello che loro chiamavano «mettere la testa a posto». Anche se la ciliegina sulla torta della mia vita, o meglio della loro, sarebbe stato un marito, possibilmente Santi, il padre di mio figlio. In ogni caso cercavano di accontentarsi e di non insistere su quel punto per paura di risvegliare la vecchia Sandra con la ciocca rossa, quella sempre scontenta, che non trovava pace. Era normale, per loro era passato un anno e mezzo dalla mia fuga. Per me un secolo. Loro erano sempre gli stessi, mentre io ero invecchiata. In fondo mi inteneriva che pensassero di essere responsabili per me ogni volta che sbagliavo. E speravo che non aprissero mai del tutto gli occhi.

Mi aiutò a distrarmi il fatto di dover scegliere i mobili per l'appartamento: un divano, un tavolino per il salotto, uno scaffale, il mio letto. Santi mi aiutò a mettere la carta da parati nella stanza del bambino e attaccò al soffitto delle stelle che, quando si spegneva la luce, illuminavano il pavimento e le pareti come se il cielo fosse dappertutto. Mia sorella tirò fuori dalla soffitta la culla dei suoi figli, che aveva bisogno solo di una mano di lacca, e i miei genitori mi regalarono un passeggino Jané ultimo modello, insieme a una borsa imbottita decorata con orsetti viola da appendere al maniglione per portarmi dietro biberon e pannolini. Era molto bello che tutti si preoccupassero del benessere del mio futuro figlio. Prima di nascere aveva tutti i vestiti di cui avrebbe avuto bisogno fino a quando non avesse compiuto un anno e i giochini di gomma per quando fossero iniziati a spuntargli i denti.

Ero così occupata che non mi resi conto che il giorno indicato dai medici stava per arrivare. Ma il 12 febbraio del 2005, intorno alle quattro di notte, mi alzai per andare in bagno e mi accorsi di un liquido che mi scorreva lungo le gambe. Non mi sembrò che mi si stessero rompendo le acque ma pensai a qualche altra cosa, forse il bambino non stava bene. Le pantofole mi si inzupparono di sangue e una scia mi seguì fino al telefono. Non volevo svegliare i miei genitori né mia sorella, molto inclini alle tragedie di prima mattina, e chiamai Santi, con tutto ciò che questo comportava in termini di sovraccarico emotivo. Mentre lo aspettavo, mi misi un asciugamano tra le gambe e infilai alla bell'e meglio i vestitini del bambino nella borsa imbottita, con la rivelazione interiore che mio figlio avrebbe lottato per venire al mondo e si sarebbe salvato da innumerevoli pericoli.

2.
LA PUNTA DELL'ICEBERG

Julián

Ogni giorno, alle undici, sentivo l'enorme ombra barcollante del Macellaio di Mauthausen che passava dietro di me, quasi sfiorando lo schienale della sedia. Sempre lo stesso brivido. Oscillava a destra e a sinistra cercando di non cadere e si dirigeva verso il fondo del giardino come se dietro le siepi ci fosse qualcosa o qualcuno ad aspettarlo, per poi ritornare con la stessa determinazione squilibrata. Subito dopo si sedeva in sala da pranzo a dormicchiare un po'. Era il momento ideale per alzarmi e addentrarmi nel corridoio che portava alle camere del primo piano. Noi che eravamo più agili e non avevamo bisogno di assistenza alloggiavamo al quarto e ultimo piano e a volte davamo una mano a quelli del primo. Spingevamo le loro sedie a rotelle o li aiutavamo a tagliare la carne a cena. Immaginavamo che, quando fosse arrivato il momento di scendere al primo piano, quelli del quarto avrebbero fatto lo stesso per noi. Il Macellaio si era sistemato al primo piano fin dall'inizio, perciò nessuno gli aveva mai chiesto aiuto. Era venuto al mondo per non dare niente. Nessuno riteneva che quel colosso, traballante come se da venticinque anni si portasse dietro i postumi di una sbronza, potesse essere utile. Quando non se ne stava tutto assorto con il mento attaccato al petto, lanciava occhiate furiose e diffidenti intorno a sé. Forse gli altri non facevano caso a quelle occhiate, perché tutti sapevamo che, nella gran parte dei casi, con il passare degli anni la faccia ci si era addolcita o inacidita. A chi più e a chi meno, gli occhi si erano rimpiccioliti e tra le pieghe delle palpebre apparivano maliziosi, malandrini. Altri sembravano eccessivamente buoni e alcuni piuttosto normali, come quelli di Geralda. Le dentiere avevano prodotto sorrisi poco credibili. Pertanto, per farsi un'idea dell'anima che era racchiusa in un corpo spremuto dal tempo, bisognava ricorrere a foto di almeno vent'anni prima. Quello che gli altri non sapevano, mentre io sì, era che gli occhi del Macellaio erano cambiati poco. Continuavano a essere completamente freddi. Quando le infermiere gli prendevano le mani per farlo sedere in poltrona, non potevano sospettare cosa avessero fatto quelle grandi mani. Io purtroppo lo sapevo.

Non sapevo come vivevano le api o i delfini, non sapevo come si costruiva un aereo, né se c'era vita sugli altri pianeti, non sapevo perché alcune rose sono rosse e altre gialle, né se esiste Dio. Eppure sapevo che le grandi mani del Macellaio avevano amputato il braccio a un prigioniero della mia baracca per vedere quanto ci metteva a morire dissanguato. Non si può scegliere ciò che non si vuole sapere, ti si infila negli occhi come una folata di sabbia e ti resta nel cervello e nello stomaco. Ancora oggi non riesco a trovare la maniera per parlare di loro; qualunque parola, riferita a loro, risulta troppo banale e innocente.

La sua stanza era la penultima porta a destra, accanto alla vetrata con cui terminavano bruscamente sia il corridoio sia il paesaggio di pini e ulivi. Fuori c'era anche un monte dove a volte noi che eravamo più in forze andavamo a fare escursioni. E dopo cena, davanti alle vetrate della sala da pranzo, la figura del Macellaio, quando si alzava, diventava più grande e oscurava i pini, il monte e persino le stelle.

Mi fermai davanti al vetro e feci finta di contemplare tutta quella bellezza. Quando mi fui sincerato che lì intorno non c'era nessuno girai il pomello della porta ed entrai. Per fortuna avevano già rimesso a posto la stanza e non correvo il rischio di essere sorpreso da qualcuno, né di dover sopportare il suo odore. Un odore acre, che usciva con forza dalle pieghe e dagli anfratti del suo corpo a ogni movimento, soprattutto quando si alzava appoggiando le mani sul tavolo e lasciando che per qualche minuto l'aria gli sfiorasse il corpo in lungo e in largo e che poi quella stessa aria sfiorasse anche noi, senza che potessimo evitarlo in alcun modo. Nessuno si lamentava perché tutti sapevano che Bert – era così che lo chiamavano – aveva la fobia delle docce e acconsentiva a farsi soltanto un bagno a settimana, con sollievo delle infermiere che dovevano aiutarlo a entrare e uscire dalla vasca e a indossare le sue enormi camicie e mutande. Nel campo di concentramento di Mauthausen aveva un aspetto impeccabile: a quel tempo era slanciato e si aveva l'impressione che si spazzolasse le guance e le orecchie fino a farle brillare. Emanava un senso di pulizia, portava scarpe lucide e abiti scuri. Dal suo sguardo gelido, quando scendeva verso di noi, traspariva chiaramente che eravamo stracci nauseabondi. E chi potevamo convincere del contrario? Come si può combattere per dimostrare qualcosa, se non si ha nessuno a cui dimostrarlo? Non c'era speranza.

Ora scriveva sempre con una grafia tremolante sui quaderni a quadretti da quattro soldi con copertine di cartoncino colorato che ci venivano distribuiti alla residenza. Ne presi uno e lo aprii. Non lo capivo bene, la mia conoscenza del tedesco era elementare, ma sembrava una lista di cose da non dimenticare. A poco a poco e giorno dopo giorno, da quando lo avevo scoperto a Dianium e avevo potuto avvicinarmi a lui, stavo riuscendo a disorientarlo con piccoli cambiamenti, facendo sì che dubitasse fortemente della propria memoria, cosa che lo metteva di cattivo umore e lo stava facendo impazzire. Si guardava intorno confuso in sala da pranzo o in giardino, senza riuscire a dissimulare l'ira che covava dentro. Era un peccato che gli altri non si rendessero conto di ciò che avveniva e che non potessero divertirsi tanto quanto me. Le stanze erano tutte più o meno uguali: affacciavano sul giardino, il monte o il parcheggio, e ognuna aveva armadio, letto, scrivania, sedia e una poltroncina. Nella sua c'era anche, addossato alla parete, un baule di pelle scura con un lucchetto impossibile da aprire.

Sulla scrivania faceva bella mostra un teschio a mo' di fermacarte, in accordo con il passato da medico del suo proprietario, cosa che lo rivestiva di normalità agli occhi delle addette alle pulizie, ma non ai miei. Io sapevo come avesse scelto due ebrei olandesi di diciotto e venti anni per fare esperimenti e come dopo un'agonia spaventosa avesse sezionato i loro crani. Poi li aveva fatti bollire, li aveva puliti e aveva regalato uno dei due teschi a un amico perché lo usasse come fermacarte. L'altro lo aveva messo sul tavolo del suo studio. E, allineata al quaderno, ecco una stilografica Parker 53 con la svastica dorata, la stessa con cui doveva aver annotato nei minimi particolari, come era sua abitudine, gli atroci esperimenti.

Aprii l'armadio, perfettamente ordinato. Sembrava che, più di ogni altra cosa, l'ordine fosse stato e fosse ancora la sua ossessione, la sua religione. I pantaloni enormi, le giacche immense e le camicie erano appesi in base al colore. In basso, gli stivali – tre paia – tutti uguali, che portava in ogni stagione, risplendevano sotto innumerevoli strati di lucido.

Misi un paio di pantaloni tra le camicie bianche. In bagno cambiai posto alla spazzola. Ma non mi accontentai: il vero divertimento arrivò quando presi la sua amata Parker per nasconderla tra le molle della rete del letto. Non so dove trovai la forza per sollevare il materasso per metà e mantenerlo in equilibrio con una mano, mentre con l'altra incastravo la penna tra le spirali di ferro.

Poi infilai la porta, controllai che non ci fosse nessuno e mi precipitai lungo il corridoio con tutta l'energia di cui erano capaci le mie gambe. Feci un cenno di saluto a Geralda, abitante del quarto piano come me, che si era fermata all'incrocio tra corridoio e pianerottolo. Fece un mezzo giro, felice che la accompagnassi in giardino e probabilmente a fare una passeggiata.

«Cosa ci fai qui?» chiese sorridente o come se sorridesse. Aveva un viso molto bello sia quando era contenta sia quando era seria, allegra o triste.

«Cercavo il bagno, mi sono confuso.»

Adesso sì che sorrise comprensiva.

Rispettavamo tutti Geralda e quando si trattava di cambiare qualche abitudine o fare un'escursione la sua capacità di giudizio veniva tenuta in gran conto. Non diceva mai una parola di più né una di meno del necessario e trascorreva la maggior parte della giornata a guardare, a pensare e a sfogliare riviste di moda. Non aveva bisogno degli occhiali ed era molto agile, riusciva a chinarsi e ad alzarsi senza aggrapparsi a niente. Probabilmente era destinata ad arrivare a centoventi anni in buone condizioni. Aveva quel tipo di riserbo di chi ha ancora tutta la vita davanti e persino più seconde occasioni di tutti noi. Non le si addiceva avere le rughe o stare ai Tre Ulivi. Era alta e magra e raccoglieva i capelli bianchi in una crocchia su un collo dritto da ballerina. Portava vestiti o tailleur bianchi, neri e beige lunghi fino al ginocchio e scarpe con un po' di tacco. Pilar, la coordinatrice della residenza, diceva, annuendo per dare forza alle sue parole, che era un'autentica signora. Grazie ai titoli del marito, era un'aristocratica italiana. A volte Pilar si riferiva a lei come alla «principessa». «La poveretta si è rovinata», commentava. Suo marito era morto trent'anni prima e non si sapeva se avesse figli; di certo, se li aveva, non venivano mai a farle visita. Qualcuno versava puntualmente la sua retta sul conto della residenza e lei disponeva di denaro per il parrucchiere, la tintoria e i massaggi. La massaggiatrice diceva che per la sua età aveva un corpo eccezionale, senza quasi cellulite o cedimenti, frutto di generazioni che avevano mangiato bene, erano andate a cavallo e avevano giocato a tennis. Faceva lunghi bagni con i sali, ricordo di una frequentazione costante di terme di lusso con bendaggi di fango e cioccolato, tutto secondo la fantasia della massaggiatrice e di Pilar, la quale raccontava anche che il suo defunto marito aveva posseduto un palazzo con affreschi del Quattrocento e lampadari in vetro di Murano.

Geralda riservava grandi attenzioni a Elfe, metteva un freno ai suoi sproloqui incoerenti da ubriacona e le accarezzava le mani per non doverle rispondere. In cambio, come regalo, di tanto in tanto sfoggiava una collana nuova o un paio di orecchini nuovi che esaltavano la sua eleganza, e la cui reale provenienza non avrebbe mai immaginato.

Santi aveva una fidanzata bionda che parlava a Janín come se avesse quindici anni. Era sveglia, disinvolta, spontanea, e Janín rideva senza sapere di cosa, solo per il tono della voce, per le espressioni e perché la lunga chioma setosa della ragazza gli sfiorava la faccia e le braccine facendogli il solletico. Le ero grata che lo rendesse felice mentre rendeva felice anche Santi, il cui stato d'animo in fin dei conti si ripercuoteva sul futuro carattere di nostro figlio. Volevo che fosse socievole e affascinante perché gli si aprissero tutte le porte, e anche intelligente e un po' scettico affinché gli altri non lo ingannassero. Desideravo che fosse bello e magro perché non avesse problemi aggiuntivi e potesse concentrarsi sugli studi, volevo con tutta l'anima che avesse forza di volontà per inseguire i suoi sogni e soprattutto pregavo ogni notte perché avesse sogni da inseguire e questo lo spingesse a svegliarsi ogni mattina con entusiasmo per la vita. Non appena avesse compiuto due anni lo avrei iscritto a un corso di nuoto e a quattro anni a karate, affinché imparasse a difendersi.

Lei si chiamava Lucero, Lucy, e praticamente viveva già nel vecchio appartamento di Santi. Ogni volta che andavo a riprendere Janín, vedevo sempre più cose sue che aveva lasciato lì. Una camicetta sul bracciolo di un divano, un ombrello, scarpe da ginnastica, dei pantaloni sul letto, un paio di slip in bagno. Tutto ciò non aveva niente a che vedere con me, non mi provocava alcuna sensazione, non mi chiedevo neanche più se Santi continuasse a essere ancora preso da me. Da quando avevo conosciuto Alberto non avevo più avuto rapporti con nessuno, forse non ne avevo avuto neanche il tempo. Sembrava che l'amore fosse rimasto chiuso in una di quelle ampolle di vetro che custodiscono lucertole e farfalle perché le si possa osservare di tanto in tanto senza doverle inseguire né acchiappare.

L'appartamento di Santi era situato in un edificio che chiedeva a gran voce di essere ristrutturato, in una strada piuttosto sporca nella quale non ero disposta a far camminare Janín finché non fosse andato a scuola. Era al quarto piano, senza ascensore, e quel sabato pomeriggio quando arrivai all'ultima rampa mi accorsi di avere i polpacci contratti. Mi chiesi come si organizzassero per scendere e salire con il bambino, ma non glielo avrei mai chiesto per non avere un'ulteriore preoccupazione.

Mi aprì la porta Santi, con addosso una maglietta grigia a maniche corte. Braccia bianche con i peli radi, barba del fine settimana, occhi assonnati. Era ingrassato. Janín stava diventando biondo come lui, ma assomigliava di più a me, cosa che a Santi era sempre sembrata una saggia decisione da parte di madre natura e a me un pensiero bello da parte sua.

«Ciao», disse. «Non ti aspettavo così presto, non sono ancora tornati.»

Si fece da parte per lasciarmi entrare. Era tutto in disordine e dall'odore si capiva che avevano messo la colonia a Janín un bel po' di tempo prima. Avevamo deciso di raddoppiare i suoi prodotti della toeletta, i pannolini e qualche capo di biancheria, per non doverli spostare da una casa all'altra. Io mi preoccupavo di portarlo e di andare a riprenderlo all'asilo perché era vicino al lavoro e perché così non ero costretta a vedere Santi tutti i giorni, almeno finché non avessi smesso di essere l'amore della sua vita e finché il suo sguardo non avesse smesso di ricordarmi che lui non era affatto il mio.

Feci un giro per il salottino, indecisa se sedermi ad aspettare. Trovavo un po' strano che Lucy portasse a passeggio nostro figlio da sola, ma non volevo arrabbiarmi con Santi né ferire i suoi sentimenti. Tolse dal divano un mucchio di biancheria pulita e stropicciata, ritirata da poco dallo stendino, e mi fece cenno di sedermi. Non ne avevo voglia, ma lo feci.

«Dove sono andati?»

«A fare la spesa. Io devo assolutamente consegnare un lavoro e non potevo distrarmi.»

Mentre parlava tirò fuori un pacchetto di tabacco e cominciò a rollarsi uno spinello in un lento rituale.

«Me lo fumerò alla finestra, non pensare che lo faccia quando c'è il bambino; è che mi fai innervosire Da quando sei tornata da Dianium mi fai paura, sembra che io faccia tutto sbagliato.»

Credo che ogni tanto volesse provocarmi, volesse che io sapessi che non esisteva soltanto come il padre di Janín. E io ero sicura che avrebbe protetto suo figlio sopra ogni cosa. Lucy l'avevo vista soltanto tre o quattro volte. Mi sembrava una brava ragazza che avrebbe dato un braccio pur di essere amata da Santi.

Lui fece l'ultimo tiro, buttò quello che rimaneva del filtro in strada e chiuse la finestra.

Sembrava che Lucy si stesse trattenendo fuori più del normale, cosa che probabilmente a Santi faceva piacere perché gli dava l'occasione di godersi ancora un po' di tempo da solo con me. A me invece sembrava che i minuti non passassero mai, non vedevo l'ora di arrivare a casa per fare il bagno a Janín e poi stendermi sul divano a guardare un film. Lo fissai per un attimo perché i miei pensieri avevano bisogno di un punto d'appoggio.

«Non mi guardare così», sbottò all'improvviso. «Non lo sopporto. Sai quello che provo...»

Tirò fuori due birre dal frigorifero. I tappi saltarono in aria, era nervoso. Io non bevvi neanche un sorso della mia, non finché non avessi visto Janín. Avevo bisogno di concentrarmi sul suo ritorno, sentire che si stava avvicinando, ascoltare i passi che salivano gli ultimi gradini.

«Non credi che dovremmo scendere per aiutarla a portare su il passeggino e il bimbo?»

«Stai con qualcuno?» mi chiese all'improvviso.

«Solo con il pensiero», risposi con sincerità pensando ad Alberto, perché avevo bisogno di dirlo a qualcuno.

Il volto gli si contrasse come se gli fosse andato di traverso l'ultimo sorso di birra.

«Io vado ad aspettare in strada. Tu resta qui... a pensare a "quello".»

Mi misi a piegare la biancheria asciutta. Lucy era un disastro, un po' come ero io prima che nascesse il bambino e che improvvisamente smettessi di essere il centro del mondo. Sembrava che desse una certa importanza all'intimo. Reggiseni e mutande bellissimi, di seta e pizzo, che contrastavano con il suo aspetto esteriore da hippy.

Non so perché io non riuscissi ad amare Santi. Era affettuoso, non era brutto, aveva un bel carattere ed era pazzo di me. Neanche Alberto era una bellezza. Non aveva niente che lasciasse a bocca aperta, né gli occhi né le labbra, il suo corpo non spiccava per nessuna caratteristica particolare. Semplicemente aveva il potere di piacermi. Erano meglio lo sguardo rispetto agli occhi e i baci rispetto alle labbra. Mi diressi in camera con il mucchio di biancheria. Il letto era disfatto. Si sarebbero coricati, si sarebbero alzati e si sarebbero coricati di nuovo tra quelle stesse lenzuola scompigliate, in mezzo al loro stesso odore e alle secrezioni corporee di entrambi. Mi sembrava incredibile che anch'io fossi stata lì, nuda, con Santi. Era un ricordo senza profondità né intensità. Forse in un'altra circostanza, approfittando del fatto che ero sola in casa, avrei aperto l'armadio per curiosità, avrei spiato nel portagioie di Lucy e tra le sue creme e cremine... o forse no, poiché non provavo alcun interesse per Lucy, dato che non ne provavo per Santi. A volte mi addolorava non sentire neanche la minima gelosia, mi addolorava che Janín, l'essere che amavo di più, il mio piccolo idolo idolatrato, fosse stato concepito con così poca passione. Mi sarebbe piaciuto che fosse nato da grida d'amore e tempeste di piacere.

Dopo mezz'ora sentii la chiave che girava nella serratura e le voci di Santi e Lucy.

Lucy entrò per prima, con i capelli in disordine per essersi passata le mani in testa mille volte e l'espressione piuttosto seria, poi Santi con il bambino in braccio. Dormiva. Corsi verso di lui e gli passai la mano sulla fronte e la testa: era leggermente sudato. Lo avrei baciato, ma non volevo svegliarlo. Lo adagiammo sul letto con le lenzuola scompigliate. Chiudemmo la porta.

«Non mi spieghi perché ci hai messo tanto?» le chiese Santi distrattamente.

Lucy disse che andava a fare il caffè. Era comprensibile che volesse allontanarsi da noi due per non avvertire quell'abbraccio invisibile che Santi mi dava costantemente. La mia presenza in casa doveva infastidirla e ricordarle che ero inevitabile e quasi insostituibile, e che io stessa non potevo fare niente per evitarlo.

Prendemmo il caffè cercando di non guardarci e chiacchierando di banalità, e quando finii lavai la mia tazzina. Andai in camera e presi in braccio mio figlio: sudava più di prima, come se il suo corpo stesse espellendo un brutto sogno. Dal mucchio di biancheria che avevo piegato presi un asciugamano e glielo avvolsi addosso. Gli misi in bocca il biberon con l'acqua e aprii la porta d'ingresso. Lucy doveva essere in bagno. Santi mi seguì con il passeggino. Ci accompagnò a casa in taxi e mi chiese se volevo che restasse. Era un momento speciale che spettava a tutti e tre. Poteva scendere a comprare una pizza.

Scossi la testa, ero stanca e non avevo fame.

«Ti chiamo domani», tagliai corto, dando per conclusa la faccenda.

Come previsto, quando si svegliò, Janín iniziò a piangere, a gridare, a espandere al massimo i polmoni. Lo lasciai sul letto e gli preparai un biberon. Lo reggeva lui stesso con i piedi e le mani grassottelle mentre lo cambiavo. Gli sorrisi e gli parlai allegramente anche se non ne avevo voglia, perché qualcosa di bello coprisse qualunque suo pensiero strano. Terminai sfregandogli la testa con un po' di acqua di colonia e spensi la luce. Le stelle del soffitto iniziarono a brillare e a tremolare leggermente. Mentre le guardava gli si chiusero gli occhi.

Julián

Un gradevole profumo di caffè mi distrasse dai miei pensieri e spostai lo sguardo dalle vetrate che davano sul giardino. Qualcuno aveva messo una tazzina sul tavolo davanti a me. Mi chiesi se fosse decaffeinato, anche se ero in grado di sopportare ancora un po' di nervosismo fino all'ora del riposino. Era una mattinata fresca e tutti noi che eravamo in sala da pranzo avevamo qualcosa sulle spalle. Dallo schienale della sedia presi un maglione che a breve avrei messo via per sostituirlo con la giacca chiara estiva. Se fossi stato giovane l'avrei già indossata, ma alla mia età il freddo – per quanto sia leggero – e le correnti d'aria sono armi letali.

Non avrei mai immaginato di provare così tanta nostalgia della sua compagnia. Sandra se n'era andata, Elfe e il Macellaio di Mauthausen erano restati. Mi era rimasto il peggio. Ma doveva essere così. Io non ero andato fino a Dianium per essere felice. Non sapevo essere felice e non avrei imparato a esserlo adesso, quando ormai non potevo più offrire la mia felicità a Raquel. Avrei provato disgusto per me stesso se ora, alla fine di tutto, dopo la mia giovinezza e dopo mia moglie, dopo tutta una vita, fossi riuscito a sentirmi in pace come gli altri del giardino e a godermi il sole. Sarebbe stato come tradire tutta la sofferenza passata. Anche se dovevo riconoscere che in alcuni momenti mi lasciavo trasportare, chiudevo gli occhi come i miei compagni e sognavo. E non sempre erano incubi reali e orribili, ma sogni pieni di significati occulti, messaggi indecifrabili legati a Raquel e a Salva. Cosa volevano dirmi? Mi ero sempre considerato meno intelligente di loro. Non ero riuscito a far sì che l'amore mi rendesse forte quanto Raquel, né il rancore sicuro e determinato quanto Salva. Mi ero lasciato plasmare dagli andirivieni della vita.

Indubbiamente il caffè mi aveva svegliato, perché sentivo di essere mentalmente agile, pieno di voglia di pensare e di fare qualcosa, non come i miei compagni che si sforzavano di essere più felici che in tutta la loro vita passata, godendosi gli ultimi giorni, l'ultimo caldo, l'ultima passeggiata, l'ultima conversazione, cercando di trarre tutto il profitto possibile dall'ultima parte della loro esistenza.

James il Falegname mi esortò a mettermi un cappello e a fare una passeggiata in campagna con lui, perché quando fosse arrivato il caldo vero sarebbe stato assolutamente impossibile. James era irlandese e da giovane aveva fatto il falegname nel suo paese, finché non era diventato musicista di strada a Dublino. I suoi figli vivevano uno in Australia e l'altro in Canada, il più lontano possibile da lui. Un'estate era venuto a esibirsi sulle spiagge di Dianium e ci era rimasto. Sul suo corpo portava segni del fatto che da giovane era stato straordinariamente giovane: tatuaggi, capelli lunghi, gilet di pelle sul torso nudo, anelli d'argento grezzo. E faccia di chi si era drogato e aveva fatto l'amore selvaggiamente.

Già dalle prime ore del mattino girava in maniche di camicia, mostrando questo o quel tatuaggio. Io, però, declinai l'invito: non potevo abbandonare il mio punto di osservazione. Dovevo aspettare che si facessero le undici e che il Macellaio comparisse come una furia. Durante la notte si era avvertito, in lontananza, quel genere di confusione che a un'ora insolita è frutto di un'ubriacatura o di una malattia. In quel caso avevo immaginato il mio obiettivo che cercava disperatamente la sua stilografica Parker e, il mattino seguente, la spazzola o una qualunque delle altre cose a cui avevo cambiato posto. Perciò doveva essere così sfinito dal trambusto notturno che probabilmente gli avevano portato la colazione in camera; era un buon segno, significava che stavo realizzando il mio proposito di farlo impazzire. E in quel momento vedevo Frida che sistemava i cuscini della grande poltrona di vimini con lo schienale alto, modello Emmanuelle, destinata solo a lui, perché nessun altro era tentato dall'idea di occuparla. Anzi, la costeggiavamo come un abisso, un buco nero, la tana dell'orco.

Avevo conosciuto Frida nello stesso momento in cui avevo conosciuto i suoi capi. Lavorava per tutti loro, così come Martín e altri giovani che si erano fatti abbindolare dai simboli e dalla sensazione di potere. Provvedeva alle pulizie, in ogni senso possibile, dagli angoli delle loro case agli angoli dell'organizzazione. Eliminava impassibile ciò che andava eliminato. Era un'arma letale senza scrupoli. Non provava empatia per i suoi simili, solo sottomissione nei confronti dei capi. Per uno psichiatra sarebbe stata un libro aperto, e lo era anche per me. Me la immaginavo bambina, abbandonata in un angolo, con le sue trecce bionde e il rancore nell'azzurro degli occhi. E da allora stava evidentemente cercando di compiacere dei possibili genitori e fratelli che esistevano soltanto nella sua fantasia. Non si faceva più le trecce come un tempo, portava i capelli sciolti fino a metà della schiena, come se volesse occupare il maggiore spazio possibile. Nei giorni in cui c'era molto sole i suoi occhi erano così azzurri da non sembrare veri. Si vestiva come un bambino: bermuda, normalmente del colore degli occhi, scarpe da ginnastica e maglietta.

Perciò Frida stava sprimacciando i cuscini con destrezza e li distribuiva in corrispondenza della regione lombare, cervicale, delle braccia e della parte posteriore delle ginocchia. Sembrava che non provasse disgusto per il sudore, né per la puzza e i fili di bava del suo idolo attaccati alla stoffa a fiori. Subito dopo trascinò un po' la poltrona sulla ghiaia per evitare che fosse in pieno sole. Sospirò profondamente come per raccogliere le forze e andò a cercarlo. Dopo un po' di tempo – più del normale – tornò portando in spalla, come un pesante tronco di quercia, una delle braccia enormi del Macellaio. L'altro braccio ricadeva su un infermiere (chiamavamo infermieri e infermiere tutti quelli che portavano un camice bianco) mentre da dietro lo sosteneva Martín, uno dei gorilla più fedeli della Confraternita. Giovane, forte, quasi tarchiato, con una sfera o un sole tatuato sulla nuca, chiodo e stivali militari. Il Macellaio si lasciava trascinare, probabilmente infiacchito da qualche ansiolitico da cavallo. Si lasciò cadere sulla poltrona. Alcuni nei gli si muovevano sul viso carnoso mentre cercava di aprire gli occhi, ma la testa gli si piegava da un lato. Frida gli sistemò in quel punto un altro cuscino che da quel momento sarebbe diventato proibito per tutti gli altri residenti.

Martín se ne andò subito e Frida e l'infermiere si guardarono annuendo.

«Vai pure», disse lui.

Quando la vidi in sella alla bicicletta, sgattaiolai in tutta fretta verso la stanza del Macellaio prima che vi facessero le pulizie. Il corridoio era più tranquillo del solito. Tutti si stavano godendo la bella giornata. Entrai senza problemi. Se mi avessero sorpreso, avrei sempre potuto dire che ero andato a cercare un asciugamano o una coperta da mettergli addosso.

Mi costò fatica alzare una parte del materasso per tirare fuori la stilografica e mi ritrovai con il braccio dolorante. Poi aprii il quaderno sulla scrivania e copiai alcune parole imitando la sua grafia che conoscevo così bene. Era molto precisa, antica, studiata, soprattutto prima che le mani iniziassero a tremargli. E proprio questo è ciò che conferiva alle annotazioni dei suoi tempi migliori un alone assolutamente sadico. Scriveva con la stessa serenità ed eleganza che avrebbe usato se avesse scritto un biglietto d'amore. «Alle 08.15 è stato iniettato del benzene nel torace del numero 25610 per osservare la reazione dell'organismo prima della morte e cronometrare il tempo di resistenza. Dopo cinque ore si è verificato l'arresto cardiorespiratorio.»

Allineai la penna al quaderno, misi il quaderno al centro della scrivania sotto lo sguardo cavo del teschio, come piaceva a lui, e uscii fingendo naturalezza e disinvoltura. Se mi fossi imbattuto in qualcuno, avrei detto che non avevo trovato niente con cui coprirlo mentre era seduto sulla poltrona in giardino, ma era molto meglio così. Era molto meglio che il mio comportamento non attirasse l'attenzione di nessuno in nessun senso.

Mi allontanai dalla stanza maledetta e mi avviai verso il giardino il più rapidamente possibile. Mi rendevo conto di dover prendere più precauzioni. Ma, con un piede sulla prima piastrella color rosa carne, mi voltai e mi diressi verso l'ufficio di Pilar, a cui ero stato unito – dal mio arrivo alla residenza – da un rapporto che non era puro e neppure carnale. Anche se negli ultimi tempi, per fortuna, non uscivamo quasi più insieme. Intelligentemente Pilar aveva optato per uomini più vigorosi con cui poteva andare a ballare e a divertirsi, cosa che mi nascondeva per non ferire i miei sentimenti, e io non le dicevo che non me ne importava niente per non ferire i suoi.

Fino a quel momento, fino a quando non avevo visto ai Tre Ulivi il Macellaio di Mauthausen, Elfe, lo scagnozzo Martín e altri della Confraternita, che si facevano vivi sempre più spesso, non mi era venuto in mente di chiedermi se avessero individuato Salva e se fossero stati al corrente del fatto che lui li sorvegliava. E neanche se il mio amico, oltre a mandarmi quella lettera postuma tramite Pilar chiedendomi di raggiungerlo, insieme alla foto di Fredrik e Karin Christensen mi avesse lasciato qualcosa di più, un'eredità invisibile.

Adesso che avevo il tempo di riflettere più serenamente,

seduto con gli occhi chiusi tra gli ulivi e le palme di quel luogo di riposo carico di dinamite, iniziavo a chiedermi come fosse stato possibile che Salva non si fosse preso il disturbo di scrivermi prima per raccontarmi su cosa stava indagando e perché avesse aspettato di farlo, per così dire, dall'altro mondo. Mi aveva sbattuto in faccia i membri della Confraternita e se n'era andato per sempre. All'inizio, mentre ero tutto preso dal proposito di strappare di dosso ai mostri il loro travestimento da persone normali e di salvare Sandra – mettendola consapevolmente in pericolo più di una volta, e questa è una cosa che non mi perdonerò mai –, non mi passava neanche per la mente che ci fosse ancora qualcosa da scoprire.

Sandra

Alle nove del mattino stavo già chiudendo la porta dell'appartamento con Janín sul passeggino. E alle nove e mezzo arrivavamo all'asilo attraversando il parco.

La signorina Laura uscì tra le grida dei bambini e prese Janín dal passeggino. Mi sorrise trafelata e sganciò dal maniglione la borsa con gli orsetti viola in cui tutti i giorni mettevo il cambio e i pannolini. «Oggi ci aspetta il cortile, è una bellissima giornata», disse.

All'uscita, scendendo i tre gradini che mi separavano dal piccolo mondo di mio figlio, feci un respiro profondo, assorbendo completamente quel momento che tanta fatica mi era costato. L'aria avvolgeva tutto in una bolla azzurrata. Andai come tutti i giorni al bar all'angolo per fare colazione tranquillamente mentre leggevo i titoli del giornale che ondeggiava appeso a una sbarra di legno. In quell'istante provavo sempre una sensazione di armonia e sicurezza. Mio figlio era protetto da Laura e io ero lì, il sole era al suo posto e anche le montagne in lontananza continuavano a stare in piedi da migliaia di anni, un grande esempio di solidità e resistenza. Chi resiste vince. Il cameriere ormai mi conosceva e sapeva che sul pane tostato non mi piaceva la marmellata, non volevo ingrassare. Gli dissi che, se voleva, al negozio avevamo un'ottima offerta per le cinture, casomai avesse voglia di farci un salto. Mi rispose che ci avrebbe provato nel pomeriggio se al bar non ci fosse stata troppa confusione.

Era un ragazzo sui trent'anni con un sorriso un po' da stupido, perciò risultava più attraente quando era serio. Era di bella presenza e portava sempre pantaloni neri e camicia bianca con le maniche arrotolate, una specie di divisa tra i camerieri del bar. Sul braccio sfoggiava un tatuaggio, che faceva pensare che fuori di lì avesse una vita intensa.

Nel corso della giornata, però, l'aria si fece più carica e nel pomeriggio la frescura limpida della mattinata scomparve quasi del tutto. Faceva molto caldo. Una cliente mi trattenne più del previsto provandosi una decina di paia di orecchini per non comprarne neanche uno. E nel frattempo mia sorella stava servendo un'altra cliente e ce n'erano varie altre che aspettavano, perciò non potevo lasciarla sola e arrivai a prendere Janín con tre quarti d'ora di ritardo. Immaginai che, siccome Laura doveva preparare l'aula per il giorno seguente, riporre i giocattoli e cambiarsi, non l'avrebbe infastidita aspettare un po' di più. Non era la prima volta che succedeva e per dimostrarle la mia gratitudine ogni tanto le regalavo qualche novità del nostro negozio: un anello, una collana. Nonostante ciò percorsi la discesa che mi divideva dall'asilo correndo esageratamente, come se da un momento all'altro un terremoto dovesse distruggere la strada che avevo davanti e non potessi più raggiungere la scuola materna.

Era un edificio a tre piani, ricordo di un'altra epoca di splendore, in cui doveva aver vissuto una famiglia ricca con cuoca e autista. L'avevano ristrutturato con un cortile attraverso la cui recinzione si potevano osservare i bambini che giocavano nella sabbia. Dove non c'era sabbia, il suolo era ricoperto di sughero verde e rosso con una casetta di legno in cui Laura raccontava loro le favole con le marionette. Finalmente suonai e il cancello si aprì cigolando. Janín era al centro del corridoio sul passeggino, in mezzo alle correnti d'aria, cosa che non mi fece affatto piacere. Neanche Laura però era sorridente come altre volte ed evitò di guardarmi.

«Mi dispiace molto», mi scusai cercando di recuperare un respiro normale.

«Finalmente soli», dissi a Janín mentre attraversavamo il parco tornando verso casa. Quando arrivammo al campo giochi delimitato da uno steccato colorato, iniziò a battere le mani e ad agitarsi. Era diventata un'abitudine lasciarlo seduto per un po' nella sabbia mentre io chiacchieravo con la mamma di Miguel, un bambino che in futuro sarebbe potuto diventare amico di Janín. Da quando lui era venuto al mondo, tutto era futuro, qualunque azione aveva una conseguenza che, con il tempo, sarebbe ricaduta su di lui. Quando era ormai completamente esausto lo portavo a casa, gli facevo il bagno, gli davo da mangiare, lo mettevo nel lettino e gli leggevo una favola che ancora non capiva, finché non si addormentava.

Fu quando tirai fuori dalla borsa i vestiti sporchi per sostituirli con quelli puliti che trovai un biglietto. Era un foglio a quadretti, grande come il palmo della mia mano, piegato in due.

Lo lasciai accanto alla fruttiera per leggerlo dopo essermi fatta la doccia e aver cenato. Ma quando fu tutto pronto per l'indomani, mi distesi sul divano e mi addormentai davanti al televisore. In lontananza, in un altro mondo, si sentivano il traffico e qualche grido isolato, che mi spinsero a riscuotermi e ad arrivare fino al letto come una sonnambula.

3.
IPPOPOTAMI E FARFALLE

Sandra

Mi svegliarono gli uccelli, che pigolavano come impazziti. Era la fine di giugno e il mondo era allegro e luminoso, le mattinate piacevoli, gli alberi sempre più verdi. Il ramo di un'acacia sfiorava quasi la finestra della cucina e mi piaceva osservarlo mentre preparavo il caffè. Vidi il biglietto accanto alla fruttiera. Probabilmente Laura mi chiedeva dei pannolini o di non fare troppo tardi quando sarei andata a riprendere Janín nel pomeriggio. In ogni caso, anche solo esteriormente, nel biglietto c'era qualcosa di strano. Laura non avrebbe mai usato quel foglio. Aveva diviso la classe in due gruppi secondo un criterio misterioso che preferivo non conoscere, le Farfalle e gli Ippopotami, e aveva l'abitudine di scriverci usando fogli con l'uno o l'altro disegno, a seconda del gruppo di appartenenza. Janín faceva parte di quello degli Ippopotami. Io e altre madri avevamo protestato per la difficoltà di realizzare quel costume, mentre alle Farfalle bastavano delle semplici ali. Mentre prendevo il caffè e finivo di vestire Janín, spiegai il foglio. Non era neanche la grafia di Laura. La sua era grande, come se considerasse noi genitori un po' bambini o un po' ciechi. Quella che avevo davanti era invece piccola e rotonda, da scolaretto.

Lavai lentamente la tazza, sotto il ramo color verde intenso, cercando di capire cosa significasse quella frase e perché non l'avessero indirizzata direttamente a me. Dopo l'omogeneizzato Janín si era assopito sul seggiolone. Infilai le scarpe da ginnastica; quelle con il tacco le lasciavo nel retro del negozio e le indossavo quando arrivavo. Erano grigie e avevano il tacco largo: erano molto belle, mi sfinavano le gambe, anche se mi facevano stancare un po'.

Dov'è il tuo amico Julián? Ci rifaremo vivi.

Che voleva dire quella frase così strana?

E chi aveva messo il biglietto nella borsa di Janín?

Un brivido mi percorse la schiena. Abbracciai stretto il bambino mentre lo mettevo nel passeggino per uscire.

Attraversai il parco senza guardare gli alberi, né i lillà che cadevano a cascata creando una dolce ombra, né tutte quelle meraviglie che ultimamente per me contavano. La frase, pur non dicendo niente di concreto, era riuscita a inquietarmi e a distruggere l'armonia del parco. Non riuscivo a pensare a cose piacevoli: quelle parole erano come una calamita per i pensieri oscuri. Mi accorsi di avere le pupille ristrette, concentrate a cercare tra milioni di possibilità la vera intenzione del messaggio e la mano che lo aveva scritto.

Sebbene i bambini non potessero capire di cosa parlavamo, chiesi a Laura di appartarci in un angolo della classe, dove erano appesi i tabelloni di sughero con i disegni dei più grandi. Le mostrai il biglietto. Lo lesse senza interesse.

«L'ho trovato ieri pomeriggio nella borsa del bambino», dissi.

Assunse l'espressione di chi non c'entrava con quella storia. Non capiva.

«E chi ce lo ha messo?» chiese.

«È quello che vorrei sapere. L'ho trovato quando sono arrivata a casa. Pensavo che fosse tuo.»

Laura lo prese con due dita, come se fosse un fazzoletto sporco di muco. Non avrebbe mai messo nella borsa o nello zainetto di uno dei suoi bambini un foglio a quadretti. E me lo restituì.

«Deve essere successo qui», osservai.

«Francamente ne dubito.»

Era infastidita. Non si poteva mettere in dubbio la sicurezza dell'asilo. Alle orecchie portava delle perle, due sfere su cui si avvolgevano fili biondi e setosi. Maglioni che aderivano alla schiena e alle braccia sottili, o camicie, bianche fino allo sfinimento. Accanto a lei tutte le madri si sentivano un po' sciatte, come se arrivassero al cospetto della luminosità di Laura da un mondo devastato.

«È una cosa molto grave, Laura. Pensaci. Chi può aver avuto accesso alla borsa? Un giorno può essere un biglietto e un altro potrebbe essere una bomba.»

«È impossibile», ribatté lei alterata.

«Niente è impossibile. Chi è potuto entrare in classe?» insistetti.

«Non lo so», disse districandosi i capelli dagli orecchini e portandoli dietro le orecchie. «Non lo so. Non mi era mai successa una cosa del genere.»

Nonostante la discrezione con cui cercavamo di affrontare la faccenda, il mio tono di voce e l'atteggiamento di Laura attirarono l'attenzione di due madri, che smisero di parlare per cercare di sentire meglio quello che ci stavamo dicendo.

«Forse è successo quando giocavano in cortile», continuò senza smettere di sorvegliare i bambini, ma nervosa. «A volte entra qualche genitore perché ha dimenticato a casa lo sciroppo per la tosse o perché deve portare via suo figlio in anticipo.»

Le due madri si avvicinarono ancora di più, continuando a guardarci, prima l'una e poi l'altra, con aria diffidente. Poi sorrisero a Laura come se non facessero altro in vita loro: nessuna voleva correre il rischio di starle sullo stomaco.

«E ieri», continuò sforzandosi di ricordare, «sì, proprio ieri, ora che ci penso, è venuto un operaio mandato dal proprietario dell'edificio per verificare se ci fosse qualche avaria o malfunzionamento da riparare.»

Una delle madri, senza smettere di sorridere, chiese cos'era successo. Quello che aveva appena sentito l'aveva inquietata. Perciò Laura non poté fare altro che raccontarglielo. L'altra venne verso di me. In generale noi madri cercavamo di non disturbare la maestra per niente al mondo, volevamo più di qualunque altra cosa che coccolasse e amasse i nostri figli anche più di noi stesse. Per me, però, ormai era troppo tardi: non mi avrebbe mai perdonato per averla messa in discussione, era come se avessi sputato sulla sua camicia immacolata.

Animata da questo sentimento, quella che si era avvicinata a me non volle lasciarsi sfuggire l'occasione di accaparrarsi tutta la simpatia di Laura. Perché davo per scontato che il biglietto lo avessero messo nella borsa all'asilo? «Perché, sentiamo?» mi chiese irritata. Perché non in casa mia? Perché non per una mia disattenzione? Perché volevo provocare quell'angoscia immotivata in madri che avevano sempre avuto una fiducia cieca nei confronti di Laura? A mano a mano che parlava, si alterava sempre di più: la bocca si inondava di saliva, le labbra diventavano lucide e gli occhi si riempivano quasi di lacrime. Se al bambino fosse successo qualcosa avrei avuto il diritto di fare tutte quelle storie, ma mio figlio non stava forse benissimo all'uscita dall'asilo? Laura annuì e la tranquillizzò toccandole affettuosamente il braccio. Poi fu lei a proseguire il discorso al posto della donna: da quando la struttura era stata aperta non avevano mai avuto problemi e non avrebbe permesso che per un semplice sospetto la tacciassi di scarsa attenzione alla sicurezza. Avevo causato una situazione molto spiacevole e mi pregava di non tornare sull'argomento, a meno che non avessi prove schiaccianti.

Forse avevano ragione Laura e la madre indignata. Probabilmente era come dicevano loro. In coscienza dovevo riconoscere che quel pomeriggio, prima di tornare a casa, mi ero fermata un po' al parco con la madre di Miguel, perché ben presto Janín avrebbe potuto giocare con suo figlio, che aveva solo un anno più di lui. Ogni tanto lei si era anche offerta di badargli casomai io fossi dovuta uscire di corsa per andare da qualche parte. Eravamo rimaste a chiacchierare almeno mezz'ora e a un certo punto potevo essermi distratta, anche se non così tanto da non notare un adulto che si avvicinava al passeggino e apriva la cerniera della borsa che vi era appesa.

La cerniera.

Improvvisamente avevo visto la cerniera aperta quando avevo appoggiato la borsa sul tavolo della cucina. Non ricordavo di averla aperta io quando ero entrata in casa. Ricordavo soltanto di averla vista aperta e di aver trovato un foglio piegato che in un primo momento avevo lasciato accanto alla fruttiera perché credevo che si trattasse di una comunicazione di Laura.

All'uscita dall'asilo, non so perché, forse aspettando che un raggio di luce cadesse su di me e io trovassi una spiegazione, mi fermai a osservare – senza nascondermi ma senza che mi si vedesse – come Laura preparava i giocattoli nel cortile e formava un gruppetto con i cosiddetti Ippopotami e un altro con le cosiddette Farfalle. Mi sembrò che facesse sedere a terra Janín un po' bruscamente e che non gli badasse granché; mi parve anche che Janín fosse abituato a non avere troppe attenzioni, tanto che iniziò subito a giocare per conto suo e io fui molto orgogliosa di lui. Era meglio non aver bisogno dell'amore di tutti. E probabilmente mi sbagliavo nelle mie valutazioni, semplicemente perché non capivo cosa stesse succedendo.

Julián

Bussai alla porta dell'ufficio di Pilar. Non mi sembrava corretto aprirla senza farlo, nonostante la nostra confidenza. Profumava sempre di gardenia, gelsomino o legni d'oriente, un profumo che si adattava perfettamente alla sua pelle abbronzata tutto l'anno, che per un verso la faceva sembrare più giovane e per un altro più grande di quello che era. Mi invitò ad accomodarmi su una delle due poltroncine con la fodera grigia che stavano davanti alla sua scrivania. Pallina – il cane che io e Sandra avevamo comprato per Karin e che, dopo che quest'ultima lo aveva rifiutato, era passato di mano in mano, per arrivare a me e poi a Pilar – spuntò tra le gambe della scrivania e delle poltroncine per leccarmi la mano e poi tornò a stendersi come un tappeto morbido. La seduta era dura, meno comoda di quanto sembrasse, per evitare che la gente si trattenesse all'infinito a raccontarle le sue disgrazie. Perciò anch'io andai subito al sodo.

Le chiesi di non far cenno mai a nessuno, per nessun motivo, della mia amicizia con Salva. Era quasi inutile precisarlo, perché quello che la maggior parte delle persone raccontava a Pilar le entrava da un orecchio e le usciva dall'altro. Ci era abituata: alla prima occasione, le esponevano tutta la loro vita i nonni, i familiari, chiunque la cogliesse impreparata. Lei faceva finta di ascoltare mentre pensava ai fatti suoi, altrimenti, diceva, sarebbe impazzita. Perciò si preoccupava soltanto di ciò che era davvero importante per il buon funzionamento della residenza. Io la consideravo un'ottima responsabile, e per quanto mi riguardava ero orgoglioso di lei; per niente al mondo le avrei creato un problema mettendola al corrente dell'identità della gentaglia che ospitava lì dentro, soprattutto perché a quel punto avrebbe preso delle contromisure e io non avrei più potuto agire a modo mio. In ogni caso ritenni opportuno buttarle lì quell'avvertimento su me e Salva affinché la Confraternita non scoprisse la mia presenza ai Tre Ulivi. In fondo non avevano un'immagine chiara di me. I giovani mi avevano visto appena e coloro che mi conoscevano bene erano fuggiti. Non ero neanche una di quelle persone che restano particolarmente impresse. Per fortuna facevo parte della massa degli invisibili.

Pilar mi guardò incuriosita. Trovava buffe quelle mie cose un po' eccentriche da vecchio attore, come le piaceva immaginarmi, o da scrittore, qualcosa fuori dal normale. In fin dei conti avevo un'età tale da poter essere stato quello e molto altro.

«Che succede?» chiese. «Salva ha lasciato debiti con qualcuno?»

«Più o meno. Raccontava molte bugie e non voglio che mi colleghino a lui.»

«Ah! Ora che mi ci fai pensare, a volte scompariva dalla residenza per giorni interi. Andava e veniva in continuazione come se avesse trent'anni e alla fine è successo quello che è successo.» Rimase pensosa per un istante mentre accarezzava Pallina. «In paese ci sono un bingo e un casinò accanto al Club Nautico: magari andava lì, anche se di solito non si vestiva come per andare al casinò.»

Mi venne la curiosità di sapere come si vestisse Salva nell'ultimo periodo della sua vita. Da giovane gli piacevano le scarpe bianche di rete leggera per l'estate, cosa che gli aveva procurato il soprannome di «Piedi belli» tra i membri di Odessa, Die Spinne e altre organizzazioni di nazisti fuggitivi. E per l'inverno stivali di cordovano trattati con grasso di cavallo, il cui bordo era sempre visibile sulla gamba dei pantaloni per quanto aveva le gambe magre. Al resto dell'abbigliamento non dava molta importanza. Di tanto in tanto Raquel, nel nostro periodo di intensa attività come cacciatori di nazisti, gli regalava vestiti che per me diventavano piccoli a mano a mano che mi irrobustivo e ingrassavo. Maglioni, cappotti, completi, che spesso gli stavano grandi ma che lui portava con un'eleganza naturale, come se fossero l'ultimo grido in fatto di moda maschile. Era più basso di me e aveva modi quasi femminili, accavallava le gambe con piglio aristocratico, come se stesse sempre prendendo il tè in un salone con tappeti persiani; e forse per questo Raquel aveva scelto me, perché ero più casalingo, più comodo, per così dire. Eppure, quando si trattava di odiare, Salva era un fenomeno, un autentico guerriero del rancore. Il campo di concentramento lo aveva trasformato in un uomo tutto d'un pezzo, mentre aveva lasciato me in frantumi.

Nell'ultimo periodo della sua vita, a detta di Pilar, era così scheletrico che avevano dovuto comprargli magliette della misura di un bambino di otto anni e i pantaloni li avevano portati da una sarta perché li stringesse e li accorciasse. In verità tutti i suoi vestiti erano piuttosto antiquati, ma lui aveva permesso che gli comprassero solo le magliette. Aveva soltanto un paio di scarpe bianche, alle quali era stato necessario mettere le solette perché il piede scivolava fuori; lo stesso per gli stivali invernali. Salva aveva spiegato loro che erano capi che indossava da anni e che non era proprio il momento di cambiare. A Pilar dispiaceva che fosse così a corto di soldi e durante i suoi ultimi tre mesi di vita non gli aveva ricordato che non era arrivato il bonifico per la retta mensile. Non se la sentiva di mettere in difficoltà un uomo così colto. Quando non era lì, passava i tempi morti in biblioteca. Pilar non avrebbe mai immaginato che i soldi per la residenza se li giocasse al bingo, e questa per lei fu una grande delusione. Capiva però che alla fine del cammino uno voglia fare quello che gli va veramente.

«Ho visto di tutto, Julián. Credimi, non si può mai essere sicuri di nessuno.»

Mi infastidì aver confuso Pilar con le mie parole e averle comunicato un'immagine così mediocre dell'uomo più grande che abbia conosciuto in vita mia.

Mi chiese di occuparmi per un po' di Pallina perché lei doveva fare alcune commissioni all'ufficio tributi.

Quando Pallina era tornato da me poco tempo dopo che ero entrato ai Tre Ulivi, io e Pilar ci eravamo messi d'accordo che si sarebbe fatta carico lei del cane, affinché agli altri residenti non venisse in mente di portarsi i propri animali domestici. Sarebbe stato tremendo se ciascuno di noi ne avesse avuto uno: il giardino si sarebbe trasformato in un vero e proprio zoo. Lì poteva mettere le zampe solo il cane di Pilar, e quando lo portava in giardino tutti lo accarezzavano e gli parlavano come se fosse un bambino piccolo.

Me lo portai in stanza per non lasciare briglia sciolta alle voci secondo cui Pilar mi trattava in modo diverso rispetto a tutti gli altri residenti.

Sandra

Non sapevo cosa avrei potuto dire a Laura per riconciliarmi con lei e fare in modo che dimenticasse la storia di quel maledetto biglietto. Prima ero solo una delle molte madri che volevano piacerle più delle altre affinché trattasse mio figlio con un occhio di riguardo. Adesso però si era rotto qualcosa. L'avevo infastidita e delusa, ero diventata la pecora nera delle madri, e di sicuro Janín le ricordava me. In effetti ci assomigliavamo sempre di più. Con il passare dei mesi il naso stava iniziando a pendergli leggermente verso destra, come il mio, e aveva ciglia molto folte per essere così piccolo e anche labbra sottili come le mie. Laura, ogni volta che avesse guardato mio figlio, avrebbe visto la madre rompiscatole.

Perlomeno quel pomeriggio sarei arrivata puntuale a prenderlo. Uscii con molto anticipo perché era martedì, e di martedì in negozio non entravano quasi clienti. Avevamo anche pensato di restare chiusi il martedì, ma mia sorella aveva deciso di aprire lo stesso perché non si sa mai. Davanti a qualsiasi decisione aveva l'abitudine di dire «non si sa mai», lasciando aperta un'infinità di possibilità, di futuro e di speranza. E in effetti aveva un po' di ragione: non bisogna mai dare niente per scontato, anche se non facciamo altro che precorrere in continuazione gli eventi con il pensiero. Neanche prima di andare a Dianium, ormai mille anni prima, sapevo cosa sarebbe accaduto. E non mi passava neppure per la mente che sarebbe successo qualcosa. Pensavo che avrei trascorso qualche mese distesa al sole.

Per non dover aspettare molto all'ingresso e non attirare nuovamente l'attenzione di Laura, pensai di prendere un caffè e mi avviai verso il solito bar. Mentre stavo per entrare, però, qualcosa mi trattenne, un pugno nella mente mi lasciò impietrita. Fu la vista di una testa rasata con una sfera tatuata sul cranio. Il sangue mi salì rapidamente alla testa e improvvisamente non ci vidi più bene. Ebbi un tuffo al cuore e sentii che stavo per svenire.

Ci misi qualche secondo a riuscire a mettere insieme tutti i pezzi che avevo davanti agli occhi: chiodo nero sopra un corpo muscoloso di uno e settanta, compreso il tacco degli stivali militari, maglietta ugualmente nera, jeans strappati, grafia piccola e rotonda, infantile. Ciascuno di quei dettagli mi si fissava pian piano nel cervello con tutto il suo peso, il suo colore, l'odore dell'aria umida di Dianium, gli sguardi fissi su di me di Fred e Karin, ai cui ordini rispondeva Martín. Era uno dei membri più giovani della Confraternita. Trentadue o trentatré anni e una testa vuota, incline a lasciarsi influenzare.

Adesso il fantasma di Martín era dall'altro lato della porta a vetri. Dovetti fare uno sforzo enorme per spostarlo da Dianium a lì; da Villa Sol a quel bar qualunque con tavoli e sedie di alluminio che occupavano anche il marciapiede; dal mio amore mancato, Alberto, a quel cameriere che mi serviva il pane tostato senza marmellata tutte le mattine; da un pomeriggio sepolto in fondo alla mia mente a quel pomeriggio normale. Respirai più profondamente che potei per tranquillizzarmi, assorbendo residui odorosi di birra, caffè e vino, e per non farmi vedere mi appostai dietro una porta accanto alle vetrate – con sopra impresse impronte di manine unte – che correvano lungo tutta la parete. La vita era semplice, monotona, innocente, spesso i genitori portavano lì i figli perché giocassero e volteggiassero intorno ai tavoli mentre loro prendevano caffè e cocktail di metà pomeriggio. Cosa ne sapevano loro di Martín o della Confraternita? Per quanto avessero Martín sotto il naso, non potevano immaginare che proveniva da un altro mondo, più strano e oscuro. Lo sapevo soltanto io.

Lui e il cameriere parlavano animatamente, forse di calcio, che è l'argomento di cui si discute più spesso ai banconi dei bar. Martín aveva in mano una Coca-Cola. Se non ricordavo male, lo avevo visto raramente bere bevande alcoliche. Ma, sebbene in questo fosse così virtuoso, sarebbe stato in grado di far fuori una persona per compiacere Fred, il suo capo nella Confraternita. Era venuto al mondo per ubbidire a qualcuno e quel qualcuno lo aveva trovato in quel gruppo di sadici. Alberto, invece, era diverso. Pensava e prendeva le sue decisioni autonomamente, e per questo un giorno Martín mi aveva avvertito di stare attenta con lui e di assecondarlo. Evidentemente Martín era incapace di interpretare lo sguardo scivoloso e penetrante di Alberto, che a me arrivava al cuore, facendomi dimenticare il pericolo.

Adesso Martín portava un grande anello di metallo, che quasi non gli stava sul pollice, e che mi era nuovo. Se non lo ricordavo evidentemente non lo avevo mai visto, perché l'intensità dei momenti vissuti avevano fatto sì che Martín, Julián, i Christensen, Alberto, tutti, compresi le case, gli alberi e i tramonti di Dianium, mi fossero rimasti impressi nella memoria. Lui e il cameriere spostarono lo sguardo verso l'esterno come se mi avessero scoperto, ma no, continuarono a parlare in maniera rilassata. Evidentemente avevano soltanto bisogno di distrarsi l'uno dall'altro per un attimo.

Si salutarono battendo il cinque e facendo un segno con le dita, il che significava che avevano qualcosa in comune. La stessa età, la stessa squadra di calcio, la stessa musica, lo stesso tipo di ragazze. In un altro momento della mia vita tutto ciò sarebbe stato irrilevante, non ci avrei fatto caso. Adesso però sapevo che qualunque particolare non era insignificante e che lì avrebbe potuto stare la differenza tra la vita e la morte, tra la fortuna e la rovina. Uscendo, Martín si sollevò il colletto del giubbotto, un atto riflesso perché c'era afa, un'afa grigia che minacciava tempesta, ma lui era un'anomalia, di certo non provava le stesse sensazioni che provavamo noi.

Si mise a camminare tranquillamente con le mani nelle tasche dei pantaloni, quattro dita dentro e i pollici fuori. Lo seguii. Era un'occasione che non potevo lasciarmi sfuggire, anche se ancora una volta sarei arrivata in ritardo all'asilo di Janín. Se Martín si fosse girato, forse mi avrebbe sorpreso – un rischio che valeva la pena di correre per sapere dove andava. Camminammo più o meno mezz'ora. Non era assurdo pensare che il cameriere gli avesse dato informazioni su di me, dove lavoravo e dove lasciavo mio figlio tutte le mattine. O forse no. Ciò che sospettavo, con il passare dei minuti, era che il biglietto fosse di Martín. Me ne aveva già scritto uno a Dianium, di cui mi aveva colpito la grafia da bambino diligente. E non era forse del tutto impossibile – e questo sì che mi riempiva di gioia – che volesse darmi un messaggio da parte di Alberto e non gli fosse venuto in mente un altro modo per mettersi in contatto con me. Cosa poteva volere Martín in realtà?

Entrò in un negozio di elettrodomestici Soimens. Merda, ormai a quell'ora sarei dovuta passare a prendere Janín già da un pezzo. Vidi che dal retro usciva una donna dai capelli biondi stirati con la piastra. Parlò per qualche secondo con Martín, poi si spostarono entrambi sul retro. Non avevo tempo per vedere altro, non sapevo quanto ci avrebbe messo lui per uscire dal negozio, e se anche mi fossi ritrovata a faccia a faccia con lui non avevo il tempo di impelagarmi in una conversazione, in lunghi saluti o rimproveri. Mi terrorizzava l'idea che Laura smettesse di guardarmi negli occhi per sempre quando mi parlava e che emarginasse mio figlio nella casetta di legno.

Presi un taxi e sul parabrezza cominciarono a piovere gocce disperatamente lente e tiepide. Il tergicristallo andava a destra e a sinistra con un ritmo assonnato.

Finalmente suonai il campanello dell'asilo e il cancello si aprì. Entrai precipitosamente e non appena vidi Laura respirai.

«Scusa», dissi sollevata. «Mi spiace di aver fatto tardi.»

Janín non era sul passeggino, era steso nella zona giochi dell'aula, con le mani e la faccia sporchi; nessuno gli aveva cambiato il pannolino. Laura si sbottonò il camice lentamente e, proprio come temevo, senza guardarmi. Si ravviò i capelli. Aveva sostituito la solita camicia bianca con un vestito con lo scollo a V, di seta nera, che le aderiva sulle ossa dei fianchi.

«È stato un pomeriggio frenetico e non ho avuto il tempo di cambiarlo.»

Sentii che mi si disfaceva lo stomaco. Perché Martín non mi aveva parlato direttamente, se davvero veniva a nome di Alberto? Perché non mi aveva aspettato fuori dall'asilo il giorno prima? O forse mi aveva aspettato, ma siccome avevo fatto così tardi era dovuto andare via. Credo che a quel punto Laura mi abbia guardato male. Io invece avevo un'espressione piena di speranza davanti alla possibilità di rivedere Alberto, di apprensione per aver visto Martín, di timore all'idea di ritornare al passato e che il passato entrasse nella mia vita come se non potessi liberarmene. Laura non avrebbe mai potuto capire la mia espressione.

«Stai bene?» mi chiese prendendo in braccio il bambino e mettendolo sul fasciatoio, a una certa distanza dal suo vestito.

Janín piangeva al posto mio. Piangeva sempre di più e con più rabbia, proprio come avrei voluto fare io.

«Lascia», dissi. «Gli farò il bagno appena arriviamo a casa.»

Lo presi in braccio consolandolo. Laura ci osservò per un attimo e poi tirò fuori dall'armadio una borsa di raso nero e uno scialle, nel caso rinfrescasse.

«Ma», ripresi girandomi verso di lei, perché adesso la mia inquietudine era di gran lunga superiore al timore di indispettirla, «vorrei che mi descrivessi l'operaio che è venuto qui ieri. Credo di avere il diritto di chiederlo.»

L'insegnante si spazientì. Aveva fretta di andare al suo appuntamento galante.

«Alto come me senza tacchi, olivastro, robusto, rasato. Aveva l'aspetto di un operaio rocker, ma non lo era. Ho parlato con il proprietario e mi ha detto di non aver mandato nessuno. Mi dispiace. Non succederà più. Carenza di personale», aggiunse con tono lamentoso, socchiudendo gli occhi. «Non posso stare dietro a tutto.»

Disse «mi dispiace», ma non disse "tutto torna a essere come prima e tu sei di nuovo nel gruppo delle mie madri preferite". In fondo dava la colpa a me per il suo errore e avrebbe voluto che io e mio figlio scomparissimo dall'asilo per non ricordarglielo. Ormai per noi Laura era persa.

Julián

Era più o meno l'una quando io e Pallina arrivammo nella mia stanza dopo la chiacchierata con Pilar e, una volta riempito d'acqua il bidet per far bere il cane, mi stesi a letto e lui si sdraiò a terra accanto a me. Il suo mantello era marrone, più chiaro o scuro a seconda della luce, e quando lo si accarezzava la mano sprofondava tra le onde morbide del suo pelo, dando una sensazione molto piacevole. La stanza odorava vagamente di candeggina. Non pulivano mai a fondo, ma passavano la stessa spugnetta rinsecchita dappertutto, dalla tazza del water al comodino, e facevano un leggero zig-zag con il mocio; poi lasciavano le tende tirate per dimostrare che la stanza era stata perfettamente rassettata. Era meglio non pensarci.

Raquel avrebbe sofferto per quella carenza igienica. Forse era una delle manie più persistenti che si era portata dietro dopo aver lasciato il campo di concentramento: l'ossessione per la pulizia. Non sopportava che urinando lasciassi cadere qualche goccia sul pavimento intorno al gabinetto, né che ci fosse un solo piatto da lavare nel lavandino, né capelli nello scarico della vasca, né un granello di polvere, né alcun odore, né secrezioni sulle lenzuola, che bisognava cambiare immediatamente dopo aver fatto l'amore o perché avevamo sudato. La lavatrice era sempre in funzione, come pure il ferro da stiro. Eravamo senza alcun dubbio le persone più ordinate di tutto il quartiere. Per un certo periodo le mani le si screpolarono a causa del troppo sapone e della troppa acqua, perciò le promisi che avrei imparato a fare quei lavori domestici con la sua stessa meticolosità, così lei poteva curarsi. Raquel era meravigliosa e straordinariamente poco rancorosa, ma aveva deciso di cancellare dalla sua vista, dal suo olfatto e dal suo udito l'immondizia del campo. Però, quando era nata Esther, di lei non le faceva schifo niente e avevamo potuto abbassare un po' la guardia.

Per non addormentarmi prima di pranzo aprii le tende marroni, che facevano pendant con il copriletto e con la nostra età. Geralda si lamentava continuamente di quel cattivo gusto, diceva che sarebbe stata preferibile una stoffa leggera arancione o rossa di modo che, quando dalle tende fosse filtrata la luce, avrebbe creato un ambiente caldo e accogliente, che era il minimo che potevamo chiedere alla vita arrivati a quel punto. E riferendosi sempre alla stessa sensazione di calore, diceva anche che i mobili avrebbero dovuto essere di legno vero e non di compensato. Eppure non aveva mai protestato per la pulizia.

La luce entrò piena dei riflessi verdi degli alberi. Non poteva vedermi nessuno, così come nessuno aveva potuto vedere Salva. E come io potevo nascondere le cose nella stanza del Macellaio, anche Salva poteva avermi lasciato un messaggio nella sua. Da quando avevo preso possesso di quella camera, avevo una forte intuizione, un presentimento, avvertivo nello stomaco la certezza che Salva sapesse che prima o poi io sarei stato lì e che volesse lasciarmi un saluto, un regalo. Se avesse avuto qualcosa da nascondere, dove lo avrebbe messo? Nel materasso no, perché è un elemento che di solito viene eliminato. Non sapevo neppure se era lo stesso su cui aveva dormito lui. Sembrava piuttosto nuovo, senza traccia di vita né di morte. Probabilmente lo avevano sostituito dopo la sua dipartita. Nonostante ciò ne tastai le cuciture e lo ribaltai come potei. Mi ci stesi sopra di nuovo, girandomi a destra e a sinistra per vedere se notavo qualche piccolo rumore o protuberanza fuori dal normale, qualcosa che mi sfregava la pelle e che non avrebbe dovuto esserci. Ma era impossibile esaminarne il contenuto senza usare le forbici, e quella la consideravo l'ultima ipotesi.

Nella stanza non c'era molto: un armadio con ripiano superiore dove erano riposti una coperta e un cuscino in più, grucce per giacche, pantaloni e anche camicie se non entravano nei cassetti, e poi qualche ripiano per i maglioni. Accanto, separato da un pannello, uno spazio più alto per i cappotti e, sotto, lo spazio per le scarpe eleganti – relegate a occasioni assai rare –, le scarpe da ginnastica e un paio di stivali foderati di pelo che d'inverno mi avevano salvato da varie polmoniti. Tutto l'interno, come il resto, era rivestito di compensato di pino. Avrei dovuto distruggerlo per verificare se Salva lo avesse staccato e poi incollato di nuovo per nasconderci dentro qualcosa. Senza contare i rumori, che avrebbero allertato subito i più nervosi. A ogni modo passai la mano fin dove arrivava il braccio teso per tastare la superficie. Odiavo la mia mancanza di muscoli. La forza avrebbe dovuto essere proporzionale alla necessità di usarla. Le gambe mi si stancavano non appena salivo qualche gradino, le braccia mi si affaticavano quando dovevo reggere un libro di quattrocento pagine a letto. Pilar mi aveva consigliato di partecipare alle lezioni di ginnastica del mercoledì e del venerdì e di fare sollevamento pesi, e magari alla fine avrei deciso di farlo, sebbene mi facesse un po' paura bruciare le mie ultime energie per rimettermi in forma.

Nell'armadio non notai niente di speciale. E il ripiano della scrivania, fatto dello stesso compensato dell'armadio e di tutto il resto? Ero d'accordo con Geralda, non si erano presi il disturbo di cercare bei mobili per le stanze, anche se non si poteva neppure dire che fossero orrendi. Era un arredamento semplice ed essenziale: pareti imbiancate, mobili chiari sui quali il segno del fondo di un bicchiere non rimaneva per sempre, un piccolo televisore appeso alla parete e una bella finestra da cui si vedevano gli ulivi, il frutteto e, a seconda di come era orientata la stanza, il giardino o il parcheggio. Io vedevo il parcheggio e sopra di esso, in lontananza, il monte, perciò sfortunatamente non potevo controllare i movimenti in giardino. Da lì non ero in grado di sorvegliare né il Macellaio né Elfe.

Pensai a un possibile doppio fondo nei comodini, ma la base era piuttosto sottile. Nel cassetto di uno dei due il precedente ospite aveva dimenticato una confezione di pillole per il colesterolo, le stesse che prendevo io, perciò le avevo tenute. Dovevo ancora controllare il bagno e il pavimento di parquet. I listelli erano così attaccati gli uni agli altri che sarebbe risultato difficile separarli. Dovevo pensare a qualcosa di semplice, qualcosa che io stesso avrei potuto fare facilmente e che passasse inosservato. Certo non salire su una scala – mi terrorizzava l'idea di rompermi una gamba o il femore. Il femore di un anziano è come un vaso di vetro sottile tra mani tremanti, può andare in mille pezzi. E neppure volevo usare martelli che avrebbero attirato l'attenzione. Infine c'era anche la possibilità – se lasciavo perdere presentimenti e intuizioni – che Salva non si fosse preso il disturbo di lasciarmi nessun ricordo; forse non aveva neanche considerato l'eventualità che un giorno avrei occupato la sua stanza.

In ogni caso non ero sulla strada giusta, c'era qualcosa che mi sfuggiva. Mi diedi varie manate sulla fronte con una forza tale che Pallina drizzò le orecchie. Io ero Salva. Se fossi stato lui, avrei avuto una visione più profonda della situazione e di quella stanza. Se quella stanza fosse stata la baracca del campo di concentramento e ci fosse stato bisogno di nascondere qualcosa, quel qualcosa avrebbe dovuto essere tale da valerne la pena. La domanda doveva essere: dove non arrivavano né la spugnetta né lo spazzolone delle addette alle pulizie della residenza? Probabilmente sopra l'armadio c'erano varie dita di polvere, ma proprio come me Salva non avrebbe mai corso il rischio di arrampicarsi fin lassù. Mi restava il bagno, anche se l'acqua complicava sempre le cose. Pallina mi seguì stancamente, quasi per dovere.

Diedi un'occhiata generale: doccia, bidet, water, lavabo,

specchio sul lavabo. Ci guardai dietro: non c'era niente. Diedi qualche colpetto con le nocche alle piastrelle per vedere se qualcuna suonava vuota; certamente non potevo staccarle tutte. Aprii l'armadietto sotto il lavabo, dove tenevo la crema da barba, i rasoi, il deodorante, il bagnoschiuma che mi serviva anche da shampoo e una colonia molto buona che mi aveva regalato Pilar, e che occupavano tutto il ripiano. Appoggiai tutto a terra e Pallina lo interpretò come un invito ad annusare. Passai la mano sopra e sotto il ripiano, poi mi chinai e tastai la parte anteriore e posteriore del tubo di scarico, e fu a quel punto che sfiorai qualcosa, un piccolo rigonfiamento.

All'inizio, turbato, ritrassi la mano istantaneamente perché avrebbe potuto esserci qualunque cosa attaccata al tubo, compreso un topo fossilizzato, ma poi decisi di andare avanti. Sfiorai di nuovo il rigonfiamento. Dovevo infilare il braccio parecchio in fondo e poi girare il polso dietro il tubo, un gesto che non avrebbe fatto nessuno a meno che il tubo non andasse riparato, e in quel caso comunque gli idraulici non si sarebbero presi il disturbo di rimuovere quella cosa, che avrebbe potuto essere anche una riparazione fatta con il mastice. Mi sembrò che fosse attaccata con il nastro adesivo, perciò mi alzai e andai a cercare il coltellino con cui sbucciavo le mele, per poi staccarla con estrema cautela e grande difficoltà. Alla fine però ecco la mia ricompensa: quel piccolo oggetto avvolto nella plastica. Ebbi voglia di piangere, peccato che non fossi capace di farlo. Salva era con me, non erano idee da vecchio rimbambito. Aveva pensato a quel momento, lo aveva creato per me, e sarebbe stato disastroso non esserne all'altezza.

Fino a quel momento credevo che il mio compito consistesse nel far disperare il Macellaio e fargli credere che era un demente, che ormai era uno smemorato e che non aveva perso soltanto il controllo sul mondo, ma pure sulla sua vita. Il ritrovamento di quel pacchetto, però, poteva significare che c'era qualcosa di più, anche se forse si trattava di un ricordo di Salva, per esempio il suo orologio, regalo di suo padre per la maturità. Noi uomini diamo molta importanza al nostro orologio, come se segnando il passare dei secondi fissasse la nostra vita.

Prima di aprire il pacchetto con il coltello presi le medicine dell'ora di pranzo senza aspettare di mangiare, perché non volevo che le palpitazioni mi lasciassero lì stecchito. Aumentai un po' la dose di quella del cuore come il medico mi aveva raccomandato di fare in casi eccezionali. Aspettai un po' perché facessero effetto e poi, come un chirurgo, incisi il nastro e la plastica.

Quello che trovai fu un rullino fotografico.

Bussarono alla porta e il cane abbaiò. Gli feci capire di fare silenzio portandomi un dito alle labbra e abbaiò anche contro di me. Bussarono ancora più forte.

Era un'infermiera.

«Non scendi a mangiare?» chiese dopo essersi affacciata all'interno, guardando Pallina, poi me e infine di nuovo Pallina.

«Pilar mi ha chiesto di distrarlo un po' mentre lei finiva le sue cose.»

«Lo hai già distratto abbastanza», ribatté lei mettendo la mano all'interno del collare del cane e facendomi strada verso l'uscita.

M'infilai il rullino nella tasca della giacca e andai in sala da pranzo con una soddisfazione che nessuno di coloro che cercavano di sfruttare gli ultimi momenti della loro vita avrebbe potuto neanche sognare. Il mio legame con Salva era indistruttibile. Né la distanza né il tempo né la morte avevano potuto vincerlo. E adesso ero realmente consapevole del fatto che Salva aveva fatto cose di cui nessuno si era accorto, neppure io. E non capisco perché non me lo avesse mai raccontato: forse affinché non mi sentissi in obbligo di fare qualcosa di simile, mettendo così la mia vita più a repentaglio di quanto non fosse già.

Mangiai rapidamente. Mi ero appena reso conto di quanto tutti noi masticassimo lentamente e della flemma con cui ci servivano. Elfe era seduta accanto a Geralda, che mi fece un cenno con la mano per farmi capire che dopo pranzo voleva prendere il caffè con me. La pazienza di Frida con il Macellaio era ammirevole, mentre lui non era esattamente affabile con lei. Aveva l'abitudine di rivolgerle un gesto carico di indifferenza con la mano per farle portare via il bicchiere d'acqua o il piatto che aveva davanti. La guardava appena. Per l'invidia della maggior parte dei residenti, era quello che riceveva più attenzioni. Quasi tutti erano convinti che Frida fosse sua nipote e gli altri membri della Confraternita ulteriori nipoti o figli. Pensavano che quell'uomo fosse molto fortunato, probabilmente una persona migliore di loro, per meritarsi tanto affetto e cure extra, o che magari possedesse un grande patrimonio, cosa che equivaleva ad avere l'amore dei parenti assicurato.

Mi alzai prima del lento arrivo del dessert e prima che Geralda venisse al mio tavolo.

«Siamo inappetenti oggi?» mi chiese la stessa infermiera che aveva portato via Pallina, quando mi vide andare verso la porta. Usava sempre la prima persona plurale in quei casi, perché non ci sentissimo soli nella nostra debolezza.

Il rullino mi bruciava in tasca.

«La crema inglese è troppo dolce», spiegai.

«Ma sai bene che viene preparata con un sostituto dello zucchero e non può farci male.»

Sorrisi per sfuggire alle sue grinfie. Erano preoccupati che potessimo risultare denutriti e che la residenza acquistasse una cattiva fama. Bisogna ammettere che i pasti erano buoni, anche se non squisiti. Mi avviai verso l'ufficio di Pilar.

Era seduta a lavorare con Pallina ai suoi piedi.

«Ho pensato che gli farebbe bene correre un po' sulla spiaggia», dissi indicando il cane.

«Se non avessi tante scartoffie verrei con voi.» Mi allungò le chiavi della macchina con una certa titubanza. «Alle sette ho bisogno di riaverla, ho delle cose da fare.»

L'uscita del giovedì sera per andare a ballare, pensai. Mi piaceva che Pilar si godesse la sua vitalità, la sua abbronzatura e i suoi soldi e che andasse a divertirsi. Non le avevo mai chiesto in modo approfondito della sua vita, anche se non mi sarebbe piaciuto che in lei ci fosse più di ciò che vedevo, per esempio qualche storia tragica. Avevo bisogno di pensare che ci fossero persone immuni da ogni male.

Dopo circa mezz'ora stavo parcheggiando la macchina al centro commerciale. Lasciai Pallina dentro con il finestrino un po' aperto e mi diressi verso le porte a vetri che si aprirono al mio passaggio. Un getto di aria condizionata mi provocò un brivido. Cercai un negozio dove far sviluppare le fotografie e, dopo aver salito e sceso le scale mobili varie volte, lo trovai. Mi servì un ragazzo con una divisa che consisteva in una camicia a righe e una targhetta su cui c'era scritto GASPAR, al quale spiegai l'enorme importanza del fatto che trattassero il rullino con la massima cura perché non sapevo quanto fosse vecchio. Per tutta risposta Gaspar mi allungò la ricevuta e mi disse che sarebbe stato pronto entro due giorni. Lessi nel suo sguardo che niente che fosse importante per me avrebbe potuto esserlo per lui. Non mi restava che fidarmi.

Disseminati nel parcheggio c'erano carrelli d'alluminio dai colori vivaci. Non eravamo lontani dal mare e la brezza avvolgeva tutto in un'allegria sonnolenta. Si vedevano solo bermuda e ciabatte, taniche di acqua e confezioni giganti di birra. Mi immaginavo quelle persone sulle loro terrazze e nei loro giardini, sotto una tenda, con le birre, la spensieratezza e la loro voglia di assaporare fino in fondo quel momento di tranquillità.

Vedendomi tornare, Pallina si agitò. Non si era angosciato perché conosceva la macchina e conosceva me con quella saggezza canina che distingue il bene dal male e fiuta i padroni e il pericolo a chilometri di distanza.

«Andiamo al mare. Preparati a fare una bella corsa.»

Mi capì con la sua empatia soprannaturale e iniziò a sbavare. Pilar metteva una coperta sui sedili posteriori per evitare che le zampe di Pallina li sporcassero. Perciò era necessario che sopra vi trovasse qualche granello di sabbia per giustificare la mia uscita.

Lasciai che Pallina si rotolasse sulla spiaggia quanto voleva e poi ritornammo alla residenza. Forse tutte quelle precauzioni erano stupide, ma avevo bisogno di conservare intatte la fiducia di Pilar e soprattutto la sua macchina. Sentiva così tante storie assurde dai familiari dei residenti che sapeva separare perfettamente il grano dal loglio.

Sandra

Mi svegliò una scintilla elettrica nella testa, un bagliore da cortocircuito. I cavi avevano costruito un ponte perché Martín mi parlasse senza parlarmi. "Sono stato io", disse con grande chiarezza. "Dov'è il vecchio Julián?" Saltai giù dal letto e, come sempre quando mi svegliavo, entrai con due falcate nella stanza di Janín. Era accanto alla mia e non chiudevo la porta, accostavo solo la sua. Continuava a dormire placidamente, supino, avvolto dalle stelle decorative che stavano già sbiadendo, e mi invase un grande senso di pace, probabilmente di felicità.

Nel salotto lattiginoso e disordinato del nostro piccolo appartamento albeggiava. Varcando la porta di ingresso si entrava in cucina, separata dal salotto da un bancone su cui si poteva fare colazione, anche se preferivo cenare sul tavolino basso davanti al televisore. Il divano me lo avevano dato i miei, ne avevano approfittato per comprarne uno nuovo che aveva la chaise longue incorporata. Per ravvivarlo ci avevo messo un copridivano etnico. Accanto avevo sistemato una libreria in legno di pino che serviva anche per riporvi i piatti e i bicchieri. Le pareti erano ricoperte da una carta da parati con grosse strisce ocra e bianche che dava all'ambiente un'aria anni Sessanta, e che nella stanza di Janín avevo sostituito con la pittura bianca. Lì mi sentivo a mio agio e a volte invitavo i miei genitori e mia sorella, i miei nipoti e mio cognato per la merenda, per fargli coccolare un po' Janín e perché mio figlio sentisse il calore di altre braccia che non fossero soltanto le mie o quelle di Santi.

Santi faceva quel che poteva per stare con noi e, quando ci pensavo bene, provavo rimorso per il trattamento che gli riservavo, come avevo fatto qualche sera prima, quando non lo avevo fatto salire in casa. Mi invase un leggero senso di colpa. In fin dei conti io continuavo a stare insieme a Janín, mentre lui doveva separarsi dal figlio e privarsi del calore che il suo corpicino irradiava in tutto il pianeta.

Ma quando si sedeva per più di mezz'ora sul divano mi rendevo conto che mi sarei potuta abituare a vederlo, a parlare con lui, a sentire i suoi passi, il suo odore, a condividere con lui l'armadio e il bagno e alla lunga anche ad andarci a letto, per non umiliarlo. Così cercavo di fare in modo che andasse via il prima possibile per restare sola. Il mondo era davvero immenso. Io e Janín eravamo due granelli di polvere attaccati a quei mobili e a quelle pareti. Raggi di sole lontani si facevano strada pian piano sul Palazzo Reale. Misi l'acqua a bollire per fare il caffè e mi lasciai cadere su una sedia. L'odore del caffè e il chiarore del mattino si mescolavano alle parole di Martín nel mio incubo.

Julián

Esattamente due giorni dopo aver lasciato il rullino al negozio per farlo sviluppare, intorno a mezzogiorno, mi incamminai sulla strada, a circa cinquecento metri di distanza dai Tre Ulivi, per prendere un autobus. Non potevo aspettare ancora. Non mi misi né cappello né berretto perché era una giornata stupida, con nuvole che facevano da ombrello sugli ulivi e sulla terra rossa. Ero così ansioso di vedere le foto che non avevo la serenità o la concentrazione sufficienti per architettare una scusa e chiedere di nuovo la macchina a Pilar. Tra l'altro era più che possibile che insistesse per venire con me, perciò avrei dovuto aspettarla fino alla fine del pomeriggio e poi trovare un'altra scusa per andare al centro commerciale. Troppo complicato, mi sarei innervosito ancora di più perché sarei stato costretto a fingere. Decisi di andare per conto mio e tornare quando ne avessi avuto voglia.

Come è facile buttarsi tra le braccia degli altri... Io avevo iniziato a dipendere da Pilar semplicemente per la sua macchina. Ed ero dipeso dall'amore di Raquel, e dall'innocenza di Sandra nel periodo in cui l'avevo frequentata.

Siccome non avevo consultato l'orario degli autobus, dovetti aspettare almeno mezz'ora seduto su un masso finché i familiari di un altro residente non mi diedero un passaggio in paese. Mi domandarono gentilmente dove dovevo andare. E di sicuro avrebbero potuto lasciarmi al centro commerciale, ma per la mia mania di non dare più informazioni di quelle strettamente necessarie scesi nella strada principale e poi presi un taxi. Una volta arrivato, chiesi al tassista di aspettarmi.

Nel negozio, al posto di Gaspar, c'era una ragazza bionda con la stessa camicia a righe e sulla targhetta il nome CORAL. Le tesi la ricevuta con il cuore che mi batteva. Mentre cercava le foto la fissai così intensamente che credo mi abbia preso per un vecchio bavoso.

Appoggiò una busta della Kodak sul vetro del bancone. Era piuttosto sottile: poteva trattarsi di qualche foto o solo di negativi. La aprii piano e vidi colori brillanti: c'era qualcosa, e sorrisi.

«Alcuni negativi si erano rovinati e non abbiamo potuto fare niente», disse Coral.

Pagai e sulla soglia tirai fuori il mucchietto di foto, cinque o sei.

Nella prima si vedeva una donna insieme a quello che sembrava Otto. E va bene, avrei aspettato di essere in taxi per guardarle, ma prima dovevo comprare una bottiglia d'acqua; in quel momento meno che mai avrei permesso a me stesso di svenire.

Le nuvole si erano diradate mentre ero nel negozio e il sole splendeva come un vetro su cui avessero appena passato una spugnetta. Era una follia perché il mio conto in banca aveva i giorni contati, eppure decisi di continuare in taxi fino alla residenza. Il viaggio mi volò osservando le foto, ma dovetti sborsare come per un lungo tragitto.

In tutte c'erano Otto e la stessa donna con altre persone. Bisognava immaginarsela da giovane per sapere che era stata bella, e con i capelli non tinti per sapere che era stata bionda. Aveva gli occhi chiari e un bel viso, e tra lei e Otto c'era un'alchimia dalla quale era evidente che a un certo punto delle loro vite erano stati insieme. Per quanto Otto vivesse ormai con la fredda e cinica Alice, una forza invisibile costringeva ad accostarlo alla sconosciuta, anche se nelle foto erano separati. E si sarebbe potuto azzardare che fosse stato più felice con lei che con Alice.

Chiesi al tassista di lasciarmi un po' prima dell'ingresso principale perché non volevo suscitare domande curiose. Mi feci vedere nella sala della televisione. In una mano avevo la bottiglia dell'acqua e con l'altra salutai Geralda prima di salire in camera. Aprii le tende per far entrare bene la luce, appesi la giacca allo schienale della sedia, mi tolsi le scarpe e mi distesi per studiare con attenzione quelle foto.

Osservandole bene, riuscivo a vedere alle spalle di Otto e del suo gruppo il Club Nautico e gli alberi delle lussuose barche a vela che si conficcavano nel cielo azzurro. In un'altra foto il gruppo era sul campo da golf del Nordic Club e la sconosciuta e Alice parlavano tra loro. La donna era più bassa di Alice e magra come lei, con un portamento meno elegante e con un abbigliamento da golfista assai meno costoso. Un'altra scena si svolgeva in un ristorante all'aperto sulla spiaggia di Las Marinas, il Bellamar, davanti al quale ogni tanto ero passato. Tutti portavano occhiali scuri, e dai pantaloni corti spuntavano gambe nodose e scurite dal sole.

Per scoprire chi fosse la donna misteriosa la ritagliai dalla foto in cui si vedeva meglio e mi avviai verso l'ufficio di Pilar. Pallina uscì stancamente ad accogliermi: con tutte le coccole che gli faceva la sua padrona stava diventando un poltrone.

«Ciao», la salutai.

Pilar distolse lo sguardo dal computer e si levò gli occhiali da presbite attaccati a una catenella, che le penzolarono sul petto abbronzato. Portava un vestito a fiori scollato e i capelli sciolti, le unghie laccate di rosso.

«Sei molto bella», aggiunsi senza riuscire a indovinare se sapeva che ero uscito.

Pilar non aveva l'abitudine di fare troppe domande, non ne aveva bisogno; disponeva degli occhi e delle orecchie dei dipendenti, ai quali piaceva informarla di tutto. D'altro canto, se lo aveva scoperto, doveva essere stato anche un sollievo per lei non avermi dovuto prestare la macchina. E in fin dei conti ero davanti a lei vivo e vegeto.

«Sai che puoi fidarti di me», disse significativamente, ma senza insistenza.

«Lo so, lo so. Guarda», le chiesi, allungando sulla sua scrivania la foto della donna. «Chi è?»

Mi fissò sorpresa rigirando la foto, come se su uno dei suoi bordi potesse trovare la spiegazione del perché fosse in mio possesso.

«È Violeta», rispose con il suo solito modo diretto di fornire informazioni.

Aprii le braccia aspettando qualcosa di più. Lei inforcò di nuovo gli occhiali e riprese a guardare il computer.

«Me l'ha mandata Salva nella lettera che mi hai spedito tu. Che significa?»

Pilar si tolse di nuovo gli occhiali, che per un attimo rimasero in equilibrio sulla sua scollatura.

«Erano molto amici. A volte sembravano una coppia.»

Invitare Pilar a cena mi costò una fortuna. Feci la doccia, mi rasai a dovere e poi mi tamponai la faccia con la colonia costosa che la stessa Pilar mi aveva regalato. Stirai i pantaloni e la camicia a righe, la migliore che avevo, e indossai la giacca e il cappello, perché sapevo che a Pilar piaceva. Mi preparai come se dovessi corteggiarla. Per evitare pettegolezzi di solito passava a prendermi dopo la prima curva, cosa che non garantiva che non ci vedesse nessuno, ma almeno non proprio tutti. A Pilar sembrava brutto fare differenze tra i residenti. Dal canto mio preferivo che non mi mettessero in relazione con lei.

Prima passammo da casa sua per lasciare il cane e approfittai di quel momento per cogliere un fiore dal giardino che circondava il palazzo e darglielo al suo ritorno.

Al ristorante mi precipitai a scostarle la sedia dal tavolo per farla accomodare e ordinai una bottiglia di vino bianco freddo di prezzo medio. Pilar sembrava quasi a disagio, soprattutto adesso che evidentemente stava civettando con qualche ballerino del giovedì. Perciò Violeta si trasformò in un buon argomento di conversazione. Mi informò che era una straniera piuttosto conosciuta in paese, soprattutto perché la si vedeva spesso in giro. Non faceva altro che andare da una parte all'altra e si vociferava che quando era giovane salisse spesso al castello per portare da mangiare a qualcuno che si nascondeva lì, a un nazista, così dicevano. «Pensa un po', un nazista, che assurdità.» In quegli anni aveva l'abitudine di portare pantaloni da uomo a cui faceva un po' di risvolti, ma quando Pilar l'aveva conosciuta indossava sempre i jeans. Più di una volta, per vedere Salva, era andata alla residenza a piedi dal paese, una vera sfacchinata. Doveva essere molto forte. Poi Pilar la riportava in paese in macchina: non voleva avere un peso sulla coscienza se le fosse successo qualcosa.

Era morta un po' prima di Salva. Avevano trovato il suo corpo tra gli scogli di Punta Negra. Probabilmente si era suicidata oppure era caduta. Nessuno vi aveva dato troppa importanza.

Il 12 novembre 1944 ci tirarono fuori dalla baracca colpendoci con il calcio dei fucili, sebbene solo le grida, come colpi di cannone che squarciavano il cielo, bastassero a farci rotolare a terra in cortile. Da lì sotto vedevo le punte bagnate degli stivali e la neve attraversata da delicati raggi di sole. Cercavano i negativi di alcune foto scattate da un repubblicano spagnolo che gli ufficiali avevano adottato come loro fotografo. Amavano farsi immortalare con indosso le loro armature: divise, cappelli, stivali. Quel giorno però il kapò russo responsabile del materiale aveva scoperto che mancava un rullino e ciò li fece sospettare che il fotografo lo avesse fatto sparire – cosa che lui negava – o che qualcuno lo avesse rubato. Il fotografo sosteneva che il kapò si sbagliava e che non mancava nessun rullino, e solo per la sua perizia artistica e il suo ascendente sul capitano non lo fucilarono. Eppure ci furono botte e torture finché la faccenda non fu dimenticata. Quando ci annunciarono che il campo sarebbe stato liberato, il fotografo venne nella nostra baracca e Salva mise la sua mano scheletrica sotto un tubo dove una mano normale non sarebbe mai arrivata, tirò fuori un pacchettino avvolto stretto in vari strati di plastica e glielo consegnò. Si abbracciarono. Mi avevano lasciato fuori dal loro eroismo. Erano stati sul punto di morire per rivelare al mondo la verità.

Salva non mi aveva mai confermato che fosse stato lui a nascondere il rullino. Me lo confermava adesso, nascondendo le foto di Violeta in un posto uguale.

Non riuscivo a dormire. Che cosa aveva voluto dirmi Salva con le fotografie di Otto e di quella tale Violeta? Che erano amanti? Che il loro rapporto era durato fino alla morte di lei? Probabilmente, sorvegliando la casa di Otto e Alice, Salva si era imbattuto in una persona abbordabile. Doveva aver cercato il modo di avvicinarsi a lei, di diventare suo amico, un suo ammiratore. Salva era molto affascinante, probabilmente le leggeva poesie o gliele scriveva, le narrava la sua vita adornandola con saloni regali e mobili di mogano, un legno che gli piaceva particolarmente. E lei doveva avergli raccontato storie molto interessanti, altrimenti Salva non avrebbe perso tempo con quella faccenda. Ma cosa poteva aver mai scoperto? Era probabile che la chiave del mistero avesse a che fare con la vita di Otto.

Appesi i miei vestiti da corteggiatore su una gruccia, m'infilai il pigiama, tolsi le lenti a contatto e inforcai gli occhiali con le lenti a fondo di bottiglia. Mi sentivo emozionato e lucido, infatti avevo cercato di bagnarmi soltanto le labbra con il vino per non doverne ordinare un'altra bottiglia, cosa di cui non si era resa conto Pilar, che era stata molto vivace e chiacchierona per tutta la cena.

Dovevo elaborare un piano, un piano che mi portasse fino al mistero delle foto.

Sandra

Nella mia stanza c'era un letto matrimoniale di cui usavo soltanto il lato sinistro, il più vicino alla porta. Quasi ne avrei preferito uno più piccolo, per non provare quella malinconia che mi invadeva certe notti e certe mattine al momento di coricarmi e di alzarmi. Avevo la sensazione di essere inghiottita dal materasso, per quanto lo rivestissi con lenzuola di cotone e un copriletto indiano con piccoli cristalli che brillavano quando mi muovevo. E per questo mi addormentavo spesso sul divano con il televisore acceso, fino a quando a un certo punto della notte il suo ronzio mi svegliava e lo spegnevo. Mi alzavo con qualche dolorino, ma senza quella strana angoscia da letto matrimoniale.

Di fronte al letto c'era un grande vaso con fiori secchi su un cassettone di legno invecchiato, destinato ai documenti, alla biancheria per la casa e alla mia biancheria intima che, pensando a quella di Lucy, la fidanzata di Santi, non mi sarei azzardata a chiamare lingerie.

Aprii il primo cassetto, dove avevo riposto il biglietto infilato da Martín nella borsa con gli orsetti, l'altro biglietto che Martín mi aveva scritto per conto di Alberto a Dianium, qualche foto e alcuni numeri di telefono – tutto ciò che conservavo dell'altra mia vita –, e attaccai i foglietti al pannello di sughero della cucina per esaminarli con attenzione mentre facevo colazione, mentre mangiavo e mentre lavavo i piatti. Le grafie erano uguali.

Era sabato e il bambino non andava all'asilo, ma non potei fare altro che passare al negozio per dare il cambio a mia sorella.

Era vestita come si vestiva per uscire con il marito. Scarpe con il tacco, calze velate.

«Vai quando vuoi. Sei molto bella», le dissi.

Con «bella» volevo dire pulita, depilata, profumata, truccata, pettinata. Qualunque uomo sarebbe potuto andare sul sicuro con lei. Suo marito si chiamava Richi ed era dirigente di una multinazionale. La domenica si metteva un paio di jeans con la piega stirata per andare a mangiare sulla sierra con mia sorella e i loro due figli, ai quali a volte mi univo anch'io con Janín. In fondo mi consideravano un peso, perché in caso di problemi loro non avrebbero potuto rifiutarsi di darmi una mano, e questo innervosiva Richi. A volte mi chiedeva di Santi. Io e Santi ci capivamo, diceva, andavamo d'accordo, perché non ci sposavamo? Santi sembrava un bravo ragazzo e di sicuro gli avrebbe fatto piacere vedere suo figlio tutti i giorni e non solo durante i fine settimana. La passione prima o poi finisce, ma con un po' di immaginazione può tornare, aggiungeva guardando maliziosamente mia sorella.

Non vedevo l'ora che mia sorella uscisse dal negozio per fare una chiamata internazionale a Buenos Aires. Srotolai la palestrina che tenevo nel retro per quelle occasioni e ci misi seduto Janín con qualche giochino di gomma. Aspettai dieci minuti per essere certa che mia sorella non tornasse all'improvviso a prendere le chiavi o un po' di soldi. Chiesi a due clienti di attendere un attimo. In Argentina dovevano essere le otto di mattina. Sapevo che la figlia di Julián si alzava presto per andare a scuola, dove insegnava, e pregavo che quel giorno fosse già sveglia, che non avesse cambiato casa né città, né paese, o qualcosa di peggio. Che non fosse morta, che continuasse a essere come me l'aveva descritta suo padre: occhi grandi e neri, lavoratrice, tranquilla, allergica all'avventura e alle sorprese. Julián non aveva mai potuto fargliene una in occasione del suo compleanno per non farla spaventare. Non sopportava i sussulti o le svolte inattese della vita, e inconsciamente si era prefissata di schivare gli alti e i bassi non cambiando nulla del proprio ambiente o della propria persona. Si chiamava Esther e me l'ero sempre immaginata tranquilla e poco chiacchierona, quasi un'ombra intorno alla tragedia vissuta dai suoi genitori nel campo di Mauthausen.

Al quarto squillo rispose al telefono. In fondo non me lo aspettavo e non seppi cosa dire quando chiese «chi parla?». Aveva un accento tipicamente argentino, soave con certe asperità che lo indurivano. Improvvisamente mi parve una donna che aveva scelto la sua strada e che aveva deciso di non essere come suo padre e probabilmente neanche come sua madre. Mi sembrò che avesse scelto di non commiserarsi.

«Parlo con Esther?»

«Sì», rispose. «Io con chi parlo?»

«Sono un'amica di tuo padre. Non so se ti ha mai parlato di me. Mi chiamo Sandra.»

Un profondo silenzio attraversò il cielo, le montagne e il mare. Mi chiesi se non fosse caduta la linea.

«Pronto?» insistetti io, di fronte al silenzio all'altro capo della linea.

«Sono qui», disse lei cautamente, come se stesse pronunciando parole magiche capaci di far saltare in aria il mondo. «Sei Sandra, la ragazza che viveva nella casetta con i fiori? La ragazza con i capelli rossi?»

«Immagino di sì, ma non ho più la ciocca rossa», precisai pensando alla bella immagine che Julián le aveva dato di me.

«È successo qualcosa a quel testone? Ha un cuore matto nel vero senso della parola.»

«Non gli è successo niente. Be', non lo so. Ho bisogno di vederlo, di avvisarlo di una cosa, e non so dove si trovi adesso.»

«Ah! Non sei la prima che chiama chiedendo il suo indirizzo. Ma questa cosa non finirà mai?»

«Chi ha chiamato? È molto importante.»

«Una voce di donna. Ha detto più o meno quello che stai dicendo tu.»

«Come posso dimostrarti che sono Sandra, la ragazza che tuo padre ha conosciuto a Dianium quando era sul punto di commettere l'errore più grande della sua vita?»

«Non puoi. Non ti conosco. Tutto quello che mi dici potrebbe essere una bugia.»

«Quando ho conosciuto Julián ero incinta di cinque mesi. Il padre di mio figlio si chiama Santi. Ti basta questo?»

«Il fatto è che se l'altra che mi ha chiamato sa della mia esistenza e conosce il mio numero, potrebbe conoscere anche altri particolari, proprio come te, capisci?»

Avevo la sensazione che mi credesse, ma che non potesse correre rischi.

«Voglio vedere mio padre un'ultima volta, fai il possibile perché non muoia e non lo ammazzino prima del tempo», aggiunse.

Capì il mio silenzio, la mia impotenza. Non avrei potuto aiutarlo solo con la volontà.

«Digli che mi manca la torta al cioccolato alle cinque e

mezzo al Faro, i tesori sotto le pietre, e che conservo ancora gli stivali con le borchie che abbiamo comprato insieme.»

«Richiama domani. Se sei fortunata, potrò dirti qualcosa.»

Almeno non sembrava che Julián fosse morto.

Quella notte non portai Janín nel lettino. Dormii abbracciata a lui, sentendo il suo intenso calore, il suo respiro. Un'altra madre, essendo madre di quella meraviglia, avrebbe giocato di più con lui. Gli avrebbe insegnato a distinguere i colori e le forme perché poi fosse il più sveglio della classe. Più di una volta ho pensato di fare tutto per mio figlio, ma a pensarci bene facevo le cose di base, quelle urgenti, e, a pensarci ancora meglio, non mi sentivo una madre eccezionale, mi limitavo ad accudirlo e non mi sforzavo più del dovuto.

Quando mi svegliai la mattina seguente, Janín aveva i capelli madidi di sudore e io la spalla piena di bava, eppure lo adoravo.

Mi preparai un caffè pensando al mio anello di congiunzione con Julián: sua figlia Esther.

Julián

Mia figlia Esther aveva trovato una tariffa ridotta per chiamarmi. A volte resisteva sveglia fino a molto tardi perché i nostri orari potessero coincidere, dato che durante la giornata lei aveva sempre molto da fare a scuola. Nel fine settimana ricevevo una sua telefonata con le voci dei suoi amici in sottofondo che bevevano qualche birra. Una delle cose buone del mio trasferimento da Buenos Aires a Dianium era stato liberare Esther da me. Adesso poteva invitare chi voleva senza dover interrompere la festa perché io potessi tornare a casa o sentirsi in colpa per il fatto che dovevo andare da un amico, a vedere vari film di seguito o a girovagare nel quartiere perché lei potesse godersi quello che adesso la gente definisce il «proprio spazio». La cosa più bella del nostro appartamento era una splendida terrazza che dava sul porto, e mi piaceva la sensazione che Esther fosse giovane e avesse amici che si appoggiavano alla ringhiera di ferro con un bicchiere in mano, che il tavolo ricoperto da piccole tessere di mosaico come una piscina si riempisse di arachidi e panini, e che ci fosse la musica. Era circondata da vasi con piante dalle enormi foglie verdi e dai fiori giganteschi, nei quali alcuni di loro piantavano i mozziconi, e io ero sicuro che le piante preferissero quei filtri schiacciati con forza nella terra al mio sguardo malinconico e mezzo morto. Esther si meritava una vita tutta sua.

Ci avevo messo molto a rendermi conto che ancora parecchio tempo dopo la nostra liberazione dal campo di Mauthausen, nel maggio del 1945, io non riuscivo a essere felice perché pensavo in continuazione alla mia mancanza di felicità, mentre Raquel pensava soltanto alla felicità di Esther. Il suo desiderio che nostra figlia fosse felice era così grande che non dava importanza alla nostra disgrazia e non permetteva a sé stessa che l'amarezza o la tristezza occupassero un millimetro del suo cuore, almeno del cuore che era evidente dal viso e dalla voce. L'altro cuore lo aveva nascosto tra gli scheletri viventi, tra gli occhi esageratamente grandi e tristi, tra le urla paralizzanti.

Raquel non consentiva per nessuna ragione che davanti a lei qualcuno parlasse a voce più alta del normale o che sbattesse un pugno contro il tavolo. In quei momenti il suo corpo si contraeva, si induriva, e smetteva di vedere ciò che la circondava, si astraeva completamente, smetteva di pensare e di esistere, perché, se non esisteva, nessuno avrebbe potuto farle del male. Quando l'avevano tirata fuori dalla baracca, insieme a due ragazze che un'altra prigioniera aveva denunciato per furto, e l'avevano portata in infermeria con varie costole rotte, aveva passato settantadue ore tra la vita e la morte ed era diventata muta. Una delle due ragazze era morta mentre l'altra era sopravvissuta, ma con un grave squilibrio mentale. Raquel non riusciva a parlare. Apriva la bocca e la richiudeva impotente.

Io e Salva eravamo profondamente scoraggiati per il fatto che non fosse in grado di riprendersi. Vederla così era l'inizio della fine. Perché sforzarsi di vivere ancora un po'? Era assurdo. E a quel punto era successa una cosa. Eravamo tutti e tre appoggiati a una parete, guardando il muro di fronte e la neve sporca, il bianco meraviglioso della neve calpestata, che è la cosa più sporca che si possa contemplare, quando avevamo sentito uno scroscio di risate. Da quando non sentivamo qualcuno ridere? Sembrò un tuono, uno sparo, qualcosa che era scoppiato in mezzo alla nostra desolazione totale. Quell'essere umano normale non sarebbe riuscito ad andare molto lontano, e infatti subito dopo sentimmo un grido di dolore. Lo avevano picchiato per bene. Perché quando ti tolgono tutto, ciò che in fondo vogliono toglierti è la gioia di vivere.

Quello che rideva era arrivato con l'ultimo carico di prigionieri. Si guardava intorno con qualcosa che gli scintillava nello sguardo, come se tutto l'orrore del mondo avesse un che di ridicolo.

Ben presto il nuovo si unì al nostro piccolo gruppo. Ci disse che si chiamava Perelló, che faceva il fotografo e che il mondo avrebbe saputo ciò che succedeva dietro quelle recinzioni. Fu lui che – semplicemente con il suo atteggiamento indifferente rispetto all'orrore – trasse Raquel dal suo mutismo. Raquel disse che le faceva provare una grande speranza e che grazie a lui vedeva attraverso la paura come attraverso un foglio che si strappa. Si era resa conto che la paura era fatta di una carta vecchia che si rompeva solo a guardarla. Diceva che le aveva fatto capire che quello non era tutto. Che ciò che le stava succedendo era un incidente e che la vita sarebbe continuata nonostante tutte le sofferenze. Sarebbe continuata più in là dell'inferno. Adesso era convinta che avrebbe tirato fuori la testa da quell'inferno come dalle onde del mare, e che avrebbe respirato e poi nuotato.

Anche se io e Salva gli eravamo molto grati perché da lui emanava qualcosa di così forte e buono che era riuscito ad arrivare fino a Raquel e a spezzare il cerchio della brutalità che la circondava, ci sentivamo un po' gelosi che lei, per salvarsi, avesse scelto un nuovo arrivato, uno che non conosceva neppure, che non aveva mai visto. E credo che per questo Salva avesse deciso di mettere in pericolo la propria vita per proteggere i negativi delle foto che oggi commuovono l'umanità intera.

In quello che le rimase della sua esistenza, Raquel si considerò una persona fortunata, e quando anni più tardi rimase incinta di nostra figlia Esther disse che non se lo aspettava e che non c'era nessuno più fortunato di lei.

Stavo cenando nella sala comune quando mi avvisarono che c'era una chiamata per me al banco della reception. Vista l'ora, Pilar, Geralda, io e qualcun altro sapevamo che era mia figlia da Buenos Aires. Mi infastidiva essere così arrugginito, perché mentre mi alzavo e arrivavo al banco gli scatti si susseguivano e non volevo che, ora che sperperavo lì a Dianium l'eredità che un giorno le sarebbe spettata, mia figlia fosse costretta a spendere anche soldi suoi per colpa mia.

«Sei sicura che sia lei?» le chiesi emozionato.

«Ha paura, ed è una cosa che non si può nascondere. Ma chissà. Preferisco esserne certa prima di dirle dove sei. Tra l'altro credo che non sia opportuno che venga a cercarti in albergo», spiegò Esther – che credeva stessi in un hotel – con la voce sfinita per la stanchezza che derivava dalla ripetizione. Quella era la sua condanna. Finché io non fossi scomparso definitivamente, avrebbe sentito sempre la stessa melodia, in continuazione, un disco rotto. E quando finalmente avessi riposato in pace, lei avrebbe continuato a sentirla senza volerlo e questo mi addolorava profondamente.

«È una ragazza intelligente», dissi con un'ammirazione che mi risultò quasi offensiva nei confronti di mia figlia.

«Sono felice che abbia la testa a posto e che non ti trascini a fare nessuna sciocchezza. Bevi abbastanza acqua?»

«E mi misuro la pressione e la glicemia tutte le mattine.»

Rimanemmo in silenzio per qualche istante. Furono i secondi più carichi di significato di tutta la nostra vita. A nessuno al mondo interessava che Esther fosse felice più che a me e nessuno era angosciato all'idea che io dimenticassi di prendere qualche medicina più di lei. Neanche io. In fondo continuavo a vivere solo perché Esther avesse un padre ancora per un po'.

Le dissi che quando Sandra avesse richiamato avrebbe dovuto farle una domanda molto semplice a cui soltanto lei avrebbe potuto rispondere.

Sandra

Io e Janín passammo la mattinata di domenica nel parco, poi mangiammo e infine lui fece un riposino. Io mi muovevo meccanicamente, pensando a quando avrei chiamato Esther a Buenos Aires. E una volta giunto il momento ebbi paura che non fosse in casa o che non rispondesse, che non fosse riuscita a mettersi in contatto con Julián o che io non le ispirassi molta fiducia. Temetti che Julián avesse dimenticato quei piccoli particolari che conoscevamo soltanto noi due – la torta, il Faro, le pietre – e che sua figlia mi prendesse per una bugiarda. Janín, ormai sveglio, mi guardava dalla coperta con i giochi sul pavimento come se capisse la mia ansia, come se prendesse molto sul serio tutti i miei pensieri, e rimase ad ascoltare il disco del vecchio telefono che girava come un tric trac. Sorrise al telefono.

Improvvisamente si creò il vuoto e io smisi di pensare, rimasi immobile. La voce dolce e aspra di Esther chiese chi era trascinando le sillabe fino al tavolo dove era appoggiato il telefono, tra un sacchetto di patatine e una Coca-Cola.

«Sandra, di Dianium», risposi. «Chiamo in un buon momento?»

Avevo bisogno di avere Esther dalla mia parte, non volevo che pensasse che la volessi infastidire più del dovuto.

«Mio padre mi ha detto di averti regalato una cosa senza nessun valore materiale, ma molto importante per lui. Cos'è?»

Mi innervosii. Quanti regali mi aveva fatto Julián, quanti lo erano veramente, per me? Una scatola laccata, che era ancora sul mio cassettone. Non pensavo che si trattasse di quella. Non volevo sbagliare. Se mi fossi sbagliata, Esther avrebbe riattaccato.

«Una bustina con della sabbia. Gliela avevi data tu quando eri piccola e lui la considerava un talismano. Me l'ha lasciata perché mi proteggesse, ma credo che adesso serva più a lui che a me.»

Silenzio. Si avvertiva tutta l'oscurità dell'universo tra me e lei. Quando ricominciò a parlare lo fece affannata, come se piangesse o avesse appena smesso di piangere.

«Non me lo ricordavo... È passato così tanto tempo. Sono cose da bambini. E va bene. Alloggia in un complesso alberghiero che si chiama I Tre Ulivi, si trova tra il monte e il mare. Non ha lasciato Dianium. Per il momento non vuole tornare, dice che lì ha amici della sua età e un'équipe medica che veglia su di lui. Andrò a trovarlo durante le vacanze, quando finirà la scuola.»

Feci un respiro profondo. Julián era vivo ed era ancora in Spagna: lui avrebbe saputo cosa dovevamo fare e sarebbe stato contento che non avessi spaventato sua figlia.

«Non raccontare a nessun altro tutto questo», le dissi. «A parte me non deve saperlo nessuno, per precauzione.»

Attraverso le galassie mi accorgevo di come a Esther mancasse la voce e di come non riuscisse a togliersi dalla testa quel momento lontano in cui era tornata da scuola e aveva dato a suo padre il grande tesoro di quel giorno.

«Lui dice di non presentarti lì come se niente fosse», aggiunse. «Preferirebbe che non si accorgessero del tuo ritorno. Cerca un modo discreto per incontrarlo.»

"Ricevuto", pensai. Questo vuol dire che Julián non ha abbassato la guardia e che è consapevole di essere circondato da qualche tipo di pericolo. Da un po' di tempo a quella parte non dovevo fare programmi, quasi non dovevo pensare che cosa avrei fatto il giorno dopo. La vita mi stava mostrando un cammino, mi stava indicando di andare qui o lì, come se esistesse un destino da compiere o un piano da realizzare.

Julián

Secondo quanto mi aveva detto Pilar, Violeta viveva in uno dei Bungalow Bremenn, un complesso di casette con volte in stile arabo all'ingresso e porte color indaco. Si trovavano nei pressi di Punta Negra, una zona di cale rocciose con poca sabbia, dove nei giorni di vento di levante le onde s'infrangevano con forza e la schiuma balzava in alto per vari metri. Quando disponevo della macchina a noleggio di tanto in tanto andavo da quelle parti, perché era il posto in cui respiravo meglio, a prescindere dalle condizioni climatiche. Mi si aprivano i polmoni e mi veniva voglia di mangiare e di vivere. In quel momento il mare era calmo e le rocce brillavano aspettando la loro razione di acqua.

Dopo essermi recluso ai Tre Ulivi non ero più tornato in certi posti. Punta Negra era uno di quelli, e un altro era l'hotel Costa Azul, dove avevo vissuto alcuni degli episodi più intensi di quegli ultimi anni. Non ero più andato neanche al Faro, il luogo dove io e Sandra ci incontravamo e che eravamo riusciti a preservare dalle grinfie della Confraternita. Lì ci sentivamo quasi intoccabili, in un altro mondo.

I bungalow avevano accesso diretto al mare e non rispettavano le normative sulle costruzioni affacciate sulla costa. Chi di dovere sapeva che da lì erano fuggiti verso il Sudamerica vari ufficiali nazisti e che altri erano arrivati clandestinamente nottetempo per rifugiarsi in quelle stanze fresche e accoglienti. Era facile dedurre che Violeta fosse una di loro.

Mi addentrai nella zona dei bungalow, che in generale avrebbero avuto bisogno di una buona mano di pittura. Non volli chiedere di lei al portiere, che non avrebbe messo a repentaglio il proprio lavoro per dare informazioni a me, e mi rivolsi a un giardiniere che raccoglieva foglie secche. Era un uomo di mezz'età e sembrava del posto, pertanto con ogni probabilità sapeva qualcosa.

«Violeta? Non è la donna che è annegata?»

«Sì, lei.»

«Sono dieci anni che mi occupo di questo giardino e non l'ho mai vista prendere il sole in piscina. Se fossi stato al posto suo, mi sarei goduto la vita facendo il bagno e bevendo birra dalla mattina alla sera.»

Quando si risvegliò da quel sogno a occhi aperti e gettò nella spazzatura l'ultimo mucchio di foglie e fiori secchi, disse che Violeta si occupava di affittare i bungalow e di verificare il buono stato di tutte le loro dotazioni, ma che più o meno nell'ultimo anno aveva smesso di dare importanza a ogni cosa: passava tra le palme e gli edifici come un fantasma. Lui invece aveva continuato a lavorare nel giardino con grande impegno per amore delle piante. Le considerava come figlie, e lo rattristava vederle invecchiare e morire, mentre a Violeta non importava assolutamente più nulla. Questo mi fece pensare alla fuga improvvisa di Otto e Alice. Probabilmente tutto ciò che la circondava le ricordava troppo lui.

«Credo che il proprietario abbia messo in vendita il complesso. Le assicuro che un altro al posto mio non si prenderebbe tutta questa briga.»

Indubbiamente il giardiniere era una persona a cui fare il bene provocava qualche rimorso di coscienza.

«Lei è un suo amico?» chiese senza smettere di lavorare.

«Amico di un suo carissimo amico. Non la si vedeva ogni tanto in giro insieme a un uomo della mia età, un po' più basso di me?» chiesi, domandandomi fino a che punto Salva si fosse rattrappito.

Lui rimase pensoso mentre legava un getto a un tralcio.

«Crede che qualcuno mi ringrazierà per quello che sto facendo? Prima o poi mi licenzieranno, punto e basta», disse passando la mano lungo una rosa vellutata senza toccarla.

«Le sembrava una donna che volesse togliersi la vita?»

Mi guardò senza rispondermi. Non stava pensando a Violeta o a me, ma alla rosa.

«Devo innaffiare», continuò, «prima che si brucino. Poi non sarà più mia responsabilità.»

Lo lasciai immerso nelle sue contraddizioni e mi allontanai lentamente lungo un sentiero di ghiaia e traversine romanticamente antiche. Alcune conservavano ancora le macchie di grasso dei treni e quello mi sembrò un particolare crudele da parte del proprietario, anche se nelle mani di quei miserabili qualunque particolare innocente era in grado di ricordarne uno atroce, come se tutto fosse testa o croce, bianco o nero, sopra o sotto, destra o sinistra: le stazioni ferroviarie, l'acqua, la cenere, i bottoni, le scarpe, l'aria, nelle «loro» mani tutto finiva per essere avvolto da un dolore incomprensibile.

I bungalow, che un tempo dovevano essere bianchi come le meringhe e azzurri come il cielo, non erano stati più riammodernati dagli anni Cinquanta. Alcuni erano comunicanti. Erano disposti in tondo e in mezzo risplendeva l'azzurro intenso di una piscina a forma di fagiolo. Era circondata da palme alte e basse, una siepe, cespugli di rose, oleandri e varie buganvillee di cui, adesso che conoscevo il giardiniere che li curava, apprezzavo ancora di più la bellezza. A poca distanza, sulla spiaggetta di sabbia e sassi, c'era un piccolo imbarcadero privato molto adatto a fughe notturne verso il Marocco o il Sudamerica. Incrociai una coppia che procedeva stancamente carica di sacchetti del supermercato. Erano inglesi e, dalle loro facce e spalle arrossate, capii che dovevano essere lì da tre o quattro giorni. Mi spiegarono che il supermercato era di fronte, appena attraversata la strada, e che, per quanto non molto grande, aveva l'indispensabile per le necessità quotidiane.

Per quell'escursione mi ero messo il berretto e le scarpe da ginnastica e questo, agli occhi degli inglesi, mi collocava perfettamente in uno dei bungalow. Mi chiesero se mi facesse piacere bere qualcosa nel loro giardinetto l'indomani al tramonto. Avrebbero fatto un barbecue. Il loro bungalow era il numero trenta. Accettai e li ringraziai. Due tipi simpatici, sulla quarantina, che dovevano annoiarsi mortalmente se erano costretti ad attaccare bottone con un anziano per distrarsi. Forse i figli li stavano aspettando, pronti a saltargli addosso, e per questo loro solidarizzavano disperatamente con qualunque adulto con cui scambiare chiacchiere senza nessuna conseguenza sulla vita futura. Il bello delle persone già formate è che, al contrario dei bambini, non le si può più traumatizzare.

Violeta doveva essersi recata necessariamente in quel supermercato per gli acquisti quotidiani. Sulla soglia mi asciugai il sudore del capo con la mano, me la passai sul cranio e sui pochi capelli radi che miracolosamente ancora mi rimanevano. All'interno mi misi di nuovo il berretto per non raffreddarmi. Per fortuna c'era un uomo di età indefinita, ma comunque di mezza età, con una salopette azzurra schizzata di vernice, cosa che poteva significare che dipingere era la sua vera passione e il negozio soltanto un mezzo di sostentamento. Per come gli si rivolgevano i clienti aveva tutta l'aria di essere il proprietario. Un ragazzo sistemava bottiglie di conserva sugli scaffali.

Allungai il più possibile il collo in cerca, già che ero lì, di un pacco di biscotti senza zucchero e un altro con lo zucchero. Mi piaceva avere sempre in stanza qualcosa, casomai mi sentissi svenire.

«Posso aiutarla?» disse il tizio con la salopette dietro di me.

Mentre abbassavamo lo sguardo verso gli scaffali corrispondenti, gli chiesi se era un pittore.

Mi accorsi che emergeva l'altro suo io, quello importante, quello che conteneva tutta la sua anima, mentre in quello del negozio restava solo l'indispensabile.

«Anche lei?»

«No, ma riconosco un artista quando lo vedo. E quelle macchie... pittura a olio?»

«E acquerello. I miei lavori sono in mostra in una galleria del centro, la più grande, non può sbagliarsi.»

«Sarò felice di visitarla, ci conti. Sono entrato per caso, sto cercando una vecchia amica che abitava qui in zona.»

Gli dissi che si trattava di Violeta, ma non potei proseguire, dovetti fermarmi perché potesse fare il conto a un cliente in costume da bagno e T-shirt.

«Violeta, quindi», rispose. «Era anziana, certo, ma molto robusta, in salute, una vera sportiva, non si stancava mai di camminare, e ci ha stupito molto che sia annegata in mare.» Mi mostrai sorpreso e ostentai una profonda tristezza. Il tizio proseguì. «Conosceva molto bene questa costa, a parte il fatto che nessuno l'aveva mai vista fare il bagno. Solo bagnarsi i piedi.»

Andava quasi tutti i giorni al negozio e parlava molto con lui. Bisognava considerare che, quando finiva la stagione turistica, a Punta Negra rimanevano in quattro gatti ed era allora che lui ne approfittava per dipingere. Per gentilezza gli avrei chiesto cosa dipingeva, ma era troppo rischioso. Probabilmente avrebbe usato tutto il tempo che mi restava per spiegarmelo. In ogni caso, aggiunse malinconico, osservando la porta come se potesse attirare la clientela con lo sguardo, negli ultimi tempi Violeta gli sembrava preoccupata e si guardava in continuazione alle spalle, come se si sentisse seguita. A lui erano sembrate ansie da persona anziana. Cosa intendeva con «ultimi tempi»? I quindici giorni che avevano preceduto la sua morte.

«Una mattina si è precipitata qui dentro con aria stravolta. Mi ha chiesto di dormire sul retro perché nei bungalow erano comparsi i topi – cosa che non meravigliava, considerato lo stato di abbandono della struttura – e lei ne era davvero terrorizzata. Le ho detto che potevo aiutarla a sistemare qualche trappola o chiamare un'impresa di derattizzazione, ma Violeta si rifiutava di tornare nel suo bungalow.»

Per darle una sistemazione, il pittore aveva ammucchiato gli scatoloni in un angolo e aveva steso il materassino su cui ogni tanto schiacciava un pisolino. Qualche giorno più tardi era stata ritrovata morta nella cala, con addosso i jeans, le scarpe da ginnastica e un maglione pesante di lana.

«E non è venuto nessuno a chiedere di lei?»

Sì, ci era andato un amico anziano, preoccupato perché erano vari giorni che non aveva sue notizie.

Era un peccato non avere una foto di Salva per mostrargliela.

«Si chiamava Salvador?» chiesi.

«Credo di sì. Qualche volta li avevo visti insieme. Magari era una storia d'amore tardiva.»

«Sì», dissi. «Salva era molto innamorato di Violeta.»

«Ma guarda un po'», esclamò, probabilmente pensando ai propri amori.

Siccome il pittore non sapeva a chi dare le sue cose, le aveva date a Salva. Tra l'altro chi avrebbe potuto volere un paio di pantaloni, un giaccone, la sua biancheria intima e il suo spazzolino?

«E Violeta non aveva nient'altro?» Glielo chiesi quasi *en passant*, senza enfasi.

Sapevo che quella domanda lo avrebbe meravigliato e la pronunciai con un tono più basso del normale.

«È la stessa domanda che mi hanno fatto anche gli altri», ribatté.

Dovemmo interromperci di nuovo quando entrarono dei ragazzi per comprare bevande alcoliche e arachidi. Poi lui dovette fargli il conto, ma prima fu necessario aspettare perché avevano dimenticato qualcosa, infine dovemmo ricordare dove ci eravamo interrotti.

«Portava tutto con sé, lo teneva nelle tasche dei pantaloni e del giaccone, se era inverno. Se si riferisce al denaro, non mi sono preoccupato di contarlo. Mi faceva molta impressione l'idea di avere gli effetti personali di una defunta nel mio negozio e volevo solo disfarmene.»

«Com'erano queste altre persone? Erano poliziotti?»

Scosse la testa. «Mi hanno detto di essere amici di Violeta, ma io avevo già dato tutti i suoi effetti personali al signore anziano.»

Si capiva che gli piaceva l'espressione «effetti personali», la pronunciava con soddisfazione.

«E le hanno chiesto di lui?»

Il pittore arrossì. Non poté evitare che un'ondata di sangue gli salisse alla faccia e alle orecchie.

«Gli è successo qualcosa?» chiese.

Assentii in un modo che faceva pensare al peggio.

«Avrei dovuto chiamare la polizia», disse. «Dovrò vivere con questo rimorso per tutta la vita. Questa faccenda mi ha lasciato piuttosto sconcertato.»

«Ma ha descritto a queste persone l'amico di Violeta?» chiesi, sapendo che era una descrizione molto semplice: vecchio e debole.

«Non è per questo, ma perché qualche giorno prima della morte di Violeta hanno forzato il negozio e hanno messo tutto sottosopra, soprattutto il retro, dove dormiva lei.»

Lo esortai con un'occhiata a continuare a parlare. Non osavo farlo ad alta voce per non dargli modo di ripensarci.

«Ho chiesto a Violeta se quell'episodio avesse a che fare con lei. Se avesse idea di chi poteva essere stato. Sarò sincero: speravo che lo negasse. E invece no. Mi ha confessato che aveva la sensazione che la stessero sorvegliando e ha concluso che avrebbe cercato di tornare al suo bungalow. "Sono certa che avranno già fatto la derattizzazione", così mi ha detto. Avrebbe recuperato le sue cose, i suoi pochi effetti personali, non appena avesse potuto, ma non è mai più tornata.»

La ritrovarono tra gli scogli come lui l'aveva vista l'ultima volta: jeans e un maglione bianco con il bordo nero gonfiato dall'acqua, qualche ciocca di capelli che le copriva il volto.

«È successo un giorno di febbraio, un giorno umido e freddo», aggiunse. «Anche se c'è chi pensa che in un posto come questo non faccia mai freddo.»

A quanto pareva, nessuno le aveva sottratto l'orologio, un Cartier d'oro bianco e zaffiri molto elegante, che contrastava con il suo aspetto sportivo. Sotto il maglione avevano trovato un medaglione d'oro con un sole nero smaltato; non le avevano strappato neanche quello, cosa che aveva portato tutti a credere che si fosse trattato di suicidio.

Per togliersi di mezzo poteva essersi buttata dal punto più alto del belvedere di Punta Negra. O poteva essere entrata in mare come tanti poeti fino ad annegare. A quanto si sapeva lei non era affatto il tipo, ma evidentemente aveva pensato che se i poeti lo facevano doveva essere un buon modo per sparire.

«Non riesco a togliermi dalla testa che se quel giorno non fosse uscita dal negozio a quest'ora sarebbe ancora viva. Credo, in un certo senso, di averla abbandonata al suo destino.»

«Perciò si è suicidata», dissi per rimettere le cose al loro posto.

Annuì pensoso. «Forse si sentiva in trappola, non trovava una via d'uscita. Chi avrebbe potuto voler uccidere una persona che, per quanto sia agile, ha pur sempre i giorni contati?»

«Certo», ribattei senza perdere di vista il mio obiettivo. «Non ha visto gli uomini che le hanno messo sottosopra il negozio?»

Non negò con decisione, anzi, non lo fece affatto. Un cliente aspettava di pagare, perciò lui andò verso la cassa con le mani infilate nelle tasche sul davanti della salopette.

«La mostra sarà inaugurata alle otto», disse.

Quando stavo già uscendo dal negozio, mi resi conto che avevo perso la mia prontezza quando si trattava di carpire informazioni. Entrai di nuovo.

«Uno degli uomini che sono venuti a chiederle di Violeta era robusto, non molto alto, rasato, basette sottili, con un cerchio tatuato sulla nuca e probabilmente vestito di nero?»

Ci pensò su. «Mi pare di sì. Sì, era più o meno così. L'altro sembrava un secchione, molto normale, con capelli corti e occhiali.»

«Grazie», dissi sinceramente. «E sa una cosa? Lei non ha colpa di niente. Anche se quel giorno non fosse uscita dal negozio, Violeta era già spacciata. Stia tranquilla. Ci vediamo alle otto!»

Avevo appena capito che il rullino era spuntato dagli effetti personali di Violeta.

Ero curioso di vedere che genere di quadri dipingeva quell'uomo. E soprattutto quella era l'occasione perfetta per invitare Pilar, così mi avrebbe riportato alla residenza in macchina.

«Hai un amico pittore!» esclamò entusiasta quando le telefonai. «Sei pieno di sorprese.»

La aspettai in un bar-pub del belvedere di Punta Negra, che si chiamava La Trompeta, sorseggiando un caffè freddo. Arrivò con cinque minuti di ritardo perché era passata a casa a farsi bella. Si era messa un vestito nero con le frange e le scarpe argentate con il tacco a spillo. Attirava l'attenzione.

Pensai che Pilar avesse scelto un abbigliamento eccessivamente elegante, ma in realtà alla galleria c'erano varie persone vestite in quel modo. E feci quasi fatica a riconoscere il pittore. Indossava giacca e cravatta ed era perfettamente rasato. Lanciai un'occhiata ai prezzi dei quadri e, se mi fossero rimasti un po' di soldi, ne avrei comprato uno; non perché mi piacessero, ma perché l'aspetto elegante dell'artista denotava un enorme rispetto nei confronti della propria opera e di noi che eravamo andati ad ammirarla. Le tele erano firmate con il nome di Raúl.

Raúl pronunciò un breve discorso esortandoci all'acquisto, poi venne servito del vino. Io e Pilar ci avvicinammo a lui e ci complimentammo. Raúl mi diede una pacca sulla spalla come a un vecchio amico e Pilar, che era già al terzo bicchiere, gli disse di mettere il cartellino con la scritta VENDUTO su un quadro che si intitolava *Tempesta*. Raúl si emozionò, mi mise un braccio sulle spalle e mi lasciò andare subito come se bruciassero. Probabilmente gli aveva fatto impressione il contatto con delle ossa così appuntite. Io ero abituato a vedere ossa di tutte le forme e dimensioni: scapole, bacini, ginocchia, mandibole, zigomi. Al campo avevo potuto osservare che sono le ossa a renderci diversi. Lo scheletro e la voce.

«Non conosco il suo nome, mio caro amico.»

«Meglio così», replicai. «In questo modo non potrà ripeterlo. Sa, per quanto possibile sarebbe meglio che non mi collegassero a Violeta e all'altro anziano che stava con lei.»

«Sua moglie è molto bella», disse riferendosi a Pilar e allungandomi un altro calice di vino bianco freddo, «e ha buongusto. Non si preoccupa?»

Abbozzai un mezzo sorriso, o almeno così credetti. Non ero mai sicuro di quello che faceva la mia faccia per conto suo.

«Una faccenda poco chiara, quella di Violeta, vero?» aggiunse osservando i movimenti degli invitati.

A quel punto fui io a mettergli un braccio sulle spalle. Spalle forti a furia di sistemare e portare fuori scatoloni dal negozio.

«Dimenticala, figliolo. Lei non ti ha raccontato in che cosa era coinvolta. Non sai niente, non pensarci più. Credimi, è la cosa migliore.»

Il passaggio spontaneo al tu da parte mia, se possibile, ci aveva avvicinato. Mi sorrise pieno di gratitudine. Pilar ci raggiunse con il suo sesto o settimo bicchiere, facendo volteggiare le frange del vestito.

«Sono splendidi! Ne comprerei anche un altro.»

Raúl la prese sottobraccio con l'intenzione di farle omaggio di una visita personalizzata della sua mostra, ma io interruppi quel momento dicendo a Pilar che era ora di rientrare perché dovevo prendere le medicine e che i quadri sarebbero rimasti lì ancora per qualche giorno.

L'aria fresca le fece bene, così come smettere di bere.

«Che persone interessanti conosci, guastafeste!»

Guidò come una pazza fino alla residenza e mi lasciò sul retro, dove sistemavano le casse di latte, di carne e di pesce. Oltre al fatto che mi sentivo piuttosto stanco, mi sembrava una scorrettezza nei confronti di Pilar permetterle di comprare un altro di quei quadri.

4.
LA CASETTA AL MARE

Sandra

Dovevo tornare a Dianium a tutti i costi per cercare di incontrare Julián e avvertirlo che lo stavano cercando. Volevo dirgli tutto di persona e vedere come stava. In fondo, a mano a mano che il tempo passava, Dianium, Alberto e Julián si trasformavano sempre più in uno di quei sogni ricorrenti che cercano di risolvere qualcosa di irrisolto nella vita vera.

Ero fuggita di lì un giorno all'alba e avevo detto addio a Julián salutandolo dal finestrino di un autobus. Non mi ero neppure congedata da Alberto. Non ero riuscita a dirgli che mi piaceva stare con lui più che con qualunque altra persona al mondo, che avevo la profonda certezza che non avrebbe mai smesso di piacermi neanche un millimetro del suo corpo e che non avrei sopportato di morire senza fare l'amore con lui. Adesso capisco perché alcuni assassini sentono il bisogno di tornare sul luogo del delitto, per non continuare a sognarlo.

Non è così facile tagliare definitivamente i ponti, anche se si tratta del tuo peggior nemico, perché la memoria non taglia, non è un coltello. La mia memoria continuava a essere così ancorata a Dianium che avevo la sensazione di aver attratto io stessa Dianium fino a lì.

C'era stato qualche giorno di caldo intenso, ma adesso le temperature si erano abbassate e bisognava mettersi qualcosa sulle spalle. Dissi a mia sorella che era il clima ideale perché Janín potesse godersi la spiaggia. Perciò, se non aveva niente in contrario, avrei preso quindici giorni di ferie e sarei tornata prima che cominciasse la confusione dei saldi. Le dispiaceva prestarci la casetta al mare? Per convincerla le dissi che Santi sarebbe venuto con noi; poteva dire a Richi che avrei lasciato tutto come lo avrei trovato, anche meglio, che avrei fatto in modo che il giardiniere sistemasse il giardino e lo facesse diventare splendido. Lei in cambio mi chiese di trovare un inquilino a partire da agosto.

Non feci fatica a convincere Santi ad accompagnare me e suo figlio, cosa che lui interpretò, come temevo, come un invito a tornare alle vecchie consuetudini del nostro rapporto. Ma non avrei potuto stare sola con Janín e allo stesso tempo cercare Julián.

«E così questa è la famosa casa», esordì Santi quando scendemmo dalla macchina e io aprii il cancello.

Il profumo del piccolo giardino mi fece quasi venire la nausea, come se l'odore di prima e quello del presente si fossero mescolati. La casetta aveva due piani con persiane verde scuro e una lanterna in veranda che di sera diffondeva una luce aranciata. C'era anche un set di poltrone di vimini con cuscini di tela e pezzi di artigianato locale come le ceste piene di riviste e legna.

Santi respirò profondamente riempiendosi i polmoni di una situazione che doveva aver sognato varie volte.

Gli dissi che avrei tenuto io il bambino mentre lui lavorava e viceversa.

«E tu che lavoro devi fare?» chiese incuriosito.

«Ne approfitterò per visitare i negozi della zona e prendere spunti», risposi, infastidita perché il mio lavoro gli sembrava una cosa da niente.

«Credevo che saremmo stati insieme, non che dovessimo fare i turni per occuparci di Janín.»

Non replicai, non gli dissi che il mio obiettivo era localizzare Julián e che non sapevo cosa mi aspettava dopo. Non gli dissi di non farsi illusioni perché lui era venuto a Dianium per proteggere suo figlio, anche se non lo sapeva. E non ci fu bisogno che glielo dicessi; montò il box per farlo sedere guardando dall'altra parte.

«Perciò sei venuta a lavorare», ribadì.

Aveva voglia di discutere, di lasciare briglia sciolta all'incazzatura repressa da non so quanto tempo. Si girò verso di me con gli occhi vitrei, come se gli si fossero accese di colpo tutte le lampadine del cervello. Adesso mi aveva in pugno, non potevo scappare dalla casetta. Dovevo costringerlo a pensare ad altro.

«Perché non disfiamo le valigie, mettiamo a posto tutto e prepariamo la cena?»

Per fortuna lo chiamò Lucy, la sua vocina attraversò il timpano di Santi e arrivò al mio. Non sopportava di stare da sola, senza di lui la casa sembrava ancora più vecchia, si annoiava, le veniva da piangere. E Santi dovette fare molta fatica per convincerla a non raggiungerci.

Julián

Il giorno dopo la nostra visita alla mostra non fu necessario cercare una scusa per andare a trovare Pilar e chiederle una cosa che non mi aveva lasciato chiudere occhio per tutta la notte. La visita ai bungalow dove aveva vissuto Violeta e ciò che mi avevano raccontato di lei il giardiniere e il pittore gettavano una luce nuova sulla vita e la morte del mio amico. Fin dove era voluto arrivare Salva con le sue indagini sulla Confraternita? Sapeva qualcosa che era ancora più importante rispetto ad averli scoperti a fare la bella vita in pantaloncini corti, senza preoccupazioni, senza rimorsi, senza sensi di colpa, sentendosi esempi viventi per esseri abbrutiti e semplici come Martín?

Pallina mi accolse tutto contento: mi identificava con le corse sulla spiaggia e forse con il periodo in cui era un cucciolo. Per lui dovevo essere come uno zio lontano che di quando in quando fa visita alla famiglia distribuendo regali.

Pilar attese a braccia conserte che mi accorgessi di una novità che la entusiasmava, aspettò che mi sorprendessi, era contenta. Una situazione difficile per me, perché avrebbe potuto trattarsi di una nuova pettinatura o del fatto che era dimagrita, anche se era possibile che non fosse qualcosa che la riguardava in prima persona. Raquel mi diceva sempre che il problema di noi uomini è che crediamo che le donne siano vanitose quanto noi.

E anche in quell'occasione aveva ragione. Improvvisamente vidi il quadro di Raúl davanti alla sua poltrona e respirai.

«Così posso ammirarlo tutte le volte che voglio», disse guardandolo rapita.

«Perfetto. Ci sta veramente benissimo.»

Era possibile che Salva sospettasse un omicidio dove c'era stato soltanto un incidente, e che Violeta fosse davvero scivolata sulla scogliera di Punta Negra sbattendo poi la testa contro uno scoglio. Perché, se l'avevano spinta, ovviamente non era stato per derubarla. Non avevo conosciuto quella donna e non ne avevo avuto notizia fino a quel momento. Capivo che non ero stato in grado di vedere tutto l'insieme, eppure adesso spiccava come la cima di una montagna o un brillante, come un colore vivace in mezzo ai grigi e ai marroni.

Mi sedetti sulla poltroncina scomoda riservata alle visite brevi e Pallina si allungò fino a distendersi accanto alla mia gamba, così attaccato a me che mi trasmetteva troppo calore e riuscivo a sentire il suo respiro. Mi voltai verso il quadro e Pilar mi offrì un po' d'acqua; poi si sedette sul bordo della scrivania facendo oscillare le gambe tornite e abbronzate, con qualche foglio in mano, atteggiamento che indicava che il colloquio sarebbe durato poco. Pensai per qualche secondo a come affrontare la faccenda di Salva senza metterla in allarme.

«Sai? Mi solleva il pensiero che Salva avesse un'amica con cui godersi la vita. È una disgrazia che Violeta si sia suicidata lasciandolo solo nei suoi ultimi giorni.»

Lei, dalla sua vita piena di energia, annuì.

«Un duro colpo per Salva», ripresi, come riflettendo ad alta voce. «Non riesco proprio a immaginare come possa aver reagito quando lo ha saputo.»

«Non so, non rimase molto impressionato, sembrava che in qualche modo se lo aspettasse. Naturalmente io non c'ero quando lesse la notizia. Salva era il primo a leggere i giornali tutte le mattine. Gli interessava tenersi aggiornato, era molto colto. Non mi meraviglia che foste amici.»

A quanto pareva la notizia era accompagnata da una foto di Violeta, come l'avevano trovata alcuni bambini che cercavano conchiglie tra gli scogli, le gambe divaricate per la caduta o per la forza delle onde. Non appena lo aveva scoperto, Salva si era diretto nell'ufficio di Pilar con il giornale in mano. «Non rivedremo più Violeta da queste parti», aveva detto pensoso.

«Ed è finito tutto così, con quella frase?» domandai.

«Be', subito dopo la morte di Violeta, Salvador ricevette la visita di alcuni signori molto eleganti, con un macchinone. Dissero di essere parenti di Violeta e che desideravano parlare con i suoi amici più intimi. Portarono via Salva a bordo della loro auto, volevano offrirgli una cena a base di frutti di mare.»

«Non hai notato niente di strano?»

«E cosa doveva esserci di strano?»

«Sforzati di ricordare.» Le tolsi delicatamente i fogli di mano e la guidai per il gomito verso l'altra poltroncina. Il bordo della scrivania le aveva lasciato una profonda linea rossa sulle cosce.

Da dietro la poltroncina le afferrai le spalle forti e le strinsi un po'. Non si sorprese, mi conosceva abbastanza da sapere che non pretendevo niente di più che stringerle le spalle, poi le passai leggermente la mano sul viso chiudendole gli occhi.

«Per favore, non aprire gli occhi e osserva la scena facendo molta attenzione. Concentrati, non pensare ad altro. Stai vedendo Salva con i tizi eleganti?»

Quelle cose fuori dal normale piacevano moltissimo a Pilar. Riteneva che rendessero la sua vita interessante perché provenivano da un uomo che lei considerava interessante.

«Sì, lo vedo», rispose con un sorriso.

«No, non lo vedi, sei distratta, credi che questo sia un gioco. Ma posso assicurarti che è una cosa molto seria. Quando potrò farlo, te lo spiegherò.»

«E va bene», disse aggrottando la fronte, arrabbiata o concentrata. «Uno era molto alto e magro. Uno straniero vecchio e affascinante. Portava un paio di pantaloni di lana grigi e una giacca blu mare con uno scudo sulla tasca, e sotto un maglione a collo alto, grigio come i pantaloni. Scarpe nere con i lacci. Il secondo era parecchio più basso e scuro di carnagione, sarebbe potuto sembrare spagnolo, portava un vestito nero e un foulard di cachemire marrone che gli copriva il collo e parte della giacca, un grande sfoggio di eleganza. Da una parte mi ha sorpreso che quei due fossero parenti di Violeta, che era una donna così semplice. Ma d'altra parte era vero anche che portava abitualmente costosissimi accessori, come l'orologio di Cartier d'oro bianco e zaffiri che le spuntava da una manica del giaccone.»

Pilar si stava rendendo conto che quei due uomini avevano attirato la sua attenzione più di quanto credesse, e questo avrebbe potuto distrarla.

«Concentrati su Salva.»

«Attraversa il giardino stando in mezzo a loro. Mi fa pena, è così fragile...»

«Ti fa più pena del solito, è più vecchio e debole del normale?»

«Sì, mi fa più pena. C'è un motivo, è come se tra quei due si facesse piccolo piccolo.»

«Bene, perciò arriva fino alla macchina stretto fra quei due. Attraversano il giardino e poi la sala da pranzo fino all'ingresso o aprono il cancello che dà sulla strada?»

«Aprono il cancello. La maggior parte della gente non sa che si può entrare nella residenza anche da lì. Sembrava che invece loro ne fossero informati. Ho immaginato che glielo avesse detto lo stesso Salvador.»

«E poi?»

«C'è un momento in cui Salva gira un po' la testa verso di me. Il fatto è che lui non poteva voltare il capo per guardare indietro o di lato a causa dell'artrosi, quindi ha girato per metà il busto, e adesso mi rendo conto che è stato questo a intristirmi.»

«Perché ti sembrava che chiedesse aiuto? Che andasse verso la macchina un po' contro la sua volontà?»

«Non so», rispose Pilar aprendo gli occhi, «è una cosa mia. Ma non è successo niente di strano, sembrava solo che mi stesse dicendo addio.»

«Ma è tornato.»

«Sì. Lo hanno riportato qui intorno alle otto, all'ora di cena, quando stavo per andare a casa. E mi è sembrato uguale al solito, mi ha detto anche una delle sue tipiche frasi: "Che ne sarà di questa fortezza senza la sua regina?". Non ho la sensazione di aver notato alcunché di speciale. Non farmi venire dubbi.»

«Ma due giorni dopo è morto», osservai.

Pilar annuì.

«Non abbiamo potuto fare niente. Di questo puoi essere sicuro, hai la mia parola. È salito a fare un riposino e non è più sceso a cenare. Hanno bussato alla sua porta e, non ottenendo risposta, hanno temuto il peggio. Mi è dispiaciuto molto. A volte, come capirai, devo cercare di rimanere lucida.»

Stavo per dirle che, visto quello che poteva succedere, aveva fatto male a lasciarsi coinvolgere emotivamente da me più del dovuto, ma mi trattenni. Era assurdo cercare di proteggere i sentimenti di una persona che aveva giovinezza, salute, lavoro e serate di salsa.

«Non vi è venuto in mente di richiedere l'autopsia?»

Mi guardò con gli occhi sgranati. Li aveva sempre molto truccati.

«Julián, Salvador viveva con un piede nella fossa. A volte mi meravigliavo vedendolo comparire per fare colazione.»

Pilar non aveva idea di cosa significhi avere un piede nella fossa, sapere con assoluta certezza che la tua vita può finire in ogni istante perché qualcuno ne ha voglia. Anche quando si è vecchi si ha speranza, persino quando si è molto malati si ha speranza.

Chiesi a Pilar di domandare a Geralda se conosceva una tedesca che si presentava come Violeta, e anche a Elfe quando l'avesse trovata sobria, ma di non nominare me per niente al mondo. Confidavo nella sua discrezione assoluta. Per giustificare la sua curiosità, avrebbe potuto dire che una volta Violeta aveva fatto richiesta per un posto alla residenza e che poi non ne aveva saputo più nulla.

«E a te perché interessa tanto questa Violeta?»

«Perché credo che sia stata uccisa e che poi abbiano gettato il suo corpo in mare.»

«E vuoi scrivere un giallo», esclamò Pilar sorridendo. «E dai, Julián, a me pare che tu abbia una grande fantasia, che abbia visto troppi film.»

Sorrisi. Sorrisi per molte cose, per quanto non mi divertissero.

«Se lo sapessero, se conoscessero le mie intenzioni, nessuno direbbe niente di Violeta.»

Non si poteva dire che mentissi a Pilar; lasciavo soltanto che lei desse una giustificazione più ragionevole a tutto.

Dalla descrizione di Pilar, quelli che erano andati a cercare Salva erano Fredrik Christensen e un altro della Confraternita. Il mio amico si era sorpreso vedendoli comparire? Se sì, di sicuro non si era notato. A Mauthausen aveva deciso di non dare al nemico più di quanto gli strappasse con la forza: né un sentimento né un'emozione, né una lacrima né un sorriso. Potevano impossessarsi del suo corpo, ma non del suo cuore. Eravamo in pochissimi ad averlo visto corrugare la fronte per la rabbia, oppure con un'espressione placida sul volto. Io e Raquel eravamo sempre stati preoccupati dalla sua inespressività. Era impossibile misurare l'angoscia che poteva provare in un determinato momento. Non permetteva che si spargesse intorno a lui, la conteneva, la controllava, la nascondeva dietro i suoi modi da scrittore raffinato. Era quello il lavoro che sceglieva con maggiore frequenza per presentarsi al mondo, e in un certo senso era vero. Se non avesse avuto una grande missione da portare a termine sarebbe finito a pubblicare libri e a tenere conferenze. Godeva di tutto ciò che scriveva, come se le generazioni future stessero aspettando di leggerlo. La nostra organizzazione gli aveva assegnato uno stipendio di cui usava una minima parte per la sussistenza, il resto lo impiegava per le sue indagini o lo restituiva. Diceva che per vivere, quando si è liberi, basta poco, e che spendono molto solo coloro che non hanno fantasia, per pura noia.

Io invece non potevo restituire niente, soprattutto dopo la nascita di Esther. Dopo un po' era stato un grande sollievo che Raquel avesse trovato quel lavoro da segretaria, che ci aveva permesso di risparmiare e comprare una casa. Non so perché, ma in quel momento mi ricordai del giorno in cui era nata nostra figlia e Salva si era presentato in ospedale con un cavallo a dondolo che occupava metà della stanza. I più ottimisti dicono che il tempo è il presente, ma io dico loro che il mio tempo è anche Raquel e Salva, e loro non sono più nel presente.

I membri della Confraternita dovevano essersi accorti che Salva li sorvegliava. Probabilmente lo vedevano aggirarsi nei pressi di Villa Sol, del Nordic Club, della casa di Otto e Alice, avevano capito che si interessava dei loro dati nei vari registri amministrativi ed evidentemente si chiedevano chi fosse quell'individuo. Una cosa del genere avrebbe potuto succedere, se non fosse stato per il fatto che Salva era straordinariamente cauto. L'ipotesi più probabile era che lo avessero individuato grazie al suo rapporto con Violeta. Lei era una del gruppo e tutto ciò che circondava la Confraternita non sfuggiva al loro controllo. Ma, arrivato a quel punto, mi bloccavo. Avevano ucciso Violeta perché era amica di un cacciatore di nazisti? Non sembrava possibile che lei lo sapesse. Violeta era una nazista DOC, di razza purissima. E dalle conclusioni che stavo traendo rappresentava un appoggio logistico del gruppo a Dianium da molti anni. Aveva trovato rifugio a Otto nel castello quando era fuggito dalla Germania, gli portava da mangiare ed era anche innamorata di lui. Poi si era dedicata a procurare una sistemazione ai filonazisti che arrivavano al santuario di Dianium, dove oltre al calore del sole trovavano anche quello dei loro confratelli. Anche lì mi bloccavo: perché a Salva interessava tanto andare d'accordo con Violeta, fino al punto di mettersi nel mirino degli altri del gruppo? Mi faceva male la testa. La morte di Violeta e quella di Salva iniziavano a sembrarmi legate.

Qualunque cosa fosse ciò che univa Violeta e Salva, la visita alla residenza di Fredrik e dell'altro tizio era stato ciò che aveva spinto il mio amico a temere il peggio e a inviarmi quella lettera d'addio insieme alla foto di Fredrik e Karin Christensen scattata durante una festa di compleanno: la semplice punta dell'iceberg rispetto a tutto ciò che ora dovevo affrontare.

Sandra

Intorno all'una di notte mi alzai per chiamare Esther a Buenos Aires. Uscii con circospezione in giardino e la luce del cellulare aprì un varco nella buganvillea. Alcune foglie rosse si muovevano come piccole lingue di fuoco. «Chi è?» chiese la voce ormai familiare di Esther. Mi coprii la bocca con la mano per attutire la voce. «Non ti sento», gridò. Mi addentrai il più possibile tra l'edera e gli oleandri che ci separavano dal vicino della casa accanto e mi chinai in un inutile atto riflesso per nascondere la voce. Lì sotto c'era odore di terra bagnata e si sentivano i vermi e le formiche che strisciavano.

«Non posso parlare ad alta voce. Di' a tuo padre che lo aspetto domani al Faro alle cinque, ora spagnola.»

Dovetti ripeterglielo un'altra volta cercando di fare in modo che la mia voce non rimbombasse nel cuore della notte.

«Il problema», disse, «è che non posso chiamarlo adesso. Starà dormendo e quando si sveglierà starò dormendo io.»

«Non dormire!» le intimai senza riuscire a trattenermi. «È importante. Neppure io dormo.»

Riagganciai mentre stava dicendo ancora qualcosa. Magari ricordandomi che il giorno dopo la aspettavano varie ore di lezione con i bambini e che doveva essere lucida. O forse lamentandosi di una guerra che non finiva mai. L'amarezza del ricordo non finiva mai.

Quando uscii dal mio nascondiglio, vidi la luce accesa nella camera di Santi. Brillava tra le ante aperte della finestra. Probabilmente mi aveva sentito e, se c'era qualche vicino che stava fumando una sigaretta alla luce della luna, doveva avermi sentito a sua volta.

Perciò il giorno dopo, quando nel pomeriggio dissi che andavo a fare un giro con il motorino, non rimase sorpreso. «Stai attenta alle curve», si raccomandò con quel tono un po' scherzoso e un po' geloso che in altri momenti mi avrebbe innervosito ma che adesso era irrilevante, parole senza importanza. Era meglio che Santi non uscisse dal mondo normale, dei sospetti normali, delle idee semplici. Uno dei due doveva trasmettere a Janín la sensazione che le cose fossero facili. Aveva parlato delle curve perché sapeva che andavo al Faro per incontrare qualcuno.

«Preparagli un omogeneizzato di frutta», dissi mentre toglievo la catena al motorino e lo mettevo in moto.

L'inquilino pazzo, quello che aveva abitato nella casetta dopo che io ero fuggita a Madrid, non lo aveva danneggiato. Filava perfettamente sulla strada del Faro. E all'improvviso mi venne in mente che forse Martín aveva estorto all'inquilino i recapiti di mia sorella a Madrid e così era riuscito a individuarmi. Era molto probabile.

Quante volte avevo coperto quel tragitto in vista dell'incontro con Julián, con una stretta al cuore. In fondo avevo nostalgia della Sandra che aveva percorso quella strada per la prima volta, che si era messa d'accordo con Julián per vedersi per la prima volta, che aveva scoperto l'inganno per la prima volta e l'alleanza di due sconosciuti per la prima volta. Mi ricordavo di me stessa nella «casetta dei fiori» – come la chiamava Julián – la prima volta che si era rivolto a me e mi ricordavo di quando avevo assaggiato il pericolo con ingenuità, così come si morde un frutto strano senza sapere se sia velenoso o meno. Adesso tutto ciò che conoscevo sembrava più reale, anche la paura.

Gli stessi alberi che scendevano lungo le stesse montagne, lo stesso manto verde abissale. L'unione del passato e del presente è così misteriosa... E se Julián non c'era? Se Esther non era riuscita a mettersi in contatto con lui? L'ultima curva si aprì in una linea retta, la meta era vicina. Il cuore mi batteva a tutta velocità. Stavo tornando al mio ieri. E mentre per gli altri era trascorso solo qualche mese, per me erano passati secoli.

Mi sentii agitato per tutta la mattina e mangiai più di quanto ne avessi voglia per essere in forze. Non ero del tutto lucido. Cercavo di pensare soltanto all'incontro con Sandra al Faro alle cinque, a quello che avrei indossato perché non mi trovasse del tutto decrepito e per non farle pena. E non potevo neppure perdere di vista il Macellaio, che in quel momento stava parlando in giardino, con il tono di voce più basso possibile, con lo scagnozzo Martín e una donna nuova da quelle parti, scarmigliata, come se avesse appena finito di arringare le folle in un giorno di vento, e con la faccia di chi aveva un caratteraccio. Lo guardavano e lo ascoltavano con reverenza, accosciati per mantenersi alla sua altezza. La donna non resistette molto e si alzò; poi lanciò un'occhiata inquisitoria tutto intorno che abbracciò anche me. Per un istante ebbi paura che mi riconoscesse, cosa però improbabile: captò soltanto un insieme confuso di vecchi. Arrivati a una certa età ci assomigliavamo un po' tutti, soprattutto quelli magri e con grandi occhiali da sole.

Rimasi immobile finché i suoi occhi furenti non mi si staccarono di dosso. Si accosciò di nuovo. La poltrona bianca di vimini e le tre figure erano sotto un mandorlo che li avvolgeva in un'atmosfera romantica, dimostrando chiaramente ancora una volta che l'universo non distingue il bene e il male. Avevamo finito di pranzare da mezz'ora e da un momento all'altro il Macellaio sarebbe dovuto andare a fare un pisolino. Proprio come avevo immaginato, dopo dieci minuti Martín e la donna lo aiutarono ad alzarsi e si avviarono con lui verso la sua stanza.

Io chiesi a Pilar di prestarmi la macchina per due o tre ore. Mi guardò con aria diffidente e mi disse che mi avrebbe accompagnato dove volevo, ma dalla mia espressione seria capì subito che probabilmente stava facendo calare la mia autostima e decise di correre il rischio che le ammaccassi la BMW. Mi allungò le chiavi guardandomi dritto negli occhi. «Vado a fare un giro e a comprare qualche libro», le dissi per tranquillizzarla.

Da quando Sandra era andata via, guidato da un istinto di

sopravvivenza irrazionale, non ero mai tornato al Faro. A volte facendo un giro in macchina con Pilar ne avevo avuto la tentazione, ma poi lo ignoravamo e io lo vedevo allontanarsi da noi, innalzandosi sul mare e sui tavoli e le sedie fissati nella ghiaia all'esterno del bar. Anche se per me le cose non erano cambiate così tanto, era cambiato tutto. E adesso io e Sandra tornavamo al Faro. Ma io non ero disposto a raccontarle tutto, né a dirle dove vivevo. Volevo proteggerla.

Parcheggiai accanto al ristorante. Per fortuna non era al completo e fui indeciso su dove sedermi, se tra le palme selvatiche o dentro, nella zona bar. Mancava un quarto d'ora all'appuntamento e avevo paura che Sandra fosse in ritardo; avrei dovuto aspettare come minimo mezz'ora. Perciò optai per il bar e, per fortuna, trovai un tavolo accanto alla finestra, da dove potevo tenere sotto controllo l'ingresso.

Mi dispiacque non vedere la nostra cameriera, la bionda sospettosa che ci serviva sempre, ma d'altra parte era meglio così. Meno gente ci riconosceva, meno rischi avremmo corso. Chiesi una camomilla – la birra la riservavo per quando l'avrei bevuta con Sandra –, e rimasi a guardare la sabbia pietrosa dello spiazzo, l'alluminio dei tavoli e delle sedie che brillava sotto il sole, il cielo azzurro, le palme. Perché Sandra voleva vedermi con tutta quell'urgenza? Credevo di essere io a doverla cercare per avvisarla di fare attenzione, perché la Confraternita era diventata un animale ferito molto pericoloso. La cameriera nuova era molto giovane, quasi una bambina, e di sicuro non immaginava che un giorno sarebbe diventata come me. Quando mi portò la camomilla le dissi che era un pomeriggio meraviglioso. Avrei voluto dirle che i minuti sono meravigliosi ed esortarla a goderseli, ma non mi avrebbe capito. Appoggiai la testa su una mano aspettando che la camomilla si raffreddasse e smisi di pensare. Credo di essermi addormentato.

Mi accorsi che mi scuotevano per la spalla. Aprii gli occhi a poco a poco.

«Scusami. Non sono riuscita a uscire prima di casa.»

«Sandra?»

Era pieno giorno, ma aguzzai la vista come se fossimo in penombra, facevo fatica a riconoscerla.

«Sono io», mormorò alla fine la sua voce sabbiosa.

Mi ricomposi e cercai di alzarmi.

«Non preoccuparti», mi rassicurò sedendosi di fronte a me.

Mi ero perso il suo arrivo e adesso lei era lì.

Sandra

Probabilmente durante l'avventura di Dianium, come la chiamavo io, ero così distratta dalle scoperte, dai sussulti, dal pericolo e dalla paura, che non avevo osservato Julián con la dovuta attenzione. Si capiva che ai tempi della sua giovinezza era stato bello. Aveva ancora gli zigomi allungati e tratti molto gradevoli sotto le rughe bruciate dal sole. Nei suoi tempi migliori doveva essere stato alto uno e settantacinque e adesso era comunque un po' più alto di me. Dava l'impressione che non sarebbe mai invecchiato davvero. Non doveva mai essere stato corpulento, non aveva le ossa grandi. Si intuiva che gli era venuta molto presto una stempiatura piuttosto pronunciata e che aveva avuto i capelli scuri e la pelle chiara. Adesso sul cranio, bruciato come il viso, gli si formava una leggera aureola bianca. Non sapevo come avrei reagito vedendolo, perciò fu un sollievo trovarlo con gli occhi chiusi e la guancia appoggiata alla mano quando entrai nel locale. Forse stava pensando, dormendo o riposandosi da quel viaggio nel passato. Perciò potei avanzare lentamente verso di lui. Al posto del suo adorato panama, a un lato del tavolo c'era un berretto Nike. Gli appoggiai delicatamente la mano sulla spalla per non farlo spaventare e sentii il calore che attraversava la camicia e la giacca. Iniziò ad aprire gli occhi come se il sole lo stesse accecando e gli ci volle qualche secondo interminabile per riconoscermi.

«Ti sei tolta i piercing», osservò con un'espressione non del tutto seria.

Risi, realmente contenta del fatto che Julián fosse sempre lo stesso.

«Da quando non hai più la ciocca rossa sei cambiata, e adesso sei anche più formale.»

«Come dice mia sorella, l'assortimento del nostro negozio si rivolge a donne che vogliono assomigliare alle loro madri, e io devo dare l'esempio.»

Allargò un po' quello che si sarebbe potuto definire un sorriso e spostò l'infuso che aveva davanti a sé per ordinare due birre belle fredde, il che significava che era contento di vedermi e che aveva riservato la sua dose di alcol per quel momento.

Gli raccontai, dando per scontato che gli interessasse e che a lui non fosse successo niente di importante dal giorno della mia fuga, che avevo messo su un negozio di accessori e bigiotteria e che avevo anche acceso un mutuo per un appartamento. Poi tirai fuori il biglietto di Martín.

«Ti ricordi di Martín, uno dei guardaspalle di Fred e Karin? Ha individuato l'asilo di mio figlio e ha lasciato questo biglietto nella sua borsa. L'ho visto in zona, sono sicura che sia stato lui. Sono venuta ad avvisarti che ti cercano. Vogliono sapere dove ti nascondi.»

Julián rigirava il biglietto cercando di captarne tutta l'essenza. Poi mi guardò sforzandosi di aprire il più possibile gli occhi; li aveva un po' grigi, come i lattanti.

«Tuo figlio sta bene?»

Annuii e feci tutti i gesti possibili per assicurargli che il bambino stava benissimo e che pensavo che Martín non avesse nessun interesse nei suoi confronti.

«All'inizio ho pensato che Alberto lo avesse mandato a cercarmi, ma adesso mi sembra che vogliano chiudere i conti con te.»

«E anche con te. Perché no?»

«Perché avrebbero già potuto farlo. Avrebbero potuto spararmi o accoltellarmi mentre attraversavo il parco. Perché non so tutto quello che sai tu, perché non provo tanto rancore come te e perché mi interessa più mio figlio di loro.»

«Troppo semplice, la cosa non mi è chiara», commentò ordinando altre due birre.

«Di sicuro Alberto sta pensando a come tirarti fuori da tutto questo. È molto astuto» – Julián fu sul punto di interrompermi, ma chiuse la bocca di colpo, forse si dimenticò cosa stava per dire – «e conosce molto bene quell'idiota di Martín.»

«Ci sono molti come Martín. Fa' conto che stavolta Alberto non potrà aiutarti.»

«Dov'è?» chiesi con troppa energia e veemenza, con il corpo proteso in avanti. Se avessi potuto, gli avrei tirato fuori la risposta dalla gola con le dita.

«Ho bisogno di più tempo per concludere quello che devo fare», disse lui cambiando argomento, senza soffermarsi sulla mia povera storia d'amore, a cui sembrava non dare importanza. «Loro non ti lasceranno in pace finché non mi avranno tolto di mezzo, e poi Dio solo sa cosa penseranno di fare con te.»

«Perché vogliono trovarti?»

«Potrei pensare per pura voglia di vendetta. Quando te ne sei andata li ho denunciati alla mia organizzazione con tutte le prove che avevo raccolto, e questo li ha obbligati a fuggire. Per quanto si siano nascosti non potranno più fare la bella vita di prima. Dianium è stato il loro ultimo paradiso. Considerando la mia età e le condizioni del mio cuore, non penso che si prenderanno tutto questo disturbo per uccidermi. Vorranno investire energie e soldi in qualcosa di più produttivo. Immagino che la ragione del loro interesse per me sia che credono che io sappia alcune cose», spiegò molto pensoso, «e devo scoprire di cosa si tratta, a meno che tu non ti senta in pericolo. In quel caso dovrei consegnarmi, punto e basta.»

Prima di andarcene gli proposi di fare una passeggiata tra le palme e di sederci qualche minuto sulla nostra panchina. Era un modo per fargli prendere un po' d'aria e per fargli ritrovare lucidità prima di salire in macchina. Indossava un paio di pantaloni beige, una camicia leggera con le maniche lunghe, la giacca, che si tolse quando uscimmo visto il caldo che faceva, e il berretto.

«Sai», gli dissi, «un po' di tempo fa sono tornata a Dianium con tutta la mia famiglia per trascorrere qualche giorno alla casetta. Avevo voglia di portare qui mio figlio, vederlo pieno di vita in un posto dove saremmo potuti morire entrambi, ma dove non avevo potuto fare altro che smettere di guardarmi l'ombelico. Niente, però, era più come prima. Quindi ho dato per scontato che tutta questa storia fosse finita e che tu fossi tornato a Buenos Aires con tua figlia. Finché Martín non è ricomparso nella mia vita.»

Eravamo da soli sulla panchina e mi sorprese che nessuno avesse spostato le pietre che un giorno avevamo trasformato nella nostra buca delle lettere personale, o che la pioggia non le avesse fatte sprofondare. Julián cominciava a spazientirsi e accavallava le gambe per poi distenderle di nuovo in continuazione. Smossi una delle pietre con un piede.

«Quando sono venuta con la mia famiglia ho preso la scatola laccata che mi avevi lasciato. Grazie, è molto bella.»

Tirai fuori la bustina di sabbia da sotto la pietra e la pulii.

«Questa l'ho lasciata qui, casomai un giorno fossi tornato.»

«Pensavi che non ti servisse più?»

«Credevo che lontano da qui non mi sarebbe servita a molto», ammisi.

«E invece siamo di nuovo qui», disse lui alzandosi. Aveva fretta. Aggiunse che doveva comprare una cosa prima di restituire la macchina. Avrei voluto dirgli di stare attento, ma mi sembrò stupido da parte mia, era una raccomandazione inutile. Infilai la bustina nella tasca dei pantaloni e me ne andai senza guardarmi indietro, non volevo essere testimone di come tirava fuori la macchina dal parcheggio pieno di auto.

Quando arrivai a casa, mi ricordai della prima volta che avevo visto Julián davanti a quella stessa porta. Adesso c'era Santi, che teneva Janín per le manine per fargli fare qualche passo senza che cadesse. Dopo il riposino gli aveva messo il completo di salopette di jeans e maglietta con gli scoiattoli. Mi chinai su di lui per dargli un bacio.

«Puzzi di alcol», osservò Santi.

«Ho bevuto solo due birre.»

Mi sentivo a disagio. Eravamo una coppia senza esserlo. Avremmo potuto esserlo se non fossimo stati in due parti opposte del mondo.

Julián

Perché avevo detto a Sandra che se fosse stata in pericolo avrei messo fine a tutto? Perché le avevo mentito? Niente al mondo mi avrebbe fermato. Ormai non c'era più nulla che potesse frenarmi. In passato mi avevano trattenuto Raquel e la sua voglia di vivere una vita nuova. Poi la nascita di Esther e il nostro desiderio che crescesse senza provare dolore né odio. In seguito il mio cuore fragile e gli anni. Sinceramente credo talvolta di non essermi dedicato del tutto e senza riserve al mio compito di inseguire e dare la caccia ai nazisti in fuga. Mi distraevo quando Esther aveva la febbre o Raquel aveva problemi con il lavoro. Ma era arrivato il momento in cui mia figlia ormai era grande e niente poteva più turbarmi.

Le birre mi avevano dato un po' alla testa, fino al punto di farmi sentire bene in mezzo al male. Che la Confraternita cercasse me non aveva importanza, il problema era che usavano Sandra e suo figlio per trovarmi. Prima di andarmene, le avevo raccomandato di comunicare a Esther qualunque cosa dovesse dirmi. In casi disperati poteva usare anche la nostra buca sotto le pietre. A lei non potevano fare niente, perché non sospettavano neppure di avermi sotto il naso ai Tre Ulivi. Pensare una cosa del genere sarebbe stato troppo ovvio e semplice per degli esseri fondamentalmente contorti, a cui piaceva il rocambolesco, lo spettacolare, il dantesco. Più una cosa era semplice, meno entrava nelle loro congetture. Dovevano dare per scontato che fossi fuggito con Sandra a Madrid.

Ma in un certo senso mi sentivo crudele nei confronti di Sandra, un codardo perché non le dicevo la verità: che Alberto era morto. Rivelarglielo, però, era quasi come ucciderlo con le mie parole, pensavo mentre la osservavo con grande dispiacere togliere la catena al motorino. Il suo era un amore impossibile. Speravo che lo scoprisse da sola e che non soffrisse. La sofferenza non ti lascia pensare.

Il sedile della BMW era così comodo e caldo che mi venne un po' di sonno. Ma non era il momento di perdere tempo. Adesso dovevo comprare qualcosa da qualche parte per dare un senso alla mia uscita. Cosa che era del tutto assurda, perché Pilar capiva perfettamente che volevo fare una passeggiata per conto mio, sentirmi libero e padrone di me e delle mie facoltà. Per questo non le piaceva affatto che il personale della residenza mi trattasse come un bambino. Eppure, nell'ultimo periodo l'atmosfera era così elettrica per tutta la gentaglia che veniva a trovare il Macellaio e per la presenza di Sandra a Dianium che avevo paura di commettere qualche imprudenza. Non avevo più il lusso di pensare soltanto a me stesso: da quel momento entrava in gioco anche Sandra. Perciò dovevo abituarmi a non lasciare niente all'improvvisazione. Ero consapevole del fatto che per le persone della mia età le disattenzioni sono frequentissime. Possiamo dimenticare di chiudere il gas o di toglierci un paio di mutande per indossarne altre e si suppone che nessuno di noi si renda conto di ciò che gli succede, perciò dovevo diffidare della mia fiducia in me stesso. Però devo riconoscere che anche da vecchio ho avuto ben poche disattenzioni, forse per l'abitudine di sapere che da quello dipendeva la mia vita.

Accesi la radio per darmi una scossa, ma trasmettevano una bella melodia rilassante di Leonard Cohen e dovetti spegnerla. Non volli distrarmi cercando un'altra canzone più vivace mentre affrontavo di nuovo le curve. Svoltai in direzione del centro commerciale, dove non ero più tornato da quando avevo fatto sviluppare il rullino. Mi sembrò ancora più enorme, con carrelli più nuovi e lucenti, e i clienti dopo averne scaricato il contenuto nei portabagagli li lasciavano sparpagliati nel parcheggio, come animali abbandonati al loro destino. Quando ne vidi uno che arrivava verso la fiancata della macchina rimasi impietrito senza sapere cosa fare. Non avevo il tempo di schivarlo, e in quel momento qualunque manovra avrebbe potuto peggiorare le cose, perché quegli aggeggi sono imprevedibili. Chiusi gli occhi con le mani sul volante e sentii che mi passava accanto sfiorando la fiancata sinistra. Cosa avrei detto a Pilar?

Non era molto, solo un graffio sulla portiera. Il carrello proseguì la sua corsa sfrenata finché un commesso del centro commerciale non lo fermò. Perché protestare? Non c'era più niente da fare. Perché sprecare energie per qualcosa a cui non si può più porre rimedio? Meglio usarle per cercare soluzioni. Raquel non era d'accordo, diceva che le energie non bisogna tenerle da parte. A lei piaceva moltissimo perdere tempo parlando con chiunque e discutendo di qualsiasi cosa. Credo volesse dirmi che il tempo lo perdiamo davvero quando moriamo. Il parcheggio era affollatissimo e parcheggiai con estrema attenzione, cercando di non graffiare ulteriormente l'auto.

Andai direttamente al reparto ferramenta e cercai la zona delle vernici spray. La BMW era grigio chiaro metallizzato, ma come ricordare esattamente la sfumatura? Sembra facilissimo quando ne vedi soltanto una, non quando ne hai davanti almeno cinque e probabilmente nessuna è uguale a quella della tua macchina. Scartai i colori più scuri e ne comprai tre.

Non venne male: era un po' più chiaro, ma se non ci si faceva attenzione poteva anche passare. Tutto dipendeva dal grado di acume di Pilar, che temevo fosse elevato, visto che era lei a supervisionare le medicine per coloro che non erano più in condizioni ottimali. Dirigeva bene la residenza, era tutto più o meno in ordine, cosa che risultava preoccupante pensando alla mia riparazione alla carrozzeria. Non avevo il tempo di comprare altro, tra poco sarebbe stata ora di cena e non volevo che Pilar si preoccupasse e che uscissero a cercarmi. Gettai gli spray in un cestino maledicendomi per la spesa inutile e mi diressi verso I Tre Ulivi.

Entrai proprio mentre stavano servendo il primo. Pilar aspettava alla reception e quasi non mi guardò. Probabilmente sarebbe arrivata tardi da qualche parte per colpa mia. Sarebbe stato il momento ideale per avere un regalo a portata di mano.

«Troverò il modo di ricambiare», le promisi.

Lei alzò lo sguardo e mi osservò attentamente, cercò un sacchetto tra le mie mani.

«Non dovevi comprare dei libri?» chiese. «Hai la faccia tutta rossa.»

Maledetta brezza marina.

«Ho parcheggiato al porto. Volevo pensare.»

«A cosa?»

Stavo per dire "a te", ma mi sembrò brutto, rozzo, sleale.

«Alla vita. Quando avrai la mia età lo capirai.»

«Stanno già cenando», mi informò.

Prima del dessert, sentii la BMW che si metteva in moto. Si stava facendo buio e iniziavano a sparecchiare qualcuno dei tavoli per giocare a carte. Il Macellaio andò in camera sua subito dopo aver finito di mangiare, aiutato da Frida e scortato da un ragazzo con la faccia da secchione – la stessa espressione che aveva usato Raúl il pittore riferendosi a quelli che gli avevano chiesto di Violeta – che chiamavano Sancho, come il re di Castiglia, e che veniva alla residenza molto spesso. Aveva un aspetto più normale di quello di Martín: moro, magro, capelli corti, occhiali, né alto né basso. Di solito indossava i jeans, una camicia con le maniche arrotolate, preferibilmente a quadri, e a volte portava una borsa di tela con fogli e libri, niente a cui a uno venga in mente di prestare particolare attenzione. Doveva avere sui trentacinque anni e mostrava uno sguardo molto attento, reso brillante dalle lenti degli occhiali. Non si guardava intorno, non studiava quello che lo circondava: si limitava a fissare il suo idolo, un ramo che oscillava o il bicchiere sul tavolo, come se i suoi pensieri avessero bisogno di un sostegno.

Iniziavo a chiedermi se non stessero cercando di creare una società segreta alternativa alla Confraternita, molto compromessa dalle mie denunce di un anno prima. In ogni caso, dovevo stare ben attento quando mi fossi introdotto nella stanza del Macellaio.

Geralda, con un'aria amichevole e incuriosita allo stesso tempo, venne a sedersi vicino a me.

«Dove sei stato?» mi chiese, facendo rigirare le perle della collana.

Era una domanda troppo diretta e non le risposi. Non mi piaceva essere interrogato. Mi ricordava i brutti tempi, quando chiunque poteva farmi delle domande e, se la risposta non lo convinceva, darmi un paio di ceffoni, un pugno, prendermi a calci. Anche la mia organizzazione mi aveva interrogato sui nomi che avevo sentito e sugli ufficiali che avevo conosciuto nel campo di concentramento. E la cosa peggiore di quando ti fanno delle domande è che dalla bocca non escono le cose così come sono state, perché niente è esattamente come è stato, e provi una grande insoddisfazione, come se esagerassi o non vi dessi abbastanza importanza. Non è facile parlare della morte quando si è ancora vivi, sentendo come la vita pian piano cambia intorno a te. Il corpo non è fatto di parole, bisogna tradurre tutto.

«Ci sei mancato», disse con quel suo modo di parlare così piacevole che mi faceva pensare che si fosse innamorata di me, e anche che io mi sarei potuto innamorare di lei se fossi riuscito a dimenticare Raquel e la mia anima tormentata.

«Ah, davvero? A chi?» chiesi un po' bruscamente, perché volevo andarmene a letto e cercare di elaborare un piano.

Ma mi addormentai subito: ebbi soltanto il tempo di pensare che le storie e i problemi non finiscono mai da soli, bisogna porvi fine.

Sandra

Dunque Janín, con suo padre che gli teneva le braccia in alto, mi venne incontro pieno di allegria. Mi stavano aspettando per uscire a fare due passi. Naturalmente Santi non aveva creduto che fossi andata soltanto a fare un giro. Era sicuro che mi vedessi con qualcuno. In realtà non ero mai arrivata a raccontargli nei dettagli cosa mi era successo in quella parte del mondo e non avevo dovuto parlargli di Alberto perché intuisse che esisteva qualcuno. E devo riconoscere che il fatto che lui lo pensasse, e che gli suscitasse inquietudine e gelosia, mi dava forza e la speranza che lo avrei visto. Ma come trovarlo? Come avrei fatto a rintracciarlo? La vecchia Confraternita era stata smantellata e sembrava che Julián non sapesse dove si trovava. Di sicuro quando vivevo a Dianium non avevo dato molto peso a determinate cose. Ero così sbadata prima e spaventata poi che avevano importanza solo i posti che mi facevano sentire bene o male, posti attraverso i quali potevo salvarmi o morire: il Faro, Villa Sol, la casetta dei fiori, l'hotel Costa Azul – insomma, un'isola in mezzo al mondo. Gli altri luoghi importanti per la gente normale non contavano, non li vedevo neanche. Perciò non avevo mai fatto caso prima di allora a ciò che vidi quel pomeriggio, quando uscimmo a fare una passeggiata sulla strada principale.

Si trattava di un viale con gli alberi nel mezzo, lungo il quale proliferavano negozi di scarpe, gelaterie, panchine, un cinema trasformato in boutique, ristoranti, *marisquerías*. Santi disse che probabilmente in fondo, nella parte meno turistica, avremmo trovato qualche bel locale con i tavolini all'aperto dove mangiare una buona pizza. Mi sembrava un bel programma, e così mi lasciai condurre mentre mi domandavo chi potessero essere adesso i nuovi capi della Confraternita e se dovessi essere discreta oppure farmi vedere in giro affinché Alberto venisse a sapere che ero lì e mi cercasse. A volte pensavo che avrei dovuto mettere in guardia Santi, raccontargli che nell'altra mia vita a Dianium mi avevano sequestrato, che avevo avuto la sensazione che volessero prendersi nostro figlio e che mi ero innamorata. Avrei dovuto dirgli di stare molto attento perché forse non eravamo al sicuro. Avrei dovuto parlargli di Julián e spiegargli dettagliatamente tutto quello che aveva fatto per me. Ma da dove iniziare? C'era molto da raccontare e da cui metterlo in guardia e, soprattutto, conoscendolo, lui mi avrebbe guardato incredulo, mi avrebbe chiesto se non stavo esagerando, avrebbe pensato che in fondo a quell'incubo c'era la persona che mi ossessionava.

Ed era così, non era lontano dalla verità. In fondo a tutto c'era Alberto, che non conosceva la mia vera vita, né com'ero lontano dal pericolo e da Dianium. Santi invece apparteneva al mondo di fuori, non a quel mondo. E adesso, forse contagiata dall'eccessiva realtà di Santi qui e ora, feci caso a quel negozio stretto fra il portone di un edificio semimoderno e seminuovo – destinato a gente per nulla interessata alla vista sul mare – e un bar di tapas, che a Santi fece una buona impressione perché i clienti erano persone del posto e non turisti.

Rimasi immobile per qualche secondo sulla soglia del negozio contemplando lavatrici e piani cottura in vetroceramica. L'insegna diceva: ELETTRODOMESTICI SOIMENS. Faceva parte della stessa catena del negozio di Madrid in cui era entrato Martín. La collocazione degli articoli nei due esercizi a prima vista era identica. Davanti alla vetrina c'era una coppia di pensionati – stranieri, sulla sessantina, in bermuda – che osservava un bollitore come se fosse un tesoro. In lontananza si sentivano gli stridii dei gabbiani.

«Vuoi che entriamo?» chiese Santi.

«No, questa zona non mi piace molto, preferirei tornare a casa. Janín è stanco.»

Volevo andarmene da lì il più in fretta possibile. Santi fece la faccia di chi non capiva, ma si rassegnò. Imboccammo una strada laterale il cui marciapiede era troppo stretto per il passeggino, ma non volevo camminare in posti che mi davano un cattivo presentimento. Bevemmo qualche birra nel giardino della casetta senza quasi parlare. Santi si stordiva a poco a poco facendo tiri profondi da uno spinello e io non riuscivo a smettere di pensare alla scoperta del negozio. Probabilmente esisteva già quando Villa Sol era aperta. Forse la centrifuga con cui preparavo i succhi a Karin proveniva da lì. E la cosa più significativa era che lei, che adorava fare shopping, non mi aveva mai chiesto di accompagnarla in quel negozio.

Preparai la cena a Janín, un uovo in camicia con passato di verdure. Lui piangeva, e io tentavo di consolarlo accarezzandogli la schiena con la mano, mentre con l'altra cercavo su Internet la famosa catena. Era stata fondata nel 1960 con capitale tedesco e spagnolo e aveva contribuito a modernizzare le case degli spagnoli e a liberare le donne dalla tirannia delle faccende domestiche. Ma se era nata da così tanto tempo, perché il suo nome non mi diceva niente? Aveva attraversato un periodo di crisi e durante gli anni Ottanta e Novanta erano addirittura rimaste aperte solo poche succursali; negli ultimi tempi, invece, aveva conosciuto una crescita notevole ed erano fiduciosi che entro una decina d'anni si sarebbero espansi in mezzo mondo diventando leader del settore. Janín aveva smesso di piangere e non me ne ero neanche resa conto. Adesso aveva gli occhi socchiusi. Gli passai un dito sulle gengive con delicatezza: gli stava spuntando un dente. Fece qualche verso. Le ciglia brillavano piene di lacrime. Mi dispiaceva molto pensare che in questa vita Janín non sarebbe stato sempre completamente felice.

Santi se ne rimase a guardare imbambolato la luna per un bel po' e io andai a letto. Io e Janín dormivamo nella stessa stanza, nei letti dei miei nipoti, Santi nella stanza matrimoniale, dove mia sorella doveva aver sfoggiato tutti i completi possibili di biancheria intima con trasparenze. Non mi addormentai del tutto finché non sentii chiudere la porta d'ingresso con il chiavistello.

Julián

Non ero alla residenza per preservare la mia vecchiaia. Della mia vecchiaia non m'importava un cazzo, come avrebbe detto la Sandra di prima, quella che voleva sempre dire pane al pane e vino al vino. Non avevo nessun interesse a contemplarmi mentre la vivevo, ero lì per far pagare al Macellaio e alla Confraternita la loro crudeltà con tutte le mie forze e per onorare l'eredità del mio amico Salva. Così quella notte sentii che il mio mondo crollava, che ciò che mi teneva in piedi stava traballando.

Dovevano essere circa le due, l'ora del sonno più profondo, quando fui sorpreso dal lampeggiare – tra gli ulivi e le palme – di luci sgargianti rosse e gialle e dallo strambo suono di una sirena che si interruppe di colpo. Da qualche angolo della residenza Pallina iniziò ad abbaiare e poi si interruppe a sua volta, infastidito, con un piccolo grugnito finale, come se qualcuno avesse ordinato il silenzio generale. Tutto ciò che succede quando non deve succedere ha qualcosa di anormale, inquietante, tragico insomma, anche quando è una cosa buona. Mi infilai la giacca sopra il pigiama e scesi nell'ingresso, come altri curiosi che non erano stati drogati perché dormissero.

Due infermieri ci ordinarono di tornare nelle nostre stanze mentre esplosioni di luci coloravano le piante. Facemmo finta di tornare sui nostri passi, ma non appena quelli si girarono, io e James il Falegname scivolammo fuori e ci appostammo dietro una palma dal tronco robusto. Era molto che non ci prendevamo il disturbo di cercare di convincere di qualcosa quelli con il camice bianco. Era tempo perso, energia sprecata. Non bisognava chiedere il permesso, bisognava agire. Da lì assistemmo in prima fila al grande sforzo che dovettero fare alcuni infermieri veri per caricare sull'ambulanza una barella con sopra il corpo enorme del Macellaio. Si era beccato una polmonite e, vista la sua età avanzata, Pilar probabilmente stava già pensando a chi avrebbe assegnato la sua stanza.

Sancho arrivò immediatamente. Un faro da qualche parte dei Tre Ulivi lo illuminò e lo ingigantì tra le ombre del gruppo lì riunito. Mi ero appena reso conto che era lui il capo della nuova Confraternita.

Avevo osservato che mentre i suoi compagni facevano gesti carini nei confronti del vecchio e gli parlavano in continuazione, lui pensava. Non faceva sforzi fisici come aiutare quell'omone ad alzarsi dalla poltrona o portarlo faticosamente nella sua camera. Si limitava a stargli accanto e ogni tanto gli si avvicinava all'orecchio per sussurrargli brevemente qualcosa e a quel punto, di frequente, il Macellaio gli faceva una carezza sulla testa come a un cucciolo molto amato.

Gli altri variavano, per la maggior parte dei giovani arrivare fin lì doveva essere qualcosa di simile a un premio e poi erano sostituiti da altri che se lo meritavano quanto loro. Di solito venivano accompagnati da Frida, che se possibile era più nerboruta rispetto a prima, cosa che non sorprendeva visto che veniva ai Tre Ulivi in bicicletta e la residenza distava quindici chilometri dal paese. I muscoli dei polpacci creavano rilievi brillanti sulla sua pelle arrossata dal sole che non arrivava mai ad abbronzarsi. Quando il Macellaio voleva alzarsi dalla poltrona del giardino o dalla sedia della sala da pranzo, la cercava con lo sguardo, ma s'infastidiva se lei lo sfiorava con i capelli e un paio di volte aveva dato una manata a quelle ciocche che non sopportava, o forse alla sua testa. La soldatessa Frida faceva finta di niente e portava a termine quello che doveva fare, ma non si raccoglieva la chioma e questo sembrava un atto di ribellione, visto che cercava di non piegarsi ai gusti o alle fissazioni di uno dei suoi pochi idoli ancora in vita.

Erano costanti anche le visite del giovane Martín, sempre ben rapato e tatuato, e della donna scarmigliata con la faccia di chi aveva un caratteraccio. Le mèche bionde e secche, senza vita, le spuntavano dalla testa come bisce sfilacciate. Il Macellaio la ascoltava attentamente ma evitava di guardarla, era più a suo agio con il tizio dalla testa rasata perché forse gli ricordava gli anni della sua giovinezza, della guerra, del cameratismo, di quando aveva perso ogni genere di scrupolo. Così come lui aveva avuto il suo maestro – il dottor Eduard Krebsbach, medico capo e comandante delle SS –, evidentemente voleva lasciare a sua volta la propria impronta in quelle teste vuote. La domanda era per quale motivo, visto che lui sarebbe morto presto e non avrebbe potuto vederne i frutti. Probabilmente la ragione era che non gli importava tanto del futuro quanto del passato. Doveva tranquillizzarlo il pensiero che se le sue idee continuavano a trovare terreno fertile era perché erano state valide, nonostante l'opinione contraria dell'umanità intera. O semplicemente aveva bisogno che gli si prestasse attenzione, che qualcuno lo facesse sentire importante. Immagino che gli sarebbe piaciuto rivedere i suoi figli e non avevo mai escluso la possibilità che un giorno arrivassero alla residenza, anche se forse si sarebbero presentati travestiti da semplici ammiratori e lui li avrebbe ricevuti direttamente nella sua stanza per evitare di mettersi a piangere davanti a noi. Avrebbe pianto per i suoi figli? E i suoi figli avrebbero pianto per lui? Non deve essere facile avere nelle vene il sangue del Macellaio di Mauthausen, sia per la vergogna sia per un possibile orgoglio. Forse, se li incontrassi di persona, rinuncerei alla regola di passare inosservato e chiederei loro se è possibile voler bene a un mostro del genere e, soprattutto, se desiderano volergli bene, se non hanno avuto bisogno di uno psichiatra. In verità preferivo non avere nessun contatto con loro e che non interferissero nelle nostre vite – mi riferisco a quella del loro padre e alla mia –, in quel rapporto impossibile, di cui toccava a me tenere le redini.

Mi si strinse lo stomaco: se lui fosse morto serenamente, nel letto di un ospedale, ben assistito, con la maschera dell'ossigeno e tutti gli altri comfort, i miei sforzi degli ultimi tempi sarebbero stati vani. Mi sentii così abbattuto che James mi mise un braccio sulle spalle e mi disse che era meglio non sapere niente. Mi accompagnò fino alla mia camera e per congedarsi mi diede una pacca sulla schiena che mi fece tossire.

Sandra

Il giorno dopo la scoperta del negozio di elettrodomestici, quando uscii dalla doccia, Santi era in cucina con i capelli scompigliati e l'espressione imbambolata e non si era ancora rasato. Stava preparando un biberon e un omogeneizzato di cereali.

«Gli sta spuntando un altro dente», annunciai. «Vado in farmacia per vedere se c'è qualcosa che può calmarlo quando gli tornerà il dolore.»

«Non fare tardi», si raccomandò.

«Perché?»

«Casomai si mettesse a piangere», rispose agitando il biberon.

Avevo appena capito chiaramente perché la nostra storia non aveva funzionato: perché io non sopportavo di non sentirmi libera. Sarei tornata quando ne avessi avuto voglia.

Passai in farmacia e subito dopo mi diressi al negozio di elettrodomestici. Anche se il giorno prima avevo voluto andarmene da lì, ora dovevo togliermi ogni dubbio. Si trattava di una copertura della Confraternita? O era stato un puro caso che Martín fosse entrato nel punto vendita di Madrid? Il viale conservava ancora qualche traccia della frescura mattutina. Gli alberi profumavano di terra bagnata e dal porto arrivava un bagliore che presto avrebbe riscaldato l'aria. Parcheggiai il motorino sul marciapiede pregando che a nessun vigile urbano venisse voglia di passare di lì.

Erano le undici e mezzo e il negozio era ancora chiuso.

Non erano tipi mattinieri, per così dire. Presi un caffè al bar di tapas tenendo d'occhio il marciapiede. Chiesi a che ora apriva di solito il negozio di elettrodomestici. «Dipende, a volte non aprono neanche», rispose il cameriere. Mi diedi come limite mezz'ora di attesa e la possibilità di tornare nel pomeriggio. Ma non ce ne fu bisogno: dopo poco si sentì una serranda che si sollevava pesantemente. Pagai e uscii.

Il commesso dormiglione era un ragazzo magro, moro, con un paio di jeans senza tempo, camicia a quadri dalle maniche arrotolate fino ai gomiti, capelli corti con un taglio classico e occhiali tartarugati. Mi guardò con il lucchetto ancora in mano.

«È aperto?»

Mi fece cenno di entrare e non mi chiese cosa volessi. Poi andò nel retro e io mi intrattenni guardando gli articoli esposti, che osservati da vicino non erano niente di speciale, anzi apparivano piuttosto antiquati, come lo stesso commesso. Ne scelsi uno, nel caso avessi sentito la necessità di fare acquisti: era un frullatore a tre velocità. Quando il giovane finalmente uscì da quelle profondità, gli feci qualche domanda sull'elettrodomestico. Cercò il prezzo e non seppe dirmi se andava bene per montare gli albumi. Di frullatori ne sapeva quanto me.

«Ci penserò», dissi davanti alla sua totale indifferenza. Quando stavo già andando verso l'uscita, però, mi voltai.

«Senta, conosce per caso Martín, un ragazzo ben piazzato, un po' più alto di me, testa rasata?...»

Mi accorsi della sorpresa nelle sue pupille, dilatate. I suoi occhi dicevano una cosa, la sua voce un'altra.

«Martín?» si limitò a chiedere.

«È un mio amico e l'altro giorno per caso l'ho visto entrare qui. Sto cercando di rintracciarlo.»

«È difficile conoscere tutti i clienti. Mi dispiace.»

«Tornerò per il frullatore. Ci penserò», ripetei.

Era possibile che fosse tutta una casualità o una mia fantasia. Probabilmente Martín non aveva messo piede in quel negozio e probabilmente era ancora a Madrid. La cosa più verosimile era che quel commesso fosse un insegnante disoccupato o qualcosa del genere.

A casa Janín stava piangendo di dolore e quando mi vide entrare mi lanciò un'occhiata supplicante.

«Non sapevo cosa fare», disse Santi con tono di rimprovero.

Non risposi, non avevo voglia di mentire né di dare spiegazioni. Aprii la scatoletta che mi aveva dato il farmacista e mi misi a leggere il bugiardino.

Julián

Accadde mentre il Macellaio era in ospedale a lottare fra la vita e la morte, quella zona d'ombra che lo aveva sempre affascinato e che adesso avrebbe avuto la possibilità di conoscere di persona.

Tutti noi che eravamo ancora in condizioni di accorgerci di ciò che succedeva sapevamo che Elfe si prendeva delle sbronze pazzesche. Per quanto la si tenesse sotto controllo, si ingegnava per fare in modo che non le mancasse mai il carburante. Nella sua stanza c'era sempre qualche bottiglia nascosta; il mistero era dove le prendesse. Io avevo sempre sospettato di Frida. Quale che fosse il motivo, Frida non la voleva sobria e in grado di esprimersi con chiarezza, per quanto lì non venissimo mai presi sul serio. Chi più chi meno, raccontavamo battaglie incredibili, che probabilmente erano vere, ma che non interessavano a nessuno perché non c'era più tempo per quelle cose. In sala da pranzo Elfe aveva addirittura la bella abitudine di finire il vino nei bicchieri sui tavoli, senza porsi il problema di chi ci avesse appoggiato le labbra prima di lei. A volte doveva restare a letto tutto il giorno. Le badanti che avevano il compito di lavarla e tenerla in vita dicevano che non la sopportavano, e in qualche occasione, per disattenzione o volutamente, l'avevano abbandonata nella sua camera. Soltanto Geralda e Frida le davano una mano, per motivi diversi. Geralda per compassione mescolata a una certa attrazione per i suoi regali e Frida per obbligo.

E forse fu il caldo insieme al vino, un normalissimo vino da tavola che veniva conservato per giorni con i nostri nomi attaccati al collo della bottiglia, a far sì che Elfe non si svegliasse più dal riposino pomeridiano. Anche se c'era da aspettarselo, una fine così repentina fu sorprendente. Dopo pranzo la vedemmo imboccare traballante il corridoio e non tornò mai più viva. Era una di quelle persone fuori controllo che avrebbero potuto vivere cent'anni in simili condizioni. Era come se né la vita né la morte facessero caso a lei, come se non contasse. Non mi sarei sorpreso se l'avessero uccisa, se Frida si fosse stancata di doverla sorvegliare e tapparle la bocca obbligandola a cambiare argomento quando le veniva voglia di parlare delle gesta di suo marito e del Führer. Per quanto nessuno le prestasse attenzione non c'era motivo di correre quel rischio, a parte il fatto che il Macellaio non sopportava che lei gli si avvicinasse. Quando andava verso di lui con il suo sorriso idiota da beona, faceva un cenno a Frida perché la portasse da un'altra parte e, benché non potessero permettersi perdite, quella era assolutamente giustificata.

Non era la prima volta che il medico della residenza si trovava a dover esaminare un cadavere e a stilare il relativo certificato di morte. Un paio d'ore dopo, con la maggiore discrezione possibile, un furgone la portò dall'uscita sul retro all'obitorio. In quei momenti nella stanza erano presenti Geralda e un'infermiera. Subito dopo però arrivarono Frida, Martín e Sancho il Secchione per recuperare le sue cose. Portarono via in tutta fretta i quadri che sembravano falsi ma che non lo erano, e due grandi scatole di cartone con i vestiti e i documenti. Le trasportavano Frida e Martín. Il Secchione si limitò ad aprire il portabagagli del fuoristrada. Evidentemente era sopra di loro nella gerarchia della Confraternita. Chissà da dove era spuntato.

Il funerale si sarebbe svolto il giorno dopo, passate le ventiquattr'ore obbligatorie. Sembrò che nessuno desse troppa importanza a quell'avvenimento. La vita in sala da pranzo e nel giardino proseguiva come sempre, con le passeggiate tra gli ulivi, i ricordi rievocati in continuazione, le partite a carte e i pisolini fuori tempo, a parte Pilar che si presentò vestita di nero, con un tailleur che la faceva sembrare ancora più magra e un paio di imponenti scarpe con il tacco a spillo che, conoscendo il cimitero, si sarebbero conficcate nel terreno. Io avevo già assistito un anno prima da lontano al funerale del marito di Elfe, a cui avevano partecipato tutti quelli che poi erano dovuti fuggire, compreso il Macellaio. Già in quel momento mi ero reso conto che Elfe era condannata.

Pilar mi chiese se volessi accompagnarla. Le dispiaceva che non ci fosse una rappresentanza più nutrita della residenza per l'ultimo addio a quella brava donna, debole e probabilmente di buon cuore, come se la debolezza e la bontà andassero di pari passo. Fui salvato dall'imbarazzo di dover declinare la sua offerta dalla comparsa di Geralda, meno addolorata di quanto mi sarei aspettato, ma con un vestito nero che le arrivava al ginocchio sul quale risplendevano una collana, un bracciale e un paio di orecchini di platino e brillanti, che avevano tutta l'aria di essere appartenuti alla sua defunta amica. E improvvisamente ebbi paura per la sua incolumità. Era difficile sapere se Elfe le avesse regalato quei gioielli o se, quando era rimasta da sola nella sua stanza per prepararla prima dell'arrivo di Frida e Martín, Geralda non li avesse presi pensando che era quello che avrebbe voluto la buonanima. In ogni caso era una provocazione che si facesse vedere in giro con quei monili così presto. Forse credeva che Elfe fosse sola al mondo; probabilmente non aveva prestato abbastanza attenzione al suo rapporto con Frida e Martín.

La presi per un braccio e la condussi in un angolo.

«Non credi di azzardare troppo sfoggiando quei gioielli?»

Per tutta risposta si portò una mano alla collana, in un atto riflesso di protezione.

«Non importa che Elfe te li abbia regalati o che tu creda che volesse regalarteli. Qui ci sono persone che potrebbero pensare che appartengono a loro e non a te.»

«E che faranno, me li strapperanno di dosso? Elfe mi ha detto di prendere quello che volevo.»

«L'unica cosa che ti consiglio è di non esporti così. È meglio che tu non ti faccia notare. Quella è gente pericolosa, e non chiedermi perché.»

«Che buffo che sei», mi disse sorridendo. «Se non li sfoggio adesso, quando lo farò?»

Continuavo a essere preoccupato. Sapevo che Frida non avrebbe permesso che Geralda si appropriasse di nulla che appartenesse alla Confraternita.

Non so perché avvertivo un certo istinto di protezione nei confronti di Geralda, forse la responsabilità di sapere qualcosa che lei ignorava e che la riguardava, come per esempio la provenienza dei gioielli: li avrebbe indossati così spensieratamente se avesse saputo da dove venivano?

Rimasi con addosso la curiosità di sapere chi fosse andato al cimitero e aspettai Pilar, che sicuramente avrebbe riportato Geralda alla residenza. Ma no, Pilar scese sola dalla macchina. Erano le sei di pomeriggio. La sua tristezza mi colpì. Quando mi vide mi fece un cenno per invitarmi ad andare nel suo ufficio.

Il pianto le aveva fatto sciogliere il mascara. Era addolorata per il poco interesse che avevo dimostrato per quella povera donna. Aprì un piccolo frigorifero la cui anta era ricoperta da un pannello di legno e ne tirò fuori due lattine di Coca-Cola e due bottigliette di rum come quelle che ci sono nei minibar degli alberghi. Le dissi che la Coca-Cola mi eccitava, ma non mi prestò ascolto. Preparò due bicchieri con quel cocktail che poteva farmi salire alle stelle la glicemia e la pressione. Bevvi per non offenderla. Con il primo sorso sospirò, come riprendendosi. «Ho la sua immagine stampata in testa», gemette. «Faceva una pena tremenda. La sua deve essere stata una vita piena di sofferenze, ma adesso non c'è più niente da fare, non si può tornare indietro e aiutarla.»

Si pulì i residui di mascara con le dita.

«Forse non ha sofferto tanto, magari era solo un'alcolista», dissi.

Mi guardò meravigliata, non si aspettava una cosa del genere da me.

«Le piaceva bere e beveva, niente di più. Una povera donna vera non ha opere d'arte in stanza né gioielli, non dimenticarlo.»

«Era tutto falso. Era una disgraziata. E quando una donna sembra disgraziata lo è davvero e bisogna fare qualcosa per aiutarla.»

Non volevo discutere con Pilar. Il cuba libre mi stava salendo alla testa e mi si scatenò una profonda ira interiore. Mi tastai la tasca della camicia per essere certo di avere con me la pillola di nitroglicerina. Dovetti stringere le labbra per non dirle la verità, che Elfe era stata coccolata dal regime nazista e da suo marito, uno stronzo come pochi, e che era una stupida egoista. Preferii glissare e chiederle chi aveva partecipato al funerale. Ben poche persone, meno male che la poveretta non lo aveva visto. Da ciò dedussi che erano presenti solo Geralda, lei e il Secchione. E mentre la spingevano nel buco sulla parete, accanto al suo adorato marito, Pilar si era emozionata contemplando da lì la baia tutta argentata e i gabbiani che salivano e scendevano pieni di vita.

La lasciai con il secondo cuba libre in mano; era la prima volta che vedevo Pilar prendersi quella libertà alla residenza, ma il fatto che avesse un minibar privato mi dava da pensare. Ero ancora più convinto che avessero tolto di mezzo Elfe, che era sempre stata un peso. La cosa più probabile era che Frida l'avesse avvelenata con il permesso del Macellaio o forse del Secchione; non era certo un compito che avrebbe potuto portare a termine Martín, richiedeva più disinvoltura.

Avrei potuto sforzarmi di ricordare il menu che ci era stato servito il giorno della sua morte. Avrei potuto indagare su chi le fosse stato vicino e sarei potuto arrivare a qualche conclusione. Avrei potuto farlo se di quella povera donna, come la chiamava Pilar, mi fosse importato qualcosa e se avessi avuto anche solo il minimo dubbio sulla mancanza di scrupoli della Confraternita nel togliere di mezzo persino qualcuno dei loro. Perché, se non lo avevano fatto, avrebbero potuto farlo. Ciò che in realtà mi faceva ribollire il sangue era tutto il tempo che mi ci era voluto per capire che avevano ucciso il mio amico. E che non avrei avuto nessuna risposta finché non avessi capito meglio il suo rapporto con Violeta. Se li avevano ammazzati entrambi doveva essere per qualcosa che turbava terribilmente la Confraternita. E dovevo riconoscere che, in fondo, l'arrivo di Sandra mi aveva deconcentrato.

Il fatto che Martín l'avesse localizzata a Madrid non era certo un caso.

Sandra

Erano due giorni che non avevo notizie di Julián e mi sentivo inquieta, avrei voluto prendere il motorino e salire al Faro per vedere se mi avesse lasciato qualche messaggio. Prima però dovevo rasserenarmi e decisi di andare a correre in spiaggia. Santi si occupava molto del bambino, anche se insisteva che tornassimo a casa perché Janín potesse riprendere l'asilo, cosa che in fondo era un tentativo di allontanarmi dal mio presunto amante. Io non dicevo niente, non gli spiegavo che mi era impossibile andarmene perché non volevo sentirmi in pericolo per tutta la vita, non potevo abbandonare Julián e dovevo affrontare la Confraternita. Non lo avrebbe capito. Gli dissi che avevo bisogno dell'aria di mare. Gli dissi, temendo che la prendesse come una dichiarazione d'amore, che io e suo figlio avevamo bisogno di lui ancora un po'.

Mi guardò con gli occhi un po' socchiusi e un po' sorridenti, mi si avvicinò con il bambino in braccio, allungò la mano e prese tra le dita una ciocca dei miei capelli.

«Vado a cambiarmi», dissi ritraendomi il più delicatamente e velocemente possibile. «Voglio andare un po' a correre. Ti dispiace?»

Scosse il capo senza cambiare sguardo né espressione e poi baciò Janín sulla testa in un modo che era come se baciasse entrambi. Uscii in tutta fretta, decisa a scrollarmi di dosso quel momento. L'amore di Santi nei miei confronti mi faceva incazzare.

Correvo senza stancarmi, come una disperata. Per arrivare in spiaggia dovevo fare una strada in discesa lunga più o meno un chilometro e per poco non caddi con la faccia a terra, tale era la mia velocità. Sulla sabbia mi tolsi le scarpe, avrei corso scalza come in *Momenti di gloria*. Girai a sinistra, verso la parte meno frequentata, dove a volte le uniche impronte nella sabbia erano le piccole orme piatte dei gabbiani, che uscivano dal mare per non andare da nessuna parte. Superato un frangiflutti mi lasciai alle spalle un allevamento di uccelli, i cui pulcini tentavano debolmente di sostenersi sulle zampe. Il mio obiettivo, il limite che mi ponevo, erano delle gru enormi che si confondevano con l'azzurro del cielo. Tutti i luoghi di Dianium mi ricordavano Alberto, come se avessimo vissuto insieme varie vite e avessimo visto insieme le gru cento volte.

In quella zona m'imbattevo soltanto in cani che mi seguivano impazziti mentre i loro padroni li osservavano con i guinzagli in mano. Per questo il fatto di sentire dietro di me i passi di un altro corridore che evitava le folle costeggiando scogli disagevoli attirò la mia attenzione. Fu quando saltai un rigagnolo d'acqua che scorreva tra i giunchi e la sabbia che sentii il suo fiato, un respiro affannoso che mi passava tra i capelli. Superai i grandi sassi che qualcuno aveva messo lì per non bagnarsi i piedi, e durante l'ultimo salto sentii una mano sulla spalla.

Rimasi a guardare quella mano che portava un anello d'argento grezzo poggiata sulla mia spalla cercando di non gridare, di non girarmi improvvisamente e di non reagire in alcun modo.

Lo riconobbi subito. Mi aveva sempre sorpreso quanto fossero piccole le mani di Martín in confronto alla sua muscolatura.

«Mi stai seguendo», disse in quel suo solito modo, con quella goffa sicurezza che gli dava il poter malmenare o uccidere senza conseguenze, anche se in quell'occasione ansimava, e questo dimostrava chiaramente che era meno forte di quanto sembrasse e che la sua stazza e i suoi muscoli avevano come unico scopo quello di impressionare gli altri.

Non volevo che si accorgesse che mi ero spaventata. E in fondo per un millesimo di secondo fui indecisa se abbracciarlo o meno, perché veniva dalla mia vita più importante. Scossi con forza la spalla e la mano cadde verso il basso, come se dovesse imprimersi sulla sabbia.

«Ti chiedo la stessa cosa: perché mi hai seguito a Madrid?»

«Sai perfettamente a cosa mi riferisco», ribatté. «Hai chiesto in giro di me.»

Il fatto che non fossi pazza e non vedessi fantasmi mi fece sorridere. C'era un collegamento tra lui e il negozio di elettrodomestici.

«Chi ti ha mandato a cercarmi? Alberto?» domandai guardandolo negli occhi e concentrandomi sulle sue ciglia bagnate di sudore.

Aprì leggermente la bocca e la richiuse senza smettere di fissarmi, imperturbabile: probabilmente mi trovava molto diversa.

«Questo non ti deve interessare.»

«Come no? E il biglietto che hai lasciato nella borsa di mio figlio? Come hai osato superare quel confine? La cosa non finirà qui. Ti dice niente la parola polizia?»

Si asciugò il sudore dalla fronte con una polsiera che prima era bianca e adesso grigia, mentre secondo dopo secondo io prendevo sempre più coscienza del fatto che a Dianium si sentiva forte.

«Dovrai dimostrare che l'ho scritto io.»

«La maestra dell'asilo ti riconoscerà.»

«Non credo. E se anche fosse, non c'è niente di male nel voler rintracciare una vecchia amica.»

«A che scopo?»

Aspettavo ansiosa che dalla sua bocca uscisse il nome di Alberto.

«Vogliamo solo sapere dov'è Julián.»

Vogliamo, vogliamo.

«Volete saperlo tu e Alberto?»

«Forse.»

Mi si avvicinò ancora di più. Istintivamente indietreggiai un po'. Il sole mi bruciava la schiena. Martín aveva sempre avuto la mania di avvicinarsi troppo quando parlava con qualcuno. Gli appoggiai la mano aperta sul petto. Sentii che gli batteva fortissimo il cuore.

«Devi solo dirmi dov'è il vecchio.»

«Perché? Perché lo volete? Non so niente di lui.»

«Non è venuto con te a Madrid? Dai, devi sapere dove vive.»

Ritrassi il palmo della mano bagnato di sudore e me lo pulii con discrezione sui leggings.

«Non ti piace molto correre, eh?» replicai.

«Penso spesso a te, lo sai? Dianium senza di te non è più la stessa. È tutto diverso qui.» Mi guardò con quell'ostinazione negli occhi capace di obbedire a qualunque ordine per quanto fosse crudele. Il punto era sapere chi gli aveva ordinato di cercarmi.

«Come hai fatto a trovarmi a Madrid? Come sapevi dove cercarmi? La città è molto grande.»

Pensai di nuovo che l'inquilino della casetta doveva avergli dato l'indirizzo di mia sorella; poi lui doveva averla seguita fino al nostro negozio e così era riuscito a localizzarmi. Era la spiegazione più semplice. E Martín era molto semplice, senza scorciatoie né curve.

Fece spallucce. Lo entusiasmava sembrare più intelligente di quanto non fosse in realtà.

«Se ci dici dov'è Julián sparirò dalla tua vita.»

Non mi piacque quel modo di parlarmi. Lo percepii come una minaccia, e Alberto non avrebbe mai permesso che mi minacciasse.

«Non so neanche se è ancora vivo», risposi. «Non ho più avuto sue notizie da quando sono partita. Per me tutta quella storia di mostri con la faccia da brave persone è finita. Chiusa per sempre. È stato un incubo e tu ne facevi parte. Preferirei non vederti mai più, a meno che tu non mi dica chi ti manda.»

Eravamo ancora più o meno nella stessa posizione: io che sopportavo la sua testa e le sue spalle protesi verso di me, il suo alito un po' acido (se non ricordavo male mangiava solo carne rossa), le sopracciglia nere e spesse, le basette sottili che seguivano il profilo della mascella e l'ombra scura che gli avvolgeva la testa come un campo bruciato.

«Voglio che trovi l'indirizzo di quel disgraziato. Quando ce l'hai, chiamami a questo numero. In ogni caso ti verrò a trovare, lo sai che mi sei sempre piaciuta.» La sua minaccia ebbe il merito di scuotermi di colpo.

Concluse dandomi un pizzicotto sulla guancia e attraversò la spiaggia dirigendosi in diagonale verso la strada. Lo inseguii correndo e lo vidi salire sul sedile posteriore di una macchina. Al volante c'era una donna sulla sessantina con una zazzera bionda scolorita e i ricci che sembravano filo spinato e, accanto a lei, uno con la testa rasata come Martín. Fui scossa da un brivido, il mio corpo si fece piccolo come un gattino spaventato mentre la mia mente cercava di analizzare la situazione con freddezza.

Continuai a correre per un'altra ora, perché avevo paura di tornare a casa e di continuare a pensare a Martín e a Julián. E Alberto? Non ero riuscita a sapere se era coinvolto in quella storia. In ogni caso allungai il passo quando, come un raggio di sole che mi si conficcava nel cranio, vidi chiaramente ciò che avrei dovuto fare dopo, quello che dovevo cercare. Le scarpe volavano e il cuore mi precedeva di un metro.

Attraversavamo il sole in silenzio. La sua ombra mi proteggeva. Provavo una grande felicità. Alberto si girò e mi porse la mano. La sua mano. La mano era l'inizio di tutto il suo corpo. Mi riempiva di emozione vedere e toccare la sua camicia sbottonata per metà che gli copriva il corpo slanciato. La fronte rossa per il sole. I pantaloni arrotolati sulle caviglie. I capelli quasi biondi, radi e appena lunghi, sistemati dietro le orecchie. Aveva sempre bisogno di un buon taglio, che speravo non si facesse mai. Mi prese per mano, poi mi attirò a sé e mi baciò. La sua bocca. La sentii con chiarezza, realtà e forza. Era disperante.

Julián

Dopo otto giorni il Macellaio tornò sulle sue gambe. In quattro lo aiutarono a scendere da un fuoristrada verde oliva – che avrei giurato fosse quello di Fred Christensen – e poi lo accompagnarono nei suoi appartamenti. Pilar gli diede il benvenuto rallegrandosi com'era suo dovere, ma con un'espressione che lasciava intendere che per un altro verso le aveva mandato a monte i piani. Lui era molto più magro e sembrava più alto, più simile a come era stato da giovane. Aveva anche uno sguardo più sveglio. "Bene", mi dissi, "non è cambiato niente." Tranne che adesso non potevo quasi più entrare nella sua stanza. Ci passava molto tempo, per riprendersi. Approfittavo del momento del pranzo o di quando lo portavano in giardino sulla sedia a rotelle per andarci, spostare le cose e portarmene via qualcuna per farlo ammattire. Finché una mattina, dopo la colazione, mentre le cameriere sistemavano le stanze, un sesto senso mi avvertì che era cambiato qualcosa.

Per poco non andai a sbattere contro Geralda in corridoio mentre un uomo con un completo grigio e una valigetta entrava nella stanza del Macellaio. «Chi è?» chiesi con indifferenza a Geralda.

«Il medico. Povero Bert. Quando l'hanno portato in ospedale non riusciva a respirare. E adesso eccolo qui, si è rimesso in salute. Che uomo!»

Geralda indossava un vestito color carne con un taglio elegantemente antico e una collana di perle che non avevo mai visto, probabile eredità di Elfe. Aveva le unghie laccate di rosso e profumava di sali da bagno. Sembrava sempre sul punto di dover partecipare a un ricevimento, anche se poi si sedeva in giardino a giocare a carte con nonnetti che parevano suoi servitori. Ormai più nessuno pensava a Elfe, se mai qualcuno lo aveva fatto, a parte quando andava a urtare contro i tavoli. Avevano pulito e tinteggiato la sua stanza prima che ne prendesse possesso un nuovo ospite, che non avrebbe mai saputo di coricarsi nello stesso letto di una dei protagonisti della storia più nera dell'umanità.

Sentii l'impulso di avvertire Geralda che Bert (come la maggior parte dei residenti chiamava il Macellaio) in quel momento si trovava in giardino e che il medico avrebbe trovato la camera vuota, quando l'istinto mi fece stare zitto. Era strano che quell'uomo non fosse accompagnato da qualcuno della Confraternita. La valigetta che aveva con sé non sembrava quella di un medico e non andò mai in giardino, neanche per misurare la pressione al Macellaio.

Lo vidi uscire dopo un quarto d'ora, un tempo sufficiente a installare nella stanza delle piccole telecamere: questo sospetto pose fine alle mie incursioni nel mondo del Macellaio. Dedussi che si fosse lamentato con i suoi del fatto che stava perdendo la memoria, che cambiava posto alle cose, e loro dovevano aver deciso di piazzare delle telecamere per verificare se era così e, in caso contrario, convincerlo che non stava succedendo niente di strano. Bisognava tenere in conto che per la Confraternita lui era una reliquia vivente, che bisognava preservare e mantenere in piedi a tutti i costi.

Adesso avrei dovuto ingegnarmi in un altro modo.

Sandra

Quella lunga corsa avrebbe dovuto sfinirmi, invece non avvertivo la stanchezza. Avevo bisogno di distaccarmi dall'incontro con Martín prima di arrivare a casa. Mentre percorrevo la strada in salita incontrai Santi con il bambino nel passeggino. Siccome tardavo, come altre volte, erano usciti a cercarmi. Vedendomi con la maglietta e i leggings completamente bagnati di sudore, Santi tirò fuori dalla borsa con gli orsetti una bottiglia d'acqua e me l'allungò. Bevvi e il resto dell'acqua me la spruzzai sulla faccia e sul collo. Era incredibile che nello stesso spazio e nello stesso tempo coesistessero la borsa con gli orsetti e Martín, la casetta dei fiori e il negozio di elettrodomestici Soimens, il dolore e la felicità, il bene e il male. C'erano le piante, gli animali e gli altri pianeti, il passato e il presente, montagne e mari. Janín rise vedendomi e, allo stesso tempo, gli scendevano le lacrime per il dente che gli stava spuntando. A volte si fa fatica a vedere le cose, a distinguerle, perché sono unite, perché tutto ciò che esiste in questa vita è sullo stesso tavolo.

Dissi che andavo a farmi la doccia. Avevo voglia di raccontare a Santi ciò che mi era appena successo, ma mi sembrò umiliante per lui, e molto egoista da parte mia, volermi tranquillizzare facendolo preoccupare ancora di più. Probabilmente mi era venuto incontro per verificare che fossi andata davvero a correre e non fossi uscita per incontrare qualcuno, cosa che d'altra parte era accaduta: avevo incontrato Martín. Anche se fossi stata innamorata di Santi, lui non sarebbe mai stato felice con me, perché in me c'era qualcosa che gli suscitava sospetto, tensione, inquietudine, gelosia, malinconia. Senza saperlo, era molto più felice con Lucy, ma il problema è che non si sa mai in cosa consiste la felicità.

Julián

Il Macellaio era sempre più protetto o sorvegliato dai suoi. Sancho il Secchione veniva a trovarlo a giorni alterni, talvolta accompagnato da qualche commilitone della leva di Bert, che si avvicinava emozionato alla sua poltrona Emmanuelle per salutarlo. Volevano tenerlo in vita il più a lungo possibile per dare consistenza reale alla Confraternita e ai loro sogni di superiorità. Avevano bisogno di uno specchio in cui guardarsi e che desse loro ragione. Uno specchio in cui un tempo era già diventato realtà ciò che loro volevano rifare adesso. In sintesi, uno specchio che restituisse loro un mondo impossibile che una volta era stato quasi possibile.

Era ironico che gli stessi camerati del Macellaio non conoscessero la sua mente e che credessero di ricordargli un passato glorioso. Quello che gli piaceva veramente era la compagnia dei giovani: gli facevano dimenticare di essere un vecchio bacucco. Non sopportava gli anziani come lui, la loro decadenza, la pelle rugosa. Quando li vedeva avvicinarsi, faceva finta di dormire. Alla fine non poteva evitare di salutarli con una cordialità completamente finta, gli faceva schifo stringere le loro mani dalla pelle flaccida ed essere abbracciato e toccato dove lo toccavano più frequentemente: sulla spalla, sul braccio, sulla coscia o sul ginocchio. Si irritava, cercava di resistere come poteva e poi si rivaleva su Frida, umiliandola e chiedendole di raccogliersi quei capelli così lunghi e sciatti. A quel punto Frida, che aveva cominciato a mandare giù il suo orgoglio, sull'orlo di quella che sembrava una crisi di pianto, si passava le mani lungo la chioma bionda e stopposa – su questo aveva ragione lui – e se la annodava con una ciocca, ma senza arrivare a farsi la treccia come una volta perché stava tentando di esibire la donna sexy prigioniera delle sue cosce forti e delle sue spalle robuste, dei bermuda e delle polo sportive.

Ai Tre Ulivi lo sguardo di Frida si era fatto cupo e diffondeva un azzurro amaro sulle palme, gli ulivi e tutti noi. Mi chiesi chi volesse colpire, di chi si fosse innamorata colei che io avevo sempre considerato una macchina nel vero senso della parola. Non avevo mai immaginato che pensasse, dubitasse, sognasse. Soltanto che obbedisse ed eseguisse omicidi, trascinandosi carponi a terra, pulendo le pisciate dei suoi capi, che facesse tutto senza contestare assolutamente nulla. Ma adesso era cambiata e, per sua sfortuna, soltanto io mi accorgevo di quel cambiamento.

Erano le sei del pomeriggio. I rami ondeggiavano creando il giusto grado di brezza che noi ottuagenari potevamo sopportare senza prenderci un raffreddore. Com'era facile vivere per i giovani! Era appena arrivato un vecchio e decrepito compare del Macellaio, accompagnato da Sancho il Secchione. Non fece in tempo a mettersi sull'attenti con il braccio alzato perché Sancho lo costrinse a sedersi velocemente su una sedia attaccata alla grande poltrona del Macellaio; quest'ultimo guardò Sancho con aria supplicante, ma inutilmente, perché quel ragazzo devoto e tanto volenteroso non era riuscito a penetrare nei veri desideri del suo capo. Il commilitone gli sussurrava confidenze standogli troppo addosso. E più il Macellaio si ritraeva, più l'altro si chinava su di lui buttandogli addosso l'alito. Faceva ridere – un riso tragico – vederlo soffrire. Per rispetto Sancho li lasciò soli perché potessero parlare tranquillamente delle loro cose. Andò a fare una passeggiata nel prato con un libro in mano. Probabilmente si sarebbe disteso a leggere all'ombra di un albero, contemplando l'andirivieni delle foglie nel cielo.

Era il momento.

Le telecamere di sorveglianza che avevano installato nella stanza del Macellaio mi impedivano di entrarvi come prima e dovevo approfittare di altre occasioni come quella che mi si stava presentando. Mi alzai e andai il più rapidamente possibile nella mia stanza. Presi dalla tasca il portachiavi, a cui erano appese soltanto tre chiavi: quella del portone d'ingresso della residenza, la porta della mia camera e la piccola chiave della valigia. Misi la valigia sul letto, la aprii e tirai fuori uno dei quaderni neri che tempo prima avevo rubato al Macellaio dalla sua barca, la *Stella*. Quel giorno li aveva cercati come un pazzo, praticamente aveva smantellato tutta la barca. Aveva tirato fuori tutto quello che c'era in cabina portandolo sul ponte in mezzo al vento, senza riuscire a trovare una spiegazione per ciò che era successo. I suoi appunti, la sua grafia precisa, si erano volatilizzati, ma non i suoi orrori.

Mi infilai il quaderno nella tasca della giacca e tornai in tutta fretta in giardino, pensando che la valigia non fosse un posto sicuro e che dovevo cercarne uno migliore dove conservare materiale così sensibile. La cosa negativa era che le dimensioni della stanza e l'arredo essenziale non aiutavano, ma ci avrei pensato in un secondo momento.

Adesso il mio obiettivo era la giacca gigantesca del Macellaio, appesa all'enorme schienale della poltrona di vimini.

In giardino, alcuni dormicchiavano, altri chiacchieravano e altri ancora giocavano a carte. I più coraggiosi erano fuori, nel prato, con le bocce. Era l'orario in cui tra noi si aggiravano meno persone con i camici bianchi. Per loro era il momento delle riunioni, di preparare i menu, di rivedere le dosi delle medicine. Era anche l'ora della messa nella cappella, del parrucchiere e della manicure per Geralda. Frida arrivava soltanto all'ora di pranzo e di cena per controllare che il suo energumeno non deperisse e fosse sempre ben idratato. Perciò quello era il momento ideale per passare dietro la sua grande poltrona, tirare fuori con circospezione il quaderno dalla mia tasca e infilarlo nella sua, allargata dal peso e dalle dimensioni della sua mano e da un fazzoletto di stoffa bianca che evitai di toccare.

Fu questione di un secondo. "Il quaderno adesso è nella sua tasca", pensai continuando a dirigermi tranquillamente verso la mia sedia. Era di plastica bianca con i braccioli, quasi una poltrona, se la parola «poltrona» non fosse eccessiva per un pezzo di plastica che mi si conficcava nelle chiappe e nella schiena. A volte ero stato tentato dall'idea di chiedere a Geralda di prestarmi dei cuscini, ma poi vedevo il Macellaio adagiato sui fiori dei suoi e mi passava la voglia. Preferivo alzarmi quando non ne potevo più e sedermi sul dondolo, che aveva un materassino.

Dalla seduta di plastica dura osservai attentamente i gruppi e i singoli presenti in giardino e avrei potuto giurare che nessuno si fosse accorto della mia manovra con il quaderno. Prima che Sancho tornasse, trascinai la sedia tra gli alberi, sotto la cui ombra e tra i cui colori passavo inosservato. Praticamente avevo imparato a mimetizzarmi con le piante, i chiaroscuri e il resto degli anziani. Sentivo che cambiavo colore e travestimento in base al momento e al bisogno. Se la presenza del Macellaio era assordante e sconvolgente, la mia scivolava tra le mattonelle in ombra, la ghiaia abbagliante e gli occhiali rilucenti dei miei compagni. Vantaggi dell'essere passato inosservato migliaia di volte.

Finalmente Sancho tornò, e questo fu un sollievo per il Macellaio che fece per alzarsi; ciò obbligò il nostalgico criminale che era venuto a trovarlo a congedarsi con l'intenzione di baciargli la mano, che Bert però ritrasse disgustato, in quello che forse fu interpretato come un gesto di umiltà da parte sua. Naturalmente Sancho non colse i segnali di protesta del suo capo quando questi gli chiese di non tirargli addosso altra merda portando da lui i vecchi commilitoni.

Perciò all'ora di cena, quando Frida arrivò per mettersi ancora una volta al suo totale servizio, il Macellaio era furioso. Lo esasperava dover sopportare che i suoi vecchi commilitoni gli parlassero del passato glorioso, quando lui non vedeva nessuna gloria sulle loro facce, nei loro corpi e nel loro portamento, ma solo un presente funesto e ormai agli sgoccioli. Guardandoli non vedeva bei ricordi, bensì l'orrore della dipartita imminente.

Frida lo aiutò a indossare la giacca e ad andare dal giardino alla sala da pranzo con un paio di cuscini a fiori sottobraccio, nel caso gli fossero serviti.

Lui si lasciò cadere sulla sedia, fortunatamente robusta, e a causa del peso della sedia unito a quello del corpo che sosteneva, non riuscì ad avvicinarla al tavolo e pertanto al piatto della zuppa. Frida avrebbe potuto cercare di farlo alzare per manovrare meglio la sedia, ma alla vista dell'espressione accigliata dell'uomo chiunque sano di mente avrebbe desistito. Il Macellaio non la guardava e non le parlava. Ignorava i suoi tentativi per farlo stare comodo, uno sforzo che solo dei bicipiti come quelli di Frida avrebbero potuto sostenere. Il sudore le scorreva lungo le tempie. E i suoi capelli, duri, biondi e spessi, sfiorarono un braccio, la testa e anche, in un momento di disattenzione, la faccia dell'uomo. Fu in quel momento che la bocca del Macellaio si contrasse in modo spaventoso. Non ce la faceva più: afferrò la ciocca di capelli che lo aveva sfiorato come chi acchiappa una mosca e la tirò fino a strapparla.

La mostrò a Frida con la mano aperta. A lei si riempirono gli occhi di lacrime azzurre, la gola tremava mentre inghiottiva la saliva. Fortunatamente io ero riuscito a evitare di sedermi vicino a Geralda, la quale aveva la pretesa che, quando parlava, la si guardasse negli occhi finché non terminava. Era proprio fissata con quello che adesso chiamano il contatto visivo. Quando si era con lei, non si poteva lanciare un'occhiata davanti a sé, a destra o a sinistra, e men che meno dietro di sé, perché si offendeva. Non lo diceva con le parole, ma con un'occhiata carica di rimprovero. Era una di quelle persone che nello sguardo hanno molti registri. Perciò era una vera liberazione indirizzare il mio su qualunque altro dei miei commensali, perché a loro non importava nulla di dove guardavo io e neanche che il Macellaio strappasse una ciocca di capelli alla sua badante personale. Erano concentrati sulle immagini della gara di Formula Uno.

Frida si accarezzò la testa e con quella stessa mano aiutò il Macellaio a sostenere il cucchiaio nel suo viaggio lungo e traballante dal tavolo alla bocca. Fece lo stesso con i pezzi della bistecca che a volte cuocevano alla griglia solo per lui. Doveva pagare un grosso supplemento per quei lussi, e ciò suscitava in alcuni ammirazione e in altri invidia. Cosa che mi dimostrava che con l'età qualcuno si pente di non aver pensato maggiormente a sé stesso e di aver ceduto tanto, ma raramente si pente di essere stato uno stronzo.

Alle nove di sera, dopo quella scorpacciata, che un giorno lo avrebbe ammazzato, e quando la maggior parte dei residenti stranieri si ritirava nella propria stanza, Frida e un infermiere lo accompagnarono nella sua. Anche la sua camera godeva di un trattamento diverso dalle altre, perché durante le mie scorribande mi era sembrato che le tende e gli asciugamani fossero nuovi e che ci fosse un accappatoio, che occupava un'intera parete del bagno facendo pendant con le pantofole.

Non persi di vista la tasca della sua giacca con il quaderno dalla copertina nera. Se ne vedevano appena i contorni e lui non ci avrebbe infilato la mano mentre lo trasportavano sollevandolo per le ascelle, con tutto il peso appoggiato sulle spalle degli altri due.

Inizialmente non si sarebbe reso conto di niente. Lo avrebbero fatto sedere sul bordo del letto, gli avrebbero tolto gli stivali e i pantaloni beige coloniale e perciò avrebbero dovuto costringerlo ad alzarsi un po', come pure per infilargli i pantaloni del pigiama, se non fossero stati troppo stanchi e non avessero deciso di lasciarlo in mutande. Ciò che sicuramente gli avrebbero messo era la giacca del pigiama e poi avrebbero dovuto accompagnarlo in bagno a urinare. O magari quella era una cosa che riusciva a fare da solo.

Intorno alle undici mi preparavo a ritirarmi a mia volta, quando si sentirono delle voci nel corridoio del Macellaio. Voci tra le quali risuonava con forza la sua. Attraversava le pareti come una palla di fuoco attutendo il suono debole delle porte del corridoio che si aprivano una dopo l'altra. Ciò mi spinse ad accomodarmi ancora meglio sulla mia sedia di fronte alla televisione. Stavano trasmettendo di nuovo in differita i momenti salienti della gara di automobilismo.

Il Macellaio aveva tirato fuori il quaderno dalla tasca della giacca. Mi sembrava di averlo davanti agli occhi: era successo quando aveva fatto per prendere il fazzoletto di cotone egiziano per soffiarsi il naso e aveva trovato l'amara sorpresa del quaderno. Aveva cominciato a far mente locale. Non ricordava niente a proposito di un quaderno. Probabilmente si era diretto verso il posto in cui li custodiva, ma aveva visto che lì non mancava nulla. Perché lo aveva preso, e quando? In quel momento aveva sicuramente dimenticato tutti gli acciacchi. Aveva chiuso gli occhi per ricordare, invano. Eppure, se non era stato lui, chi poteva aver messo il quaderno nella sua tasca? A chi poteva interessare fare una stupidaggine del genere? Doveva essere stato lui. E di sicuro si era demoralizzato di fronte a quella sua lacuna mentale.

E così fu: si disperò e iniziò a sferrare pugni e calci ai muri e alle porte. Due infermieri dovettero correre da lui. Geralda, che era accanto a me, andò a vedere cosa succedeva e ritornò poco dopo a testa bassa. «Hanno dovuto iniettargli un calmante», spiegò. «Povero Bert», aggiunse. Neanche lei capiva cosa poteva avergli scatenato quella reazione. A cena stava benissimo: aveva guardato la televisione come tutti gli altri. Non aveva avuto nessun problema a tagliare il filetto e a portarselo alla bocca mentre guardava la televisione, disse, ignara dell'incubo vissuto da Frida, che per sua fortuna era tornata in tempo a casa. Non erano un buon segno quegli attacchi improvvisi e insensati, concluse.

La mattina dopo lo portarono a fare colazione su una sedia a rotelle. Era mezzo addormentato e distratto. Lasciò la banana mezza sbucciata e il latte gli scorreva dalla commessura della bocca. Un'addetta della residenza lo riprese affettuosamente e lui le disse qualcosa in tedesco che sapeva di insulto sprezzante. Lei si ritirò con l'aria di chi stava pensando: "Ma muori, animale che non sei altro".

La situazione era abbastanza grave da spingere il capobanda, Sancho, a presentarsi ai Tre Ulivi con Frida. Il Secchione sembrava molto preoccupato. Gli occhi spalancati dietro gli occhiali tartarugati, al contrario di quelli di Frida, erano gelidi e quasi indifferenti. Era comprensibile che fosse ancora ferita per il contrattempo della ciocca di capelli e che preferisse passare la patata bollente a Sancho. Non che la compatissi: mi ripugnavano la sua mancanza di scrupoli, il suo fanatismo, la sua stupidità. Ma osservavo con piacere come la devozione nei confronti del suo leader stesse iniziando a scemare. Frida, come molte persone deboli e manipolabili, era straordinariamente suscettibile.

Nel pomeriggio si presentò quello che diceva di essere un medico. Salì in camera di Bert e poco dopo andò nella sala della televisione facendo cenno a Sancho e Frida di portare il Macellaio in camera. Loro spinsero la sedia fino alla stanza e chiusero la porta. Si sentirono di nuovo voci fuori controllo (all'improvviso molto alte e poi, di nuovo, basse), che dicevano: «Non capisco, non capisco!». Altre voci erano tranquillizzanti. Gli parlavano di innocui vuoti di memoria. Probabilmente gli dicevano che doveva aver preso il quaderno ed esserselo infilato in tasca e che poi lo aveva dimenticato perché aveva cose più importanti a cui pensare. Il Macellaio, però, dubitava senz'altro di tutto perché non ricordava di aver preso il quaderno e di esserselo infilato in tasca. Eppure era lì e da lì lo aveva tirato fuori insieme al fazzoletto. E le telecamere dimostravano che nessuno lo aveva preso dal cassetto della scrivania, e che lo aveva tirato fuori lui stesso dalla sua tasca. Presi un decaffeinato per festeggiare. Chiesi di metterlo sul mio conto insieme a quello di Geralda, che era lì e che sembrava leggermente inquieta, probabilmente per l'atmosfera di nervosismo che stava creando Bert.

Sandra

Dopo il mio incontro con Martín sulla spiaggia o, per meglio dire, dopo che lui mi aveva dato la caccia, dovevo a tutti i costi avvertire Julián. Sua figlia mi aveva detto che alloggiava in un hotel chiamato I Tre Ulivi, ma di non presentarmi assolutamente lì. Ciò voleva dire che non si sentiva sicuro, anche se di certo non era sorvegliato, perché, se lo fosse stato, avrebbe significato che lo avevano individuato e non avrebbero dovuto incalzare me. Probabilmente pensava che se qualcuno mi avesse visto e riconosciuto ai Tre Ulivi, avrebbe messo in relazione me con lui e lui con l'hotel, e con quella gentaglia qualunque precauzione non era mai eccessiva.

Casomai gli fosse venuto in mente di fare un giro al Faro, ci andai e gli lasciai un biglietto sotto la pietra C. *Ho urgente bisogno di vederti.* In ogni caso era improbabile che salisse lassù tutti i giorni, e quando avesse visto il biglietto sarebbe stato già troppo tardi. Perciò in quella stessa occasione entrai al bar e chiesi dei Tre Ulivi alla stessa ragazza che ci aveva servito il giorno del nostro incontro. Non aveva assolutamente idea di dove fosse. Ovviamente non si ricordava di me, era distratta e aveva voglia di andarsene. Cercai su Internet l'hotel I Tre Ulivi, ma senza successo. Decisi di scendere in paese e pensai che fosse una cosa che dovevano sapere in un albergo. La poca aria calda prodotta dalla velocità del motorino mi attraversava la maglietta fino al petto. Dal Faro si vedevano i fondali turchesi, che le acque calme non smuovevano, e dai monti immensi scendevano ondate tremolanti di verde. Il mondo si era paralizzato e io facevo fatica a respirare.

In fondo avevo voglia di tornare all'hotel Costa Azul della mia vita precedente a Dianium. Non potevo evitare di tornare al passato quando il passato era così vicino ed era sufficiente aprire una porta a vetri. Entrai con cautela, come su un terreno minato. Era rimasto tutto uguale, anche se sembrava diverso, spogliato di drammaticità. La hall era più piccola di quanto ricordassi, quasi insignificante, e al bancone della reception c'era sempre il portiere con la grande voglia sulla guancia. Ci guardammo, più io lui che lui me. Doveva essere abituato a trovarsi di fronte facce familiari senza riuscire a inquadrarle. La mia gli diceva qualcosa. Spostò lo sguardo verso sinistra cercando di ricordare. L'hotel I Tre Ulivi? A Dianium di certo no. Con quel nome c'era soltanto una residenza per la terza età. E dov'era? Mi fece un disegno della mappa della zona. Adesso la voglia sembrava più piccola, su una pelle meno tesa. Il portiere era invecchiato in poco tempo.

Forse non stavo facendo bene e stavo correndo un rischio troppo grande. Avrei potuto mettermi un cappello e gli occhiali da sole: perché non lo avevo fatto? Soprattutto visto che non mi era mai stato chiaro se quell'uomo fosse implicato o meno negli affari della Confraternita. Mi ero lasciata trasportare dalla vertigine, dall'abisso, dalla necessità di provocare il male.

Mi fermai per strada, all'ombra, per consultare la mappa; il mondo continuava a essere quieto in maniera terrorizzante. A quanto pareva la residenza era lontana, io avevo detto a Santi che sarei tornata entro dieci minuti e invece era già più di un'ora che me ne andavo in giro da una parte all'altra. Ci sarei andata il mattino seguente. Non sapevo neanche cosa avrei fatto una volta lì, posto che non potevo farmi vedere. Una residenza per anziani. Improvvisamente Julián divenne più vecchio di quello che era. Anziano è una parola davvero forte. Lo immobilizzava, lo rendeva invalido, inabile, incapace di intendere e di volere. Non avevo mai pensato che fosse un anziano, solo una persona più grande di me. Probabilmente non poteva permettersi di continuare a pagare la stanza al Costa Azul e aveva dovuto cercare qualcosa di più adatto alle sue finanze. Quando ero partita per Madrid, all'alba di quel giorno, pensando solo a mettermi in salvo, lo avevo abbandonato al suo destino, non gli avevo neanche chiesto se gli servisse qualcosa. Avevo sempre dato per scontato che fosse lui a dover aiutare me. Come se alcune persone avessero il dovere di essere più forti di altre, più generose, migliori. Come se alcune persone avessero l'obbligo di portare sulle spalle il peso dell'umanità e altre solo il peso di sé stesse, i propri capricci e le proprie miserie, i propri odi, i propri amori e le proprie fissazioni.

Tornai a casa pensando a una giustificazione per il mio ritardo, anche se una valeva l'altra, dato che Santi era convinto che mi vedessi con qualcuno, con l'amore che avevo lasciato a Dianium e da cui ero tornata. Cosa che in parte era vera. Desideravo con tutto il cuore incontrare Alberto, rivederlo. Sentire la sua voce, toccare la sua mano, abbracciarlo, baciarlo, cose normali, di per sé insignificanti, che però, quando non le fai, ti fanno disperare. Ma appena scesi dal motorino per aprire il cancello della casetta, sentii voci a me note che mi lasciarono molto confusa.

Rimasi paralizzata. Una situazione nuova, un nuovo pensiero. Ebbi bisogno di qualche secondo per collocare nello stesso spazio il tono giovane e vagamente ironico di Santi e quello più sommesso, anche se non troppo basso, di Julián. Quindi avevo fatto bene a non andare ai Tre Ulivi.

Santi e Julián: non ci avrei mai pensato. Era come prendere il personaggio di un film o di un libro e metterlo a parlare con una persona reale, anche se in quel caso non avrei saputo dire chi era il personaggio e chi la persona. Persona nel proprio mondo e personaggio in quello dell'altro. Dovevano essere nel soggiorno con le porte a vetri scorrevoli aperte sul piccolo giardino, e andai da quella parte provando qualcosa di molto strano e non piacevole. Non avrei mai immaginato che Santi e Julián potessero incontrarsi, soprattutto senza che io fossi presente. Forse fu la sorpresa a rallentarmi e, quando arrivai alla porta a vetri, Julián era già uscito da quella principale. Tornai indietro di corsa e lo vidi che apriva il cancello in tutta fretta, non si fermò neanche a chiuderlo, un particolare significativo per una persona meticolosa come lui.

«Julián!» chiamai senza gridare, ma non mi sentì. Lo seguii con l'intenzione di fermarlo quando lo avessi raggiunto. Correva quasi, aiutandosi con le braccia, come se remasse nell'aria e le scarpe gli andassero strette. Mi fermai quando vidi che tutti i suoi sforzi lo stavano portando verso un'imponente Mercedes nera parcheggiata in una strada parallela. Poi vidi passare la macchina, che andava a quaranta all'ora, il limite consentito su quelle strade. Alla guida c'era una donna anziana con l'aspetto aristocratico e i capelli raccolti in una crocchia. Lui mi guardò per un secondo. Mi aveva visto?

«Quel tizio è stato qui», disse Santi piuttosto sdegnato vedendomi entrare.

«Spero che tu sia stato gentile con lui. È il mio migliore amico ed è in pericolo.»

«Quello che non capisco è perché tu abbia dato a nostro figlio il nome di un estraneo. Se almeno fosse stato il nome di tuo padre!»

Presi Janín in braccio. "Se tu sapessi tutto quello che stai vivendo, e che hai vissuto anche prima di nascere..." pensai. Gli accarezzai la testa, e il suo calore mi percorse tutto il corpo.

Julián

Ora avevo bisogno di raccontare a Sandra i miei sospetti sul presunto assassinio di Salva. Non bastava aver scoperto che la Confraternita si nascondeva lì, adesso avrei dovuto scoprire anche quale altro segreto custodivano. Dovevo convincerla a rifugiarsi in un luogo sicuro che non conoscessi neanch'io, dove fosse impossibile trovarla. Me la sarei cavata da solo, e se avessi avuto bisogno di aiuto l'avrei cercata. Non avevo tempo di lasciare messaggi al Faro né di cercare quelli che probabilmente mi aveva lasciato lei. Non disporre di una macchina mia rendeva tutto faticoso e lento, e adesso capivo meglio i giovani che devono vivere di cose prestate e trasformarsi in scocciatori. Perciò non potevo fare altro che andare alla casetta, e anche per quello era indispensabile chiedere la macchina a Pilar.

Aspettai le quattro e mezzo, ora in cui si rimetteva al lavoro di pomeriggio, tranne quando ci veniva voglia di andare a mangiare a Benidorm o nell'interno, una cosa che ultimamente sembrava essere stata esclusa dai suoi programmi.

Bussai ed entrai senza aspettare che rispondesse. Lei, con gli occhiali da presbite sulla punta del naso, controllava alcuni documenti con la testa china e quando la alzò non mi guardò come al solito, mi fissò come fissava i familiari noiosi dei residenti o i residenti stessi quando si mostravano petulanti. La sua freddezza mi penetrò nell'anima, la piccola anima ancora capace di provare quel tipo di emozioni. Avevamo condiviso vari mesi di vicinanza e adesso dovevo sopportare la sua indifferenza. Nonostante ciò tornai in me e le dissi che mi dispiaceva moltissimo doverle chiedere la macchina in prestito, ma che mi serviva soltanto per un'ora e che naturalmente le avrei rimborsato la benzina.

«Mi dispiace, ma non posso lasciarti andare da solo», rispose.

Quella sì che era una sorpresa, un imprevisto che non lasciava presagire niente di buono. Nei miei piani non rientrava confrontarmi con una Pilar che non provasse simpatia per me e che mi trattasse come uno qualunque.

«E perché, se posso saperlo?»

«Lo sai perché.» Rimase pensosa per un attimo, quasi sul punto di piangere. «Ciò che più mi infastidisce è che tu abbia cercato di ingannarmi in un modo così infantile e meschino. Cercare di dissimulare il graffio con la vernice, ma pensa tu. Non potrò mai più fidarmi di te.»

«Non esagerare», dissi, vergognandomi come se mi fossi fatto pipì nei pantaloni. «Sono cose da vecchi, mi preoccupava che non volessi prestarmela mai più.»

«Ma io non voglio che tu sia un vecchio o un bambino, voglio che tu sia come sei. Non dover scoprire che hai graffiato la macchina e che hai cercato di nasconderlo con uno spray, che non è neanche dello stesso colore.» Il suo dispiacere e la sua rabbia aumentavano pericolosamente. «Sono sincera, questa cosa mi fa stare male. Sono stata molto in dubbio se dirtelo o meno, perché la sola idea di affrontarti per questa bambinata mi stressava molto.»

«Capisco», balbettai, comprendendola veramente e condividendo la sua vergogna. L'infanzia appiccicaticcia, le vessazioni del campo di concentramento e adesso la vecchiaia nauseabonda... quanto poco spazio per il decoro, ma dovevo fare qualcosa più importante rispetto al sentirmi ridicolo.

Lei si tolse gli occhiali e aprì la porta invitandomi ad accomodarmi fuori.

«Mi serve la macchina, Pilar, e presto, molto presto, ti spiegherò perché.»

«Mi dispiace, Julián, hai perso la mia ammirazione e il mio rispetto», decretò a mo' di congedo in corridoio.

Mi faceva male passare da essere un uomo speciale a essere un idiota per Pilar, il che significava che ancora mi rimaneva quel tanto di vanità che mi serviva per provare pena per me stesso. Eppure della mia vanità importava soltanto a me, perciò era ininfluente, e dell'ammirazione di Pilar nei miei confronti importava soltanto a lei, non ero io il responsabile della sua necessità di ammirare qualcuno. Era assurdo che esigessi da me stesso di colmare il suo bisogno di saggezza, eroismo e contegno. Potevo rimproverarmi soltanto, a giusta ragione, di averle graffiato la macchina.

«E va bene, chiamerò un taxi.»

«Ma un taxi ti costerà un occhio della testa», commentò Geralda, che aveva assistito a quell'ultima parte della conversazione quando aveva visto il mio riflesso nel vetro e si era avvicinata per chiedermi se avessi voglia di fare una partita a carte. «Chiederò le chiavi a Bert e prenderemo la sua Mercedes. A lui non serve più, il poveretto non sa neanche dove si trova. Credo che non ci sia neppure bisogno di chiedergli le chiavi, le prenderò dal cassetto. Di sicuro non se ne accorgerà.»

Come? Quando si fosse accorto della sparizione delle chiavi sarebbe impazzito, avrebbe iniziato a gridare e a mettersi le mani nei capelli, cosa che personalmente mi rendeva felicissimo e mi ricompensava del dispiacere per la storia di Pilar. Ciò che mi rendeva meno felice era che Geralda venisse con me.

«Non c'è bisogno che venga anche tu», le dissi. «Prometto di restituire la macchina in condizioni perfette.» Pilar mi guardò con un rancore che attraversava la mia persona e affondava in tutte le bugie e le delusioni subite nei suoi cinquant'anni di vita. Anche se avesse avuto solo tre delusioni all'anno a partire dall'età di sette anni, avremmo comunque parlato di centotrentadue frustrazioni che ora dovevo scontare io.

«Se divento responsabile della macchina, lo divento con tutte le conseguenze», obiettò Geralda.

Mi fece impressione l'idea di salire sulla Mercedes nera che avevo visto varie volte nella zona del porto mentre usciva da un garage con a bordo il Macellaio di Mauthausen. Evidentemente la usava quando andava a trovare qualcuno dei suoi compagni di morte o alle riunioni della Confraternita.

Da quando era alla residenza, aveva un posto riservato sotto la tettoia. Sembrava che fosse importante conservare segnali che facessero pensare a un passato glorioso. E i nuovi adepti avevano bisogno di trovare in quei veterani l'ideale di dominio e superiorità cui aspiravano ad appartenere.

Geralda ci mise un po' a tornare, e quando lo fece aveva il rossetto sulle labbra e un altro vestito. Mi agitò le chiavi sotto il naso. Se avessi avuto altre vite oltre a quella, le avrei chiesto dettagliatamente della sua giovinezza e di quella ricchezza che era passata su di lei ricoprendola di un certo splendore.

Salii lentamente a bordo, a causa della mia scarsa agilità e anche perché stavo entrando all'inferno. Come quando entravo in acqua al mare: prima un piede, poi l'altro, lasciandomi inghiottire lentamente. Geralda mi guardava con un'espressione impaziente e una certa compassione. Non poteva immaginare che per me non si trattava di un semplice macchinone di alta gamma, era la tana dell'orco. Odorava ancora di profumo per ambienti e la tappezzeria di pelle color crema era pulita, come il resto, dal quadro ai tappetini. Accanto al cambio c'era un panno di pelle di daino perfettamente piegato. La macchina scivolava sulla strada. La vita da lì dentro sembrava un film, una cosa plasmabile secondo il capriccio di qualcuno. L'impianto di condizionamento dava un grande refrigerio. Il caldo di fuori saturava la campagna di un giallo intenso.

Geralda mi parlava mentre guidava. Io però non sentivo niente, mi aggiravo tra i campi rossi e il cielo azzurro in una bara che profumava di agrumi. Non sapevo se arrivare fino alla casetta o farmi lasciare al porto, ma poi non avrei avuto modo di arrivare dal porto fin lì, perciò mi arrischiai e la guidai fino a due stradine prima della casa. In fin dei conti Geralda non sapeva niente, per lei un posto valeva l'altro. Le dissi che sarei sceso al mare da lì perché quella zona mi piaceva molto, c'erano gli scogli e le onde erano forti. Mi chiese se poteva accompagnarmi, anche lei aveva bisogno di respirare un po' d'aria di mare. L'aria della zona che circondava la residenza era molto salubre, ma diversa. «Così poi ritorniamo insieme alla macchina», disse.

Non è che la sua proposta mi cogliesse di sorpresa: a un certo punto, mentre sentivo la forza della pelle velenosa contro le mie cosce e la mia schiena, mi era passato per la testa il fatto logico che volesse farmi compagnia per tutto il tempo. Eppure, quando si trattò di risponderle, mi sentii impacciato e pieno di dubbi. Non dissi né sì né no: rimasi senza parole e mi limitai a fissarla perché le venisse spontaneo dirmi che andava via e che sarebbe tornata a prendermi entro un'ora.

«Perdonami», mormorai. «Mi farebbe piacere stare da solo per un po' seduto su uno scoglio a contemplare il mare. Devo pensare a molte cose e ho bisogno di tranquillità.»

Fece una smorfia che poteva voler dire "lo capisco" o "non lo capisco", "mi sta bene" oppure no.

«Ti basta un'ora per meditare? Non posso lasciarti qui tutto solo, anche se te lo meriteresti.»

Le sorrisi, che era il massimo che potevo fare nello stato di agitazione in cui mi trovavo.

«Cerco parcheggio e poi faccio un giro per queste stradine, ci sono case molto belle.»

Scesi e mi diressi verso il mare. In fondo Geralda era comprensiva, però avrei preferito che si allontanasse ancora un po'. Cinque minuti dopo che avevo sentito la macchina rimettersi in moto mi diressi verso la casetta. Erano le sei e mezzo, speravo che Sandra non fosse ancora uscita a fare una passeggiata con il bambino.

Il sole si librava molto vicino agli alberi, agli oleandri, alle palme, alla mia testa e all'asfalto grigio. Era il momento in cui si posava sulla facciata della casetta strappandole qualche riflesso dorato e argentato, come se qui e là vi fossero appesi dei gioielli. Per fortuna il sopore pomeridiano era passato e la brezza decongestionava l'atmosfera. Dovetti soltanto spingere il cancello, non lo avevano chiuso a chiave, cosa che mi sembrò una disattenzione e in definitiva un segnale non molto positivo. Nel giardino c'erano vestitini da bambino appesi su una corda legata tra due aranci e a terra qualche giocattolo di plastica.

Prima di bussare alla porta d'ingresso rimasi a guardare da quella a vetri del soggiorno un ragazzo sulla trentina che stava dando un omogeneizzato a un bambino piccolo. Quello doveva essere il figlio di Sandra e l'altro forse era il padre, il famoso Santi. Rimasi imbambolato per qualche minuto perché, se ci pensavo bene, la vita di Sandra lontano da lì non mi era mai sembrata reale, neanche suo figlio. E adesso mi colpiva vederlo in carne e ossa, un essere umano vero e proprio a cui qualcuno avrebbe potuto fare del male.

Il padre si alzò, lasciò il bambino in un box e portò la scodella nel lavandino della cucina, separata dal soggiorno da un bancone di legno. Di quante cose aveva bisogno un bambino, quante cose da ricordare e da portare da qui a lì: biberon, box, passeggino, pannolini, sonaglino, ciuccio, crema, cappellino, più cose di tutte le mie lenti a contatto, occhiali e pillole messi insieme. Il padre era un giovane normale, senza nessuna caratteristica speciale, con un tatuaggio sul braccio che lo collocava nella stessa tribù di Sandra. Il bambino mi osservava con gli occhi spalancati, gli brillavano perché aveva pianto, come la campagna quando spunta il sole dopo la pioggia. Il padre, dopo aver lasciato la scodella nel lavandino, infilò il corridoio. E in quel momento chiunque avrebbe potuto aprire le porte scorrevoli, prendere il bambino e portarlo via. C'eravamo soltanto io e lui che ci guardavamo. E stavo pensando di tornare indietro e suonare il campanello della porta quando sentii una mano sulla spalla.

«Cerca qualcosa?» chiese la voce di un uomo giovane.

Era il padre del bambino, che mi aveva visto ed era uscito dall'altra porta per sorprendermi, cosa che mi fece piacere. Almeno il bambino era relativamente protetto

«Scusa. Non dovresti lasciare il cancello aperto.»

Mi guardava chiedendo spiegazioni.

«Sono un amico di Sandra. Ho bisogno di vederla urgentemente.»

Adesso mi fissava chiedendo ancora più spiegazioni.

«È il figlio di Sandra?» domandai spostando lo sguardo sul bambino.

Non aveva intenzione di dirmi niente.

«Non so se ti ha parlato di me, di Julián.»

«Credo di sì, forse una volta.»

«Posso entrare?» chiesi. «Non voglio che mi vedano qui.»

«Che ti veda chi?» ribatté dandomi a sua volta del tu, anche se avrei potuto essere suo nonno, cosa che non mi dispiacque perché denotava aggressività e mancanza di rispetto, ed era proprio ciò di cui avevamo bisogno per lottare. Mi è sempre sembrato che il rispetto celi una certa idolatria.

«Credo che tu non sappia nulla o molto poco», replicai.

Era una roccia, abituato a non dire niente di troppo.

«Molto poco di cosa?»

«Di quello che è successo qui a Dianium un anno e mezzo fa.»

Il bambino era ancora nel box e lui iniziò a rollarsi quello che sembrava uno spinello o una canna, non sapevo come lo chiamavano adesso.

«Se fossi in te», gli consigliai, «non lo farei. Dobbiamo avere i riflessi pronti al cento per cento. Immagina se al posto mio in casa fosse entrato un giovane sulla ventina intenzionato a rapire tuo figlio.»

Leccò il bordo della cartina, sottile come l'ala di una farfalla, e poi la accese con un accendino con il nome di un bar. La punta si consumò subito, arse velocemente e lasciò un odore intenso di erba. La reggeva tra le dita con molta destrezza, se la portava alle labbra con perizia consumata. Il bambino ci guardava seduto, con le gambe divaricate come se fossero di gomma. Aveva gli occhi molto grandi e neri.

«Come si chiama?» gli chiesi.

«Credo sia ora che tu te ne vada. Io ho da fare.»

Guardai l'orologio, non facevamo progressi e sarei dovuto andare via senza parlare con Sandra.

«Tu sei Santi, non è vero?»

Fece un tiro lungo e profondo e con due dita gettò ciò che rimaneva del filtro nel giardino.

«Ti presenti qui con le buone e credi di sapere tutto di noi», disse.

«So quello che ho visto e quello che mi ha raccontato Sandra. Avremo bisogno di te.»

Sorrise con la stessa incredulità con cui avrei sorriso io se fossi stato al suo posto.

«E va bene, sono io ad avere bisogno di te», ripresi. «Saresti disposto ad aiutarmi se Sandra mi appoggia? Ah! Dille che non ho più la macchina e che mi risulta sempre più difficile salire al Faro.»

Geralda aspettava in auto con le mani appoggiate al volante e la stessa espressione che assumeva in giardino o nella sala da pranzo quando pensava molto intensamente, immagino al suo splendido passato.

«Sono scesa fino al mare e non ti ho visto», disse mentre metteva in moto dolcemente guardando nello specchietto retrovisore.

Non risposi. La sua domanda perse importanza quando vidi Sandra che mi guardava ferma all'uscita della sua stradina.

Sandra

Pantaloni corti, canottiera, cappello con la visiera, occhiali da aviatore, sandali bassi. Una delle tante ragazze che si vedevano in paese e in spiaggia a tutte le ore. In me non c'era nessuna caratteristica che richiamasse l'attenzione. La gobba del naso era nascosta dalla montatura degli occhiali e gli occhi, forse l'elemento più caratteristico per il loro colore tendente al verde e perché erano leggermente all'ingiù, erano coperti dalle lenti a specchio. Le fossette ai lati della bocca – che Janín aveva ereditato da me – si formavano soltanto se sorridevo, cosa piuttosto improbabile in quei momenti. Per il resto, niente di particolare a cui potesse aggrapparsi qualcuno che avesse dovuto descrivermi. Con in mano la cartina che mi aveva disegnato il portiere del Costa Azul con la voglia sulla guancia, dissi a Santi che dovevo fare una cosa urgente e che mi serviva la macchina. Gli chiesi di cucinare il petto di pollo con le verdure, la carota, il pomodoro e una patata, di frullare tutto e di darlo a Janín all'una.

Santi stava per dire qualcosa, ma lo interruppi.

«Non lo fai per me, lo fai per tuo figlio. Non ti chiedo di

preoccuparti di me, ma di lui. Non darai da mangiare a me, ma a lui. So che pensi che ti stai occupando da solo del bambino, ma credo che il fatto che tu possa farlo sia un privilegio. Un giorno ricorderai con vera emozione tutto il tempo che stai passando con lui, la soddisfazione di potertene prendere cura e di vedere come si abitua a te e come grazie alle tue pappine e ai tuoi biberon diventa sano, forte e bello.»

Quando ebbi finito di parlare, presi le chiavi della macchina dall'armadietto all'ingresso. Lui mi ascoltava con la bocca aperta. Janín piangeva per il maledetto dente e perché probabilmente bisognava cambiargli il pannolino. Santi non si innervosiva più quando lo sentiva piangere sconsolatamente.

«D'accordo», disse. «Ma perché mai ti sei conciata in quel modo?»

Non volevo che ai Tre Ulivi mi identificassero con il rumore di un motorino e per questo presi l'auto. Mi sarei avvicinata di soppiatto alla residenza e, se avessi pensato che la macchina poteva attirare l'attenzione, sarei tornata indietro e avrei parcheggiato in uno slargo della strada. Mezzogiorno mi sembrava un'ora prudente per incontrarlo, ma se fosse successo non avrei saputo bene cosa dirgli senza comprometterlo. Non sapevo neanche se mi avrebbe riconosciuto con quell'aspetto, ma dovevo tentare di fargli capire che anch'io volevo vederlo.

Era impossibile sbagliarsi. Sulla strada spiccava una grande pietra bianca liscia con sopra un'insegna in ferro che diceva: I TRE ULIVI. All'ingresso c'erano un paio di vetture, perciò parcheggiai lì. La struttura aveva un'aria decadente, da stazione balneare del secolo scorso. Gli alberi si riflettevano nelle vetrate.

Senza un piano chiaro da seguire, entrai e mi lasciai trasportare. Andai verso sinistra, da dove proveniva la luce verdastra di un giardino. C'erano persone dell'età di Julián e alcune più giovani che stavano sedute o passeggiavano. Tutto tranquillo, finché sotto un porticato, seduto su una poltrona di vimini molto decorata, vidi quello che mi sembrò il Macellaio.

Non mi era familiare come altri membri della Confraternita che – forse a causa dello stress che avevo subito – mi si erano impressi nella memoria quanto bastava per farne i protagonisti dei miei incubi. Ma ciò che mi turbò e mi confermò che quell'essere fuori dal comune era il Macellaio fu la presenza di Frida. I suoi occhi intensamente azzurri e le sue gambe instancabili mi fecero quasi barcollare e fui costretta a indietreggiare verso un punto più sicuro. Non portava più quelle trecce che mi facevano così paura: adesso aveva i capelli corti con ciocche di diverse lunghezze e una tristezza o profonda delusione sulla faccia perennemente incazzata. Era molto strana. In un certo senso era normale, il suo mondo si stava sgretolando. Non poteva più pulire Villa Sol. Non poteva sorvegliarne la purezza, né inondarne tutti gli angoli con il profumo delle cime innevate del suo mondo perfetto che tanto le mancava. Dal suo nuovo modo di fare non sembrava che continuare a essere la cagnolina del Macellaio la facesse impazzire, forse fare il male aveva smesso di renderla felice. Anche la malvagità delude. A volte mi ero chiesta se fare il bene non fosse sopravvalutato, posto che non sempre si ricevono gratitudine o ricompense, perché all'universo non importa un bel niente della bontà e della generosità, così come della crudeltà e dell'odio. Adesso comprendevo le reticenze di Julián di fronte alla prospettiva che andassi a trovarlo. E soprattutto capivo che aveva fatto in modo di andarsi a infilare nella tana del lupo.

Frida era così immersa nella propria metamorfosi che, anche se mi fossi mostrata apertamente senza nascondermi dietro una colonna, una palma o un paio di occhiali, non mi avrebbe riconosciuto. Dopo cinque minuti, aiutata dalla stessa donna scarmigliata che avevo visto con Martín, portò il Macellaio da qualche parte, probabilmente nella sua stanza. Camminando occupava tutto il vialetto, per la sua stazza e perché barcollava andando da destra a sinistra, come se le sue gambe pendessero ciascuna in una direzione diversa. La sconosciuta lo esortava con frasi del tipo: «lei può tutto», «forza», «un ultimo passo, campione». La storia del campione lo irritò profondamente, tanto che quasi diede uno spintone alla donna, ma ciò non le impedì di continuare ad aiutarlo. Frida invece sembrava svogliata, faceva il suo dovere senza troppo entusiasmo, una novità che mi fece distrarre dal reale proposito di quella visita. Lanciai ancora un'occhiata al giardino e alla sala da pranzo annessa. Non c'era nessuna faccia nota e dovevo allontanarmi prima che tornasse Frida, colei che avrei sempre immaginato, per il resto della mia vita, con quelle trecce del colore della paglia d'estate mentre entrava, un anno e mezzo prima, nella mia stanza di Villa Sol e mi trascinava giù per le scale verso l'inferno.

Quando mi stavo avviando verso l'uscita dei Tre Ulivi, la responsabile della reception, una donna sulla cinquantina, con molta vita nella pelle abbronzata fino allo sfinimento e la franchezza di qualcuno per cui il mondo è un posto sicuro, mi chiese se desideravo qualcosa.

Desiderare, che parola. Due anni prima «desiderare» era un concetto molto semplice che si realizzava oppure no. Adesso desideravo che non si esaudissero i desideri della Confraternita contro Julián. Le dissi che desideravo trovare una persona, ma che non ero sicura che si trovasse in quella residenza. Le diedi un nome qualunque e lei mi confermò che in effetti non le diceva niente. E prima che cominciasse a consultare gli archivi uscii e salii in macchina. Ma rimasi immobile quando vidi uscire Frida e l'altra donna. Frida inforcò una bicicletta e l'altra salì su un'auto. Le seguii per viottoli costeggiati da aranceti e vigneti e poi sulla strada principale. Sapevo già dove abitava Frida, a meno che non avesse cambiato casa. Mi interessava di più la donna scarmigliata, perciò mi lanciai al suo inseguimento.

Viveva sulle pendici del monte in una piccola casa con una veranda, che sembrava sul punto di rotolare verso il mare. Uscirono ad accoglierla il cane di Elfe, che si chiamava Thor e che a quanto pareva passava di mano in mano, e altre due persone che non conoscevo. Dalla finestra mi sembrò di vedere la testa di Martín e questo mi fece temere che fintanto che fossero esistiti i fanatici sarebbero esistite le confraternite di fanatici. Tornai indietro il più rapidamente possibile.

Ero molto preoccupata per Julián, dovevo raccontargli del mio incontro in spiaggia con Martín.

A mano a mano che mi avvicinavo alla casetta pensavo a come convincere Santi a tornare a Madrid con Martín o, meglio ancora, ad andare da qualche altra parte, magari alle Canarie dai suoi genitori. Sarebbero stati felicissimi di vedere il loro nipotino. Dovevo dirgli di stare molto attento e di non rivelare a nessuno la sua meta. Avevo la sensazione, sempre più forte, che fossimo nelle fasi preliminari di momenti duri e difficili e che stesse per succedere qualcosa di importante.

Non capì la mia proposta, e in effetti non era strano perché Santi non poteva capire così, dal nulla più profondo. Lui non sapeva niente. Quando ero rientrata a Madrid da Dianium gli avevo raccontato qualcosa di Julián e dei nazisti che si nascondevano lì da quando avevano perso la guerra, ma credo che non avesse mai preso sul serio quello che dicevo, mi ascoltava incredulo. Io avrei fatto la stessa cosa, quella era la realtà. Ciò che non si vede e non si sente sembra sempre un'esagerazione.

Per lui tutta la strana faccenda di Julián era un pretesto per rimanere sola con il mio amante.

«Tuo figlio è un disturbo per te, vero?»

«Non avrei mai creduto che saresti caduto tanto in basso arrivando a pensare questo di me», ribattei, cercando di sentirmi indignata senza poter evitare che le mie preoccupazioni fossero altre.

«Non crescerai mai», sbottò lui con l'intenzione seria di trasformarsi per un momento nel centro della mia attenzione.

Avrei dovuto arrabbiarmi moltissimo, ma ciò che contava davvero era convincere Julián a sparire o forse a farla finita con ciò che restava della Confraternita, il che era troppo temerario per una madre che non voleva lasciare orfano suo figlio.

«Devo lavorare», tagliò corto, aprendo il computer.

Ero sicura che se fossi stata innamorata di lui e glielo avessi dimostrato, tutto ciò che stava facendo – badare a nostro figlio, passare molto tempo da solo con lui e sopportare le mie fughe quasi segrete – lo avrebbe fatto di buon grado e sarebbe stato felice. Peccato che non potessi ricompensarlo come avrebbe voluto lui. Peccato che avesse bisogno di essere ricompensato.

Julián

All'improvviso cominciarono a cadere sul giardino gocce grandi e calde, che schizzavano i tavoli di legno, le foglie verdi e le sedie. Tre o quattro gocce mi attraversarono la camicia e mi si schiantarono contro la visiera del berretto. Dal futuro arrivava un odore profondo di terra bagnata che mi mise addosso voglia di vivere e di essere come sarei stato se avessi potuto dimenticare a mio piacimento. Cercai di correre dentro con gli altri perché non mi si rovinasse la giacca. Era di cotone misto lino e l'acqua la faceva diventare uno straccio. Eppure non potei fare altro che nascondermi quando vidi comparire Frida per posizionarsi sotto l'enorme braccio del Macellaio. Fui stupito e meravigliato di vederla, e questo forse fece sì che mi esponessi più del dovuto. Non riuscivo a smettere di guardarla. Si era tagliata i capelli e, a giudicare dal taglio scalato con ciocche più lunghe e altre più corte, sembrava che lo avesse fatto da sola in un momento di disperazione o di nervosismo. Che quella faccenda avesse qualcosa a che fare con il Macellaio? Era stato il suo disprezzo a indurla a prendere un paio di forbici per tosarsi? O in uno scatto di rabbia aveva ordinato a Martín o a chiunque altro di tagliarglieli senza fare neanche un po' di attenzione? In ogni caso la chioma a cui teneva tanto era andata a finire nel secchio dell'immondizia.

Adesso era quasi sempre alla residenza, nel caso ci fosse bisogno di lei, sempre più magra e sciupata, come quando uno si innamora o come quando uno odia sé stesso e, già che c'è, il mondo intero. E quella volta per poco non mi vide, per poco non mi riconobbe nella massa confusa di berretti, occhiali e rughe, perché nel giardino ero rimasto solo io, sotto una palma. Restò a fissarmi e io non mi mossi, non battei ciglio, lasciai che il suo sguardo mi attraversasse come un raggio. Era diverso, vitreo, non bello, con lo stesso strano luccichio delle lampadine un attimo prima di fulminarsi. C'era qualcosa che non andava in Frida. Con la chioma le avevano strappato anche la forza, come a Sansone? In qualunque altro momento il suo fanatismo l'avrebbe messa in allerta a proposito del tizio con il berretto e i grandi occhiali da sole, la camicia a righe e la giacca azzurro chiaro. Avrebbe sospettato di me, e questo l'avrebbe spinta a ricordare chi ero. Ai bei tempi la sua missione principale era quella: sospettare e considerare nemico chiunque non facesse parte della Confraternita e fare in modo che nessun «confratello» facesse sciocchezze. Invece adesso qualcosa l'aveva costretta ad abbassare completamente la guardia, qualcosa che era molto più importante della conservazione della sua specie. Era facile supporre che si sentisse ferita e umiliata.

Nel suo sguardo c'era rancore. E quell'odio per lei era più importante di qualcuno come me. Staccò lo sguardo dalla mia persona e si caricò sulle spalle la parte che le toccava del Macellaio. L'altra parte la sosteneva un infermiere. Da quando i miei tiri mancini gli avevano fatto perdere il controllo e gridava e dava pugni perché credeva di non ricordare niente, lo tenevano sempre sedato così che la sua anima ripugnante non reggeva, e men che meno le gambe.

Mancava un bel po' all'ora di cena e io avevo in mente di impiegare quel tempo per mettere ordine tra i miei appunti e i miei pensieri, magari per chiamare Esther e dirle, senza dirglielo, quanto le volevo bene e quanto avrei voluto essere un altro tipo di padre, un pensionato normale con un paio di hobby come i miei amici della partita del giovedì a Buenos Aires. Immaginavo che ormai non sentissero più la mia mancanza. All'inizio dovevano essersi chiesti perché ci mettessi tanto a tornare dalla Spagna, ma poi dovevano aver capito che non sarebbe mai successo.

Sarebbe stato meglio aspettare che fosse mia figlia a chiamarmi quando si fosse sentita di parlare con il suo vecchio padre dall'altra parte del globo, lei che faceva mille congetture su quale fosse il mio reale stato di salute. Perché inquietarla ancora di più, quando potevamo approfittare ciascuno per proprio conto di quel momento in un altro modo?

Mi avviai verso la stanza del Macellaio. Non lo feci di nascosto ma apertamente, perché non c'era niente di strano nel far visita agli altri residenti e intrattenerli un po'.

La porta era aperta.

Lui occupava tutto il letto in lungo e in largo. Gli dissi: «Ciao, ti senti meglio?».

Si tirò su appena appena, un po' sorpreso e un po' stordito dalle medicine. Non mi tolsi il berretto né gli occhiali per non farmi riconoscere. Mi guardai intorno: non vidi telecamere da nessuna parte. Forse davano per conclusa la faccenda. Alla sua età non era strano soffrire di Alzheimer o di demenza senile.

«Vuoi un po' d'acqua?»

«Chi sei?» chiese con difficoltà.

Versai l'acqua in un bicchiere senza rispondere e glielo porsi. Mi sedetti accanto a lui. La mano gli tremava così tanto che ne fece cadere metà sul copriletto.

«Sono venuto a dirti addio perché vivrai molto poco.»

«Chi cazzo sei?» ripeté in uno spagnolo imparato molto male e in modo discontinuo, che a volte mischiava un po' all'arabo.

Tirai fuori un altro cuscino dall'armadio e lo appoggiai sul suo, aiutandolo ad adagiarci sopra la testa.

«Tieni, mettiti comodo e non alterarti se vuoi sapere cosa succede. Se ti metti a fare il pazzo chiamo gli infermieri per farti fare una puntura.»

Incrociò le mani sul pancione.

«Non ti conosco», disse.

«Più di quanto tu creda. Ma non fa niente, ciò che conta è che oggi, domani, forse tra qualche giorno, uno dei tuoi ti ucciderà.»

Girò la testa verso di me e io proseguii.

«Puoi pensare ciò che vuoi, ma la realtà è che sei un peso come lo è stata Elfe. Con l'Alzheimer non puoi continuare a essere il grande leader che eri, dovranno ricoverarti in una clinica specializzata dove faranno domande su di te e dove i tuoi amici attireranno l'attenzione, e tutto questo perché? Per prolungare una situazione senza via d'uscita?»

Alzò la testa per guardarmi, più atterrito di quanto avessi immaginato che potesse essere a quel punto.

«Al loro posto tu cosa faresti?» dissi.

La lasciò cadere di colpo.

«L'altra possibilità è che qualcuno che ti odia approfitti della tua malattia per toglierti di mezzo. Non tutti i tuoi ti amano, Bert. Ma la buona notizia è che non sei malato. Stai bene. Continui a essere lo stesso criminale senza scrupoli di Mauthausen. Sono stato io a cambiare posto alla stilografica, a mettere il quaderno nella tasca della tua giacca e a fare molte altre cose. In ogni caso ti rinchiuderanno da qualche parte o ti ammazzeranno. Non hai via di scampo.»

Faceva fatica a parlare. Ciò che gli dicevo gli entrava nella mente assopita come un sogno. Il sedativo che gli avevano somministrato stava facendo effetto. Aprì la bocca e cercò di sfiorarmi con la mano, di afferrare qualcosa di me senza riuscirci. Interpretai ciò che voleva chiedermi e gli risposi.

«È tutto vero. Quello che ti sto dicendo è la pura verità. Sei sempre stato malato, anche se non di Alzheimer. Sei malato nell'anima.»

Non poteva rispondere. Non poteva fare niente. Si stava addormentando tragicamente, pur cercando di svegliarsi a furia di grugniti.

Uscii dalla stanza del Macellaio con tutta la disinvoltura di cui fui capace: non c'era niente di male né di sospetto nel fare visita a un compagno in difficoltà. In ogni caso mi sollevò vedere Frida che, stravaccata davanti alla televisione, con lo sguardo perso tra le immagini di un quiz, stava pensando alla sua chioma perduta, alla sua giovinezza perduta a occuparsi del Macellaio, al fatto che, nonostante la Confraternita, era sola. Sola. Aveva l'espressione concentrata di chi stava prendendo piena coscienza della propria solitudine. A partire da quel momento Frida avrebbe potuto trasformarsi in un'arma fuori controllo.

Guardai l'orologio. Più o meno entro un'ora il Macellaio si sarebbe svegliato, si sarebbe messo a gridare e avrebbe raccontato a Frida tutto quello che gli aveva detto un tipo che era entrato nella sua stanza e si era seduto sul bordo del suo letto per confessargli che era lui a prendere i suoi ricordi, i quaderni, le penne stilografiche, per cambiare loro di posto. Sebbene da lei emanasse odio nei confronti del Macellaio già prima della tosatura, non potevo essere certo della sua reazione. Forse avrebbe chiamato Sancho il Secchione e si sarebbero messi a indagare. O magari non lo avrebbe preso sul serio, pensando che avesse avuto un incubo. Oppure, vista la sua immensa solitudine, non gliene sarebbe importato un cazzo (come avrebbe detto la vecchia Sandra dai capelli rossi) di ciò che poteva succedere a una bestia selvatica che lei aveva adorato fino all'umiliazione e, in un certo senso, alla mutilazione di sé, che adesso le aveva fatto capire che il mondo era immenso e insondabile fuori dalle mura della mente del suo padrone.

Avvertivo l'incertezza di Frida come se fosse mia e non potevo fidarmi, perciò pensai che la cosa migliore fosse tornare nella mia stanza e cercare un nascondiglio per l'altro quaderno con la copertina nera che era ancora in mio possesso e che non avevo mandato alla mia organizzazione insieme al resto dei documenti. Per sicurezza avrei dovuto nascondere anche le foto di Violeta e Otto. Dipendeva tutto da dove Frida avrebbe diretto la propria perspicacia da soldato.

Sandra

Inventai un'altra scusa per Santi e tornai a casa della Scarmigliata sulle pendici del monte. Nutrivo il desiderio segreto che Alberto fosse lì, che fosse andato a trovarla o a controllare le frange che rimanevano della vecchia Confraternita. Martín non aveva voluto dirmi niente di lui, e neanche Julián. Avevano ignorato la mia domanda come se fosse passato molto tempo dall'ultima volta che lo avevano visto, come se fosse andato a vivere altrove senza avvisare nessuno. Alberto era sempre stato diverso dal resto della Confraternita. E non assomigliava neanche a me. Era riservato e un ottimo osservatore, era romantico e mi aveva salvato la vita. Cosa ci faceva coinvolto in una storia del genere? Appena lo avessi visto glielo avrei chiesto. Gli avrei detto: lascia perdere tutta questa merda e andiamocene via, lontano da qui, dove non ci troveranno. Naturalmente era così per dire, perché non potevo sparire con mio figlio: ma avremmo trovato il modo.

Era una zona molto piacevole ma agreste, tra alberi, arbusti e fiori grandi e colorati, e questo mi obbligava a fare manovre impossibili per lasciar passare le altre macchine e per imboccare gli sterrati che alla fine mi condussero fino alla casa. Un buon posto per occultarsi senza nascondersi. Quel pendio era un labirinto di costruzioni imbiancate o di pietra, mezze sepolte dalla natura, e dalla casa uscirono subito due cani; il primo era Thor, il cane di Elfe, che non ricordavo se mi avesse mai annusato o meno. Dietro di loro uscì la donna scarmigliata e, dietro di lei, Martín. Quando scesi dalla macchina c'eravamo tutti.

Martín cercava di dissimulare la sua sorpresa.

«Anch'io so trovare le persone», dissi.

La Scarmigliata portava un vestito a fiori che su di lei sembrava una vestaglia da casa. Com'era possibile che una donna così normale, con un paio di ciabatte di plastica viola, potesse essere coinvolta nella stessa storiaccia di Martín, Frida e il Macellaio? Guardò Martín con molta severità. Sembrava che non le costasse niente litigare con chicchessia in qualunque momento. Sembrava avere le idee molto chiare e la pressione piuttosto alta.

«La conosci?»

Martín le mise le mani sulle spalle.

«È una vecchia amica», le spiegò. «Sai, è quella che cercavamo.»

Rimasi assorta a guardare le ciabatte viola. Quando alzai lo sguardo mi fissavano tutti e due.

«Mi fa piacere che tu ci abbia ripensato. Dov'è il vecchio?» disse Martín.

Pensavo che mi avrebbe chiesto come avessi fatto a individuare casa sua, ma Martín andava dritto per la propria strada.

Indicai con un cenno la Scarmigliata.

«Puoi parlare, è mia madre.»

Rimasi in silenzio per un istante, perplessa. Non avevo mai

immaginato una madre per Martín, e neanche per Alberto o per Frida.

«Tua madre?» dissi alla fine.

«Vuota il sacco o sai quello che succederà.»

«Non so niente di lui, non ho idea di dove sia. Non ti è venuto in mente che potrebbe essere morto? Era molto vecchio.»

«I morti lasciano tracce e lui non ne ha lasciata nessuna.»

«Potrebbe essere tornato nel suo paese. Non gli rimaneva molto da fare qui.»

«Be', questo non è del tutto chiaro», ribatté Martín sotto lo sguardo attento e torvo di sua madre.

«Non sono venuta per parlare di Julián, ma di Alberto.»

Madre e figlio si scambiarono una rapida occhiata.

«Quell'Alberto?» chiese lei.

Lui annuì. Quei due stavano prendendo tempo.

«Ah», disse la donna.

«Anche lei conosce Alberto?» le domandai.

Credo che il mio tono suonasse troppo carico di aspettative.

«Lo conoscevo», rispose, con un pizzico di malizia nella voce. «È morto.»

«Come dice?»

Tutte le volte che ero eccessivamente nervosa, preoccupata, quando mi ero ritrovata tra la vita e la morte, diventavo un po' sorda, come se le mie facoltà mentali fossero legate all'udito. Non capii ciò che mi disse.

«È morto. Un ragazzo molto cagionevole di salute.»

Non le credetti, era impossibile. Martín teneva la testa bassa, come se io gli facessi pena. Tornai di corsa verso la macchina. Sbattei la portiera e Thor abbaiò verso di me congedandosi, come se volesse dirmi qualcosa.

Julián

Il quaderno del Macellaio era in valigia e le foto in una busta sotto il materasso. Con entrambe le cose in mano mi sedetti sul letto cercando di scoprire qualche angolo o anfratto nuovo. Salva ne aveva trovato uno per il rullino con le foto, ma per me non andava bene. Per il quaderno avrei avuto bisogno di un buco stretto e lungo o di una superficie piana a cui attaccarlo.

Non mi sentivo abbastanza lucido. Ultimamente non riposavo neanche dopo pranzo, non potevo perdere tempo. Forse non è importante ciò che proverò alla fine di tutto, un secondo prima della morte, perché poi non lo ricorderò, non ci sarà un poi. In fondo è uguale che uno muoia con la coscienza tranquilla oppure no, posto che non influirà sul futuro. Che la vita sia stata piena oppure no è uguale. Tutto è uguale, tranne che per chi resta. Quando una mano mi chiuderà gli occhi, i desideri realizzati o non realizzati spariranno. Eppure non posso smettere di fare quello che devo fare.

Mi inginocchiai a terra e passai la mano sotto il ripiano della scrivania. Avrei messo lì il quaderno. Se alle donne delle pulizie non fosse venuto in mente di spolverare lì, sarebbe stato il posto perfetto. Scesi nella stanza della manutenzione, dove c'erano vari attrezzi, e presi un rotolo di nastro isolante. Se mi avessero individuato e avessero perquisito la mia stanza, almeno non avrei reso loro le cose troppo facili.

Feci un grande sforzo per rovesciare la scrivania senza fare rumore e ci riuscii. Dovetti scrollare le braccia varie volte per far circolare il sangue. Presi il quaderno e il nastro isolante per attaccarlo vicino al listello del bordo. E a quel punto vidi alcune lettere un po' sbiadite sul legno. Mi tolsi le lenti a contatto e inforcai gli occhiali con le lenti a fondo di bottiglia per vederci meglio.

Era la grafia di Salva, che con una penna nera aveva tracciato alcuni numeri e lettere. *38°48'30"N 0°07'00"E. Amico mio.* Non c'era scritto altro.

Cosa significava? Ero io il destinatario dello strano messaggio? In ogni caso ero arrivato fino a quella stanza e a quella scrivania. Ero l'unico ad averlo visto e pertanto ero il suo «amico mio». Lo appuntai su un foglio e attaccai il quaderno al ripiano di legno. Se Salva lo aveva scelto per mandarmi un messaggio, era di certo un posto sicuro. Vi fissai anche la busta con le foto di Otto e Violeta.

Provavo una forte emozione e tastai la tasca dove tenevo la pillola di nitroglicerina, poi mi ricordai che era passato un bel po' dall'ultima volta che avevo bevuto e buttai giù due bicchieri d'acqua di seguito. Di sicuro Esther non faceva altro che preoccuparsi per dettagli del genere.

L'enigma di Violeta mi stava indicando una strada che non sapevo dove mi avrebbe portato, ma era necessario che la percorressi. Se Salva mi aveva lasciato i negativi di Otto e Violeta era perché la chiave di tutto era Otto. Avevo già capito che Violeta era stata uccisa. Perché? Per qualcosa che aveva a che fare con Otto. Salva si era avvicinato a Violeta per scoprire a sua volta quel segreto e lo avevano ucciso. Avrei messo la mano sul fuoco che volesse che io arrivassi fino alla fine: incredibile! Come se io dovessi vivere duecento anni.

Sandra

Quando Julián mi aveva raccontato che, dopo il mio ritorno a Madrid, lui aveva denunciato la Confraternita e i vecchi nazisti, mi era venuta in mente l'immagine di Karin che saliva le scale in preda all'artrosi per recuperare i suoi gioielli dalla cassaforte. Li teneva tutti in disordine in un portagioie dove un giorno io avevo infilato la mano con tutta l'apprensione del mondo e per necessità. Karin era avida e, per quanto la fuga fosse stata frettolosa, non li avrebbe mai lasciati lì. Doveva aver infilato il portagioie in una valigia e poi probabilmente aveva accarezzato con le dita ritorte la seta dei vestiti e le pellicce appese alle grucce. Forse li aveva contemplati con gli occhietti che le erano rimasti dai grandi occhi azzurri delle foto della sua giovinezza. Come i quattro peli ricci che le cadevano sulle spalle squilibrate, residui di quella chioma bionda che i raggi del sole penetravano per renderla ancora più dorata quando lei e suo marito Fred fraternizzavano con il Führer. Sicuramente Karin sarebbe voluta fuggire con tutto ciò che era stata, cose su cose per le quali aveva rubato e ucciso. Fred, però, con le parole più affettuose che era riuscito a trovare, doveva averle spiegato che un impegno del genere era impossibile e che dovevano scappare. Magari le aveva detto che i novizi della Confraternita avrebbero recuperato i suoi effetti personali e glieli avrebbero mandati nella loro nuova casa. Una casa nuova, un'altra casa, doveva aver detto Karin piangendo, perché le piaceva molto piangere davanti a Fred. Lui forse l'aveva presa per un braccio con una mano, mentre nell'altra teneva la valigia con i gioielli. Fred aveva le mani più grandi che io avessi mai visto in vita mia, con ossa e tendini così marcati che sembravano dipinti sopra la pelle. Aveva anche i piedi grandi, in accordo con la sua statura. Camminava come se il suolo bruciasse, alzando e abbassando le spalle a ogni passo. Non faceva abuso di alcol, di zucchero o di cibi ricchi di colesterolo, gli piaceva il tè verde a metà mattina, di pomeriggio e di sera. Da giovane era stato un grande sportivo e un assassino importante agli ordini del Führer. Non dimenticherò mai i suoi passi quando saliva le scale di Villa Sol e si dirigeva alla porta della mia stanza, né le sue mani che si avvicinavano a me nel letto. Non dimenticherò mai i piccoli occhi di Karin fissi sulla mia pancia. La sua faccia alla fine esprimeva chi era.

Villa Sol era una bellissima casa, invasa dalla luce verdastra del giardino. Qui regnava il profumo delle foglie di limone e il sole brillava come se dai rami degli alberi pendessero lampadine accese. Dalla finestra della cucina entravano le foglie di un nespolo ed era molto piacevole ammirarle mentre spalmavo il burro sul pane tostato. Nel salone di fronte al camino c'erano due divani di pelle. Su uno si stendeva Karin e sull'altro io, e guardavamo le fiamme o le telenovele che a lei piacevano tanto. Era molto romantica e adorava il momento del primo bacio. Non so come avessi potuto metterci tanto a capire che mi faceva paura.

Julián

Per fortuna di notte in quella zona rinfrescava. Faceva addirittura un po' freddo e dovevo coprirmi con il lenzuolo e con il copriletto marrone leggero, che faceva pendant con le tende e il cuscino della sedia. Perciò intorno alle due di notte, quando sentii le braccia e il collo completamente freddi con il conseguente pericolo di un torcicollo, decisi di alzarmi per chiudere la finestra. Prima però mi affacciai per respirare profondamente l'aria profumata di pino che arrivava dal monte. Sembrava che in cielo le stelle fossero strette l'una all'altra e a quel punto sentii un sussurro che durante il giorno sarebbe stato impercettibile, ma che nell'oscurità si amplificò in tutto il parcheggio: «Attenzione, non fare rumore». Era la voce di Frida, e questo mi costrinse a sporgermi di più. Lei e quello che sembrava Martín spingevano la sedia a rotelle del Macellaio, cercando di fare in modo che il suo corpo non cascasse di lato e di tenergli più o meno dritta la testa, coperta da un berretto da marinaio.

Lo portarono fino alla Mercedes nera dello stesso Bert, dove qualcuno aspettava seduto al volante. Mi sentivo completamente sicuro solo dell'identità di Frida e del Macellaio, perché tutto avveniva alla luce tenue di qualche lampione, tra le ombre. Cercavano di far sì che le ruote della sedia producessero il minor rumore possibile. A nessuno importavano quei piccoli rumori, alla maggior parte dei residenti interessava solo la propria vescica e non avere un infarto durante il sonno. A nessuno, tranne che a me, che mi stavo facendo guidare dalla luce delle stelle, senza accendere quella della mia stanza.

Anche se sulle prime avevo pensato che il Macellaio fosse profondamente addormentato, quasi privo di sensi, adesso sospettavo che fosse morto. Me lo confermò il fatto che quei due lo infilarono nel portabagagli come un fagotto. Un fagotto molto grande e pesante. Frida riportò indietro la sedia a rotelle, che quasi volava sul pavé, per lasciarla all'ingresso, e tornò di corsa verso la Mercedes. Vidi la macchina venire a marcia indietro con i fari puntati verso la mia finestra. Non riuscii a scoprire chi ci fosse al volante. Mi scostai di lato per far sì che della mia stanza riuscissero a vedere soltanto l'armadio.

Mi fu impossibile riaddormentarmi. Rimasi seduto sul letto come uno scemo finché non iniziò a farmi male la schiena. Il Macellaio era morto. Adesso sì che il mio divertimento era finito, anche se dovevo riconoscere che ultimamente mortificarlo era diventata quasi una seccatura. Avevo altre preoccupazioni. Speravo solo che la sua agonia fosse stata terribile e che avesse sofferto il più possibile. La domanda era: perché non si era scatenato un putiferio? Perché avevano portato via il Macellaio morto stecchito nel cuore della notte? Perché non gli facevano un funerale come a Elfe? In definitiva: perché non volevano che venissimo a sapere della sua dipartita?

La mattina seguente mi sentivo stordito. Non avevo chiuso occhio, neanche con il mezzo Orfidal che avevo preso prevedendo che il giorno dopo avrei dovuto essere al cento per cento della forma se volevo capirci qualcosa.

Scesi tardi per la colazione, con le conseguenti occhiatacce delle addette alla cucina; per poco non mi dissero che quello non era un albergo, e in effetti non lo era. Seguendo la ferrea logica della vita e della morte, il Macellaio non c'era. Decisi di non fare domande per non attirare l'attenzione. In giardino la poltrona Emmanuelle inondata dai cuscini a fiori rimase vuota per tutta la mattinata. Sotto la tettoia del parcheggio la Mercedes aveva occupato di nuovo il suo posto.

Mi infilai in mezzo alle auto e, senza nemici all'orizzonte, studiai la macchina del Macellaio. Sulle ruote c'era sabbia compattata come se si fosse asciugata da poco e nella sabbia erano incrostate delle pietruzze. Evidentemente lo avevano portato in una cala e lì sabbia e pietre si erano attaccate alle ruote. Sul vetro del lunotto si notava l'impatto di qualche goccia, che aveva lasciato un cerchietto di sale. Era una fortuna poter vedere tutto questo prima dell'imminente pulizia della macchina. Cercai di aprire il portabagagli senza tempo né tranquillità per manovrare, e anche senza fortuna. Pensai che dentro ci avrei trovato qualche capello del Macellaio e pure il suo berretto. Non sembrava che li preoccupasse lasciare qualche tipo di traccia.

Si sarebbe potuto trattare anche di un incubo se non fosse stato per la presenza di Frida e Sancho all'ora di pranzo. Mentre gli altri mangiavano il dessert, io non persi di vista la loro incursione nell'ufficio di Pilar e il loro successivo ritorno. La cosa più significativa fu che non portarono via la macchina del Macellaio, anche se lì non c'entrava più niente e avrebbe potuto comprometterli.

Il rapporto tra me e Pilar si era più o meno interrotto. Le poche volte che ci scambiavamo qualche parola sembrava che lo facessimo con poco campo, dalle cime delle montagne o in alto mare. Quasi la sfuggivo, perché comunicare con lei mi costava uno sforzo extra molto faticoso, e preferii chiedere a Geralda dell'assenza di Bert.

Come me, anche lei aveva passato una nottataccia. L'aveva svegliata una macchina che si era messa in moto intorno alle due e poi non era più riuscita a riaddormentarsi.

«Hai visto che macchina era?»

La domanda lasciò il suo sguardo, i suoi pensieri e tutto il suo corpo in sospeso per qualche secondo e così passai a un'altra faccenda. Non potevo raccontare nulla neppure a Geralda, per quanto lo desiderassi. Era una regola: non dire mai niente a nessuno in nessuna circostanza. Sulla mia barca non ci stava nessun altro, a parte Sandra.

«Sono preoccupato per Bert. Non l'ho visto a colazione né a pranzo», dissi.

«È andato via, povero Bert. I suoi familiari lo hanno portato al suo paese prima che perda altri colpi. Vogliono che passi gli ultimi giorni a casa, circondato dai suoi.»

«E quando è successo?»

«Stamattina presto. Credo che adesso siano venuti a parlare con la responsabile e a firmare dei documenti.»

Immaginai che i familiari di cui parlava fossero Frida e Sancho.

Per Pilar era meglio così. Di sicuro non aveva fatto domande né storie. Le toglievano un peso di dosso, un'altra morte, un altro funerale, l'avevano liberata dall'ambulanza all'alba, dalle sue luci inquietanti e dall'effetto che aveva sugli altri residenti. Se quei familiari e amici che gli stavano così vicino e che spendevano un bel po' di soldi in più per curarlo avevano deciso di trasferirlo al suo paese, a lei stava bene. Lo capiva perfettamente.

Passai davanti alla stanza del Macellaio. La stavano pulendo e stavano infilando le sue cose negli scatoloni. I fogli e i documenti erano già spariti.

«Verranno domani a prendere i suoi effetti personali», disse Pilar dietro di me.

«Che brutto, eh?» replicai.

«Be'», concluse, «io preferisco così.»

Mi guardai intorno. Di colpo mi era passato il sonno. In bagno non era rimasta neanche una medicina e le lenzuola erano perfette, con la piega della stiratura in bella evidenza. C'era odore di vomito appena ripulito. Il copriletto del Macellaio era diverso da tutti gli altri della residenza, ma quello che c'era ora non era il copriletto di sempre. Avevano dovuto improvvisare e agire in fretta. Tutto faceva pensare al suicidio, all'assunzione di una dose massiccia di farmaci. Se lo avesse ucciso Frida sarebbe stata sufficiente una siringa, avrebbe fatto in modo di non dover pulire tutte quelle porcherie. Ma che ci faceva alla residenza in piena notte?

Presi il teschio dalla scrivania e lo infilai in un sacchetto del supermercato che avevano lasciato lì.

Mi sentivo molto bene. La giornata era azzurrissima. Sapevo cosa avevano fatto: erano arrivati in macchina fino all'imbarcadero dei Bungalow Bremenn e da lì avevano caricato il corpo su un'imbarcazione per gettarlo in alto mare. In quel modo la sua famiglia non avrebbe potuto riscuotere il leggendario premio dell'assicurazione che avrebbe certificato la sua morte e la sua leggenda avrebbe continuato a vivere. Era meglio una leggenda che un idolo decrepito con l'Alzheimer.

Dopo essermi presentato nella sua stanza e avergli detto che alla sua memoria non mancava niente, il Macellaio non era riuscito a sopportare che lo trattassero come un demente patetico, che lo drogassero, che lo compatissero. La sua impotenza nel dimostrare che si sbagliavano era assoluta. Doveva essersi sentito terribilmente solo.

Avevo voglia di raccontarlo a Sandra e di scappare una bella bottiglia di champagne, anche se per quello mi sarei giocato la metà della pensione... ma al diavolo!

Sandra

Qualunque cosa Santi mi dicesse mi infastidiva. Il poco potere che ultimamente aveva su di me svaniva del tutto a causa della notizia della presunta morte di Alberto. Sapevo che era una bugia, una cattiveria di quella donna orribile, che aveva messo al mondo un figlio senza nessuna qualità. Avevo fatto male a chiedere. Che stupida! Ma davvero speravo che mi dicessero dove trovarlo? Per caso io avevo rivelato loro dove trovare Julián? E se Alberto fosse stato vicino a me quanto Julián lo era a loro? Erano così accecati dalla loro smania di estorcere a me l'informazione che non si erano resi conto di averlo lì sotto il naso, nella stessa residenza del Macellaio. Era davvero buffo. Di sicuro Julián mi avrebbe detto la verità su Alberto quando fosse finito tutto, probabilmente adesso non voleva che mi distraessi con cose di quel tipo, che per lui avevano smesso di avere importanza da quando la sua povera Raquel era morta.

Dopo essere andata ai Tre Ulivi e aver visto quanto era lontano dal paese, mi ero resa conto di quanto fosse difficile per Julián muoversi senza macchina. Me lo immaginavo che mendicava passaggi a destra e a manca per farsi portare in centro. Come qualche giorno prima, quando lo avevo quasi incrociato alla casetta e avevo visto che lo aspettava una Mercedes nera guidata da un'amica della residenza. Doveva averle chiesto il favore di accompagnarlo. E chiedere favori comporta un grande spreco di energia: elaborare la frase adeguata, trovare un motivo convincente e dare l'impressione che quel favore sarà ricambiato in qualche modo. Non basta ringraziare, il ringraziamento deve essere avvolto nella solida promessa di una ricompensa. Altre volte probabilmente perdeva tutta la mattinata o tutto il pomeriggio per spostarsi in autobus, e con tutte quelle complicazioni il Faro era praticamente escluso dai suoi possibili percorsi. Non disponeva neanche del denaro sufficiente a noleggiare una macchina e io non potevo prestargli la mia, ne avevamo bisogno, metti caso che Janín si ammalasse e dovessimo portarlo con urgenza in ospedale. Non mi restava altro da fare che sacrificare il motorino e trovare il modo di farglielo avere. Forse non era adatto a lui per il vento e il caldo, ma gli avrebbe dato una grande indipendenza e una preoccupazione in meno. Il problema era che non sapevo come avvertirlo, perciò decisi di proporre a Santi di andare a fare una gita.

«Tutti e tre?» volle sapere.

Fu così felice che mi pentii di aver usato la parola «gita». Tirò fuori da una mensola della credenza la borsa frigo e si mise a canticchiare. Santi mi provocava un enorme senso di colpa perché non lo amavo e perché non impazzivo all'idea di fare un picnic con lui. In ogni caso non volevo musi lunghi né dispiaceri né altre complicazioni o bugie. Preferii seguire la corrente. Era contento di andare al *chiringuito* di Punta Negra. Fare il bagno, bere una birra, distenderci al sole. Tra l'altro lì c'era molta ombra per Janín.

Almeno avremmo fatto il bagno a turno, e così non c'era il rischio che ci abbracciassimo in acqua. Santi pretendeva che fossimo una famiglia felice – credeva a quella storia del coltivare l'amore e del lottare per la coppia che ha reso infelice tanta gente – e io dovevo fare in modo che non lo fossimo mai perché quell'istante, quell'attimo di guardia abbassata, quell'illusione momentanea, avrebbe potuto scatenare un vero inferno. Almeno dovevo essere onesta e non lasciarmi trascinare dalla comodità e da quel momento piacevole che avrebbe potuto confondere del tutto Santi e fargli ancora più male di quello che già avevo sulla coscienza.

Preparò tutto in un baleno: il contenitore con l'omogeneizzato di carne e verdura e un altro con quello di frutta. Due biberon e acqua minerale. Birre per noi, due sacchetti di patatine. E ci saremmo fermati a comprare dei panini. Pannolini, un paio di magliette per Janín e il cappellino, due asciugamani, e gli allungai il mio bikini. Almeno quei giorni a stretto contatto con il figlio gli stavano insegnando a pensare a lui prima che a sé stesso e al nostro amore fallito, e io stavo imparando a fidarmi di lui e sapevo che se mi fosse successo qualcosa Janín sarebbe stato in buone mani.

In ogni caso fece una smorfia quando gli dissi che prima dovevamo fare una commissione. Io sarei andata avanti con il motorino e lui mi avrebbe seguito con la macchina.

All'incrocio con I Tre Ulivi ci fermammo in una rientranza che avevo visto la volta precedente prima di arrivare all'ingresso. Gli chiesi di portare il motorino nel parcheggio della residenza, in un posto visibile, e di non trattenersi, di tornare subito in macchina.

«Dimentica quello che abbiamo fatto. È meglio che tu non faccia domande e non sappia niente. Adesso andiamo a fare il bagno.»

Durante il viaggio fece uno sforzo per non pensare che lo avevo usato per realizzare uno di quei miei piani in cui lui non rientrava.

«È una residenza per la terza età», osservò.

«Non sai che voglia ho di bermi una birra. Ce la spasseremo», dissi per tutta risposta.

Julián

Lo vidi per caso. E non riuscivo a crederci. Avevo visto così tante cose impossibili in vita mia che quella avrebbe potuto essere l'ennesima. Stavo andando in biblioteca e, mentre attraversavo il parcheggio, qualcosa attirò la mia attenzione, come quando riconosci la faccia di un vecchio amico in mezzo alla folla, come quando qualcuno pronuncia il tuo nome da lontano. Fu un lampo, una visione che mi fece indietreggiare. Lo guardai e riguardai per accertarmi che non fosse un'illusione. Era rosso e bianco. Un rosso bruciato dal sole e un bianco ingiallito sempre dal sole. Erano anni che nessuno si preoccupava di dargli una mano di vernice. Non avevo mai osservato con attenzione il motorino di Sandra. Mi si era impresso nella mente a furia di vederlo arrivare al Faro e poi andare via. Ne ricordavo il russare quando si metteva in moto rompendo il silenzio del pomeriggio. Spesso, vedendolo allontanarsi, avevo provato una certa angoscia per l'incolumità di Sandra. Era un catorcio così malconcio che faceva sì che lei mi sembrasse molto forte, la forza che conferisce l'incoscienza della giovinezza. Chi non l'ha conosciuta a Dianium, mentre percorreva le salite di Tosalet con il suo mezzo piccolo e gracchiante per cadere nelle mani degli abitanti di Villa Sol, non potrà mai comprendere la vera natura di questa ragazza. Nessuno l'aveva costretta a mettere in pericolo sé stessa e il bambino che stava per mettere al mondo, un pericolo a cui non aveva voluto sottrarsi proprio per suo figlio. Era come se Raquel mi avesse mandato Sandra per riconciliarmi con l'umanità. Raquel era ancora viva nella mia mente, e per quello la mia mente mi aveva guidato da Sandra più o meno un anno e mezzo prima, quando ero arrivato a Dianium senza sapere se potessi servire ancora a qualcosa.

Ero affezionato al motorino perché era una parte imprescindibile di Sandra e della nostra avventura. E, senza essermi mai proposto di saperlo, sapevo che accanto alla ruota posteriore aveva una piccola scrostatura. In effetti in quel punto c'era un graffio ossidato e, anche se quasi sicuramente si trattava del motorino di Sandra, lasciavo un dieci per cento al dubbio perché negli anni avevo imparato che tutto, assolutamente tutto – da ciò che sembra tanto reale che è impossibile che nasconda imbrogli e inganni, fino a ciò che è così vero e autentico che ti taglieresti una mano per difenderlo, compreso ciò che è più sacro per il tuo cuore –, può essere ingannevole.

C'erano le chiavi inserite ed era senza catena, dunque doveva averlo lasciato lì momentaneamente. La possibilità che Sandra mi stesse cercando alla residenza non mi faceva affatto piacere. Perciò accantonai il progetto di andare in biblioteca e feci un giro per il giardino, la sala da pranzo e il resto delle strutture. L'aria era calda, si appiccicava alla camicia e ai pantaloni. Mi preoccupava che qualcuno si accorgesse del motorino e delle chiavi e lo portasse via, anche se la sua vecchiaia e le sue pessime condizioni potevano renderlo poco ambito; in questo era identico a me. Credo che gli altri non si facessero neanche molte domande sulla sua presenza nel parcheggio. Avrebbe potuto appartenere ai giardinieri o ai fattorini.

Non vidi Sandra da nessuna parte, neanche nei dintorni o sul retro, all'ombra di una delle piante agonizzanti per il caldo. E non sapevo che altro fare. Non mi restava nessun altro posto dove cercarla. E se l'avevano scoperta e rapita? Ma chi? Da quando il Macellaio era scomparso le visite dei suoi amici erano cessate e in ogni caso non si erano neanche resi conto che io ero lì, perciò come potevano immaginare che Sandra sarebbe venuta alla residenza? Certo che proprio per quello era possibile che la stessero sorvegliando e che l'avessero seguita fino a lì. Ma perché avrebbero dovuto rapirla? Se avessero voluto, lo avrebbero già fatto. Mi pentii di aver preso un altro caffè a metà mattina perché avevo il battito accelerato. La colpa era stata di Geralda, che mi spingeva sempre a commettere eccessi; quando non era un caffè era un bicchierino di un superalcolico o un calice di vino. Non sapevo se il suo scopo fosse tirarmi su di morale o ammazzarmi.

Lasciai passare due ore nella biblioteca della residenza senza concentrarmi su ciò che facevo. Da lì vedevo la parte posteriore del motorino e la BMW fiammante e splendente di Pilar. Speravo che non le venisse in mente di chiedere di quel ferro vecchio, ma perché avrebbe dovuto farlo? C'erano sempre furgoncini e altri motorini parcheggiati, che non appartenevano al personale della residenza. Tra l'altro Pilar non era molto perspicace, non voleva scoprire più problemi di quelli che già aveva. Non le piaceva che la testa le si surriscaldasse troppo, preferiva sudare prendendo il sole o ballando, cosa che non la rendeva affatto meno saggia. Raquel le avrebbe dato ragione. Annotai i libri di storia che trattavano della seconda guerra mondiale che Salva poteva aver letto. Una volta avevo chiesto alla bibliotecaria delle letture del mio amico e mi faceva piacere che avesse dimenticato quel particolare, non volevo far nascere sospetti su nessun genere di legame tra me e lui, a parte quello noto a Pilar. Mi lanciai sul primo volume senza successo e senza riuscire a concentrarmi troppo, ero più attento ai movimenti nel parcheggio. Mi aspettavo che Sandra comparisse da un momento all'altro.

Quando, dopo tre ore, avevo le chiappe completamente intorpidite e il motorino era ancora lì, capii che Sandra doveva averlo abbandonato nel parcheggio per qualche motivo. Avrei potuto telefonare a mia figlia Esther a Buenos Aires e chiederle di chiamare Sandra per sapere cosa significava, ma io parlavo a voce molto alta al telefono perché non sentivo bene e tutta la residenza si sarebbe accorta della conversazione. D'altro canto non volevo torturare Esther con cose che, lo sapevo, la turbavano molto. Mi limitai a mangiare svogliatamente, ad ascoltare le avventure di James il Falegname come in sogno e a vedere nuove collane e bracciali che adornavano Geralda sempre come in sogno. Avevo deciso che, se non ci fossero state novità nel pomeriggio, avrei atteso la mattina seguente, con l'insicurezza crescente di essermi confuso sul motorino. Forse il desiderio di vedere arrivare Sandra come un tempo al nostro Faro mi stava giocando un brutto scherzo.

Non dormii bene, nonostante il mezzo Orfidal. Ogni due o tre ore mi sembrava di sentire il motorino che russava, cercando di respirare e di mettersi in moto. E questo mi costringeva ad alzarmi e ad affacciarmi alla finestra. Non vedevo niente, solo la luce tenue dei lampioni che lottava con quella brillante delle stelle.

Sebbene la mattina dopo fossi distrutto, la prima cosa che feci fu andare al parcheggio. Qualche macchina era uscita e qualcun'altra era entrata, ma il motorino non si era mosso. Feci colazione più che altro per prendere le medicine e perché non potevo permettermi di non essere adeguatamente nutrito e idratato. Formaggio fresco senza sale, spremuta d'arancia, caffellatte, pane tostato, una mela e una banana. Chiunque dopo un simile banchetto avrebbe sentito il bisogno di fare un pisolino, io invece sapevo come usare le energie. Mi abbassai il berretto sugli occhi e misi gli occhiali da sole.

Salii sul motorino quando ebbi verificato che non c'era nessuno nel parcheggio, e misi in moto. Uscii sulla via che conduceva alla strada principale. Per fortuna era piuttosto lunga e con qualche curva, che mi sarebbe servita per fare pratica. Se fossi caduto o avessi avuto un qualunque incidente a ottant'anni sarebbe stato disastroso: tutte le indagini sulla Confraternita, sulla morte di Salva e su ciò che voleva che io scoprissi sarebbero crollate, svanite. Senza il mio desiderio di conoscere la verità, quella verità non sarebbe esistita e a nessuno sarebbe importato di ciò che non sapeva. Non sopportavo che il mio mondo sparisse con me. Prima andai piano, accelerando, decelerando e provando ad affrontare le curve: era facile, come andare in bicicletta.

Temevo che gli occhiali non bastassero per evitare che mi entrasse un granello di polvere negli occhi. Se mi si fosse danneggiata una delle lenti a contatto sarebbe stato un vero problema. Eppure mi sentivo libero e sempre più sicuro. Mi veniva voglia di cantare. In quel momento ero padrone di me stesso e mi arrivava l'odore della campagna. Appena entrai in paese, sostai in uno slargo trattenendomi per un attimo a osservare le auto che passavano. Dietro di me non si era fermato nessuno e non notai alcun interesse nei miei riguardi. Non mi sembrò che ci fosse pericolo ad andare alla casetta. E comunque non ci sarei andato direttamente, avrei fatto un giro per sicurezza. La faccenda del motorino era così strana che non potevo fidarmi di nulla.

Lo guidai fino al cancello e feci capolino con circospezione. Se il motorino di Sandra era dentro, voleva dire che mi ero completamente sbagliato e che, come non distinguevo più le facce con la stessa precisione di quando ero giovane, non riuscivo più a distinguere un vecchio motorino da un altro.

Osservai il cortile dal cancello e, prima che potessi scorgere qualcosa in mezzo all'edera, una macchina suonò il clacson mentre passava lentamente. Si fermò un po' più su.

Era Sandra. Mi fece cenno con la mano di seguirla.

Andava piano per non perdermi di vista. Imboccò una delle strette vie che segnano il labirinto sinuoso di Dianium. Mi concentrai al massimo per non sembrare imbranato, volevo che Sandra si fidasse di me e che dimenticasse la mia età, una cosa che a dire il vero sembrava non aver mai tenuto troppo in conto. Ci fermammo al centro commerciale. All'inizio mi sembrò un azzardo, ma poi, pensandoci bene, mi resi conto che lì saremmo passati più inosservati.

Lasciai il motorino a una certa distanza dalla sua auto e continuai a camminare a qualche metro da lei. Indossava pantaloncini corti, una camicia annodata in vita e un paio di sandali aperti. I capelli le si erano arricciati ed erano in disordine. Si infilò le chiavi in una tasca dei pantaloncini. Assomigliava sempre di più alla vecchia Sandra o, per meglio dire, la vecchia Sandra era stata una prova generale di questa. All'ingresso esitò per un istante e poi si diresse verso le sale del cinema. Tra gli altri film davano *La carica dei 101*. Mi aggirai per qualche minuto davanti alla biglietteria e poi chiesi un biglietto per *La carica dei 101*, certo che, dovendo scegliere il film, Sandra avesse tenuto conto del fatto che i bambini sono molto meno suscettibili e imbecilli degli adulti, entrano senza riserve nel mondo della fantasia e non si accorgono di nient'altro.

Indovinai. Sandra si sedette accanto a me e mi offrì i popcorn. Resistetti alla tentazione per non farmeli andare di traverso; lei di tanto in tanto se ne infilava uno in bocca. Per fortuna il volume era molto alto e chinammo la testa per parlare.

«Ci hai messo molto a prendere il mio motorino», disse.

«Volevo essere sicuro.»

«Non è una buona idea che tu ti faccia vedere alla casetta. È possibile che mi stiano sorvegliando e potrebbero individuarti. È meglio che ci vediamo al Faro tutti i giorni alle cinque. Riuscirai a venire?»

«Certo», risposi, preoccupato per il caldo che faceva a quell'ora, che proprio per quello era la meno frequentata.

«Ho incontrato Martín in spiaggia. Vuole sapere dove sei. Ho avuto l'impressione che sarebbe capace di qualunque cosa pur di scoprirlo. Mi ha fatto paura. Tu sapevi che sua madre fa parte della Confraternita? La conosci?»

«Non lo so. Se l'ho vista non l'ho collegata a lui», replicai.

Un padre ci chiese di fare silenzio. Era incapace di astrarsi, si annoiava e per questo non sarebbe mai arrivato a capire suo figlio.

«Sua madre mi ha detto che Alberto è morto, ma io non ci credo. Quelli mentono, ne sono sicura. Tu cosa ne pensi?»

«Penso che sia meglio andare via, non mi sento sicuro qui», dissi alzandomi, mentre cercavo di far finta di niente.

Tornai direttamente al motorino senza guardarmi indietro, senza salutare. E durante il tragitto preferii dimenticare l'informazione sulla madre di Martín e la domanda temibile sulla morte di Alberto. Non volevo distrarmi, dovevo stare attento alla strada. Mi faceva piacere che finalmente Sandra si aggirasse per la vita e per Dianium con una protezione maggiore rispetto a quella offerta dalla semplice lamiera di quel ferro vecchio, a cui prima o poi avrei dovuto fare benzina.

Ero sempre più fiducioso di poter trovare la chiave dell'omicidio di Violeta. Potevo capire la morte di Salva: in fin dei conti era un cacciatore di nazisti che stava proprio in mezzo a loro, ma non mi spiegavo quella di Violeta, e di solito è proprio nell'incomprensibile e nell'illogico che si trova la chiave dell'enigma.

Avevo un messaggio senza data di Salva scritto sotto il ripiano della scrivania, le foto di Violeta e di Otto e la prova del rapporto tra Violeta e Salva.

La stanza del Macellaio fu occupata da James il Falegname, che ci aveva messo gli occhi sopra perché dava sul giardino e il monte. E, sebbene il primo piano fosse riservato a quelli che erano più infermi, Pilar accettò con la promessa che James avrebbe suonato qualche canzone nei pomeriggi del fine settimana, che erano i momenti di maggiore malinconia per coloro che non ricevevano mai visite, la cui lista con il passare del tempo si allungava sempre di più.

Lo aiutai a portare le sue cinture con grandi placche di metallo inciso al posto della fibbia, i gilet di pelle e i jeans nella sua nuova stanza. Della chitarra e dell'armonica a bocca si occupò lui stesso. Gli stivali da cowboy li portava ai piedi e non aveva molta biancheria né prodotti per l'igiene personale. Si radeva alla vecchia maniera con pennello e rasoio da barbiere ereditati da suo padre, come aveva ereditato dai suoi amici gli anelli di argento grezzo che gli adornavano le manone.

«Sei stato molto fortunato», gli dissi guardando il materasso su cui si era abbandonato il corpo del Macellaio, dove aveva sognato e maledetto la sua sorte e anche il mondo, dove aveva sofferto prima di morire e dove di certo non si era mai fatto un esame di coscienza. E certamente James ignorava che il segno sulla scrivania non era della tazza del latte, come era normale aspettarsi, o di un vaso da fiori, ma di un teschio umano usato come fermacarte.

«Questa è un'altra cosa», ammise James, che fino a quel momento era stato recluso in una stanzetta perché era il più giovanile e il più povero. Pagava facendo qualche lavoretto, piallando una porta che non si chiudeva bene o incollando le gambe delle sedie. A Pilar aveva fatto una testiera per il letto con il suo nome inciso nella radica, una cosa che, conoscendola, doveva averla affascinata.

«Credo che tornerò a comporre. Stamattina ho pensato a una poesia per Pilar. Pensi che le darebbe fastidio?»

Forse James era il mio sostituto perfetto per le esigenze di Pilar, e questo mi faceva un immenso piacere perché io e Pilar ci eravamo dati tutto quello che potevamo darci, lei a me la sua ammirazione e io a lei il mio rispetto, ma il mio tempo era limitato.

«Le piacerà moltissimo», risposi, assolutamente convinto che fosse vero.

La poltrona Emmanuelle rimase vuota e solo il gatto della residenza si accomodava tra i suoi cuscini a fiori. Neppure James, che aveva vissuto per lunghi periodi sulla strada e al quale non faceva schifo niente, ci si sedette mai. Finché a un certo punto non sparì insieme ai cuscini. Dalla sera alla mattina la poltrona non c'era più. Probabilmente adesso adornava il salotto di qualche neonazista o di qualcuno di quei vecchi nostalgici che si credevano amici del Macellaio. Meno probabile era che l'avessero mandata a uno dei suoi figli, dato che ufficialmente lui non era morto.

Dopo che aiutai James con il trasloco delle sue quattro cose nella stanza del Macellaio, io e lui diventammo più intimi e questo mi spinse a chiedergli cosa potesse significare *38°48 30"N 0°07'00"E*, con la pretesa ingenua che quella domanda non ne avrebbe fatte nascere altre. «Perché?» chiese immediatamente. Dove lo avevo letto? Cosa pensavo che fosse? A cosa poteva riferirsi? Ormai era tardi, avevo aperto il vaso di Pandora; potevo solo sperare che se ne dimenticasse e il modo migliore per far scordare qualcosa a qualcuno era costringerlo a pensare ad altro. Perciò gli chiesi di leggermi la poesia che stava scrivendo per Pilar e questo, come c'era da aspettarsi, lo lusingò moltissimo.

Non prestai neanche attenzione. Per fortuna alla residenza non c'erano più membri della Confraternita, e se anche James si fosse fatto scappare qualcosa non avrebbero più potuto sentirlo.

«È splendida», commentai.

«E vedrai quando la trasformerò in una canzone. Senti, quelle lettere e quei numeri di cui mi parlavi prima sembrano coordinate geografiche. In mare le usavamo sempre.»

James era stato anche marinaio. Che tipo.

Avevo corso un rischio con James, ma grazie a lui adesso sapevo in che direzione continuare la ricerca, soprattutto perché avevo il mio motorino, che dentro di me avevo iniziato a chiamare Libertà, e che sollevava una piccola nuvola di polvere lungo la strada sterrata finché non arrivavo all'asfalto. Non chiesi più la macchina a Pilar, e quando qualche volta Geralda si offrì di darmi un passaggio con la Mercedes nera del Macellaio, che per qualche motivo era ancora sotto la tettoia, declinai l'offerta. Per la prima volta dopo molti anni mi sentivo fortunato.

La mattina, all'ora in cui i pescatori tornavano dal mare, misi nel sottosella di Libertà una bottiglia di acqua ben fredda, un'arancia, un coltellino per pelarla, il mio quaderno degli appunti, una penna e una matita, nell'eventualità che la penna avesse smesso di funzionare. Mi ricordavo della grande quantità di cose di cui avevo bisogno quando disponevo della macchina: tenevo addirittura una coperta sul sedile posteriore. Adesso mi bastava un maglione, in caso l'aria si fosse fatta fresca mentre guidavo. Da qualche giorno a quella parte il calore eccessivo era cessato e la temperatura era molto gradevole, si potevano fare molte più cose senza timore di disidratarsi.

Andai verso il porto. Ogni volta che parcheggiavo mettevo la catena come avevo visto fare tante volte a Sandra, perché non dovevo dimenticare che il motorino era dei figli di sua sorella, come anche la casetta, e per quanto quei particolari non sembrassero importanti non bisognava trascurarli, a meno che non fosse assolutamente indispensabile. Nell'aria si sentiva un odore di pesce fresco, come se avessero squartato le viscere del mare. Alcuni già facevano colazione nei loro bar preferiti, alle cui pareti erano appese foto di barche e reti. Ordinai un caffè ristretto e mi avvicinai a un pescatore con la pelle così sferzata dal vento del mare aperto che avrebbe potuto avere trenta o sessant'anni. Aspettai che finisse di discutere con un altro sul prezzo delle sardine e gli chiesi se voleva un caffè. Accettò l'offerta e a quel punto gli mostrai quelle che James il Falegname chiamava coordinate geografiche.

«Sissignore. Queste coordinate indicano il monte. Ehi tu, non è vero?» disse richiamando l'attenzione del collega, che ordinò a sua volta un caffè.

«Sì, se non mi sbaglio indicano delle grotte. Si dice che lì ci vivessero gli uomini di Neanderthal.»

«Tu sì che sei un perfetto uomo di Neanderthal», esclamò il primo, facendo quel tipo di battuta da persona normale che ha voglia di avere amici con cui fare battute

«Vuole salire fin lassù?» chiese il secondo. «È un sentiero impervio, pieno di pietre e cespugli, molto bello, ma io al posto suo ci penserei. Forse chi le ha parlato di quelle grotte ha esagerato, ne potrebbe rimanere deluso. In macchina non ci si può arrivare.»

«E in motorino?»

«Neanche. Il monte è pieno di specie protette e gli ecologisti o la guardia forestale potrebbero vederla. Il rumore del motorino potrebbe spaventare gli uccelli e farli fuggire. Io non rischierei, soprattutto alla sua età.»

Pagai anche il suo caffè e li ringraziai entrambi, mordendomi la lingua per non ribattere che lui non aveva la minima idea di quello che avrebbe fatto quando avesse avuto la mia età. È impossibile sapere ciò che ci aspetta e come si affronterà la vita. Ma non dissi niente. Mi sarebbe costato più fatica far sì che vedesse in me qualcosa di più della mia decrepitezza che salire fino a quelle grotte tanto impervie.

Ero felice. Avevo le scarpe da ginnastica e mi sarei comprato una giacca impermeabile nel caso sul monte avesse fatto un po' più fresco. Avrei usato un ramo a mo' di bastone per appoggiarmici e mi sarei procurato uno zainetto in cui portare acqua e una mela. Tirai fuori dal motorino l'arancia e il coltellino multiuso e mi sedetti su una banchina del porto pensando a tutto questo mentre la sbucciavo, e osservando la gente che entrava e usciva dal mercato del pesce come un tempo aveva fatto il Macellaio e come adesso non avrebbe potuto fare mai più.

Prima però avevo una questione da risolvere. Tornai alla residenza e, dopo aver mangiato e riposato un po', aprii la valigia con la chiave, presi il sacchetto del supermercato con il teschio fermacarte che avevo portato via dalla stanza del Macellaio e lo misi nel sottosella di Libertà. Poi mi avviai verso il centro commerciale.

Comprai una bottiglia già fresca dello champagne francese autentico più a buon mercato, che era comunque scandalosamente fuori dalle mie possibilità. Una signorina molto simpatica lo infilò in una custodia termica per non farlo riscaldare e mi regalò due calici di plastica. Quando stavo per andarmene mi fece l'occhiolino. Dovetti fermarmi a urinare tra gli alberi, ma riuscii ad arrivare al Faro alle cinque.

Sandra

Giunsi al Faro prima di Julián. Avrei dovuto cercare un posto più vicino per i nostri incontri. Quando lo vidi scendere dal motorino, con le braccia e le gambe magre e il collo sottile sempre più bruciato dal sole, ebbi paura che potesse svenire. Temetti che un giorno non riuscisse ad arrivare fin lì. Che il riverbero del sole o un granello di polvere lo obbligassero a chiudere gli occhi per un istante e che a quel punto perdesse l'equilibrio e andasse a sbattere contro un mandorlo o un ulivo o, peggio, contro una macchina. Eppure lui non era uno qualunque, era sopravvissuto a un campo di concentramento. Doveva essere in grado di sopravvivere alla debolezza e alla sensazione di svenimento, di schivare i capogiri e la morte, perché non avevamo ancora portato a termine quello che eravamo venuti a fare. Lo stavo aspettando in auto e venne verso di me con due sacchetti di plastica in mano. Salì e mi chiese di andare in qualche posto isolato sulla spiaggia.

«Sembra un bravo ragazzo», disse mentre io guidavo fino all'Almadraba dove al posto della sabbia c'erano sassi rotondi, cosa che la rendeva meno appetibile per i bagnanti.

«Santi? Sì, non ho niente contro di lui. Semplicemente non ne sono innamorata.»

«Già, quello è un grande handicap. È meglio essere innamorati del proprio partner, ma quando ci disinnamoriamo la sensazione è peggiore di quella di non essere mai stati innamorati.»

Non riuscivo a credere che uno che aveva sempre in bocca il nome della sua defunta moglie mi dicesse una cosa del genere.

«Non ti dico che ti sposerai con lui, ma forse un giorno quello che state vivendo insieme non ti sembrerà una cosa così da niente.»

Non mi sembrò opportuno chiedergli di Alberto in quel momento, non volevo che pensasse che ero una persona crudele.

Parcheggiai su un terrapieno e scendemmo con fatica fino a degli scogli che costituivano un nascondiglio perfetto. Lo aiutai a portare uno dei sacchetti e gli chiesi di appoggiarsi al mio braccio per non scivolare. Era un bel pomeriggio, sul mare si formavano creste bianche; sembrava irreale, l'invenzione di una mente fantasiosa. Di tanto in tanto una folata fresca ci investiva e qualche piccola goccia sputata dalle onde ci schizzava. A quel punto Julián si tolse il berretto, si asciugò il sudore con il fazzoletto e subito dopo aprì una borsa di plastica e tirò fuori un teschio, che sembrava finto per quanto era perfetto.

«Non so con certezza a chi appartenga», disse, «ma credo meriti una sepoltura dignitosa.»

Non che un teschio fosse la cosa che mi faceva più impressione al mondo. Mi impressionò di più che Julián lo estraesse da un sacchetto di plastica del supermercato del centro commerciale e che lo appoggiasse sui sassi arrotondati dell'Almadraba. Mi impressionò vedere qualche goccia che ci finiva sopra e il fatto che fosse ai nostri piedi. Non riuscii a dire niente.

Julián spostò i sassi e fece un buco con le mani. Mise il teschio nella sabbia umida, lo coprì con i sassi e disse che avrebbe avuto bisogno di lavarsi le mani per pulirle dalla sabbia, ma che non voleva arrivare fino alla battigia per paura di scivolare. Lo feci io. Presi il sacchetto di plastica, lo riempii d'acqua e poi gliela versai sulle mani. Se le passò sulla testa e poi se le lavò di nuovo. Senza volerlo gli bagnai i pantaloni.

«Non fa niente», mi rassicurò. «Se sei credente, magari puoi dire una preghiera per questo pover'uomo.»

Recitai un padrenostro e mi feci il segno della croce.

«Il Macellaio lo teneva sulla scrivania della sua stanza. Adesso è morto, e questo povero ragazzo potrà riposare in pace.» E dall'altro sacchetto tirò fuori una bottiglia di champagne protetta da una custodia termica e due calici di plastica.

In un altro momento della mia vita, se fossi stata un'altra Sandra, quella situazione mi sarebbe sembrata piuttosto macabra, ma lo champagne era freddo e il mare pieno di vita. Si sentivano soltanto il suo rumore e lo stridio dei gabbiani, alcuni sassi sembravano dorati e il cielo non avrebbe potuto essere più azzurro.

Brindammo con i calici di plastica.

«All'uomo del teschio», esclamai, e a Julián fece piacere.

Julián disse che era assolutamente certo della morte del Macellaio, ma che la Confraternita voleva tenerla segreta per non demoralizzare i suoi accoliti. Avevano preferito dire che era tornato al suo paese per morire nel proprio letto. Mi raccontò come aveva brigato per fargli credere di avere l'Alzheimer e che tutto lasciava immaginare che si fosse suicidato, perciò forse era stato lui stesso la sua ultima vittima.

Julián assaporava lo champagne con una grande sensazione di pace e di lavoro ben fatto. Anch'io provavo pace. A poco a poco la bottiglia si stava svuotando. Mi chiesi quanto dovesse essergli costato quel vero champagne francese, ma poi mi dissi che era il momento di godersi il suo successo, che aveva voluto condividerlo con l'unica persona che avrebbe saputo apprezzarlo. Pensai che più di tutto, nel buono e nel terribile, Julián aveva qualcosa di romantico.

Rimanemmo un'ora a contemplare il mare e a portarci i calici alle labbra. Non avevamo voglia di parlare, avevamo deciso di prenderci quel momento di respiro. A me venivano in mente immagini di Villa Sol, del lavandino con i grandi girasoli dove avevo vomitato quando mi avevano rinchiuso lì dentro e del sole nero nello scantinato, e a Julián ne stavano venendo in mente certamente altre che preferiva tenere per sé.

Tornammo al Faro in silenzio. Quando ci congedammo mi disse che dovevo andarmene il prima possibile, che non aveva la minima idea di cosa volesse quella gente e che questo ci rendeva terribilmente vulnerabili. Aggiunse che l'ideale sarebbe stato cambiare città e non comunicare assolutamente a nessuno il mio nuovo indirizzo. «Santi ti aiuterà», disse.

«E Alberto?» chiesi timidamente, come se non avessi molto diritto di pronunciare quel nome.

«Ne parleremo un'altra volta, te lo prometto, ma adesso devo andare», rispose salendo su un affare che lo rendeva a sua volta piuttosto vulnerabile.

Adesso, quando pensavo ad Alberto, mi sembrava di fare un pensiero proibito o assurdo, avevo l'impressione di averlo conosciuto soltanto io, che esistesse soltanto per me e che non avesse avuto importanza per nessun altro. Perché avevo lasciato scappare Julián senza che mi dicesse niente di Alberto? Decisi di credergli, di confidare nel fatto che sapesse dove si trovava e che me lo avrebbe detto in un'altra occasione. Ormai avevo avvertito Julián che lo cercavano, perciò cosa rimanevo a fare a Dianium? Solo per aiutarlo? E come avrei potuto aiutarlo? Aveva ragione lui: mi stavo esponendo, e con me esponevo anche mio figlio e Santi.

La verità era che non volevo andarmene senza vedere Alberto. Ero convinta che Martín e sua madre mentissero e che prima o poi avrei avuto sue notizie.

"Ancora un altro po'", mi dissi.

Tornai dalla spiaggia dell'Almadraba, dopo aver lasciato Julián al Faro, con una certa allegria che non nasceva da me, ma dallo champagne. Perché in fondo io ero preoccupata e triste da quando la Scarmigliata mi aveva detto che Alberto era morto. Anche se non le avevo assolutamente creduto, mi intristiva aver ascoltato quella frase. Parcheggiai nella strada della casetta con un fare brusco che derivava da un'euforia falsa ed ebbi paura che, quando Santi si fosse accorto dell'odore di alcol, si sarebbe comportato in modo sgradevole. Santi non amava l'alcol, al massimo beveva una birra, e per stordirsi gli sembrava che la cosa più sana e terapeutica fosse la marijuana. A me non importava, purché non fumasse quando era da solo con Janín. La cosa meravigliosa di non amare una persona è che non ami la sua salute e il suo benessere, non ami che sia intelligente, né che faccia bella figura davanti agli amici, non ami che non si ubriachi e che non si droghi o che non sia un coglione. La cosa meravigliosa di non amare una persona è che non sei responsabile della sua perfezione né delle sue imperfezioni. La cosa terribile di amare Alberto era che amavo l'idea che fosse ancora vivo, amavo perdermi nei suoi occhi, nel suo corpo e nel suo modo di passarsi la mano tra i capelli.

Respirai profondamente. Mi girava ancora in testa l'immagine del teschio, la delicatezza con cui Julián gli aveva dato sepoltura. A chiunque fosse appartenuto sarebbe piaciuta quella scelta: l'acqua salata lo avrebbe sfiorato e qualche gabbiano si sarebbe posato sul monticello di sassi.

Aprendo il cancello sentii musica e conversazione. La voce di Santi, la voce di una donna e il pianto di Janín mescolato a entrambe. Dunque c'era qualcun altro. Aprii piano ed eccola lì: Lucy, la ragazza di Santi, che probabilmente non sopportava di stare ancora lontano da lui. Era normale che si sentisse inquieta sapendo che era con me, ed ebbi rimorsi per non aver preso sul serio né la sua sofferenza né lei.

Era una visita a sorpresa e pensava di fermarsi qualche giorno. Santi sembrava rassegnato. Io le dissi che ero felice di vederla ed era la verità. Adesso Santi non avrebbe più potuto darmi sui nervi con le sue insinuazioni e assurde gelosie e io mi sarei sentita più libera di andare e venire. Lucy prese Janín in braccio tra le cascate di capelli dorati e lui si mise a ridere.

«Domani andiamo in spiaggia, vero, tesoro?»

Fantastico, pensai, così sarei potuta tornare a casa della Scarmigliata per farmi spiegare le ragioni di quella bugia a proposito della morte di Alberto.

Presi degli asciugamani puliti per Lucy e in disparte dissi a Santi che potevano dormire nel letto matrimoniale di mia sorella, che per me non c'era nessun problema. Lui annuì senza entusiasmo e guardò Lucy con una certa tenerezza, si trovava intrappolato in sentimenti tristi.

Santi portò in stanza uno zaino enorme con molte cerniere e tasche. Sul letto scivolava una sfumatura di luce acquosa che arrivava dagli alberi e dal mare. Da lì si vedevano Lucy e Janín in giardino. Sembrava che, essendo innamorata di Santi, Lucy amasse anche suo figlio, che forse le faceva immaginare com'era lui da piccolo; in quel modo poteva estendere il suo amore al passato e al futuro.

«L'armadio è pieno di vestiti, ma potete prendere delle grucce dagli altri armadi», dissi senza guardarlo.

«Si è presentata quasi a sorpresa. Non pensavo che sarebbe venuta veramente.»

«Non fa niente. Al bambino piace. Ed è questa la cosa importante.»

«Adesso devo mettermi a lavorare per un po'», aggiunse guardando lo zaino.

Scendendo osservai il corrimano come non avevo mai fatto. Di legno di pino molto lavorato, sostenuto da sbarre troppo arrotondate. Un corrimano eccessivo per una casa così piccola.

«È una casa molto bella», osservò Lucy quando mi vide comparire.

Le dissi di fare come se fosse a casa sua e di divertirsi.

Julián

Mentre elaboravo il piano da seguire non mi mancò il da fare. Cercai nei dintorni un ramo di ulivo forte e flessibile che si adattasse bene alla mia mano e passai un po' di tempo in giardino a limarne i nodi fastidiosi e le asperità con il mio coltello, finché James il Falegname mi disse di lasciarlo a lui. Il risultato non avrebbe potuto essere migliore: tornò con due bastoni perfetti, dipinti di rosso, con l'impugnatura.

«Così manterrai meglio l'equilibrio e non sembrerai un nonnetto, ma un escursionista.»

Lo ringraziai meravigliato per quanto sapesse fare bene il suo lavoro, oltre a suonare la chitarra e l'armonica a bocca e aver vissuto la vita fino in fondo. Era ammirevole. E probabilmente i nuovi gilet scamosciati con le frange che sfoggiava negli ultimi tempi erano frutto dell'ammirazione di Pilar. Tenni fede anche al mio proposito di comprare una giacca impermeabile – che acquistai nello stesso negozio dove un tempo avevo comprato con Sandra la giacca di montone rovesciato – e uno zainetto. Il tutto mi costò quaranta euro, una fortuna. Stava arrivando il momento in cui avrei dovuto fare una cosa di cui mi vergognavo, una cosa che non avrei mai pensato di arrivare a fare: chiamare Esther per chiederle di mandarmi dei soldi. Entro breve non sarei riuscito a pagare la residenza, e neppure a fare benzina o a comprare una bottiglia d'acqua. Le spese non finivano mai e alcune erano state stravaganti, come la bottiglia di champagne e qualche cena con Pilar.

Se non mi fossi mosso dalla residenza, se non avessi quasi respirato, sarei arrivato a fine mese, ma il mio obiettivo non era sopravvivere e arrivare alla fine di tutto come un uccellino: io ero lì per un'altra cosa. Maledetti soldi. Esther me li avrebbe inviati di certo, ma a cosa avrebbe dovuto rinunciare? A concedersi una vacanza? Ad andare al cinema o a teatro? E se avesse dovuto ipotecare la casa o vendere la macchina? Stavo facendo qualcosa per l'umanità, o almeno così credevo, ma non ero in grado di fare niente per mia figlia. "Lei avrà mai bevuto champagne francese?" mi chiedevo. Non sapevo neanche guadagnarmi da vivere come James il Falegname, non avevo un mestiere. Ma non si poteva tornare indietro, non potevo recuperare i soldi sperperati, né potevo ignorare che Salva era stato ucciso. E, per quanto ci provassi, non avrei potuto neanche essere un vecchietto che si godeva gli ultimi raggi di sole. Dovevo andare avanti. Dovevo armarmi di coraggio e salire alle grotte.

Non avevo la minima idea del motivo per cui Salva mi stava mandando lì. O perlomeno credevo che mi ci stesse mandando. Ma era l'unica pista che mi costringeva ad agire. Tutte le altre strade erano vicoli ciechi: la morte di Violeta, la morte di Salva... quando cercavo di avanzare finivo davanti a un muro. Otto, l'amore di Violeta, era fuggito, e ritrovarlo mi avrebbe portato via troppo tempo: era possibile che fosse già in Sudamerica. E anche se lo avessi trovato, lui non mi avrebbe dato la risposta che cercavo. A volte mi chiedevo dove potessero essersi nascosti Fred e Karin. Che io sapessi, gli inquirenti non li avevano localizzati o, se li avevano localizzati, probabilmente stavano aspettando che morissero oppure avevano bisogno di altre prove per poterli processare. Non lo sapevo. Sui giornali non avevo letto nessuna notizia che riportasse i loro nomi.

La domenica alcuni familiari passavano ai Tre Ulivi per portare i loro genitori o nonni a vedere il mondo. Restavano dei posti vuoti ai tavoli e mi sedetti vicino a James. Geralda non mi toglieva gli occhi di dosso dalla sua sedia accanto a quella vuota di Elfe, ma io feci finta di essere distratto e di non capire.

Chiesi a James se gli andava di fare un'escursione sul monte. Gli dissi che volevo godermi la flora e la fauna di quel posto, fare un po' di esercizio e soprattutto provare i bastoni.

«Pensavo che ti servissero per camminare in giardino o tra gli ulivi, non per scalare una vetta.»

«Quei bastoni si meritano qualcosa di meglio. Nello zaino porterò una bottiglia di whisky per quando arriviamo.»

«Dove?»

«Lo vedrai. Te lo dirò strada facendo.»

«È meglio che la bottiglia la porti io.»

Ci mettemmo d'accordo per fare colazione presto il giorno dopo, lunedì, e approfittare delle prime ore del mattino. Lo pregai di dare qualunque spiegazione sull'escursione tranne quella vera, perché alla residenza si sarebbero allarmati se avessero saputo che facevo uno sforzo del genere.

«Va bene», disse. «Bisogna vivere, prima di tutto bisogna vivere.»

Quella sera, durante la squallida cena domenicale, James prese la chitarra e ci cantò la canzone che aveva composto per Pilar. Lei ascoltava imbambolata con la mano appoggiata sul mento. La composizione non era male, in uno studio di registrazione e con parecchi aggiustamenti poteva venirne fuori qualcosa di buono. Eravamo avvolti in un silenzio rispettoso, nel quale le stelle dietro la finestra iniziavano a brillare. Geralda però non si lasciò coinvolgere: sembrava distratta, anche se era elegantissima per il concerto. Quelli che erano tornati dopo essere stati fuori con le famiglie socchiudevano gli occhi con il cucchiaio in mano. Quando James finì applaudimmo, e io e Pilar esclamammo un «bravo», cosa che costrinse Pilar a lanciarmi un'occhiata d'intesa, che io le restituii perché avevo molta voglia di dirle che capivo che preferisse un musicista di strada a me, e che proprio per questo non era necessario che mi umiliasse rimproverandomi per il graffio alla macchina.

Chiedemmo che la colazione ci venisse servita prima e uscimmo alle sette e mezzo a bordo della BMW di Pilar, che adesso era guidata da James. Mi appoggiai al rivestimento di pelle, sentivo il battito accelerato.

«Andiamo alle grotte», annunciai all'improvviso.

«Alle grotte? Potevi dirmelo prima», esclamò James sterzando bruscamente e investendomi con una zaffata di alito misto di caffè e whisky.

Mi meravigliava la sua resistenza, la sua mancanza di paura di morire.

«Pensi mai alla morte?» domandai per pura curiosità.

«Alla morte? No, perché?»

«Non pensi che potrebbe venirti un infarto, che potresti svenire in un posto qualunque e morire?»

«Non mi è mai passato per la testa. Che sciocchezza.»

«Ma non ti controlli la pressione o la glicemia?»

Mi guardò sorpreso. «Ho l'aria di uno che fa queste fesserie?»

Scossi la testa. Guardai gli anelli di argento grezzo e la fibbia della cintura. In effetti non ce l'aveva.

Dai finestrini aperti entrava un odore meraviglioso di timo e cisto e James iniziò a canticchiare la canzone di Pilar. Non avevamo voglia di parlare. Finché la strada non s'interruppe e James parcheggiò su un lato. Aprì il portabagagli e tirammo fuori i nostri zaini. Gli passai la bottiglia di whisky.

«Non ti peserà troppo?» gli chiesi.

«Quando inizierà a pesarmi ce la scoleremo», rispose.

Non portava un giubbetto, gli bastava il gilet. Non aveva neanche il bastone e gliene offrii uno. «Più tardi», disse.

«Bella, la canzone. Pilar si è emozionata.»

«Risparmia le forze», replicò. «Parliamo dopo.»

Mi zittii. James era il capo, ma io avevo le coordinate.

«Le grotte sono molte», riprese, mentre io salivo appoggiandomi ai bastoni.

Dopo mezz'ora dovemmo fermarci per bere acqua e urinare. Io ci misi molto più di lui a urinare e James la prese con tranquillità, annusando i fiori e mettendone qualcuno nello zaino.

«Credo che siano specie protette e che non si possa fare.»

«Ci vede qualcuno?» ribatté.

Mi faceva sentire molto stupido e molto vecchio, anche se non così tanto da dirgli esattamente che grotte cercavamo.

Mi tolsi la giacca impermeabile, stavo sudando; per fortuna almeno non pesava. Mi fermai un attimo per piegarlo e infilarlo nello zaino e ne approfittai anche per bere. Quello era il momento tanto temuto da Esther in cui correvo il rischio di ritrovarmi disidratato. Dopo tre quarti d'ora sentii che le gambe non mi reggevano più, dovevo fermarmi ogni cinque minuti per riposarmi con le braccia appoggiate ai bastoni. I dintorni si stavano riempiendo dell'odore dei pini e della resina, un brutto segno, il caldo iniziava a farsi più intenso. James disse che se non ci davamo dentro non saremmo più riusciti a salire.

«Io non mi arrischio», confessai. «Non vorrei svenire qui e giocarti un brutto scherzo. Non voglio neanche immaginarmi la scena.»

«Siediti sotto quell'albero», mi suggerì. «Ce l'hai l'acqua? Puoi riposarti mentre io proseguo.»

Avrei voluto entrare di persona nella grotta, ma stavo scoprendo che per me era un'impresa impossibile. D'altro canto eravamo arrivati fin lì e forse James poteva riuscirci. Non aveva paura del proprio corpo quanta ne avevo io; sembrava che cuore e cervello gli funzionassero all'unisono, perciò tirai fuori dalla tasca dei pantaloni un foglietto con le coordinate e glielo tesi.

«Perché ti interessa questa grotta?»

Stavo per rispondergli che non lo sapevo, cosa che era vera, ma preferii fantasticare un po'.

«Dicono che conservi ancora dei resti degli uomini di Neanderthal.»

Sorrise. «Sei tu che mi sembri un uomo di Neanderthal!»

Era troppo tardi per fare di James un nuovo amico? Tirò fuori dallo zaino la bottiglia di whisky che gli avevo dato poco prima. Ne bevve un sorso generoso e poi me la allungò. Disse che non voleva tentazioni durante il tragitto. Guardò attentamente il suo orologio, grande, che sembrava uno pneumatico pieno di sfere e lancette dei minuti e dei secondi e ben si accordava con gli anelli spessi di argento annerito e gli stivali.

«Con la bussola è impossibile perdersi. In ogni caso tieni tu le chiavi della macchina, casomai non tornassi entro due ore al massimo», disse lanciandomele con così tanta forza che dovetti schivarle.

Scendere non richiedeva tanto sforzo quanto salire, ma comunque era una cosa che non mi andava di fare da solo. Speravo che James non morisse lassù.

Sandra

Lucy era un grande aiuto, con lei in casa Santi non poteva lasciare briglia sciolta ai suoi sentimenti per me. Era avvolta in qualcosa di speciale che non so se Santi riusciva a captare. Con lei Janín era felice: gli sfregava le gengive con la punta del dito intinta in un infuso che preparava lei stessa e lui smetteva di piangere, si addormentava tra le sue braccia mentre la sua chioma bionda e vaporosa gli proteggeva la testa dal sole. Il semplice fatto che trattasse con tanto affetto mio figlio mi costringeva ad apprezzarla. E speravo che quel rapporto andasse sempre meglio e che lei e Santi decidessero di vivere insieme una volta per tutte o che si sposassero, perché mi tranquillizzava molto pensare che quando Janín fosse stato con suo padre anche la persona che gli stava accanto si sarebbe presa cura di lui e gli avrebbe voluto bene.

Un altro vantaggio di Lucy era che, essendo lei stessa come una bambina, adorava giocare con Janín. Sapeva adattarsi alla sua età e spingere un camion sul prato del giardino senza annoiarsi, ridendo tutta contenta insieme al bambino quando il camion si ribaltava. Mi meravigliava la sua capacità di retrocedere nel tempo fino, con tutta probabilità, all'utero materno. Per quanto io fossi la madre di Janín mi sentivo incapace di trovare dentro di me la bambina che ero stata e di metterla a giocare con Janín. Mi adattavo a lui a forza e per breve tempo, non riuscivo a comunicare facendo versetti, esagerando le espressioni e le parole, dicendo «Oooh!» o esclamando «Che beeello!» per poter attraversare il vetro sottile che separava i nostri mondi. Mi sentivo come una pessima attrice che parlava forzatamente a un pubblico con problemi di vista e di udito, e speravo che Janín non se ne rendesse conto perché per lui era tutto normale.

A Lucy invece veniva spontaneo, naturale, attraversava il vetro come se fosse aria. Capiva quello che Janín provava quando pronunciava le sue parole stentate, se aveva caldo o fame. Di fronte alle sue urla, alla sua disperazione e alle sue lacrime, si girava verso di lui, lo guardava per qualche secondo e diceva: «Ha le colichette, gli fa male la pancia». Il suo corpo statuario da modella si metteva per un istante nel corpicino sdentato e pieno di gas e incomprensibili dolori di mio figlio e sapeva cosa gli stava succedendo. Gli fanno male i denti. Si annoia. Vuole attirare l'attenzione. Vuole giocare. Non vuole l'omogeneizzato, adesso preferirebbe un succo di frutta. Ha sete. Ha sonno. Non ha sonno e vuole giocare. Mi affascinava la sua empatia, la sua facilità nel mettersi al posto dell'altro. E faceva paura. A volte mi chiedevo se le accadesse lo stesso con noi che avevamo la sua età, ossa grandi, peli sul corpo e la testa con migliaia di milioni di neuroni sprecati. Se il suo dono non fosse rimasto ancorato all'infanzia, probabilmente si sarebbe resa conto dei sentimenti di Santi verso di me e dei miei verso qualcuno che non era in quella casa. E ci sarebbero voluti solo pochi giorni perché capisse che io avevo i cinque sensi concentrati su qualcosa che succedeva fuori di lì, che ero coinvolta in un mistero o un'avventura, in qualunque modo lo chiamasse lei. Io lo chiamavo lotta per la sopravvivenza o dovere nei confronti di Julián. E quello sì che mi sembrava impossibile che riuscisse a intuirlo.

A prima vista era una ragazza ingenua, bionda naturale e tinta in parti uguali, come se non le bastasse il proprio splendore e dovesse aggiungerne ancora un po'. Aveva il viso rotondo e anche gli occhi tondi e azzurri, le gambe lunghe e magre come il resto del corpo, in contrasto con il viso. Studiava per un concorso da funzionaria che le consentiva di non fare niente fintanto che non lo avesse superato, perciò non faceva altro che togliere e mettere in borsa delle dispense, come le chiavi o il portafogli. In un certo senso il concorso la proteggeva dalla temuta domanda: che cosa fai? Lei non voleva dire che prestava parti del suo corpo per pubblicità sui cataloghi: le mani, i capelli, gli occhi, le gambe. Non le sembrava serio, anche se con quello guadagnava più di me e Santi messi insieme. Le faceva piacere che la gente pensasse che faceva grandi sforzi. Per Santi era lo stesso, e anche per tutti gli altri.

Julián

Durante l'ora e mezzo in cui restai ad aspettare James il sole cambiò pian piano posizione, e io con lui. A terra rotolavano le pigne e c'erano margherite e fiorellini azzurri. Il cielo era attraversato da stormi di uccelli e stormi di nuvole, gli uni più bianchi degli altri. E senza volerlo mi assopii. Dopo mezz'ora mi svegliai di soprassalto. E se James era sceso e non mi aveva visto? A causa del sole ero dalla parte opposta del tronco rispetto al sentiero che lo avrebbe riportato indietro. Con ogni probabilità, però, James se ne sarebbe accorto. Bevvi acqua, poca perché ormai non me ne restava quasi più, e stetti allerta per sentire qualunque crepitio di aghi di pino a terra o il rumore dei suoi stivali che schiacciavano i rami. Non sembrava che quel sentiero fosse molto battuto dagli escursionisti né che le grotte suscitassero grande interesse. Meglio così. E pregavo di non dover tornare da solo in macchina alla residenza e avvertire i soccorsi di uscire a cercare James. Chiunque, soprattutto alla sua età, sarebbe potuto scivolare sbattendo la testa su una roccia o precipitare senza riuscire ad aggrapparsi a nessun arbusto. Gli stivali da cowboy, ai quali James era tanto affezionato, non mi sembravano la calzatura più adatta per camminare in montagna. Quello che James aveva addosso pareva essere tutto ciò che possedeva, forse perché erano le uniche cose che gli piacevano. Se fossi stato un tipo avventuroso avrei bevuto un sorso di whisky per sopportare l'incertezza, ma non lo ero; tutto ciò che non fosse stare a casa mia e dormire nel mio letto lo facevo soltanto per senso del dovere. E adesso ero lì, seduto su aghi e pietruzze che mi si conficcavano nel sedere, per senso del dovere. Per senso del dovere mi stavo godendo la purezza del cielo, il profumo delle piante, il ronzio delle api: si riusciva quasi a sentire come succhiavano il nettare dai fiori. A volte abbiamo bisogno che ci costringano a vivere. Mi alzai e mi stirai tendendo le braccia e incrociandole e poi scrutai il panorama fin dove arrivava la vista.

Adesso il fatto che James mi avesse affidato le chiavi della macchina assumeva un significato più inquietante. Perché me le aveva date se era così sicuro di sé, dei suoi stivali e della sua bussola? Non volevo neanche pensare a cosa poteva succedere: magari in quel momento era a terra e stava morendo dissanguato. Che ne sapevo io? Se si trattava di immaginare, potevo immaginare qualunque cosa. Lo psicologo che mi aveva avuto in cura per anni dopo che ero uscito dal campo di concentramento mi raccomandava sempre di non proiettare il passato nel presente e nel futuro, ciò che avrebbe potuto essere su quello che era realmente. Ci avevo messo molto tempo a cercare di capire quello che voleva dirmi, perché al campo avevo quasi perso la nozione di ieri, oggi e domani, di lunedì o giovedì. Quello che era successo un mese prima stava succedendo anche adesso ed era la stessa cosa che sarebbe accaduta l'indomani o una settimana dopo. Successivamente, con la libertà e il passare del tempo, i secondi, i minuti, i giorni e le settimane avevano iniziato a separarsi. Eppure io non riuscivo a smettere di immaginare catastrofi e atrocità.

Decisi di concentrarmi sulla bellezza di quel luogo e di mettermi più comodo finché James non fosse arrivato o non mi fossi visto costretto ad agire.

Dopo mezz'ora sentii qualcosa. Passi in mezzo al silenzio delle api e dell'aria che muoveva dolcemente le foglie; passi che mi sembrarono minacciosi. «James?» gridai alzandomi con tutta l'agilità di cui fui capace.

«Va tutto bene?» chiesero due giovani che sembravano usciti dal nulla.

Risposi domandando a mia volta se avevano incrociato un tipo che sembrava un cantante rock o country.

Mi guardarono sorpresi e si offrirono di accompagnarmi giù. Dissi loro che avevo deciso di morire appoggiato a quell'albero. Poi sorrisi, perché non avevano capito che stavo scherzando.

«Devo aspettare il mio amico», spiegai. «Come vi sono sembrate le grotte?»

«Niente di speciale, se non se ne conosce la storia e non la si proietta all'interno quando si è lì. Bisogna mettersi nella pelle di quegli uomini, sentire il fresco come lo sentivano loro e vedere le pareti di roccia come le vedevano loro.»

Erano un ragazzo e una ragazza sui sedici anni. Apparivano compassionevoli non solo con me, ma anche con i nostri antenati di Neanderthal.

«Sono stati giudicati male», aggiunse la ragazza. «Avevano molta immaginazione e amavano i loro simili. Fabbricavano collane con le conchiglie.»

Quei giovani avevano di certo bravi genitori, bravi professori, brava gente intorno a loro, e questo li spingeva a credere che centinaia di migliaia di anni fa gli esseri umani fossero degli innocenti e che con quelli del presente ci fossero ancora speranze.

«Come pensate che saremo tra un milione di anni?» chiesi per passare un po' di tempo in compagnia.

«Ci saremo evoluti spiritualmente e non saremo più così materialisti. Avremo colonizzato altri pianeti e avremo un senso più ampio di ciò che siamo», rispose la ragazza. «Ah! E sapremo che non siamo soli nell'universo e che non siamo speciali.» Anche lui pareva d'accordo.

«Perciò vale la pena fare giustizia?»

«Crediamo in una giustizia giusta», disse lui.

«Anch'io», replicai, e mi sedetti dando per conclusa la conversazione. Parlando mi si seccava la gola, e mi restava pochissima acqua.

Giovani idealisti, niente di nuovo sotto il sole.

Con il successivo crepitio di foglie secche non mi meravigliai neanche un po', perché riconobbi gli stivali di James. La suola di cuoio che schiacciava le foglie e qualche pigna, perché James non guardava per terra come me quando non conosceva il terreno, lui guardava sempre di fronte a sé, il suo pubblico, come se facesse tutto in un concerto immaginario.

«Era ora!» esclamai. «Ero preoccupato.»

«Dammi la bottiglia di whisky, sono disidratato.»

Ne bevvi anch'io un sorso, e devo riconoscere che mi diede l'energia per scendere. In alcuni momenti non bisogna essere apprensivi, anche se io non lo ero per me, lo ero perché avevo una missione da compiere, una figlia che non volevo far soffrire prima del tempo, e perché non volevo lasciare Sandra senza che conoscesse la verità su Alberto.

Cominciammo a scendere. Il sollievo del ritorno di James fece sì che la grotta passasse in secondo piano. Nonostante ciò glielo chiesi.

«Hai trovato la grotta?»

Tentennò sulla risposta. «Perché ti interessa tanto questa famosa grotta?»

«Te l'ho già detto. È un interesse culturale.»

«Lì dentro non c'è niente. Mi è venuta la nausea. E non so neanche se era quella di cui mi parlavi. Forse non l'ho trovata.»

Non parlammo più finché non raggiungemmo la macchina. Cercavamo di non scivolare, gli aghi di pino creavano delle vere e proprie piste di pattinaggio. E, almeno per me, fu un autentico sollievo ritrovarmi in auto. Siccome avevo io le chiavi, mi misi al volante. Non mi fidavo del whisky di James.

«Sono molto lontane quelle grotte?» chiesi.

«Forse non tanto, ma io non sono certo un ragazzino e dovevo fermarmi: ho avuto bisogno di sedermi parecchie volte.»

«Me lo immagino. Grazie, James.»

Non disse niente, rispondeva a tutto di malumore perché probabilmente si era visto coinvolto in un'avventura senza capo né coda, che per lui non aveva alcun senso.

«Ti ricompenserò appena potrò», dissi.

«Be', non esagerare», concluse con lo stesso tono con cui mi aveva detto che sembravo un uomo di Neanderthal, che poi era lo stesso tono fraterno con cui il pescatore lo aveva detto al suo amico.

Arrivai alla residenza distrutto, con la voglia di stendermi sul letto più che di mangiare. Si sentiva il trambusto della sala da pranzo: rumore di piatti, posate, i bicchieri che sbattevano sui tavoli, le conversazioni interrotte a metà. Geralda mi fece un cenno e mi indicò la sedia dove si sedeva Elfe prima della sua morte. Io le indicai a mia volta il mio solito posto. Non avevo la forza per iniziare una conversazione con Geralda. Eppure, mentre stavo sbucciando l'arancia, comparve accanto a me con un profumo delicato di sali da bagno che contrastava parecchio con l'odore di olio del pesce che ci avevano servito come secondo. Io stavo morendo di sonno.

«Sembri stanco», disse.

«Sono andato a fare un'escursione e sono distrutto. Non ho la forza neanche di masticare l'arancia.»

Geralda accennò una risata. Non sarebbe mai scoppiata a ridere a crepapelle come Pilar, che era sempre pronta a farsi strappare le risate dalla gola di fronte a qualunque affermazione.

«Un'escursione? In spiaggia?»

«No, sul monte. Volevo godermi la flora e la fauna.»

«Ah! Che bello! Potevi dirmelo. Con chi sei andato?»

«Con James. Ha una grande energia.»

«Ed è andato tutto bene?»

Quello era il momento in cui avrei potuto raccontare a Geralda che non ero riuscito a raggiungere il mio obiettivo e che avevo dovuto aspettare James seduto accanto a un albero. Non le avrei detto delle grotte perché non bisogna diffondere le informazioni se non è necessario. Ma desideravo con tutto il mio cuore coricarmi e non pensare a niente.

«Tutto bene», risposi alzandomi. «Ci vediamo dopo.»

Continuò a guardarmi mentre parlavo e mi alzavo e credo anche mentre andavo verso l'uscita. Sentivo il suo sguardo calmo e razionale sulla schiena sudata, il suo saper stare in quella residenza, nella sua vecchiaia e probabilmente nel palazzo perduto del suo defunto marito. Sapeva portare con naturalezza la sua antica ricchezza e il suo lignaggio, la sua attuale indigenza e i gioielli di Elfe, di cui la Confraternita sembrava non essersi accorta.

Non volevo neppure pensare al giorno in cui avrebbero deciso di fare i conti con lei, quando Frida si sarebbe presentata nella sua stanza e l'avrebbe guardata con quell'espressione fredda e crudele, che le dava il coraggio di oltrepassare tutti i confini. Aveva superato anche la frontiera dei suoi stessi «confratelli». Non aveva versato neppure una lacrima per il proprio leader, il Macellaio, la notte in cui lei e Martín si erano sbarazzati del suo corpo. In effetti da quando non veniva alla residenza l'atmosfera era meno tesa. La sua presenza allerta e il suo sguardo vigile inquietavano, soprattutto me, che sapevo cosa c'era dietro. E comunque prima o poi avrei dovuto raccontare a Geralda con chi stava inconsapevolmente avendo a che fare. Mi preoccupava che le accadesse qualcosa di irreparabile. Le avrei chiesto, come avevo già fatto in qualche altra occasione, di non sfoggiare con tanta disinvoltura i gioielli di Elfe, perché sarebbero tornati. Ero assolutamente sicuro che si sarebbero rifatti vivi.

Chiusi gli occhi vedendo mentalmente Geralda come l'avevo appena vista. Con un vestito grigio scuro con lo scollo rotondo su cui risaltavano la collana e gli orecchini di perle. Il rossetto rosso era scomparso una portata dopo l'altra, ma probabilmente ne avrebbe lasciato comunque un po' sulla tazza del caffè.

Sandra

Lucy e Janín si svegliarono dal riposino pomeridiano sul divano e Santi disse che andava a farsi una nuotata. Da quando lei era lì con noi il bambino piangeva meno e io mi sentivo più libera. Avevo appuntamento con Julián al Faro alle cinque, perciò presi la borsa e le chiavi e lanciai un'occhiata allo specchio dell'ingresso. Stavo pensando a cinquanta cose finché non vidi gli occhi di Lucy nello specchio. Mi aveva osservato per tutto il tempo. Probabilmente stavo superando il limite e cominciavo a trattarla come una tata. Stavo per dirle che non c'era bisogno che si occupasse di Janín, che lo avrei portato con me, ma non me ne diede il tempo.

«Non preoccuparti», disse. «Non mi dispiace stare con lui, insieme ci divertiamo. Quando torna Santi, gli metto un bel vestitino e andiamo a fare una passeggiata. Santi vuole farmi vedere il castello.»

Era una fortuna che Santi avesse una fidanzata, che quella fidanzata fosse Lucy e che lei fosse lì. Adesso lui lavorava più che mai: per non vederci insieme e non dover sopportare una situazione tanto strana se ne andava in camera sua con il computer.

Al Faro soffiava un vento molto piacevole e il mare sbatteva contro la scogliera liberando ossigeno a iosa. Si respirava molto bene. Eppure il tempo stava peggiorando ed ebbi paura che finisse per piovere e che Julián si bagnasse in motorino e prendesse una polmonite. Entrai un attimo nel bar per vedere se era già lì e quando sentii lo scricchiolio degli pneumatici pagai due lattine di Coca-Cola e gli andai incontro. Pensai che sarebbe stato più piacevole fare una passeggiata.

Lui mi disse che voleva andare a Punta Negra, perché da quando il Macellaio era morto e scomparso non c'era più tanto pericolo che ci scoprissero insieme. Disse che quelli della Confraternita non frequentavano più la residenza, che avevano perso interesse. Io, però, non ero convinta che si fossero rilassati: semplicemente non sapevano che lui era ai Tre Ulivi, ma ciò non significava che avessero smesso di cercarlo. In ogni caso acconsentii, Punta Negra poteva essere un posto non sicuro tanto quanto il Faro.

Scendemmo fino alla cala. Julián cercava qualcosa in mezzo agli scogli neri avvolti dalle alghe.

«Guarda, qui è dove hanno trovato annegata Violeta, un'amica di Salva.»

Salva era quello che lo aveva fatto venire a Dianium più o meno un anno e mezzo prima e che sfortunatamente era morto prima del suo arrivo. Grazie a lui Julián era venuto a sapere dell'esistenza di quella colonia nazista e sempre lui gli aveva lasciato il compito di smascherarli davanti al mondo, cosa che Julián aveva fatto con il mio aiuto, anche se il mondo non se n'era quasi accorto. A chi interessano i veri nazisti, e non solo quelli fantasmagorici dei film? Adesso però Julián stava scoprendo qualcosa di più: aveva il forte sospetto che Salva non fosse morto per un collasso cardiocircolatorio, come era facile credere e come gli aveva assicurato la direttrice della residenza, ma che lo avessero ucciso. E la sua morte era legata a quella di Violeta. L'acqua gorgogliante s'insinuava tra gli scogli. Un sub cominciò a emergere dal mare con qualcosa in mano.

«Sei certo di quello che dici?» chiesi, realmente preoccupata per ciò che la Confraternita stava tramando.

«Devo scoprire soltanto che cosa pensavano che sapesse Violeta, che lo avrebbe riferito a Salva, il quale a sua volta lo avrebbe riferito a me. È per questo che mi cercano.»

«E cosa ti ha riferito Salva?»

«Sto cercando di scoprirlo. Sto tentando di mettermi nella testa di Salva e indovinare cosa voleva dirmi, ma lui era molto più intelligente e contorto di me.»

Gli allungai una Coca-Cola e ci sedemmo sugli scogli. La guardò con un certo timore. Zucchero, caffeina. Ne bevve un sorso.

«Come te la cavi con il motorino?»

«È il mio compagno ideale. Lo chiamo Libertà.»

«E quando piove?»

«Mi sono comprato una giacca impermeabile. Non preoccuparti», rispose guardando verso il monte, sul cui fianco vivevano Martín e sua madre, la Scarmigliata.

Non volle dirmi cosa c'era lassù, cosa credeva di trovare. Disse che non lo sapeva, ma non era vero.

«Com'era quella donna, Violeta?» chiesi fissando gli scogli, le alghe e la sabbia scura su cui avevano trovato il suo corpo.

«Credo che fosse una persona molto fedele, ma che la sua fedeltà non comportasse niente di buono.»

Il sub si tolse le pinne e la muta di neoprene. Un polpo agonizzava sulla sabbia.

Julián

Finalmente mi decisi a chiamare Esther per chiederle, vergognandomi profondamente, di mandarmi un po' di soldi. Con quello che mi rimaneva potevo appena pagare la residenza, ma avevo bisogno di fare benzina e comprare prodotti per l'igiene personale. Per fortuna mia figlia mi aveva messo in valigia il rasoio elettrico e non dovevo spendere per rasoi usa e getta e schiuma da barba. Dovevo però prendere l'acqua minerale e pagare le medicine, avevo qualche spesa imprevista come l'impermeabile, e non potevo confessarle che le mie indagini generavano più costi di quanto fosse auspicabile. In fin dei conti, in qualche modo, mia figlia continuava a subire le conseguenze della mia vita, adesso nelle sue finanze. E dovevo riconoscere che se lei fosse stata la cosa più importante per me avrei chiuso lì la storia: credo che questo fosse ciò che aveva sempre tentato di dirmi Raquel. Avrei dovuto lasciare le cose com'erano, avevo già fatto abbastanza spingendo il Macellaio a sentirsi impotente e forse addirittura a suicidarsi. In fin dei conti, quando era morto, a Salva non restava molto da vivere e lui aveva preferito morire così, rompendo le scatole al nemico. E Violeta era comunque una di loro, mi interessava soltanto per il suo legame con Salva. Eppure non era così facile abbandonare tutto, tornare a Buenos Aires o scomparire in un altro ospizio qualunque lontano da Dianium, soprattutto perché questo non mi garantiva che avrebbero lasciato in pace Sandra.

L'unica soluzione era trovare la chiave, il codice, la porta segreta che avrebbe liberato Sandra da quell'incubo: a quel punto sarei potuto morire con la coscienza tranquilla. E avevo la sensazione di essere in procinto di trovarlo, quel qualcosa che Salva non aveva potuto o saputo rivelarmi.

Esther ci mise un po' a rispondere al telefono perché per lei erano le sei del mattino e la sua stanza era la più lontana dal salotto. Prima avrebbe dovuto sentire lo squillo, poi svegliarsi, alzarsi dal letto, infilare le pantofole, attraversare il corridoio e arrivare fino al telefono. Perciò aspettai.

«Che spavento mi hai fatto prendere!» esclamò sollevata e assonnata. «A quest'ora poteva essere solo una telefonata dalla Spagna e siccome tu non mi svegli mai, ho pensato che...»

Era sul punto di piangere.

«Stai tranquilla. Sto bene, ma ho bisogno di soldi e non posso aspettare ancora. Mi dispiace. Mi dispiace veramente, lavori tanto...»

Non mi lasciò finire.

«Papà, ho un po' di soldi da parte. Non preoccuparti. Dimmi come posso farteli arrivare. Mangi bene, bevi due litri di acqua al giorno, prendi sempre tutte le medicine?»

La storia dei due litri di acqua al giorno era un'esagerazione, ma risposi di sì a tutto. Alla fine rimanemmo qualche secondo in silenzio ad ascoltare i nostri respiri.

«Papà...» disse.

«Non preoccuparti. C'è qualche ragazzo all'orizzonte?»

Scoppiò a ridere.

Non pensavo mai alla sua vita. Non so perché mi sembrasse una vita facile. Forse provava angoscia per il fatto di non avere figli o magari non le piaceva il suo lavoro a scuola. Gli anni erano passati molto in fretta e io credevo che sarebbe stata sempre giovane e che avrebbe avuto sempre un futuro, uomini che si innamorassero di lei, figli, nipoti, progetti. E invece continuava a vivere nella stessa casa dove era cresciuta, sperando di non ricevere una telefonata tragica e definitiva. Probabilmente le avevo trasmesso l'idea che qualunque tipo di rischio è troppo pericoloso.

Quando mi coricai, tutte le macchine del parcheggio, la luce dei due lampioni che le illuminavano un po' e il monte con i pini e gli ulivi sullo sfondo erano sgraziati, solitari. Anche le stelle sembravano di una freddezza raggelante. Quella notte non avrei dormito bene. Non riuscivo a smettere di pensare a mia figlia.

Il sabato seguente mi sentivo piuttosto malinconico e svogliato. Un sabato radioso, tra l'altro. E in mezzo al suo splendore mi chiedevo con insistenza cosa ci facessi in quel posto, a condividere la mia vita con degli sconosciuti che non sapevano neanche chi fossi veramente. Non mi andava neppure di salire in sella a Libertà, non mi meritavo tante cose. In mattinata feci una passeggiata tra i pini e dopo pranzo, con la stanchezza salutare dell'attività fisica addosso, mi sedetti in giardino, assonnato. James avvicinò una sedia alla mia e mi disse che aveva scritto una nuova canzone e che quando volevo saremmo potuti andare a fare un'altra escursione.

«Sarò sincero con te: non credevo che ce l'avrei fatta neanche ad arrivare a quell'albero», confessò.
«Ma se tu non pensi mai alla morte.»
«Alla mia no.»
Geralda ci salutò dal tavolo dove stava giocando a carte. James la indicò con lo sguardo.
«Dice che la prossima volta vuole essere dei nostri.»
Chiusi gli occhi, volevo continuare a essere assonnato e stordito ancora per un po'. Il tempo passava tranquillamente, finché non ricevetti una chiamata di Esther. Mi avvertì Pilar stessa. «Tua figlia!» gridò a squarciagola dall'ingresso del giardino. Sia lei sia la segretaria conoscevano la sua voce. Mi sarebbe piaciuto avere un telefono nella mia stanza e più privacy in quel senso, ma era una cosa che comportava un esborso extra assurdo per le mie tasche.
Alzai la cornetta con tutta la coscienza sporca passata, presente e futura nei suoi confronti.
«Ciao, Esther, scusami per la telefonata, è stata una grave mancanza di rispetto da parte mia.»
Dal suo tono si capiva che andava di fretta, probabilmente la aspettava una lezione.
«I soldi ti arriveranno tra due giorni. Adesso però devi andare da Sandra al Faro. Lei è già lì che ti aspetta. È molto urgente. Fai attenzione.»
«È molto urgente», ripeté dopo un istante. Quelle parole mi sorpresero e preferii credere che Esther non avesse capito bene e che stesse esagerando.

Sandra

Il venerdì venne un'amica di Lucy per il fine settimana. Sia a Santi sia a me sembrò una splendida idea. A volte ritrovarci seduti tutti e tre sullo stesso divano risultava un po' imbarazzante. Con una quarta persona la situazione non sarebbe stata così strana e a Janín piaceva la gente, era contento di vedere facce nuove. Sorrideva agli estranei e ciò dimostrava che non sarebbe stato un povero bambino introverso. Ero grata a Lucy per aver spezzato quel miraggio imbarazzante di famiglia degli ultimi tempi. Più gente c'era tra me e Santi, meglio era.

Fino al venerdì pomeriggio in cui Santi andò alla stazione degli autobus a prendere l'amica di Lucy, la nostra routine consisteva più o meno in questo: Lucy studiava per il concorso con Janín accanto a lei nel box e Santi lavorava più che mai ai suoi progetti grafici in una stanza con una piccola finestra che dava sul giardino e da cui usciva un buon profumo di marijuana. Mentre io andavo e venivo dai miei incontri con Julián senza sapere bene cosa fare. Anche se stavo cominciando a comprendere sempre meglio il gioco di Martín. Non voleva dirmi dove trovare Alberto perché mi stava ricattando: Alberto per Julián, come in uno scambio di ostaggi. In ogni caso mi deludeva che Alberto non si mettesse in contatto con me. Non sapevo cosa stesse succedendo e non conoscevo le sue ragioni. Non era una situazione normale e, anche se non volevo pensare alle parole malevole della madre di Martín che aveva detto che era morto, non potevo evitare di pensarci. Neanche Martín si era più fatto vivo; la cosa logica era che tornasse alla carica, se gli interessava così tanto sapere dov'era Julián. I giorni passavano e, se non fosse stato perché Julián aveva bisogno del mio aiuto, saremmo già tornati a Madrid.

Si chiamava Bea. Aveva i capelli neri ricci che le coprivano le orecchie, occhi grandi e neri, un corpo rotondo e un senso dell'umorismo piuttosto fastidioso. Rideva per niente, con una risata che arrivava fino all'angolo più remoto della casa. Si alzava di scatto quando era seduta, senza indugio, e prendeva Janín dal box per poi rimettercelo senza nessuna logica. Janín la guardava con gli occhi spalancati dimenticandosi anche del dolore alle gengive. Lucy disse a Bea: «Sta analizzando il tuo comportamento. È un bambino molto sveglio». Se possibile, Bea rise ancora più forte. Non rideva per niente di buffo, ma perché sembrava che avesse il corpo pieno di risate e dovesse liberarsene proprio come di tanto in tanto dobbiamo fare i nostri bisogni. E la cosa peggiore era che non si trattava di una risata allegra che inondava di frivolezza e ottimismo la nostra casetta, ma tutto il contrario: rendeva l'atmosfera tesa, dando l'impressione che poi sarebbero arrivati il pianto e un attacco di panico. Non riuscivamo a starle dietro; all'inizio assecondammo la sua risata ciascuno secondo le proprie forze, poi però desistemmo, ma questo non la scoraggiò dal continuare a comportarsi in quel modo, come se esseri invisibili le raccontassero una barzelletta dopo l'altra.

Mentre preparavamo la cena e apparecchiavamo la tavola, Lucy mi disse che Bea era nervosa perché non sapeva come affrontare quella situazione. Le feci cenno di non preoccuparsi. E credo fosse per non esacerbare l'atmosfera che il giorno dopo Lucy decise di andare in spiaggia con Bea e Janín e poi a comprare cappelli e costumi alle bancarelle del Paseo Marítimo.

Io stessa supervisionai la preparazione dei succhi di frutta e dell'acqua per Janín e gli spalmai la crema solare sul faccino e sul corpo. In ogni caso, sapevo che Lucy lo accudiva bene quanto me, o addirittura meglio. Gli mise la salopette di jeans e una maglietta, lo sistemò sul seggiolino dell'auto e partirono.

«Uff!» esclamò Santi riferendosi a Bea quando non vedemmo più la macchina. «È insopportabile.»

«Si sente nervosa, non è abituata a queste situazioni.»

Visto che Lucy si occupava così tanto del bambino, decisi di mettere un po' in ordine la casa. Raccolsi i panni stesi sulla corda che andava dal limone agli oleandri che ci dividevano dal vicino. Era la parte più soleggiata, perciò i panni uscivano di lì splendenti e profumati di gelsomino, una fragranza dolce e penetrante. Erano quasi tutti vestiti di Janín. Ma c'era anche qualcosa di Lucy.

Ricevetti una delle tanto temute telefonate di mia sorella che mi chiedeva se qualcuno avesse mostrato interesse per la casa. Lo disse con una voce strana, cadenzata, lasciandomi intendere che in qualche modo aveva capito che non me ne stavo interessando affatto. Balbettai qualcosa con un tono che mi smascherava e poi mi stesi a leggere su una sdraio. Non avevo voglia di continuare a darmi da fare, avrei completato più avanti la pulizia del bagno. Adesso avevo bisogno di schiarirmi i pensieri e di dedicarmi un po' a me stessa. Da quando esisteva una persona più importante di me di cui occuparmi, i momenti di solitudine erano francamente meravigliosi. Santi stava lavorando al computer. Il vicino della casa accanto innaffiava e qualche goccia mi schizzava. Mi assopii sotto l'ombra della palma. Finalmente mi stavo rilassando. Continuavo a sentire senza sentire veramente. Da quando era apparso il maledetto biglietto anonimo non riuscivo a staccare del tutto. Un filo mi teneva costantemente legata alla battaglia.

All'ora di pranzo Santi uscì in giardino e mi svegliò. Mi chiese se avevo pensato a cosa mangiare. Poteva andare lui a comprare qualcosa di pronto. O magari ci aveva pensato Lucy e per questo lei e l'amica non erano ancora tornate. Guardai l'orologio: in effetti erano fuori già da parecchio. «Il tempo vola in spiaggia», gli dissi. Probabilmente avevano dato a Janín un succo di frutta e uno yogurt e adesso stava facendo un sonnellino sul passeggino. In ogni caso mi passò la voglia di restare lì distesa.

«Aspettiamo un po' per mangiare», disse Santi, «iniziare senza di loro potrebbe sembrare brutto.»

In frigorifero regnava la desolazione e non arrivammo a prendere nessuna decisione in proposito. Lui si versò un caffè e ne allungò una tazza anche a me. Mi infilai un paio di pantaloncini corti sul costume e dopo un po' una maglietta. Alle tre iniziammo a guardare l'orologio ogni cinque minuti. Non volevo rimproverare niente a Santi. Lucy e la sua amica erano adulte, perché mai Janín non avrebbe dovuto essere al sicuro con loro? Eppure lo stomaco mi si stava stringendo, mi stava avvisando di qualcosa. Aprii la porta. Non vedevo bene, il mandorlo e la palma mi si confondevano davanti agli occhi come se la faccia della terra stesse cambiando. Dovevano essersi distratte a guardare vestitini o a prendere un gelato e non si erano rese conto di che ore fossero. Non avrei dovuto angosciarmi e men che meno arrabbiarmi. Sicuramente Janín si stava divertendo ed era felice, gli dicevano di certo tante cose belle e gli facevano le coccole.

«Lucy...» mormorò Santi con l'aria preoccupata, «a volte ha la testa fra le nuvole. La chiamo.»

Purtroppo, però, il cellulare di Lucy squillò sul bancone della cucina. Santi lo prese e lo lasciò cadere con rabbia. Imprecò perché non aveva il numero di Bea. Io stavo per dirgli che la colpa era nostra per aver delegato alla sua fidanzata la cura di nostro figlio, ma riuscii a trattenermi. Quello che chiamiamo sesto senso mi costringeva a reprimere la rabbia che provavo nei confronti di Lucy, di Santi, di me stessa e di un mondo grande e pericoloso per un bambino.

«Mi affaccio in strada», disse. «Tu resta qui, nel caso arrivino o telefonino.»

Lo guardai angosciata e mi accorsi di avere le labbra secche, incollate, cucite. Annuii. Gli parlai con la mente: "Sbrigati".

«Non ti muovere», mi ordinò.

Scossi la testa. Dove sarei potuta andare? Anche se, forse, se non avessimo avuto notizie entro un'ora avrei chiamato la polizia. In ogni caso non bisognava esagerare. Immaginavo loro tre che ridevano. Bea era molto espansiva Per comprare dei vestiti bisogna provarli. E se Lucy fosse entrata in camerino lasciando Janín fuori con la sua amica, e la sua amica si fosse messa a guardare altre cose senza prestare attenzione al bambino e qualcuno lo avesse portato via? E se la sua amica avesse spinto il passeggino fino a un appendiabiti che aveva attirato la sua attenzione e poi si fosse dimenticata di lui? Quando non si è abituati a occuparsi di bambini, può succedere qualsiasi cosa. Il cuore iniziò a battermi all'impazzata, il cuore mi diceva che era successa una cosa del genere. Lucy era abituata a Janín soltanto per metà. Una parte di lei era consapevole del bambino, l'altra no. E in compagnia della sua amica, distratta dalle chiacchiere e dallo shopping, la sua parte incosciente poteva aver vinto la partita.

I Tre Ulivi e Julián persero importanza. La preoccupazione che la Confraternita lo trovasse perse importanza. La sensazione di pericolo mi spremeva completamente dentro, dallo stomaco alla gola, come una spugna. Feci scorrere l'acqua del rubinetto in un bicchiere mezzo pulito per rasserenarmi. Quando l'acqua cadde sui piatti che non erano stati lavati schizzò tutto il bancone, il pavimento, le mie gambe. Bevvi svogliatamente, strozzandomi. Mi pulsavano le tempie. Sarei dovuta uscire io, almeno mi sarei mossa, avrei corso e sudato. Non sapere cosa stava succedendo mi costringeva a vagare per la casa e a controllare in continuazione se il telefonino era acceso. Non mi azzardavo a tirare lo sciacquone per paura di non sentirlo. Probabilmente il tormento maggiore dei prigionieri è non sapere cosa succede ai figli e ai genitori e non poter fare niente per aiutarli. Mi davo ancora un minuto, non era successo ancora niente di grave, potevo essere ancora felice e contenta.

Dopo essere andata in bagno mi lavai le mani come mai prima di allora, come un chirurgo – il dorso, il palmo, le dita –, in attesa che succedesse qualcosa, e mi diedi mezz'ora prima di uscire e buttarmi nella ricerca di mio figlio per conto mio. Finché il rumore della porta non mi paralizzò. Fintanto che la porta non si fosse aperta, c'era la speranza che la realtà si prendesse gioco delle mie paure.

Lucy e Bea entrarono in casa: la prima piangeva, mentre la seconda era seria. Non vidi Janín con loro. E non chiesi di lui. Non avrei potuto sopportare la risposta. Mi precipitai all'ingresso, ma non era tra i ciottoli né tra le piante indistinte. Santi arrivò di corsa con il fiato grosso. Mi prese per le braccia.

«Dalla strada ho visto arrivare la macchina. Dov'è Janín?» domandò lentamente, con cautela, ritardando la mia reazione.

Non dissi niente. Entrammo. Neanche Santi si azzardava più a parlare.

Lucy piangeva disperatamente con le mani sulla faccia. Bea ci guardava con gli occhi spalancati. Avrei potuto scegliere di morire in quello stesso istante, invece aprii il rubinetto schizzandomi di nuovo e portai un bicchier d'acqua a Lucy. Le misi una mano sulla spalla e la feci sedere su una sedia.

Sentii che ciò che in un modo o nell'altro avevo presagito fin dalla mia gravidanza si era avverato: loro volevano mio figlio e alla fine erano riusciti a prenderselo. Piangere o disperarmi non sarebbe servito a niente. Santi ci osservava appoggiato al tavolo.

«Che è successo?» chiesi a Lucy, cercando di non strozzarmi con le mie stesse parole. «Spiegamelo per filo e per segno.»

Si passò le mani sulle guance, i capelli le nascondevano per metà la faccia, le chiazze rosse del pianto, il mascara colato, le labbra carnose e un po' gonfie. Parlava affannata.

«È stato orribile. Janín è scomparso. Non so quando lo abbiamo perso di vista, anzi, quando l'ho perso... Bea non ha nessuna colpa. La responsabilità è mia.»

Mi sedetti sulla sedia di fronte a lei, mi stava venendo la nausea. E non potevo permettermelo. Dovevo uscire dal mio corpo e dalle mie sensazioni e concentrarmi.

Quanto ci avevano messo ad accorgersi della sparizione del bambino? Quando aveva iniziato a notare la sua assenza a livello inconscio? Avevano chiesto in giro se qualcuno avesse visto un passeggino? Per quanto tempo lo avevano cercato e dove? Lucy non mi descrisse la situazione con dovizia di particolari come le avevo chiesto. Aveva lo sguardo basso, non si azzardava a guardarmi.

«Dio mio! Volevo provare una collana, credo. Stavo chiedendo un consiglio a Bea e quando mi sono girata il bambino non c'era più. Con tutte quelle bancarelle e tutta quella gente sul Paseo Marítimo, mi sono confusa e per qualche secondo non ho pensato a Janín.»

Ricominciò a piangere e né io né Santi la interrompemmo.

«In tutto il Paseo non c'è stato nessuno che abbia sentito piangere un bambino durante il rapimento?» chiesi, rendendomi conto veramente, per la prima volta, che Janín adesso era nelle mani del destino e che non dovevo lasciare niente al caso.

«Quanto tempo è passato da quando è scomparso a quando avete deciso di tornare qui?» chiesi.

Lucy continuava a piangere, ma Santi non le si avvicinò

per consolarla. La guardava con severità. Poi spostò lo sguardo sulla finestra, il più lontano possibile, immaginando scene orribili e addossandosene la colpa. E io non volevo pensare alla paura che probabilmente stava vivendo Janín, per quanto fosse una paura che non avrebbe mai ricordato.

«Sono passate più di due ore», disse Bea.

«Mi dispiace», riprese Lucy avvicinandosi a me. «Sono un disastro. Non avrò mai figli, per il loro bene.»

Voleva farmi pena, voleva il mio perdono, ma non le diedi niente. E subito dopo confessò una cosa che gettava una luce ancora più sinistra sulla sparizione di Janín.

Si ricordò dell'ultimo pomeriggio in cui ci eravamo viste a casa di Santi a Madrid, quando lei si era portata dietro il bambino ed era andata a fare compere. Era tornata più tardi del solito perché inspiegabilmente lo aveva perso di vista per un quarto d'ora mentre pagava alla cassa dei grandi magazzini. Era stato il quarto d'ora più angosciante della sua vita. Aveva dovuto avvisare gli addetti alla sicurezza finché finalmente non l'avevano chiamata dal banco dell'assistenza al cliente attraverso gli altoparlanti. Il bambino era sul suo passeggino, sano e salvo nella zona camerini. «Credo che qualcuno abbia voluto spaventarmi», disse.

Ricordai che era tornata molto seria dalla passeggiata e che mi evitava. All'epoca lo avevo attribuito alla gelosia, come se io fossi il centro degli stati d'animo altrui. Quanto mi sbagliavo. Mi si afflosciarono le gambe e le mani, riuscivo a stento a digitare il numero sul telefono, mi ricordava un incubo che avevo avuto per un certo periodo nel quale non ero in grado di comporre il numero di Alberto (che non avevo mai avuto), mi sbagliavo in continuazione finché non mi svegliavo disperata. Mi diedi un pizzicotto per controllare se stavo dormendo. Pregai che fosse tutto un sogno, ma il pizzicotto mi fece male, era tragicamente reale. Lucy piangeva. «Smettila», sbottò Santi.

Respirai quando dall'altra parte risposero al telefono.

«Esther? Scusa, non so che ore sono lì. Sono Sandra, l'amica di Julián. Per favore, chiamalo e chiedigli di venire al Faro adesso, io lo aspetto lì. È molto urgente. È una questione di vita o di morte, ma non voglio che lo spaventi, solo che lo convinca a venire al Faro.»

Riagganciai angosciata e avvertivo quell'angoscia in ogni muscolo della faccia e di tutto il corpo.

«Hai chiamato la polizia?» chiese Santi confuso e atterrito.

«Ancora no. Loro non capirebbero e forse rovinerebbero tutto.» Immaginai che le mie parole sarebbero sembrate strane a Santi, ma in quel momento non me ne importava proprio niente. Avevo bisogno di aiuto, di appoggio, e sentivo che potevano arrivare solo da Julián.

«E se qualcuno lo ha trovato e lo ha portato al commissariato?»

«E allora chiama e chiedi», ribattei prendendo le chiavi della macchina.

Bea disse che non sapeva cosa fare, se andarsene o restare: forse potevamo aver bisogno di lei. Lucy le rispose, con la faccia rossa per il pianto, che era meglio che se ne andasse. Quando uscì con il bagaglio in mano, un piccolo trolley, non sapeva come dirci che non poteva andare a piedi fino alla stazione, e non lo disse. Non ce ne importava un cazzo di come avrebbe fatto Bea ad arrivare alla stazione.

No, nessuno aveva portato nessun bambino al commissariato. Santi riagganciò con la chiara intenzione di andare a fare domande alle bancarelle del Paseo Marítimo e percorrere tutto l'itinerario seguito dalle ragazze quel sabato mattina pieno di gente. Avrebbe chiesto nei bar e a tutti quelli che avesse incontrato. Ma avevamo soltanto una macchina e qualcuno doveva restare in casa, qualora avessero riportato Janín o ci avessero chiamato. Gli chiesi di fidarsi di me e di aspettarmi. Dovevo fare una cosa importante.

«Sei sicura di quello che fai?» domandò Santi.

Le mani mi tremavano mentre infilavo la chiave nel quadro. Me le sfregai e feci schioccare le dita. Forse a Julián sarebbe venuto in mente qualcosa. Alla peggio, avrebbe detto alla Confraternita quello che volevano sapere, si sarebbe consegnato e loro mi avrebbero restituito mio figlio. Ero sicura che lui si sarebbe sacrificato. Si avvicinava la fine del mondo. Chi gioca con il fuoco finisce per bruciarsi. E tutto perché un giorno mi era venuto in mente di andare a Dianium a prendere il sole sulla spiaggia. Tutto perché conoscevo soltanto la parte normale della vita, non l'altra, la parte strana e oscura.

Cercai di non premere l'acceleratore più del dovuto. Per quanto arrivassi tardi, avrei fatto sempre più in fretta di Julián con il motorino. Non riuscivo a credere che alla fine mio figlio fosse caduto nelle mani della Confraternita. Pensavo che, una volta spariti Fred e Karin, fosse terminato il loro interesse per un bambino con cui né Martín né Frida – se erano loro i rapitori – avrebbero saputo cosa fare. Alberto ci avrebbe aiutato. Avrebbe salvato Janín come aveva salvato me. Avevo molta voglia di piangere e non riuscii più a trattenermi.

Ebbi difficoltà a scendere dalla macchina, non ne avevo la forza. Il sole brillava così tanto che mi si conficcava negli occhi. L'odore dei piatti con avanzi di riso e frutti di mare del ristorante del Faro rimaneva sospeso in un caldo anomalo. Improvvisamente le temperature erano schizzate in alto, cosa che non impediva ai clienti di godersi un dopopranzo lungo, sonnolento, spensierato, pieno di risate.

Scendendo dalla macchina non fui in grado di mantenermi in piedi e caddi a terra in ginocchio. Alcuni sassolini mi si conficcarono nei palmi delle mani. Si sentivano le chiacchiere e le risate. Mi appoggiai alla maniglia della portiera per alzarmi. Non meritavo di essere sua madre, una madre deve avere un sesto senso e accorgersi quando c'è qualcosa di strano e quando suo figlio potrebbe essere in pericolo. Non avevo saputo riconoscerlo quando ero arrivata lì per la prima volta e avevo conosciuto Fred e Karin e poi Julián. Avrei dovuto fuggire di corsa da quel trio infernale.

Quando vidi comparire Julián, che trascinava sulla ghiaia il suo piccolo Libertà, salii in macchina e gli feci cenno di seguirmi. Al Faro c'era troppa gente, erano tutti usciti a mangiare e a godersi la loro normalità, la loro fortuna. Mi facevano male anche solo guardandomi. Sarebbe stato meraviglioso stare seduta a uno di quei tavoli con Janín e con Santi.

Mi fermai a Punta Negra, e Julián dietro di me. Nella cala

c'erano più bagnanti di quanto mi aspettassi. L'acqua era di un color smeraldo che mi diede l'angoscia. Si intravedevano i pesciolini che nuotavano allegramente. Quando Janín fosse diventato più grande ci saremmo tornati a fare snorkeling, ma non fu un pensiero molto opportuno perché qualcosa mi si conficcò in gola e non riuscii più a respirare. Le lacrime mi si erano bloccate negli occhi, ero paralizzata.

Julián aprì lo sportello della macchina e lo guardai.

«Che ti succede?»

Non riuscivo a parlare, non riuscivo a raccontargli quello che succedeva, l'aria non mi passava dalla gola.

«Forza, scendi dalla macchina», disse spaventato.

Faticavo a muovermi e così entrò lui dall'altra portiera. Vedevo tutto come in un film, ogni movimento di Julián, i gabbiani che arrivavano fino al parabrezza della macchina e poi volavano via. Le persone con la fronte e le spalle arrossate che andavano verso qualche ristorante nelle vicinanze. Granelli di polvere e filamenti che tremavano nell'aria.

«Respira insieme a me», sussurrò Julián prendendomi per mano. «Così.»

Lo vedevo respirare esageratamente per spingermi a fare altrettanto. Credo che volessi morire, che non volessi vivere ciò che sarebbe potuto succedere a Janín.

Mi massaggiò il petto e scese di corsa per tornare con una bottiglia d'acqua. Se ne versò un po' tra le mani e me le passò sulla faccia e la fronte, sulla nuca.

«Bevi!» ordinò.

Scossi la testa. Non ci riuscivo.

«Cerca di inghiottire la saliva. Ti prego, vedrai che si sistemerà tutto, qualunque cosa sia.»

Mi mise di nuovo l'acqua in fronte e sulla nuca, mi bagnò le labbra. Quello che avevo in gola iniziò a disfarsi, cominciai a respirare e mi accasciai sul sedile. Julián lo abbassò.

«Riposati», disse. «Adesso ti do l'acqua.»

Bevvi un po' e chiusi gli occhi. Volevo dormire per tutto il tempo che mi restava da vivere. Dormire in mezzo al mondo vivo. Non essere nel mondo normale, essere in un altro mondo, dove esistessi appena.

Scese e tornò con una Coca-Cola.
«Hai bisogno di caffeina.»
Bevvi metà della lattina e mi raddrizzai. O morivo o dovevo reagire. Dovevo uscire da me stessa, dimenticarmi di me e pensare solo a Janín. In quel momento non contavo io, i miei sentimenti e le mie sensazioni non avevano importanza. Ero un soldato con una missione, e quella missione era l'unica cosa che importava. Le mie emozioni mi facevano sentire miserabile. Al diavolo le emozioni.
«Hanno rapito Janín.»
«Tuo figlio? Ne sei sicura?»
Un'altra volta quel nodo alla gola, un'altra volta le lacrime bloccate negli occhi. Ma lo vinsi, ingoiai la saliva, bevvi un sorso della Coca-Cola riscaldata dalla mano. E annuii.
«Un'amica lo ha portato a fare una passeggiata ed è tornata senza di lui. Lo hanno preso durante un momento di disattenzione.»
«Un'amica?»
Non risposi. Non era il momento di spiegargli chi erano Lucy e la sua amica Bea.
«Magari non ha niente a che vedere con la Confraternita. Forse lei si è disorientata, ha perso il bambino e adesso qualcuno sta cercando di trovare i suoi genitori.»
«Potrebbe anche essere così, ma non possiamo perdere tempo con stupide speranze. La cosa più logica è pensare che dietro tutta questa storia ci sia Martín, lo stesso che ha messo il biglietto anonimo nella borsa con gli orsetti. Ci stanno minacciando, Julián, non sono mie fantasie. Se, voglia il cielo, è come dici tu, qualcuno ce lo restituirà e non sarà successo niente, ma se non...»
«E cosa possiamo fare, da dove iniziare?»
I miei occhi da soldato cercarono i suoi, piccoli e grigi, tra le rughe e le palpebre, dietro le lenti a contatto e tutta una vita a me sconosciuta.
«Va bene. Andrò da Frida e mi consegnerò. Vogliono me. Ma prima non sarebbe male parlare con la tua amica.»
Ci avviammo verso la casetta.

Julián

Quando vidi Sandra così, mi spaventai. All'inizio aspettai accanto a Libertà che scendesse dalla macchina, ma siccome tardava a farlo mi avvicinai al finestrino e la vidi stravolta, con gli occhi spalancati, che respirava a fatica. Se non fosse stato per quel filo di fiato l'avrei data per morta. Capii subito che era successo qualcosa di grave e che quella gravità doveva avere a che fare con suo figlio. Il suo alito odorava di acetone, come quando Esther da bambina aveva la febbre molto alta, e le labbra le si erano seccate e spaccate; aveva i capelli appiccicati alla testa per il sudore. Per un istante fui tentato di chiamare un'ambulanza, finché non iniziò a riprendersi a poco a poco. Mi accorsi che fece un enorme sforzo di concentrazione e decise che doveva lottare.

Quando Esther mi aveva avvertito che dovevo andare al Faro con urgenza, sulle prime avevo cercato di non dare importanza alla cosa, ma poi avevo temuto il peggio e avevo dovuto prendere un tranquillante. E il peggio era successo, senza che avessi avuto il tempo di scoprire cosa voleva da me la Confraternita. Non volli dire a Sandra che se non avessi dato loro quello che volevano mi avrebbero semplicemente ammazzato come avevano fatto con Salva e forse lei non avrebbe rivisto Janín. O magari non lo avrebbero ucciso: se lo sarebbero tenuto, lo avrebbe cresciuto una coppia giovane e avrebbe avuto dei presunti nonni come Fred e Karin, che lo avrebbero educato nell'odio razzista e antisemita, nel disprezzo degli altri e di tutto quello che non poteva controllare e a cui non poteva aspirare, e lo avrebbero convinto che la sua famiglia e il suo gruppo fossero superiori al resto dell'umanità. Non gli avrebbero insegnato a superare le frustrazioni e le contrarietà e non sarebbe riuscito a sopportare che il mondo non si adattasse alla sua volontà. Povero bambino.

Quando arrivammo alla casetta, il silenzio era sconvolgente. Gli insetti ronzavano intorno alle piante e al limone che faceva ombra a una delle finestre basse. Era fin troppo piacevole, l'atmosfera ideale per mangiare in giardino e poi fare un pisolino senza pensare a niente, lasciandosi trasportare soltanto dal piacere e dalla noia.

Non appena sentì la macchina e il motorino, Santi aprì il cancello e uscì. Dietro di lui sopraggiunse una ragazza bionda con la faccia rossa e gonfia, che immaginai fosse l'amica.

«Stiamo aspettando la polizia», annunciò Santi guardandomi con odio, dando per scontato che la mia presenza nelle loro vite non fosse né normale né positiva. E aveva ragione.

«Sei tu quella che era con il bambino?» chiesi alla ragazza bionda.

Aveva gli occhi grandi e rotondi circondati da palpebre così gonfie che le occupavano tutto il volto. Si avvicinò a Santi e gli appoggiò la testa sulla spalla, ma lui si spostò delicatamente e andò verso Sandra.

«Farò delle fotocopie di questa foto di Janín e le attaccheremo in paese», disse Santi.

Io e Sandra ci scambiammo un'occhiata: dubitavamo che fosse una buona idea.

«Perché non aspettate che arrivi la polizia? E nel frattempo», aggiunsi rivolgendomi alla ragazza bionda, «mi racconti quello che è successo.»

«Si chiama Lucy», intervenne Sandra. «È la compagna di Santi.»

«Bene, Lucy, ti sei distratta mentre compravi qualcosa?»

Scoppiò a piangere e mi spiegò faticosamente quello che aveva percepito fosse successo. Santi andava su e giù sfregandosi le mani e la distraeva.

«In qualche momento hai notato, hai avuto anche solo la minima sensazione che qualcuno ti sorvegliasse, di vedere la stessa persona in posti diversi? Non ricordi l'immagine di qualcuno che fosse in spiaggia e poi in gelateria e poi al Paseo Marítimo? Chiudi gli occhi e fai uno sforzo, di sicuro nella tua mente c'è una persona che ritorna.»

«Ma che succede? Che significa questo interrogatorio?» chiese Santi fuori di sé. Era normale che cercasse di sfogare la sua rabbia con qualcuno e che quel qualcuno, davanti a

Sandra e a Lucy, fossi io. «Il fatto che mio figlio porti il suo nome non le dà diritto...»

Cercai il viso e gli occhi di Sandra, ma lei teneva lo sguardo basso. Il bambino si chiamava Julián e Sandra non mi aveva detto niente. Perché non mi sentissi in debito con loro? Per non stabilire legami familiari? Chissà. In ogni caso non potevo non fare niente, dovevo tentare qualcosa.

«Vado da Frida», dissi a Sandra.

«No, aspetta», ribatté lei. «È meglio se andiamo a casa di Martín e di sua madre, la Scarmigliata. Tu mi aspetterai in macchina. Dirò loro che so dove possono trovarti, ma che devono restituirmi Janín.»

Sandra si rivolse a Santi.

«Parliamo di gente molto pericolosa. Quando verrà la polizia, racconterete loro quello che sapete; che facciano quel che devono fare, ma di questa gente non dite neanche una parola, perché potrebbero fare del male al bambino.»

«Sei pazza da legare, e anche tu», disse Santi riferendosi a me. Aveva ricominciato a darmi del tu perché io non ero né suo padre né un vecchio rispettabile. E pensai che fino a quel momento era stato un bravo ragazzo.

Sandra

La presenza di Julián mi confortava. Lui era l'unico al mondo che sapeva tutto ciò che sapevo io sulla Confraternita, oltre naturalmente ad altre cose che non mi aveva raccontato. Presi dal frigorifero due bottiglie d'acqua e una la diedi a lui. Non potevo perderlo per niente al mondo, era l'unico che poteva aiutarmi a ritrovare Janín. Santi si lasciò cadere sul divano con le mani tra i capelli.

«Dal commissariato ci hanno detto che sarebbero venuti subito.»

Lucy si avvicinò timidamente a me.

«Il bambino sta bene, gli fa solo male il dente che gli sta spuntando, spero che non pianga molto.»

Julián non mi disse una cosa che sapevamo entrambi: non è facile tenere nascosto un bambino che piange perché ha fame, perché gli fa male un dentino. Non è facile tenerlo nascosto per molto tempo, anche in un posto come Dianium, dove la Confraternita si era nascosta per cinquant'anni.

«Secondo me, per il momento sarebbe meglio non far circolare la foto», disse Julián allacciando la cintura di sicurezza.

Ero d'accordo. Guidai nervosa: la strada che portava a casa di Martín mi sembrava interminabile e caotica con tutte quelle viuzze strette, le svolte, le api che succhiavano i mandorli e i cespugli di rosmarino. E prima di arrivare mi fermai per tranquillizzarmi.

«Non ti preoccupare di farti vedere nervosa, è tuo figlio, l'importante è che dichiari con grande chiarezza che sai dove trovarmi. E non dire altro, lascia parlare loro. Sono loro quelli che vogliono qualcosa in cambio di tuo figlio.»

Mi rasserenai il più possibile, mi dissi che ero un soldato e che non potevo permettermi di essere debole. Parcheggiai in un punto che dalla casa non si vedeva, in una rientranza, e mi diressi a piedi verso il cortile di cemento. Riconobbi i grandi vasi con i cactus mezzi secchi che costeggiavano l'ingresso.

Uscì a ricevermi Thor, il cane di Elfe. Abbaiò nervoso contro di me. La casa era aperta, aveva un aspetto malandato, e fui indecisa se fosse il caso di entrare.

«Lasciami in pace», ordinai al cane, facendo scorrere una tenda con le perline.

Si entrava direttamente in un'ampia cucina in penombra. Avrebbe potuto essere carina se non fosse stata piena di cianfrusaglie sporche e senza un solo particolare grazioso. Sul tavolo di legno c'erano residui di pizza. Il cane si stava stancando di abbaiare quando la madre di Martín uscì dal retro. Aveva una vestaglia a fiori e le ciabatte viola ai piedi. E una pistola in mano.

«Siediti!» mi intimò, evidentemente abituata a dare ordini e a farlo non per piacere ma per risentimento, per un odio vago e generale che includeva anche me.

Avvertii la pressione nel petto e facevo fatica a farmi uscire le parole di bocca.

«Dov'è mio figlio?»
Per un secondo sembrò sconcertata.
«Tuo figlio? Credevo che fossi venuta per quell'Alberto del cazzo. Martín dice che lo hai aiutato tu a tradirci.»
Seguii il consiglio di Julián e per un po' non parlai, rimasi a guardare la faccia grossa e irosa di quella donna.
«Che cosa è successo ad Alberto?»
«Fattelo dire dal tuo amichetto. Lui lo sa.»
«Ti riferisci a Julián?»
«Al vecchio. Si chiama così?»
«Quando vedi Martín digli che so dov'è Julián, il vecchio, ma che glielo dirò soltanto se mi restituisce mio figlio.»
Abbassò la pistola e Thor scattò allerta. Andai verso la porta senza sapere che altro fare o che altro dire.
Julián mi aspettava in macchina.
«Ho visto solo la Scarmigliata, che mi ha puntato contro una pistola. Credo che non sappia niente.»
Il cervello mi pesava come una pietra. Tutti quei chilometri di neuroni che dicono che abbiamo, tutta la materia grigia e il sangue si erano fusi diventando una roccia e non mi lasciavano vedere cosa c'era dietro. La stanchezza e la tensione dell'attesa mi avevano sfinito e il collo e le gambe mi dolevano.
Mangiai una mela per senso di responsabilità verso un essere innocente e indifeso al quale mancava soltanto che sua madre svenisse. Prima di nascere, quando io avevo scoperto cos'era il terrore a casa dei Christensen, lui doveva aver avuto paura. Doveva essergli arrivata attraversando la placenta come l'acqua che bevevo e il cibo che ingerivo, e di tanto in tanto la sua minuscola memoria gli restituiva quella sensazione per cui sembra che le pareti del mondo stiano per schiacciarti. Io non avevo saputo proteggerlo né allora né adesso. Mentre altre madri trascorrevano la gravidanza ascoltando musica classica, facendo yoga ed essendo felici, io avevo trascinato mio figlio in un mondo feroce, dal quale non era così facile uscire.
Intraprendemmo il tragitto di ritorno verso casa.

L'atmosfera tesa della casetta si coglieva a un chilometro di distanza. E tra l'altro il caldo colpiva il parabrezza ed entrava in auto dai finestrini come aria dall'inferno. Bevvi l'acqua della bottiglia che mi aveva dato Sandra poco prima. A nessuno dei due venne in mente di accendere l'aria condizionata, ci sembrava osceno goderci qualunque piacere mentre il bambino era Dio solo sapeva dove. Il fatto che portasse il mio nome mi aveva commosso, era un gesto fin troppo buono e amabile. Non me lo meritavo, non avevo fatto niente per quella creatura, a parte metterla in pericolo da prima che nascesse. Sandra non aveva ancora imparato tutto, le restava da capire che nessuno è abbastanza buono e che, sapendo questo, si sarebbe evitata molte delusioni.

Quando parcheggiammo, vedemmo una macchina della polizia. Lucy era in giardino con due agenti. Il vicino della casa accanto era uscito per fumarsi una sigaretta con indosso il costume da bagno.

«Io sono la madre del bambino», disse Sandra appena li vide.

Erano due ragazzi giovani, che ci guardavano comprensivi. Uno di loro aveva un taccuino dove aveva annotato quello che gli aveva raccontato Lucy. L'altro mi lanciò un'occhiata.

«Sono un amico di famiglia», spiegai.

«Sospettate che qualcuno abbia qualcosa contro di voi?» chiese.

«Siamo in vacanza, qui non conosciamo quasi nessuno», rispose Sandra.

Il poliziotto che aveva il taccuino lo chiuse e disse che avrebbero fatto tutto il possibile e che avevano ancora la speranza che qualcuno avrebbe portato il bambino al commissariato. L'altro non confermò quelle parole, sembrava meno ottimista.

Chi poteva avere interesse per un bambino? I pedofili? I trafficanti di bambini? I trafficanti di organi? I figli di Satana dediti ai sacrifici umani? Quelli che ritengono che potrebbero prendersene cura meglio degli stessi genitori?

«Se hanno portato via borsa e passeggino, almeno avevano intenzione di accudirlo. Ci metteremo in contatto con voi appena avremo notizie.»

«Non stia a pensare quelle cose», mi disse Lucy. «A Janín non succederà niente di tutto questo.»

«Adesso leggi anche nella mente?» le chiese Sandra irritata, perché in fondo dava a Lucy la colpa della sparizione del bambino e, soprattutto, dava a sé stessa la colpa per non essere rimasta sempre con lui.

«No, ma so quello che prova. E sento che non gli sta succedendo niente di tutto questo.»

Lucy avrebbe potuto sembrare davvero un angelo, se si potesse credere agli angeli.

«Non ti ricordi di una frase che qualcuno può aver detto mentre era vicino a te e che ti è rimasta impressa per qualche motivo, perché era strana, o bella, o profonda, o superficiale?» le chiesi.

«In questo momento non riesco a pensare», rispose.

Erano due ore che Santi era andato in paese per fare le fotocopie della foto e perlustrare il luogo in cui il bambino era scomparso. Probabilmente stava facendo domande in giro e distribuendo le fotocopie e si sarebbe disperato sempre di più, non avrebbe saputo dove andare. Lo aspettammo seduti intorno al tavolo di legno del salotto. Di fronte c'era il bancone che ci separava dalla cucina e a sinistra il divano e due poltrone di vimini intorno a un tavolino basso con sopra un vaso di fiori freschi del giardino. Il box di Janín era accanto al divano con vari giochi di gomma dentro.

Le sedie erano di legno massiccio e duro, ma a nessuno venne in mente di sedersi sul divano né, men che meno, sulle sedie di plastica del giardino. Non volevamo continuare a vivere come prima, avevamo bisogno di tutta la scomodità possibile.

«Se ci sorvegliano, a quest'ora sapranno già che sei qua. Non so perché non vengano. Non so a che gioco giochino», disse Sandra.

«Magari non è il momento più opportuno per venire qui, e per questo non mi hanno ancora visto.»

Lucy ci ascoltava meravigliata.

«Non dovreste dire tutte queste cose alla polizia?»

Sandra la guardò con una durezza tale che Lucy si alzò e uscì in giardino.

«Non dirà neanche una parola», disse quando la vide uscire.

«Dobbiamo elaborare un piano», osservai io.

«Alberto potrebbe aiutarci. Lui potrebbe sistemare tutto, ma quella donna orribile dice che è morto... Julián, dimmi la verità, dov'è Alberto? È vero che è morto? Dimmi che non è così...»

Annuii.

Lei fissò il bancone della cucina. Uno sguardo gelido. Il giorno in cui tutta quella storia fosse finita sarebbe crollata.

«Alberto ti amava», dissi pensando a ciò che Elisabeth, la sua collega, mi aveva confidato alla fine di quella prima avventura a Dianium. «Lui non faceva parte della Confraternita. Faceva indagini su di loro come infiltrato e lo avevano scoperto... Gli è andata male.»

Rivolse il suo sguardo gelido su di me.

«Ma questo non ha più importanza», concluse.

Temevo il momento del ritorno di Santi. La sofferenza si moltiplicava in tutti quelli che volevano bene a Janín, diventando insopportabile. Entrò con le fotocopie in mano e andò direttamente verso il frigorifero per bere un po' d'acqua. La ingurgitò con disgusto e si asciugò la bocca con il dorso della mano.

«Nessuno sa niente», disse lasciando cadere i fogli sul tavolo.

Era il viso di un bimbo pasciuto e felice. Aveva gli occhi incorniciati da ciglia folte come quelli della madre, e una bocca dalle labbra sottili. La forma del naso si andava definendo. Sarebbe diventato un giovane attraente, alto come il padre e con un bel fisico. Il problema era che, come gli uomini della mia età e con le mie stesse caratteristiche sembrano tutti uguali, con i bambini piccoli succede la stessa cosa. Perciò chi avrebbe potuto individuare quel bambino in spiaggia sotto un ombrellone con una presunta madre al suo fianco? Ancor meno se lo avessero portato in un altro paese o su un'altra spiaggia e lo avessero tenuto in uno di quegli appartamenti della costa addossati gli uni agli altri.

«Non è stata una buona idea venire al mare», sbottò Santi guardando Sandra, «ma tu hai insistito.»

Sandra non rispose.

«E mi dispiace», continuò lui rivolgendosi a me, «ma ci serve il motorino. Devo attaccare questi cartelli e devo trovare mio figlio. Abbiamo bisogno della macchina e del motorino.»

«Ma certo», risposi. «Non c'è problema.»

Sandra

Ho sentito dire tante volte che la capacità dell'essere umano di sopportare quello che gli mette di fronte la vita è infinita. E cosa succede a quelli che si suicidano? Non sembra che tutti abbiano la capacità di reggere. La vita a volte è troppo difficile e inumana. Neanche la speranza è facile. Julián mi aveva raccontato di prigionieri che nel campo di concentramento avevano sopportato enormi sofferenze, umiliazioni e ingiustizie e che si erano tolti la vita quando erano usciti, non sopportando la mancanza della speranza che era stata strappata loro lì dentro. Fuori dal campo, nel mondo libero, non c'era un altro posto dove andare o dove qualcuno li aspettasse. Il mondo può essere un luogo molto buio. Alberto era stato ucciso e adesso non potevo neanche ricordarlo, non avevo né il tempo né lo spazio dentro di me. Non potevo piangerlo. E non potevo neppure permettermi di essere arrabbiata con Julián per avermi mentito finora.

Il giorno dopo, Julián andò a comprarsi un motorino di terza mano. Gli costava meno che noleggiare una macchina e io in quel frangente non potevo aiutarlo. Lucy rimase a casa, casomai ci fossero state novità o la polizia avesse avuto bisogno di qualche altro dato. Nel frattempo Santi attaccava cartelli e faceva domande in giro. Io ricacciai indietro le lacrime per Alberto e tornai dalla Scarmigliata. Avevo urgente bisogno della risposta di Martín.

Stavolta arrivai in macchina fino in fondo al viottolo. Oltre a Thor, uscirono altri due cani che non lasciavano presagire niente di buono. Non potevo rischiare di essere morsicata e di finire in ospedale, perciò rimasi in auto suonando il clacson perché qualcuno uscisse. Come sempre la porta era socchiusa, cosa che non sorprendeva, con quelle belve a proteggerla, ma non arrivava nessuno, la tenda di perline non si muoveva. Quella mattina non c'era vento e se possibile faceva ancora più caldo del giorno prima. Il fuoristrada, parcheggiato sotto un pergolato, era ricoperto da due dita di polvere e lo specchietto retrovisore brillava come un vetro nella sabbia del deserto. Non capivo perché fino a quel momento non avessi ricevuto un riscontro alla mia proposta. Era molto chiara: Julián in cambio di mio figlio.

Non potevo permettere che la ferocia dei cani mi facesse desistere dal mio proposito. Aspettai ancora un po'. Gridai dal finestrino. Se la Scarmigliata era dentro con la pistola nella tasca della vestaglia, si sarebbe innervosita sempre di più e non sarebbe riuscita a reprimere la propria collera. Probabilmente mi avrebbe sparato, anche se una cosa del genere non sarebbe stata vista di buon occhio dal resto della Confraternita, che mi voleva viva.

Aprii lo sportello della macchina lentamente, osservando la reazione dei cani. Thor infilò il muso dentro scodinzolando. Avvicinai la mano al suo muso: se avesse tentato di mordermi avrei richiuso la portiera con forza. Gli accarezzai la testa e poi anche il muso. Mi guardò con i suoi occhi neri innocenti. «Sei un tesoro», dissi soltanto a lui, mentre gli altri due piantavano le quattro zampe sul cemento grezzo del cortile e schiumavano di rabbia. Volevano ammazzarmi. «Che vi ho fatto?» gridai. Continuai a guardare Thor negli occhi mentre aprivo ancora un po' lo sportello. Gli altri cani cercavano di infilare la testa dove potevano. Sembrava che fossero nati odiandomi. Misi fuori una gamba e sentii diversi respiri e qualcosa di umido, ma non volli guardare, non volevo staccare gli occhi da quelli di Thor. Lui mi dava fiducia e un certo coraggio per tirare fuori anche l'altra gamba e finalmente potei scendere del tutto dalla macchina e mettermi in piedi.

Un cane nero e marrone, un dobermann, mi abbaiò contro pronto ad attaccare, finché Thor non gli mostrò letteralmente i denti. Si mise davanti a me per proteggermi e grugnì, disposto a qualunque cosa, a lottare contro quelle bestie addestrate a uccidere. Sembrava quasi che Thor crescesse sempre di più con il passare dei minuti, che avesse più peli, denti più numerosi e più grandi e pessime intenzioni. Gli altri indietreggiarono tenendosi a distanza di sicurezza da noi: l'ombra del mio protettore sfiorava loro le zampe. Era così arrabbiato che non mi azzardai ad accarezzargli di nuovo la testa finché non l'alzò verso di me per guardarmi. «Grazie», gli dissi, mentre facevo qualche passo verso la casa. «Sei un cane molto buono e molto nobile, un vero cavaliere.» Lui procedeva al mio fianco sfiorandomi le gambe e io mi sentivo sicura. Le perline della tenda gli scivolarono sul dorso riempiendolo di colori, erano di plastica e muovendosi facevano un rumore leggero, come le pietruzze di un fiume quando le si calpesta. Penetrammo nell'oscurità fresca dell'interno. Gli altri cani rimasero fuori rassegnati, smisero di essere furiosi e di abbaiare. Thor si distese tra l'ingresso e la cucina, si meritava un po' di riposo.

Il silenzio era frastornante, non si udivano altri respiri se non quello del cane. Mi addentrai sempre di più in casa. La cucina era come la volta precedente, con residui di pizza su una scatola di cartone e bottiglie di birra. Toccai gli avanzi e non erano freddi, perciò dedussi che avevano mangiato poco prima. In qualunque altro momento il cuore avrebbe preso a battermi a cento all'ora, ma adesso non avevo un cuore. In fondo a sinistra c'era una porta grigia che nascondeva un bagno un po' lercio con particolari maschili e femminili: rasoi usa e getta e creme per il viso. Non c'erano gocce d'acqua né nel lavabo né nella doccia. Da una porta si usciva in un cortile sul retro, nel quale vidi biciclette, rottami vari e un nespolo agonizzante. Sembrava che le stanze fossero sulla destra. Una porta era chiusa a chiave; aprii l'altra con enorme circospezione, sperando di trovare qualcuno che faceva un riposino, magari Martín, con un po' di fortuna.

Non ebbi fortuna. C'era un letto rifatto. Probabilmente era della Scarmigliata. A una sedia era appesa la vestaglia a fiori con la quale mi aveva ricevuto la volta precedente e a terra c'erano le ciabatte con cui si sentiva a suo agio quando era in casa. Tastai la vestaglia per vedere se avesse lasciato la pistola nella tasca, poi aprii un armadio sgangherato che produsse un rumore di cardini male oliati. Rimasi paralizzata, le orecchie tese. Su una mensola vidi una coperta piegata ma pensai che la Scarmigliata non fosse così ingenua da tenere lì la pistola.

E invece lo era stata.

Era la prima volta in vita mia che tenevo un'arma in mano, senza la minima idea di come usarla. Cercai i proiettili e li trovai in una scatola di caramelle. Ne presi una manciata, non di più. Avevo lasciato la borsa in macchina e non sapevo dove mettere tutta quella roba per non tenerla in mano, perché qualcuno avrebbe potuto vedermi oppure i cani avrebbero potuto innervosirsi se avessero sentito odore di polvere da sparo. L'unica cosa che potei fare fu infilarmela nei pantaloni, tra i reni e la cintura, come avevo visto fare tante volte nei film. Era fredda, ma iniziò subito a riscaldarsi, adeguandosi alla temperatura del mio corpo. Avevo paura che scivolasse verso il basso o che partisse un colpo. I proiettili mi facevano sudare la mano.

Tornai rapidamente verso la porta percorrendo il corridoio e attraversando la cucina. Fui tentata dall'idea di dare un po' d'acqua a Thor, ma non potevo perdere tempo; immaginai che i cani avessero una ciotola per bere, non mi sembrava logico che li lasciassero morire di sete, ne avevano bisogno. Il mio guardaspalle si alzò e si preparò stancamente ad accompagnarmi fuori. Sulla porta gli altri due si sollevarono con quelle espressioni arrabbiate con cui il povero Thor avrebbe dovuto convivere e che avrebbe avuto sempre sotto gli occhi. Procedevamo lentamente per non irritare le belve e il tragitto fino alla macchina mi sembrò eterno. Una volta a bordo tirai fuori la pistola e la posai sul sedile. Dovevo andarmene di lì il prima possibile. Adesso sì che tutti i cani mi inseguirono abbaiando. Se non avessi incrociato la Scarmigliata sarei stata molto fortunata. Se non mi avesse visto, non avrebbe saputo che ero stata io a portarle via la pistola e fortunatamente i cani non potevano parlare. Speravo che i vicini non mi avessero notato, cosa che con il caldo che faceva era più che probabile; d'altra parte quel nascondiglio era molto isolato. Cercai di rimanere ferma il meno possibile all'incrocio tra il viottolo della casa e quello che portava alla strada principale; probabilmente era l'unico posto in cui qualche curioso avrebbe potuto notare la mia macchina. Non mi piaceva affatto l'idea che qualcuno dicesse alla Scarmigliata: ho visto uscire da casa tua una Ford Fiesta grigio metallizzato, a bordo c'era una ragazza mora. Probabilmente si sarebbe infuriata e avrebbe trasmesso quella furia a Martín e Martín a chiunque trattenesse il mio povero Janín.

Sulla strada del ritorno verso la casetta non controllai se qualcuno mi stesse seguendo. In ogni caso la Confraternita sapeva perfettamente dove vivevo ed era lì che stavo andando. Approfittai di uno stop per riporre la pistola e i proiettili nella borsa.

Quando arrivai, Lucy stava parlando con uno dei due poliziotti che erano già stati da noi. Non avevano avuto fortuna, nessuno aveva visto niente e il tempo passava. L'unica pista che potevano seguire era molto vaga: un bambino che piangeva molto su un passeggino Jané Muum spinto da un ragazzo moro e da una donna bionda sulla strada principale. I bambini si assomigliano tutti, i passeggini si assomigliano tutti, le coppie si assomigliano tutte. Era come cercare un ago in un pagliaio.

Gli chiesi se potevo parlare direttamente con la persona che li aveva messi su quella pista. Mi sembrò titubante e mi disse che loro sapevano come farsi dare informazioni senza rivelare particolari che poi il testimone avrebbe creduto di aver visto. Io avrei potuto confonderla. Era una donna che al momento del rapimento o smarrimento stava aspettando suo marito in strada, e siccome non aveva nient'altro da fare osservava la gente che passava e tra gli altri aveva notato quella coppia. Il giorno seguente, dopo essersi imbattuta in uno dei cartelli che Santi stava attaccando come un pazzo per tutto il paese, si era ricordata di quella coppia e di quel bambino ed era andata in commissariato.

«Questa donna ha fatto caso ai vestini del bambino?»

«Non se lo ricorda. Dice che sembrava che gli facesse male la bocca. Lei ha avuto quattro figli. È l'unica cosa che abbiamo, ossia molto poco, quasi niente. Dove non ci sono genitori giovani con bambini piccoli in questa località?»

Mi stavo trattenendo per non perdere tutta la speranza, per non crollare. Il poliziotto con la divisa rappresentava la realtà implacabile. Non volevo che mi guardasse né che guardasse il suo taccuino. Mi lasciai cadere su una sedia della cucina.

«Si tranquillizzi, stiamo facendo tutto il possibile, lasci che ce ne occupiamo noi. Da dove sta tornando?»

Era una follia pensare che mi sarei tranquillizzata perché me lo diceva lui, e come avrei potuto lasciare che se ne occupassero loro? Loro non sapevano niente, non avevano neanche la minima idea di ciò che stava succedendo. Come avrebbero potuto?

«Mi scusi. Vorrei sapere da dove sta tornando», insistette.

Se glielo avessi detto, cosa avrebbe fatto? Non perché aveva una faccia da bambino – sembrava piuttosto affidabile – ma perché si aspettava qualunque cosa tranne quello che gli avrei raccontato e ci avrebbe messo molto a reagire e forse avrei soltanto compromesso ancora di più la situazione. Cosa avrebbe pensato se avesse rovesciato il contenuto della mia borsa sul tavolo e avesse visto la pistola e i proiettili? Forse avrebbe sospettato di me.

«Sono stata a fare un giro in paese, per la spiaggia, per il Paseo Marítimo. Non riesco a stare con le mani in mano.»

«Perché non aiuta suo marito ad attaccare i cartelli?»

«Perché i bambini si assomigliano tutti, a meno che non abbiano una caratteristica distintiva. Credo che non serva a niente.»

«Ma bisognerà pur provare, no? O crede che sia inutile provare?»

«Senta, è un bambino piccolo. Sono disperata. Vorrei incontrare la donna che crede di averlo visto.»

Sapevo che si aspettava che piangessi. Non si aspettava occhi asciutti e duri. Non si aspettava ciò che lui avrebbe chiamato compostezza esagerata e che io chiamavo disposizione disperata alla lotta. Lo deluse che non mi si incrinasse la voce, lo deluse sentire la voce neutra di chi non può permettersi di abbandonare un tono monocorde per non impazzire. Sapevo molte cose che lui non avrebbe mai potuto indovinare.

Lucy mi portò un bicchier d'acqua e ne offrì un altro al poliziotto. Lui rifiutò come se si trattasse di un bicchiere di whisky, mentre io bevvi tutto d'un sorso e anche questa era una cosa che il poliziotto non si aspettava da me, come se non voler morire disidratata risultasse sospetto. Avevo la bocca impastata dalla polvere e dalla sabbia della casa sgangherata della Scarmigliata.

«Un'altra cosa», aggiunse il poliziotto. «Dove posso trovare l'anziano amico di famiglia», guardò il taccuino, «Julián, se non ricordo male?»

Dovevo pensare in fretta. Non potevo dargli il nome dei Tre Ulivi se non volevo che si presentassero lì, perché qualcuno avrebbe fatto immediatamente due più due. Ma non potevo neanche soffermarmi molto a pensare perché il poliziotto mi guardava senza battere ciglio.

«Alloggia in un residence.» Mi misi la mano in fronte. «Non ricordo come si chiama. È uno di quei nomi tipo Mandorli o Oleandri. Gli dirò che lo cercate non appena viene a trovarci; non ha il cellulare.»

Lui chiuse il taccuino e uscì.

Doveva pensare che fosse un caso strano. E lo era.

Dalla prima volta che ero stata a Dianium avevo capito per sempre che in questa vita tutto è strano, anche se non lo sembra.

Julián

Il mio nuovo motorino era vecchio quasi quanto me. Aveva così tante cicatrici che adesso mi avrebbero fatto comodo le vernici spray che avevo acquistato al centro commerciale per nascondere il graffio sulla BMW di Pilar. Non so perché le avessi buttate. Avrei chiamato anche lui Libertà e, se si fosse comportato bene, quando avremmo ritrovato il bambino avrei comprato un barattolo di vernice rossa e un pennello e l'avrei verniciato. Mi chiesi dove potevano aver nascosto il piccolo. Doveva trattarsi di un posto in cui i pianti di un bambino non avrebbero attirato l'attenzione. In un qualunque complesso di appartamenti per famiglie. Di solito i turisti si scollegano dal mondo reale e non ascoltano le notizie, non vogliono complicazioni, non fanno caso agli altri in termini problematici o tragici. È come se, siccome loro sono in vacanza, anche il mondo, la storia e i drammi fossero in ferie. Ciò che sapevo era che dovevo procedere con il mio piano e scoprire cosa volevano da me. In ogni caso, sarei passato da Villa Sol, per controllare se c'erano segni di vita, e poi dalla vecchia casa di Otto e Alice.

Lo feci senza speranza, per scartare possibili nascondigli e non rimanere con la sensazione di aver lasciato qualcosa di intentato. Ero stato tante volte a Villa Sol. L'ultima per recuperare le cose di Sandra in un giorno freddo, mentre lei mi aspettava in albergo, un anno e mezzo prima. Allora c'erano meno persone da proteggere e non c'erano altre possibili vittime. Pensavo che dopo essere sopravvissuto a Mauthausen e aver scoperto la Confraternita di Dianium, mettere in pericolo Sandra e poi salvarla fosse stata la cosa più difficile che avessi fatto in vita mia, e non potevo immaginare che mi aspettava qualcosa di ancor più complicato.

Gli alberi di Villa Sol, alti più di dieci metri, lanciavano bagliori verdi nel cielo. Il cancello di ferro all'ingresso era stato ridipinto di recente e c'era odore di prato bagnato. Avrei inspirato profondamente tutta quella meraviglia se non mi avesse fatto orrore. Sul cancello, appeso con fili di ferro al caprifoglio, c'era un enorme cartello dell'agenzia immobiliare Best Houses: VENDESI.

Mi venne un'idea e non potei fare altro che andare alla casetta a cercare Sandra. Se avessi potuto, avrei evitato di affrontare di nuovo Santi, nella cui vita in qualche modo avevo portato la disgrazia, così come in quella di quell'essere angelico, Lucy, che avevo messo in una situazione infernale. Con la mia ansia di vendetta o di fare giustizia o di non tradire il mio amico Salva, stavo gettando degli innocenti tra le braccia dei mostri. Li stavo aiutando ad avere un senso, un nemico comune, che in quel momento ero io.

La casetta era silenziosa, un po' tremolante per la caligine, come se dovesse svanire da un momento all'altro davanti ai miei occhi. Proprio come temevo, fu Santi a venire ad aprire. Occupava tutto lo specchio della porta, con la camicia aperta e il petto nudo, un petto giovane ma normale, senza tracce di palestra o anabolizzanti. Aveva la barba lunga di vari giorni e gli occhi rimpiccioliti a furia di non dormire o di provare a farlo a forza; i capelli erano appiccicati alle orecchie e alla fronte. Il tatuaggio che avevo già visto la volta precedente lo collocava nella sua fascia di età. Portava i jeans e un paio di scarpe da ginnastica per poter uscire di corsa senza perdere tempo in caso di necessità. Mi guardò con durezza, la durezza che provava di fronte al mondo che gli aveva strappato suo figlio, la sua tranquillità e quel modo di vivere preoccupato per le piccole cose. Io arrivavo dal mondo duro.

Non disse niente.

Sandra e Lucy si precipitarono all'ingresso. Qualunque parola, qualunque rumore, semplici passi che si avvicinavano alla porta avrebbero potuto portare la notizia tanto attesa. Il campanello li faceva sussultare come uno sparo.

Ma ero soltanto io, in un bagno di sudore.

«Entra, entra», disse Sandra prendendomi per un braccio e tirandomi dentro.

Mi tolsi il berretto non appena sentii di essere all'ombra.

«Portagli un bicchiere d'acqua non troppo fredda», ordinò Sandra a Lucy.

Lucy, dalla prima volta che l'avevo vista, stava perdendo armonia. Andò verso la piccola cucina muovendo in modo scomposto le braccia e le gambe sotto un vestitino con le spalline che in una situazione diversa avrebbe destato l'attenzione di qualunque giovanotto.

«La polizia ha chiesto di lei», disse con degli occhi, una bocca e una voce che in un'altra circostanza sarebbero stati belli.

Nelle mani della Confraternita la vita era sempre buia, tragica e crudele. Ma perché i nazisti di tutti i tempi, quelli e questi, erano così grotteschi e crudeli? Lucy si aspettava una qualche reazione con alcuni capelli biondi tra le labbra secche.

«Per il momento nessuno dirà loro niente di Julián», intervenne Sandra guardando fisso Lucy e Santi.

«Devo proporti una cosa», le dissi.

Sandra

Anche se non sapevamo se sarebbe servito, seguimmo il suggerimento di Julián: io e Santi andammo alla Best Houses, un'agenzia immobiliare che si trovava su uno sperone di roccia tra la baia e la parte interna del paese. Lo costrinsi a farsi la barba e a mettersi una camicia pulita. Gli dissi di farsi guidare da me, di non meravigliarsi di niente e di non fare facce strane. Gli spiegai che era tutto per il bene di nostro figlio e che se a un certo punto il bambino era stato in una casa che avremmo visitato, me ne sarei accorta.

«Non so perché ti fidi di quello lì», obiettò riferendosi a Julián. «Gli obbedisci in tutto. Non ti rendi conto che è un manipolatore?»

Feci una smorfia che sembrava un sorriso, non potevo fare altro. Si sorride perché si è felici o perché qualcuno si sbaglia del tutto e ci vorrebbe un secolo per farglielo capire.

«Non so cosa ne sarebbe stato di me se non lo avessi incrociato sulla mia strada. E questo dovrebbe bastarti.»

Parcheggiò accanto al marciapiede.

«Tranquillizzati, siamo una coppia che vuole comprare una casa. Non vogliamo spaventare nessuno.»

L'incaricato ci lanciò un'occhiata esperta: eravamo davvero interessati a comprare o eravamo soltanto due curiosi che non avevano niente da fare? Ci comunicò il prezzo di Villa Sol e aggiunse che aveva qualche casa simile ma con un prezzo migliore.

«Ci interessa quella», dissi. «Un mio amico l'ha affittata non molto tempo fa.»

Santi guardava dalla parte opposta. L'agente immobiliare lo teneva sotto controllo con la coda dell'occhio.

«Il problema è che sono da solo in ufficio. Dovrete tornare tra un'ora o due.»

Santi si alzò di scatto. «Tu fai come vuoi. Io me ne vado», sbottò guardando l'orologio. Mi alzai anch'io. Stavo per dire che saremmo tornati in un altro momento quando l'impiegato dell'agenzia aprì un cassetto.

«E va bene, chiudo un attimo.»

Parcheggiammo davanti al cartello VENDESI, che avrebbe potuto segnare la fine di una storia, anche se non per loro, loro continuavano a esserci.

«Perché la vendono? È molto bella», osservai.

«I proprietari sono molto anziani. Non se ne possono occupare e hanno deciso di tornare al loro paese. La vita cambia. Noi però ci occupiamo assolutamente di tutto, dalla manutenzione alla gestione.»

Aprì il cancello di ferro. Attraversammo il giardino, piuttosto ben curato. Solo l'acqua della piscina era verdastra e piena di foglie. L'incaricato dell'agenzia mi lesse nel pensiero.

«Non si preoccupi, non appena verrà pulita tornerà in perfette condizioni.»

Le stesse sdraio su cui ci stendevamo io e Karin, il gazebo con le sedie in ferro battuto. Rimanemmo tutti e tre per un secondo a contemplare la facciata, dalla cui porta sembrava che stessero per uscire da un momento all'altro lei e Fred. La tendina della finestra della cucina si mosse leggermente e il cuore mi si fermò per un attimo.

Il nostro accompagnatore aprì e ci disse di guardare per tutto il tempo di cui avevamo bisogno e poi di accostare il cancello, lui sarebbe tornato più tardi per chiudere a chiave. Confidava che non avremmo toccato niente e che non avremmo lasciato nessun rubinetto aperto. Alcuni mobili e suppellettili li avrebbero portati via i vecchi proprietari quando fosse arrivato quello nuovo. Feci un'altra smorfia che simulava un sorriso e che mi evitava di perdere tempo parlando. Santi guardò di nuovo l'orologio.

«Prendete nota dei dubbi e delle domande e poi ne parliamo in ufficio.»

Quando sentii la sua macchina che si metteva in moto, aprii la porta dello scantinato. Scesi di corsa. Santi mi seguì.

Avevano cercato di cancellare il sole nero dal pavimento, ma restavano alcune tracce dei raggi e il nucleo quasi intatto.

Feci a Santi un riassunto, il più veloce possibile, di quanto mi era successo lì. Lui continuava a essere perplesso e anche a me sembrava incredibile, un vero e proprio incubo.

«Qui si è tenuta la mia iniziazione. Si potrebbe dire che sono un membro rinnegato della Confraternita. Quella notte sudavo, avevo freddo, ero molto malata. Mi hanno fatto scendere per queste stesse scale accompagnandomi giù in due, e sono stata sul punto di morire. E a quanto pare non mi lasceranno mai in pace.»

«Che cos'è quello?» chiese Santi osservando il pavimento.

«Un simbolo nazista, come quelli delle sette.»

Sapevo già cosa stava per chiedermi: come avremmo fatto a trovare lì Janín. Lo presi per mano per non farlo parlare, gli chiesi in silenzio di lasciarmi ricordare. Adesso sembrava una cantina innocente, con attrezzi ordinati accanto al muro e una finestrella al livello del giardino. Sedie impilate da una parte dove probabilmente si sedevano i membri della Confraternita per ascoltare Dio solo sa cosa e un tappeto arrotolato in un angolo con cui coprivano il sole nero.

Tornammo nel salone. Sul divano c'era ancora l'impronta ritorta di Karin. In cucina, il servizio da tè con il bordo dorato sulle tazze e sui piatti era sparito, al suo posto ce n'era uno da quattro soldi. Ci spostammo nello studio-biblioteca e aprii l'armadio dove Fred custodiva la sua uniforme delle SS. Non c'era neanche quella. Lo raccontai a Santi, che mi guardava aprire e chiudere sportelli e ante e andare avanti e indietro in cerca di qualcosa, che non sapevo neanch'io cosa fosse.

Restavano i libri e la scrivania di mogano. Decisi di salire le scale, di calpestare ancora una volta il marmo rosa con qualche macchia più scura su cui avevo tenuto lo sguardo fisso quando mi avevano portato nello scantinato in preda ai brividi della febbre. Sulla balaustra con i decori in ferro battuto la polvere si depositava tra le foglie e le rose delicate. Sul corrimano di mogano Karin e Fred avevano lasciato impressi i palmi delle loro mani per sempre. Mi sentii nauseata come se l'atmosfera fosse avvelenata, avevo lo stomaco sottosopra. Entrai in quella che era stata la mia stanza.

«In questa camera mi hanno tenuta prigioniera e ho avuto paura che volessero portarmi via mio figlio», spiegai a un Santi sconcertato, che iniziava a chiedersi se non avessi bisogno di aiuto psicologico.

Lo stesso letto, le stesse tende con i fiorellini azzurri, un armadio nel quale mettevo la mia sacca con i vestiti – credo che non fossi mai arrivata al punto di appenderli alle grucce. In quella stanza ero stata molto malata, battevo i denti nel letto, e lì nel cuore della notte avevo visto le grandi mani di Fred avvicinarsi alla mia pancia. Quante cose avevo pensato e sentito lì dentro. Sul tavolino c'era un disegno che probabilmente avevano lasciato i figli dell'inquilino che aveva trascorso lì l'estate precedente. Non avrebbero mai potuto immaginare quanto avessi vomitato nel lavandino con i grandi girasoli gialli del bagno del corridoio, per colpa della febbre e della paura. Se chiudevo gli occhi in quel momento riuscivo a sentire i passi corti e pesanti di lei e quelli lunghi di lui che saliva le scale e mi si avvicinava.

La stanza di Fred e Karin era sempre in penombra, con le imposte chiuse. La luce che riusciva a entrare si allungava sul copriletto e i cuscini di raso color salmone, che tanto piacevano a Karin e che tanto doveva esserle costato abbandonare. L'armadio vuoto indicava che era riuscita a portarsi via i vestiti, le pellicce e i gioielli. In cassaforte non c'era niente. Mi ricordai del vestito rosso di Karin steso sul copriletto rosa e della collana di brillanti. Neanche una traccia di tutto questo, eppure loro continuavano a esserci, e loro si erano portati via mio figlio. In qualche modo le grandi mani di Fred erano arrivate fino a lui.

Diedi una rapida occhiata a tutte le altre stanze e scendemmo rapidamente le scale. Santi mi seguiva. Dopo un minuto eravamo all'uscita, con Julián ce ne avrei messi dieci. Forse però Julián avrebbe notato qualcosa, si sarebbe reso conto di un dettaglio a cui io non avevo fatto caso. Un'ultima occhiata al giardino, per controllare se ci fosse qualche particolare che potesse avere un legame con Janín.

«Allora era vero quello che mi hai raccontato della Confraternita e dei nazisti che vivevano qui e che ti hanno quasi ucciso?»

«E perché avrei dovuto mentirti?» dissi chiudendo il cancello, come ci aveva chiesto di fare l'agente immobiliare.

«Credevo che esagerassi. Credevo che ti fossi messa con qualcuno e che non avessi voglia di darmi spiegazioni.»

«Qualcuno c'è stato. È stato lui a salvarmi e ci penso tutti i giorni. Dicono che sia morto. Nostro figlio è stato rapito da loro e noi sappiamo chi sono. Chiama Lucy. Chiedile di dire a Julián di venire in motorino, noi siamo già stati a Villa Sol e lo aspettiamo nei dintorni della casa di Otto e Alice.»

Julián

Quando rimasi solo con Lucy capii che avremmo potuto parlare un po' con calma. Preparò il tè, tra lacrime di senso di colpa, e lo prendemmo al tavolo del salotto seduti sulle sedie dure di legno massiccio, finché non le dissi che avevo bisogno di mettermi un po' comodo sul divano.

«È questione di sopravvivenza più che di comodità, sono terribilmente vecchio», confessai.

«Prego», fece lei, mentre raccoglieva alcuni bavaglini del bambino, li piegava accarezzandoli e se li portava al naso e alle labbra.

«Si tolga pure le scarpe se vuole», aggiunse, e mi avrebbe fatto piacere, ma non ebbi il coraggio di farlo, nel caso Sandra e Santi fossero tornati all'improvviso e Santi avesse interpretato male la cosa.

«Questo tè è buonissimo», osservai.
«È al ginseng», spiegò meccanicamente.
«È da molto che stai con Santi?»
«Da quando Sandra lo ha lasciato. Be', in realtà non sono mai stati veramente insieme. Io la capisco. A lei non piace tanto quanto a me. È normale che lo abbia mollato.»
«Certo», dissi pensando che alla mia Raquel Sandra e Lucy sarebbero piaciute. Le sarebbero sembrate delle brave ragazze e avrebbe pensato che non fosse giusto che succedesse loro una cosa terribile come perdere Janín.
«Perciò stavate facendo compere al mercatino, vi eravate distratte con collane, bracciali e cose del genere e all'improvviso ti sei accorta che non sentivi più il contatto con il passeggino del bambino.»
Si mise a piangere con le mani sul volto, nascondendosi al mondo. «Una cosa del genere. L'ho raccontato così tante volte che non so se è andata esattamente così oppure sono arrivata a credere che sia andata così.»
«È normale. Lo hanno portato via nel giro di pochi secondi. Adesso quello che devi pensare è che lo troveremo e che andrà tutto bene. Non fissarti sugli errori che credi di aver fatto, perché questo ti blocca. Immagina di essere qualcuno che stava osservando la scena dall'esterno. Cosa vedi?»
«Non lo so. C'era molta gente e in quel momento Janín non piangeva per il dente, era distratto da tante cose e contento, gli avevo appena dato un succo di frutta nel biberon e un bacio sulla testolina. Odio Bea.»
«Com'era l'ambulante della bancarella?»
«Era una donna. Una ragazza un po' hippy e un po' techno, con il piercing sul labbro. È lei che fa i gioielli.»
«Sono belli?»
«Di ottone, molto carini.»
«C'era qualcun altro alla bancarella?»
«No, soltanto lei.»
«E qualcuno che guardava i gioielli come te e Bea? Ti ricordi di altre persone vicino a voi?»
Lucy si stava sforzando, ma il suo senso di colpa era così

forte che vedeva soltanto sé stessa che si faceva portare via il bambino.

«Hai notato un respiro dietro di te, qualcuno ti ha sfiorato o ti ha leggermente spinto?»

«Ho notato la risata di Janín mentre mi provavo una collana e ho continuato a sentire il suo piedino contro la gamba.»

«Ti dava qualche colpo di tanto in tanto? Qualche calcetto?»

«Sì, certo.» Si fermò a pensare, muoveva gli occhi cercando qualcosa tra le loro membrane. «Credo di aver smesso di sentire il suo sandaletto già mentre stavo pagando. C'è stata un po' di confusione perché volevamo pagare tutti nello stesso momento e la ragazza con il piercing non aveva il resto per tutti.»

«Hai visto qualcuno di quelli che stavano pagando insieme a te?»

«Ho la sensazione di aver visto con la coda dell'occhio una donna bionda con i capelli corti, una straniera.»

«Perché hai fatto caso a lei?»

«Non ci ho fatto caso.»

«E allora perché l'hai guardata con la coda dell'occhio?»

«Mi ha un po' spinto. Ho sentito il suo braccio contro il mio. E per questo l'ho guardata per un attimo.»

«Ed è stato in quel momento che hai smesso di sentire il sandaletto del bambino contro la gamba?»

Lucy mise la testa tra le braccia come cercasse di scappare attraverso un buco.

«Non lo so», piagnucolò. «Era la bancarella di un mercatino, è stato tutto molto rapido. Io cercavo di pagare una collana e Bea dei bracciali.»

«Sì che lo sai. Non aver paura di ricordare.»

«Credo di sì, forse è stato in quel momento», disse disperata. Aveva esaurito la pazienza.

«E dici che una donna ha dichiarato alla polizia di aver visto sulla strada principale una coppia con un bambino su un passeggino che avrebbe potuto essere Janín?»

Annuì dolendosi di essere la causa di tutta quella storiaccia. Avrei potuto raccontarle che avevo più colpe di lei, ma avevo la mente occupata da quella coppia che, secondo quanto aveva riferito la testimone, non aveva caricato subito il bambino in una macchina per portarlo lontano, e questo mi faceva dubitare che si trattasse davvero di Janín.

Portava il mio nome, avrebbe potuto essere mio nipote e non ero neppure sicuro di essere in grado di riconoscerlo. Lo avevo visto di sfuggita un giorno alla casetta. I suoi genitori e i suoi veri nonni se lo erano goduto molto poco e lui non era arrivato a essere cosciente neppure della propria esistenza. Doveva provare gioia e dolore senza sapere nemmeno cosa fossero. Per quanto male il Macellaio e altri come lui avessero fatto al campo a me, Salva e Raquel, non era paragonabile al male che avrebbero potuto fare al figlio di Sandra. Aver messo nelle mani della Confraternita quella creatura mentre cercavo di sgominarli sarebbe stato più terribile di qualunque altra cosa mi fosse capitata nella vita. Sandra, perché sei dovuta venire a Dianium? E perché hai dovuto incontrare i mostri? E perché ho dovuto aprirti gli occhi salvandoti o mettendoti in pericolo?

«Quando ti sei girata non hai più visto la donna bionda?»

«Non ho visto Janín e non ho fatto caso ad altro, cercavo soltanto lui con lo sguardo e ho iniziato a disperarmi.»

«Ma nel tuo campo visivo non c'era una testa bionda?»

Chiuse gli occhi, che sembrarono ancora più gonfi.

«O già non c'era più oppure io non ci ho fatto caso.»

Se la bionda era Frida, non era strano che agisse rapidamente e con quel sangue freddo che le scorreva nelle vene. Forse era accompagnata da Martín e, come una coppia normale, si erano mescolati alla gente del Paseo Marítimo per poi imboccare la strada principale dove li aveva visti la donna che si era presentata al commissariato. Naturalmente si trattava solo di supposizioni, di trovare qualcosa con cui andare avanti.

Lo squillo di un telefono mi fece sussultare. Lucy aprì gli occhi lentamente, faceva fatica a staccare le palpebre e a vedere di nuovo il salottino e me, ciò che si definisce la cruda realtà.

Rispose al telefono e si rivolse a me.

«Santi e Sandra vogliono che lei li raggiunga a casa di Otto e Alice. Chi sarebbero?»

Si possono commettere le più grandi atrocità e i più grandi crimini e può succedere che se ne accorgano solo in pochi, e che quei pochi se ne dimentichino in fretta. A volte non se ne accorge proprio nessuno. Lucy non aveva neanche la minima idea di chi fossero Otto e Alice, e come lei la maggior parte della gente.

Libertà II si mise in moto senza problemi. Tutte le volte che ci salivo c'era la possibilità che non partisse, proprio come quando io mi andavo a coricare di sera c'era la concreta possibilità che non mi svegliassi, o che mi svegliassi in pessime condizioni, perciò fu una fortuna che riuscissi a guidare fino a Tosalet senza schiantarmi in qualche curva.

Nella piazzetta mi aspettava Santi, che salì dietro di me.

«E Sandra?» chiesi.

«Ci aspetta lì», rispose.

Lei aveva già saltato lo steccato e aveva aperto la porta dall'interno.

Lucy

Mi ero innamorata di Santi nel momento stesso in cui lo avevo conosciuto; tutte le stupidaggini che facevo le facevo perché volevo piacergli e sentivo che, se fossi stata me stessa, non gli sarei mai piaciuta abbastanza. Lui avrebbe sempre amato Sandra, la madre di suo figlio, proprio come il sole spunta ogni mattina, come in un giorno ci sono ventiquattro ore e come abbiamo bisogno di ossigeno per vivere. Ci sono cose che, per quanto impegno possiamo metterci, non cambiano. Teneva la sua foto nel portafogli, e non permetteva che si buttasse niente che lei aveva lasciato in casa sua, neanche uno scontrino del supermercato. Capivo anche che Sandra mi disprezzava un po', le sembravo una stupida. E aveva ragione, quando c'era lei non ne facevo una giusta, quando non c'era mi paragonavo sempre a lei e più mi sentivo diversa da Sandra meno credevo che sarei piaciuta a Santi. Il colmo di tutti i passi falsi fu andare a Dianium con loro. Lo feci perché lui non si dimenticasse di me, perché la presenza di Sandra non mi seppellisse del tutto nella mente di Santi.

Buttai quattro cose in uno zaino e salii su un autobus diretto verso la costa. Ci vollero cinque ore per arrivare. In una stazione di servizio mi venne voglia di tornare indietro, ma salii di nuovo a bordo e guardai dal finestrino gli alberi, le rupi, le case di campagna, i paesini, finché non ci fermammo alla stazione degli autobus.

La casa di Sandra era a circa tre chilometri dal paese, nei pressi di una spiaggia rocciosa. Non avevo chiesto a Santi di venirmi a prendere, perciò feci l'autostop fin quasi alla stradina dove si trovava la loro abitazione. Il viottolo scendeva verso il mare ed essendo così stretto i rami degli oleandri e i rampicanti si piegavano sull'asfalto. Cercai lentamente il numero civico, molto pentita di essere arrivata fin lì, un posto dove tutto mi faceva sentire un'intrusa, dal forte odore delle piante alla luce verde-azzurra che bagnava la recinzione di legno bianco.

La casa era piccola rispetto alle altre che avevo visto dalla strada, per quello probabilmente Santi l'aveva definita «casetta» quando mi aveva dato l'indirizzo. Mi sentii piuttosto ridicola mentre aprivo il cancello: che ci facevo lì, per quanto fossi la fidanzata di Santi? Uno sa molto bene che posto occupa nel cuore di una persona. E soprattutto in quello di Santi, che non aveva mai avuto la minima intenzione di prendermi in giro. Per lui la prima cosa nella sua vita erano suo figlio e Sandra o il contrario, e poi venivo io, e questo non era affatto male per una persona che aveva l'autostima sotto i tacchi. Non mi ero mai sentita amata da qualcuno che amavo, e perlomeno Santi mi voleva un po' di bene.

Sembrò che per Sandra la mia visita fosse un sollievo. Forse l'amore di Santi la angosciava. Li capivo entrambi molto bene. Ricordo una volta in cui mi ero sentita come Sandra, mentre stavo con un inglese di nome Tom. Nelle altre mie storie stavo come Santi. Io credo che sia preferibile: forse si è meno amati, ma è molto meglio fare l'amore con qualcuno che ti piace tanto piuttosto che farlo con qualcuno che ti piace poco.

Anche se tutti e tre cercavamo di fare in modo che la situazione sembrasse il più normale possibile, ero turbata e confusa, e per questo mi concentrai sul bambino e sulla cura della casa. Gli volevo molto bene, era un tesoro, un amore. Quando gli davo un bacio stavo dando un bacio a Santi da bambino, e tutto il tempo che passavo a giocare con lui in fondo era come se lo passassi con suo padre. A Sandra non dispiaceva che lo sbaciucchiassi e che mi addormentassi abbracciata a lui.

Non mi meravigliava che Santi fosse pazzo di lei. Non era bella, o comunque lo era molto meno di me. Aveva una piccola gobba sul naso e gli occhi un po' all'ingiù, castani che tendevano al verde fango, con le ciglia molto folte, questo sì; le labbra sottili, niente di speciale, eppure la sua presenza era pesante, come se fosse fatta di bronzo o d'argento. Santi mi aveva detto che prima di diventare mamma era una bambina capricciosa, con una ciocca di capelli tinta di rosso e i piercing, ma che a Dianium le era successo qualcosa che l'aveva fatta diventare com'era adesso. Dell'altra Sandra le restavano solo i tatuaggi e dei buchi minuscoli sul naso.

Io stendevo i panni, li piegavo, badavo a Janín, innaffiavo il giardino, non sapevo cosa fare per non sentirmi così a disagio, un peso, perciò invitai la mia amica Bea a passare lì qualche giorno con l'intenzione di fare di lei i miei altri occhi, perché ci osservasse e mi dicesse se i miei sforzi con Santi erano inutili oppure no. E, soprattutto, per non ritrovarmi sola in un mondo estraneo.

Quando io e la mia amica eravamo sole, non facevo altro che raccontarle le mie impressioni. Mi ossessionavano i particolari, gli sguardi, il tono della voce. Non vedevo l'ora di scappare da quella casa con lei e il bambino per andare a passeggiare lungo la spiaggia e le bancarelle del Paseo Marítimo. Era come portare Santi con me, solo con me.

Era sabato pomeriggio e c'era tanta gente che si aggirava lentamente tra le bancarelle. Noi ci avvicinammo a molte di esse con il passeggino. Non mi resi conto di niente. Mi distrassi pensando a quanto Santi amava Sandra. Soffrivo per quell'amore che non era per me, era come un missile fuori traiettoria. Forse stavo addirittura piangendo mentre osservavo una collana di corallo e chiedevo alla mia amica se non stessi impazzendo. In mezzo a quella sbornia di sensazioni non mi accorsi che qualcuno si portava via il bambino. Dovettero passare cinque minuti, o forse di più, senza che io percepissi niente di strano.

Non sapevamo che fare, se cercare lungo il Paseo tra le bancarelle o avvertire Santi. In quell'istante tutta la mia vita diventò un'immensa stupidaggine, anche la frustrazione che mi faceva soffrire tanto non aveva nessun senso, era una bazzecola in confronto a ciò che era appena successo. Mi si annebbiò la vista e non sentivo bene. Non capivo che la mia amica mi esortava a fare il giro del Paseo mentre lei avrebbe aspettato lì, sperando che il bambino ricomparisse. Com'era possibile che qualcuno lo avesse portato via? Doveva essere un errore, lo avrebbero restituito. Come quando uno sbaglia soprabito. Forse non avevo messo il fermo alle ruote e il passeggino era scivolato, e adesso qualcuno stava aspettando che lo andassimo a cercare.

Ricordo che indossavo un vestito leggero a fiori che mi arrivava fino alle caviglie e con il quale sudavo andando su e giù per il Paseo. Attraversai la strada per chiedere nei bar di fronte con la speranza di imbattermi nel faccino di Janín da un momento all'altro. Era impossibile che mi stesse accadendo una cosa del genere. C'era un errore, e in mezzo alle bancarelle piene di collane, orecchini e maschere africane chiesi all'universo di raddrizzarsi. Chiusi gli occhi, pregai che la realtà occupasse il suo vero posto e tornai di corsa dove mi aspettava la mia amica. Mi guardò in preda al panico. «Dobbiamo avvertire i genitori, non possiamo perdere altro tempo», disse.

In quel momento niente aveva più importanza, né Santi né Sandra, né io. Ero prigioniera del terrore. La mia amica se ne andò subito, fuggì dalla tragedia e non ebbi più sue notizie. La casetta diventò buia e silenziosa, anche in pieno giorno sembrava cupa. Nel box dove giocava Janín c'erano i suoi giocattoli di gomma e nella stanza i pannolini, i vestitini e lo sciroppo per la tosse. Aveva un po' di catarro che lo faceva tossire e mi preoccupavo che potesse diventare un'infezione con febbre.

I suoi genitori passavano tutto il giorno in giro a cercarlo e anche la polizia diceva di darsi da fare per rintracciarlo, ma Sandra e quel suo amico, un uomo piuttosto anziano di nome Julián, non si fidavano.

Quell'uomo, Julián, mi faceva molte domande. Forse diffidava un po' di me, forse pensava che io sapessi più di quanto dicevo. Credeva che mentre qualcuno rapiva il bambino la mia testa avesse lavorato, quando in realtà era distratta e stava cercando di scandagliare il mio rapporto con Santi. Per evitare che continuasse a darmi il tormento gli diedi ragione su alcuni particolari, per esempio che era stata una donna bionda la persona che aveva potuto far scivolare il passeggino verso di sé per poi confondersi con la folla. In realtà non me lo ricordavo. Mi fece chiudere gli occhi e concentrarmi su quel momento, ma io ricordavo soltanto le ultime parole della mia amica, quando avevo girato la testa e non avevo visto il bambino. «Prima o poi Santi ti amerà, non preoccuparti.»

Sembrava che quella semplice frase di consolazione avesse aperto le porte dell'inferno. Senza che lo sapesse, aveva pronunciato un incantesimo che aveva avuto il potere di farmi odiare da Santi.

Sandra

Una notte piovosa di ormai una vita prima ero salita sul sellino del motorino per osservare la festa che si stava svolgendo nella villa di Otto e Alice. Ricordavo che non sarebbe stato difficile scavalcare, solo che all'epoca nessuno si sarebbe azzardato a farlo e non solo per le telecamere di sicurezza, ma anche perché Alice terrorizzava con il suo sguardo, la sua andatura e la magrezza delle sue grandi ossa. Tutto ciò che aveva fatto nella sua epoca di splendore nazista era rimasto impresso in lei come una foglia preistorica in una roccia.

Adesso era tutto diverso, e con l'aiuto di Santi saltai atterrando dall'altro lato. Il caprifoglio mi aiutò a reggermi, i piccoli ganci su cui si inerpicava mi fornirono un appoggio per i piedi e mi servirono per spingermi su. Avrebbero potuto suonare gli allarmi, un vicino avrebbe potuto vedermi e chiamare la polizia. Ma in quel momento di lì non passò nessuno e, se passò, non gli sembrò strano che io saltassi, oppure non gliene importò nulla. Io e Santi avevamo la faccia di una coppia normale, perbene. Probabilmente quell'ipotetico qualcuno avrebbe pensato che avevamo lasciato le chiavi all'interno. O magari era lì a guardare ville per affittarne una e non voleva guai. In ogni caso, quando arrivammo non ci pensammo su due volte ed entrai. Agimmo con una rapidità stupefacente. Aprii il cancello da dentro.

Tutto era devastato. Le colonne doriche apparivano scrostate in alcuni punti, le piante erano cresciute molto e poi si erano seccate e si intrecciavano ad altre più verdi in modo anomalo, come se solo quelle avessero preso tutta l'acqua piovana. Ma soprattutto mancava il latrato dei cagnolini di Alice. Dove potevano essere? Forse morti tra i rami e le foglie secche? La porta d'ingresso della casa era chiusa, avevano avuto il tempo di chiuderla a chiave durante la loro fuga precipitosa. Mentre controllavo da dove saremmo potuti entrare senza dover forzare la porta, mi chiesi cos'è che una donna come Alice decide di portarsi via nel momento della fuga. I cani, i gioielli, le creme e le vitamine miracolose? Qualche quadro di valore? La casa era circondata da grandi vetrate, finestre, porte: i suoi abitanti non volevano perdersi neanche un raggio di sole né una goccia di vitamina D, né un millimetro di abbronzatura. Alice sembrava sempre immersa nell'oro vecchio. In testa mi scorrevano immagini di lei e Otto, ma senza che mi distraessero dal mio scopo, che era trovare il prima possibile un pertugio da cui penetrare in casa.

Non ero mai stata sul retro, e mi sorprese scoprire lattine di birra vuote tra le sterpaglie e qualche sacchetto di plastica delle patatine attaccato alle lastre color rosa chiaro della pavimentazione. Altri prima di me avevano scavalcato la recinzione e probabilmente avevano trovato il modo di entrare. Se i nazisti erano dovuti fuggire in tutta fretta, magari avevano lasciato qualche finestra aperta. Le spingevo frettolosamente; se fossimo riusciti a mettere piede in casa non avremmo potuto rimanere dentro per molto tempo. Santi doveva essere già arrivato alla piazzetta per aspettare Julián. Loro due avrebbero attirato meno l'attenzione rispetto a me e Julián o a Julián da solo.

Attraverso i vetri della porta e della finestra della cucina le fronde degli alberi si riflettevano sulle pentole appese al soffitto. Spinsi l'anta della finestra sperando di essere fortunata, e si aprì. Quando erano fuggiti avevano dimenticato di chiuderla. Sul pavimento c'erano impronte di diverse scarpe sportive. L'acqua del rubinetto aveva schizzato le mattonelle bianche e nere e poi ci avevano camminato sopra e in certi punti doveva essere caduta della birra, e per questo le macchie erano appiccicose. Dei ragazzi avevano probabilmente scoperto che potevano trascorrere lì il pomeriggio, e se loro non avevano attirato l'attenzione non l'avremmo attirata neanche noi. Aprii preoccupata il frigorifero. C'erano frutta, burro e marmellata andati a male e ciò significava che per la Confraternita quella casa era intoccabile e che neppure Frida (l'addetta alle pulizie) si era azzardata a passarci.

Andai dalla cucina al salone e rimasi colpita dal silenzio della grande scala di marmo da dove un tempo Alice scendeva facendo ondeggiare i pantaloni di velluto. Mi diressi verso l'ingresso e aprii l'uscio principale. L'odore di fuori e l'odore di chiuso dell'interno si unirono per un istante. Salii la scala due gradini alla volta. Non ero mai stata al piano di sopra in quella casa, perciò aprii le porte delle stanze cercando l'odore di un bambino piccolo, una possibile traccia di Janín, per quanto fosse improbabile che lo avessero portato in una casa proibita, qualunque fosse il motivo. La camera con il letto a baldacchino e dorature ovunque doveva essere quella di Otto e Alice, arredata con lo stesso cattivo gusto che contraddistingueva il resto dell'abitazione. Era tutto costoso e lussuoso ma non bello, non produceva alcuna sensazione piacevole. Non sembrava che gli squatter occasionali avessero approfittato del letto per una sveltina. Probabilmente a loro interessava soltanto passare un po' di tempo in giardino. Entrai nella stanza successiva e in quella seguente, finché non sentii la voce di Santi. Scesi di corsa.

Appena arrivato, Julián mi raccontò che sospettava che il bambino fosse stato rapito da Frida e forse da Martín. Santi lo guardava con rancore, odio, dolore e impotenza.

«L'unica cosa che ho scoperto è che qualche ragazzo viene qui a bere.»

«Diamo un'occhiata», disse Julián spostando lentamente lo sguardo dalle pareti ai tavoli e al pavimento.

Gli specchi con le cornici d'oro erano ancora appesi e i mobili erano al loro posto. Era tutto così pesante che era quasi impossibile rubarlo. Eppure la mancanza di posacenere e vasi aveva alleggerito un po' l'atmosfera.

«Non hanno portato via quasi niente.»

«Sperano di tornare. Sono andati via per tornare. Per questo non hanno messo in vendita la casa e non l'affittano neppure», commentò Julián prendendo una foto dalla mensola del camino. «Non si sono rassegnati ad andarsene definitivamente.»

Aprì la cornice, prese la foto e se la mise in tasca.

Salimmo di nuovo nelle stanze, mentre Santi rimase al piano di sotto a fumare: non credeva in quello che stavamo facendo.

«Non c'è niente, vero?» chiesi a Julián osservando le tende di velluto della stanza da letto padronale.

«Forse invece sì», rispose enigmatico.

Uscì, e quando il rumore del motorino non si sentì più io e Santi facemmo lo stesso, chiudendoci il cancello alle spalle.

Santi chiamò Lucy per sapere se c'erano novità e per dirle che avremmo fatto un po' tardi.

«Non fa altro che piangere, mi dà sui nervi, e dice che adesso di sicuro Janín è tranquillo e sta dormendo. Non si rende conto che non è normale che dica queste cose?»

Io, invece, ascoltandola mi tranquillizzavo. Aveva il dono di mettersi in contatto con nostro figlio e sentiva i suoi stati d'animo in un modo profondo e sincero. Per questo Julián teneva in gran conto le sue parole e io volevo che lei non smettesse di ripeterle, perché significava che Janín era ancora vivo e che anch'io potevo continuare a essere viva ancora per un po'.

Julián non c'era più e noi non sapevamo cosa fare, dove andare; i piani ci sfinivano quando li eseguivamo. Rimanemmo a guardarci atterriti, isolati tra i finestrini e il cofano della macchina, abbandonati dalla fortuna. Bisognava progettare rapidamente un nuovo passo da compiere per non crollare. Perché non andavamo al commissariato? Avremmo preteso che ci mettessero in contatto con la donna che aveva detto di aver visto una coppia con il bambino delle fotocopie appese in tutta Dianium. Santi si era dato molto da fare e potevamo vedere nostro figlio ai semafori, sui muri, sugli alberi e nelle vetrine dei negozi e dei bar, sempre con la stessa espressione tra il sorridente e il sofferente, con gli stessi capelli, lo stesso maglioncino a strisce sotto una salopette di jeans, con gli occhi spalancati che chiedevano aiuto, qualunque tipo di aiuto. Non riuscivo a sopportarlo, mi diedi un pizzicotto per vedere se per miracolo si trattava di un incubo. La realtà mi si conficcava nello stomaco, e gridare e contorcermi a terra non sarebbe servito a niente: ciò che provavo era molto peggio che gridare e contorcermi.

Il commissariato era nei pressi del porto e da lì si sentivano i gabbiani e i turisti che scendevano dalle navi da crociera. Non vedemmo nessuno dei due poliziotti che conoscevamo e ci sembrò un buon segno. Probabilmente stavano investigando, o magari sarebbero arrivati per il turno successivo. Ci presentammo a una giovane donna con una coda bionda e setosa che le scendeva sul retro della divisa.

Le mostrammo una delle fotocopie. «È nostro figlio», dicemmo. Ci guardò trattenendo la pena che provava, e questo la obbligò a sfoggiare un'espressione troppo fredda. Era il suo modo di non dirci che ciò che ci stava succedendo era terribile e che sperava che a lei non capitasse mai.

«Vorremmo parlare con la donna che ha dichiarato qui al commissariato di aver visto una coppia nella strada principale con un bambino che le è sembrato nostro figlio.»

«Non conosco il fascicolo ma, in ogni caso, dovete lasciar lavorare la polizia. Chi si sta occupando del caso l'avrà interrogata o lo farà a breve.»

«Ma loro non conoscono il bambino. Ci sono cose che noi possiamo chiedere e loro no», obiettai cercando di trovare nei suoi occhi una futura madre angosciata per i propri figli.

«È la prassi.»

«E che succederà se mio figlio non ricompare?» A quel punto mi interruppi, mi sentii mancare e mi venne la nausea e Santi dovette accompagnarmi fino a una sedia.

«Le porti un bicchier d'acqua, per favore», disse Santi.

La poliziotta si allontanò per andare a prendere il bicchiere. Era di vetro con le impronte di tutte le dita che lo avevano retto, probabilmente persone come me che dovevano andare avanti a tutti i costi.

«La procedura è la procedura», disse la ragazza.

«Dovreste averlo trovato già da un pezzo. Ogni minuto che passa è prezioso. Che cazzo me ne frega della procedura che dà da mangiare a te e ai tuoi amici! Siete dei buoni a nulla», sbottò Santi adirato.

Santi si esaltava sempre di più, mentre io mi stavo strozzando. Finii l'acqua e non avevo più nient'altro a cui aggrapparmi se non il bicchiere pieno di impronte impresse con forza come le mie.

«Andiamo», dissi a Santi tirandolo per la manica della camicia. «Non perdiamo altro tempo.»

Alla ragazza continuavamo a fare molta pena, ma la indignava il fatto che volessimo superare i limiti della sua divisa.

Uscimmo lentamente e ci dirigemmo verso la macchina sconfitti e senza un altro piano, se non tornare in una casa in cui Janín non c'era. Ci appoggiammo al cofano prima di aprirla. Ci faceva paura salire a bordo, tornare al nulla. Se almeno Julián fosse stato con noi...

Quando Santi infilò la chiave per aprire lo sportello qualcuno ci passò accanto. Una donna robusta con il caschetto.

«Seguitemi», disse senza fermarsi.

«Come?» chiese Santi.

«Andiamo», ordinò lei camminando qualche passo davanti a noi senza voltarsi a guardarci.

Iniziai a seguirla e Santi fece lo stesso. Svoltò in una strada laterale e si infilò in un portone.

Santi era alterato e gli tappai la bocca pestandogli forte un piede. Bisognava aspettare che fosse lei a parlare.

«Non fatemi domande, e se mi vedete in commissariato fate finta di non conoscermi. Vi sarei grata se rispettaste il mio anonimato. Questo è l'indirizzo della testimone che cercate. Spero che trovino presto il bambino. Non posso trattenermi, mi dispiace, vado a prendere un caffè.»

Tirò fuori dalla borsa un foglio con la foto di una donna e un indirizzo. Aveva fatto una fotocopia mentre parlavamo con la poliziotta dai capelli setosi. Era in borghese, probabilmente si trattava di un'impiegata dell'amministrazione o qualcosa del genere.

Le strinsi la mano con cui mi aveva dato la copia e lei inclinò la testa, ma non mi guardò con compassione. Attraversò la strada ed entrò nel bar di fronte.

Adesso avevamo un posto dove andare.

Julián

Dopo aver lasciato la casa, non vedevo l'ora di osservare con attenzione la foto di Otto che avevo preso dalla mensola del camino. Arrivai ai Tre Ulivi che stava cominciando a fare buio, e quello era un vero e proprio azzardo. Non dovevo correre rischi finché non avessimo trovato Janín: era l'ultimo obiettivo della mia vita.

Quando entrai nell'atrio, Geralda mi venne incontro.

«Stavi per perderti la cena», disse sorridente ed elegante come se mi stesse dando il benvenuto nel suo palazzo. «Oggi ci siederemo vicini.»

Le risposi che dovevo lavarmi le mani e che sarei sceso subito. Santo cielo, avevo voglia di stare da solo per qualche minuto, di andare tranquillamente in bagno, di lavarmi la faccia con l'acqua fredda, di guardare la foto e di pensare.

Mi sfregai scrupolosamente il viso con l'asciugamano per

far circolare bene il sangue prima di affrontare lo spettacolo di Otto giovane che posava in montagna in mezzo agli arbusti accanto a quella che sembrava una grotta. Portava gli stivali alti sopra i pantaloni di lana e un giaccone. Era appoggiato a un bastone e sorrideva come a dire: "Missione compiuta", oppure: "Sono arrivato dove volevo". La cicatrice che gli attraversava il volto, frutto della sua spacconeria giovanile, gli dava un'aria eroica. Avrei giurato che fosse il monte di Dianium e che quella potesse essere la grotta che mi aveva segnalato Salva, anche se non era come me la immaginavo. Per entrarvi probabilmente bisognava piegarsi molto, quasi strisciare a terra. C'erano anche un paio di giovani uomini che non conoscevo, con la stessa aria soddisfatta di Otto. Bevevano il vino da una *bota*, una borraccia di pelle tipica della zona, e doveva esserci un'altra persona che aveva scattato la foto. Avevo bisogno di scoprire cosa significava tutto ciò, perché forse era proprio quel particolare che la Confraternita credeva che io conoscessi.

Mi ero completamente dimenticato della cena quando bussarono alla porta. Ebbi un sussulto, dovetti uscire dai miei pensieri, mettermi la foto in tasca e aprire, cosa che richiese più tempo del normale.

Era James il Falegname.

«Stai bene?» chiese con i pollici infilati nella cintura di pitone.

Geralda lo aveva mandato a cercarmi. Si preoccupava per me. Doveva essere stata una donna fantastica ai suoi tempi, quando viveva con l'aristocratico, lo si notava dai suoi modi.

James era un po' alterato.

«Ho bevuto un paio di whisky aspettando che si facesse ora di cena, scusa», disse facendo rimbombare gli stivali mentre entravamo in sala da pranzo.

Geralda ci fece un cenno con le mani piene di anelli, che su di lei non sembravano troppo cariche.

Ma davvero s'interessava a me? Davvero la preoccupava che fossi morto stecchito nella mia stanza?

«Sono giorni che non ti vedo, non ti fermi un attimo. Non t'importa più di noi?»

Cercai di sorridere, ma ero così preoccupato per il bambino che non ci riuscivo.

«Sono dovuto andare dal medico. Ho la pressione alta, il diabete. Sono ridotto uno schifo.»

«Si vede», commentò James.

«Non dire così», mi rimproverò Geralda prendendomi sottobraccio e appoggiandosi, in maniera tale che sentii qualcosa che poteva essere uno dei suoi seni.

Era abituata a conquistare gli uomini, sapeva come farlo e la sua vecchiaia non era un ostacolo; e la cosa più stuzzicante era che neanche la mia lo era. Mi sentii a disagio. James mi diede una pacca sulla spalla che mi infastidì. Feci uno sforzo per non irritarmi. Dalla sparizione – morte, suicidio o probabilmente omicidio – del Macellaio, la residenza non aveva più nessun interesse per me. Avrei potuto affittare una stanza in una casa in paese, possibilmente vicino al porto, per andare tutte le mattine a osservare le barche e la gente che passava. Non avrei più avuto bisogno di un mezzo di locomozione e avrei ridotto al minimo le spese, cosicché avrei potuto mantenermi con la mia pensione. Ma la memoria di Salva mi tratteneva lì: non ero venuto a Dianium da tanto lontano per riposarmi di fronte al mare. Il mio destino era andare contro le onde, controcorrente e contro la mia condizione di pensionato.

«Sembri un ragazzino su quel motorino. Non hai paura di farti male?» chiese Geralda.

«Un giorno ti porterò a fare un giro», dissi mangiando rapidamente ciò che restava del pesce. E mancava ancora il dessert.

«Più tardi James ci suona qualcosa. Vero, James?»

Rimasi in silenzio, volevo andarmene. Aprii il budino confezionato e ne presi solo una cucchiaiata. James disse che se non ne volevo più lo avrebbe finito lui. Glielo passai e lo mangiò con lo stesso cucchiaino che avevo usato io. Non gli faceva schifo niente, era vaccinato contro tutto.

«Sai una cosa?» esclamò Geralda frenando con la mano la mia intenzione di alzarmi. «Non credo che tu vada tanto spesso dal medico come dici. Sei molto misterioso. Dove vai, a parte cercare uomini di Neanderthal nelle grotte sul monte?»

James spostò lo sguardo da un'altra parte. Io rimasi paralizzato per un istante. Adesso la parola «grotta» mi allertava.

«E tu? Tu dove vai?» le chiesi un po' bruscamente, senza averne l'intenzione.

James mi guardò sorpreso e mi sorpresi anch'io. Geralda non si scompose: o le sembrò normale la mia intemperanza o la sua educazione l'aveva abituata a fare finta di niente, oppure non le importava assolutamente nulla di come mi rivolgevo a lei.

Rispose soltanto: «Sono tua amica, non te lo dimenticare».

Uscii dalla sala in tutta fretta per tornare in camera. E anche se dormire mi sembrava una perdita di tempo, mi dedicai al rituale della doccia, del lavarmi i denti, della seccante pulizia delle lenti a contatto, e già con il pigiama addosso e gli occhiali con le lenti a fondo di bottiglia tirai fuori dalla tasca della giacca la foto di Otto accanto alla grotta, staccai dal ripiano della scrivania gli scatti di Otto e Violeta e aprii il mio quaderno degli appunti. Prima di coricarmi spiegai la coperta che lasciavo ai piedi del letto perché di sera rinfrescava e dalla finestra entrava una meravigliosa aria pura che odorava di terra. Mi piaceva dormire con la finestra aperta, sentire che l'ossigeno mi entrava direttamente nei polmoni.

Appoggiato ai cuscini contemplai le foto senza parlare, senza fare supposizioni, mi lasciai trasportare da quell'escursione di Otto alle grotte e da quell'amore di Otto per Violeta o, per meglio dire, di Violeta per Otto. Avrebbe fatto qualunque cosa per lui. Sopportare che si sposasse con Alice, sopportare di vederlo nei ritagli di tempo e sopportare di amarlo in silenzio. Otto accanto a lei e accanto alla grotta risultava molto maschio, forte, audace, forse irresistibile per le donne per la sua corporatura, gli occhi chiari e la cicatrice. Eppure ad Alice, quando era in casa steso sul divano a vedere la televisione, doveva sembrare un pupazzo, un gigante goffo e sgraziato, un bruto dietro i passi agili di lei. Otto aveva bisogno di Violeta per vedersi nello specchio buono e aveva bisogno di Alice per non doversi vedere nello specchio cattivo.

Sulla foto della grotta compariva in numeri piccoli e quasi cancellati la data 1962. Che cos'era successo a Otto nel 1962? Mi affidai ancora una volta a Salva: Salva, che cos'è successo in quell'anno che abbia a che vedere con la grotta, se le coordinate che mi hai lasciato corrispondono davvero a quel posto?

Mi appuntai sul quaderno tutto quello che mi passò per la mente finché non mi si stancò il braccio. Dopo aver riposto le foto nel quaderno, lo misi sul comodino, mi tolsi gli occhiali e spensi la luce. Dalla finestra entrava un altro tipo di luce, la luce vera.

Mi addormentai pensando che forse avrei dovuto mettere al corrente la mia organizzazione di ciò che stava succedendo; forse loro avrebbero potuto mandare qualcuno ad aiutarci a recuperare il bambino. O almeno avrei dovuto informarli del probabile assassinio di Salva. Quello che potevo offrire loro, però, era molto vago, indizi che si disfacevano tra le dita. Non mi avrebbero preso sul serio o avrebbero considerato troppo deboli i miei sospetti. Avevano già dato per smantellata la colonia nazista di Dianium. Bisognava anche considerare che potevano contare su risorse sempre meno abbondanti: quelle vecchie questioni non interessavano più quasi a nessuno, nessuno avrebbe investito soldi sul passato. E io non potevo perdere tempo cercando di convincerli della gravità del caso.

Cominciai a pensare di fare una visita a Frida.

Lucy

L'unico che non mi odiava e che non mi dava la colpa di ciò che era successo era Julián. Lui era convinto che io, senza saperlo, avessi la chiave di dove era andato a finire il bambino. Mi vedeva come la soluzione del problema invece di pensare che ne ero la causa. Santi e Sandra, invece, anche se non mi rimproveravano niente, mi mortificavano. Santi mi ignorava, cercava di non guardarmi. L'unica cosa che avrei voluto, arrivati a quel punto, era non aver rovinato la loro vita e non odiare me stessa. Perciò cercavo di sollevarli dicendo loro che la mia connessione con il loro bambino era così forte che riuscivo a sentire ciò che provava in ogni momento: che piangeva, che rideva, che stava bene, che giocava. Cercavo di dare loro speranza e, in qualche modo, di creare una realtà in cui Janín stesse bene. Julián mi credeva e Sandra aveva bisogno di credermi. Santi era disgustato quando mi sentiva dire quelle cose.

Resistetti il più possibile in casa, nell'attesa che accadesse un miracolo. Non riuscivo a dormire e a mangiare, non mi cambiai neanche i vestiti e non mi pettinai perché tutto rimanesse uguale all'istante in cui Janín mi era stato strappato. Bisognava fare il possibile perché il mondo che lo aspettava rimanesse intatto. Passavo il tempo alla casetta aspettando loro o i poliziotti, che mi guardavano con espressione incredula o diffidente, ma nessuno portava notizie. Mi consumavo pensando a Janín e al momento in cui era scomparso e mi venivano in mente soltanto la frase della mia amica – «Prima o poi Santi ti amerà, non preoccuparti» – e la collana con le perline di corallo che avevo in mano. Finché non ce la feci più, e decisi di andarmene con il primo autobus.

Sandra

L'indirizzo della testimone era una pizzeria nella piazza del castello. Quando arrivammo era molto indaffarata a sistemare tovaglioli, piatti e posate su tovaglie a quadretti bianchi e rossi. Il locale non era grande e probabilmente si sarebbe riempito per cena, anche se non era il fine settimana. Su ogni tavolo, oltre ai tovaglioli, ai piatti e alle posate, c'era un bicchierino con una candela che non era ancora stata accesa e un vaso con due fiorellini di stoffa, che avrebbero creato qualche problema al momento di portare le pizze.

Le dicemmo chi eravamo e avremmo aggiunto che eravamo disperati, ma non volevamo condizionarla. La pregammo soltanto di aiutarci mentre la seguivamo da un tavolo all'altro.

«A dire la verità non sono più sicura di niente», disse spostando i bicchieri. «Penso che sia stata una stupidaggine andare al commissariato, ci sono tanti bambini dappertutto.»

«Sì, ma lei ha quattro figli, sa di cosa parla. Sa distinguere bene i bambini.»

Aprii la borsa per tirare fuori la fotocopia con la faccia di Janín, ma Santi mi prese la mano e me la strinse un po': non dovevo mostrargliela, non dovevo influenzarla.

Era una di quelle donne che hanno affrontato la vita, hanno cresciuto i figli, hanno messo su un'attività e si mantengono agili e forti, quel che si dice una donna con i piedi per terra.

«Potrebbe descriverci ciò che ha visto?»

«L'ho raccontato varie volte e non so più se è tutto vero. Non voglio che vi facciate illusioni, io vi capisco molto bene. Quando qualcuno dei miei figli si è perso mi sono sentita morire per l'angoscia. Scusate, non volevo dire questo.»

Mi sedetti su una sedia davanti a quella tovaglia sulla quale di lì a poco ci sarebbero stati vino, risate e voglia di divertirsi.

«Il bambino era su un passeggino Jané. Aveva i sandaletti di gomma azzurri e i calzini bianchi e la cosa mi ha fatto sorridere. Mi era sembrato che avesse una salopette di jeans e la tipica faccia un po' lacrimosa e un po' sorridente di quando ai bambini sta spuntando un dente. Aveva le ciglia molto folte. I poliziotti mi hanno chiesto come facevo a sapere una cosa del genere, vista la distanza a cui mi trovavo. Io ero di fronte a loro, seduta ai tavolini della gelateria, e ho spiegato ai poliziotti che per il mio lavoro sono abituata a osservare le persone e che per quel motivo avevo fatto caso a loro che stavano aspettando di attraversare al semaforo che c'è tra l'edicola e la panetteria.»

«E com'era la coppia che era insieme al bambino?»

«Lui era scuro di carnagione e ben piazzato, mentre lei non l'ho vista bene. Lui era come tutti i ragazzi di oggi: aveva le braccia muscolose, niente di eccezionale. Dovevano avere fra i trentacinque e i quarant'anni.»

Il mio cuore accelerò. Erano stati Martín e Frida. Avevano preso loro Janín. Naturalmente a Dianium c'erano altre coppie che potevano assomigliare a quei due, ma le altre coppie non avevano con sé un bambino uguale a Janín, oppure sì?

«E poi che cos'è successo? Che hanno fatto?»

Rimase a pensare per qualche istante con uno straccio in mano.

«Non me lo ricordo.»

«Per favore, cerchi di ricordare. Dobbiamo ritrovare nostro figlio.»

«Vediamo...» disse appoggiando lo straccio alla fronte. «Credo che siano andati in su. Ho la sensazione di aver continuato a vedere le gambe della donna in mezzo alla folla di persone che cercavano posto nei locali all'aperto.»

«Erano gambe muscolose, vero?»

«Credo di sì.»

Lanciai un'occhiata significativa a Santi, che non capì. Julián lo avrebbe colto immediatamente: la donna era sicuramente Frida.

La testimone non poteva aiutarci più di così. Le sarebbe piaciuto tanto poterlo fare. E le credetti. In effetti lei non aveva perso nessuno dei suoi quattro figli, mentre a me avevano portato via l'unico che avevo. Tirai fuori dalla borsa la fotocopia e gliela diedi.

«La attaccherò alla porta», disse.

Non ci augurò buona fortuna, non ci diede nessuna speranza, non drammatizzò ulteriormente la tragedia. Ribadì soltanto che avrebbe esposto la foto del bambino sulla porta.

Avevamo parcheggiato nella spianata accanto al porto e decidemmo di andare a piedi fino alla strada principale e di percorrere il possibile itinerario della misteriosa – almeno per Santi – coppia. Avrei potuto dirgli chi erano, ma gli sarebbe sembrato troppo strano, in fondo era un'informazione di cui non aveva bisogno. L'unica cosa che doveva sapere in quel momento era che seguivamo le tracce di un uomo scuro di carnagione e di una donna probabilmente bionda e probabilmente muscolosa. Che importava chi erano! L'essenziale era individuarli.

Attraversammo il passaggio pedonale di fronte alla gelateria sentendo lo sguardo della testimone su di noi e chiedendoci se anche la coppia di sequestratori lo avesse notato. Risalimmo la strada, osservando i tavolini sparpagliati sui marciapiedi, cercando di penetrare i respiri e i pensieri che i due potevano aver lasciato lì; aspiravamo l'aria con forza come se vi fluttuassero le loro intenzioni.

Non potevano essere andati molto lontano a piedi, a meno che non li aspettasse una macchina, cosa che sarebbe stata rischiosa perché quella era una strada piuttosto trafficata e piena di bar con tavolini all'aperto e sarebbe stato complicato piegare il passeggino e infilarlo nel portabagagli per poi sistemare il bambino in auto. Probabilmente qualcuno si sarebbe fermato a osservare quell'operazione mentre beveva una birra e avrebbe fatto caso al bambino. Continuammo a camminare ancora un po' cercando il posto adatto in cui sarebbero potuti salire su una vettura, e passammo davanti al negozio di elettrodomestici Soimens e al bar di tapas.

Mi ero già quasi dimenticata del negozio. Credevo che avrei potuto localizzare Martín tramite sua madre e che lo avrei trovato nella sua casa di campagna sgangherata, cosa che non era successa, per cui mi sembrava inutile tornarci; e tra l'altro la Scarmigliata doveva essersi accorta che mancava la sua pistola e non volevo che mettesse la cosa in relazione con me. L'altro posto che avevo collegato a Martín, e dove avrei dovuto chiedere nuovamente di lui, era il negozio. Quando me lo fossi ritrovato di fronte gli avrei detto che avrei consegnato Julián in cambio di mio figlio, ma che prima dovevano restituirmi il bambino. Julián sarebbe stato completamente d'accordo con me, non gli sarebbe importato morire un po' prima, me lo aveva detto. Avrei potuto cercare anche Frida per farle la stessa proposta, ma non volevo precorrere i tempi e commettere un errore, poiché non avevo idea di come comportarmi con Frida né di quali avrebbero potuto essere i suoi pensieri o le sue debolezze, anche perché probabilmente non aveva nessun pensiero e nessuna debolezza. Mi faceva molta paura l'idea che fosse lei a occuparsi di Janín.

Il negozio era chiuso, anche se da una delle finestre laterali si intravedeva una luce, una lampadina appesa al soffitto. Dovevano averla lasciata accesa o forse stavano sbrigando la contabilità. Rimasi in attesa di riuscire a scorgere qualcosa di più e Santi mi chiese cosa stavo guardando; aveva un'espressione amareggiata che gli aveva deformato la faccia e che sembrava anche di disprezzo.

«È un'intuizione. Uno di quelli che hanno rapito Janín è stato nelle case che abbiamo visitato a Tosalet e in questo negozio.»

Scosse la testa per smuovere tutti i pensieri. «Se sappiamo chi lo ha rapito, che ci facciamo qui? Perché non lo diciamo alla polizia?»

«Non è così facile. Non abbiamo prove.»

«Non capisco.»

«Non fa niente. Lo vedrai da te.»

Vidi passare la testa del ragazzo con gli occhiali e i capelli corti in stile seminarista con cui avevo parlato quando ero andata al negozio a chiedere di Martín. Con la prospettiva di dover aspettare il giorno dopo, non ci pensai due volte e bussai con le nocche sulla finestra. In un primo momento non si accorse di niente.

«Che fai?» chiese Santi con un tono arrabbiato, ma che in realtà era solo triste.

Non risposi e bussai di nuovo.

Il ragazzo voltò la testa e sbatté le palpebre per vedermi meglio. Sembrava meravigliato. Gli chiesi a gesti se potevamo parlare. Lui mi fece un cenno per farmi capire che non poteva e girò di nuovo il capo. Picchiai più forte con le nocche sul vetro. Non era molto spesso e per poco non lo sfondai. Lui si voltò verso di me irritato. Guardò Santi, la sua espressione depressa, arrabbiata e indifferente. Io assunsi un'aria amabile per ispirargli fiducia e perché non pensasse che avevamo intenzione di derubarlo o di metterlo nei guai. Lo pregai con le mani giunte di aprire la finestra ma lui rimase titubante per un attimo, poi mi fece cenno di andare all'ingresso.

Alzò un po' la serranda di metallo facendo un gran baccano. Si chinò e uscì.

«Ma che succede?» chiese. «Stamattina non apro.»

Portava la stessa camicia a quadri, o un'altra molto simile a quella della volta precedente, e gli stessi jeans. Dietro le lenti gli occhi sembravano più grandi del normale.

«Non è per questo», replicai. «Sto cercando un ragazzo con la carnagione scura, robusto, rasato e con una sfera tatuata un po' più in alto della nuca. So che frequenta questo negozio.»

«La tua faccia non mi è nuova», disse.

Santi si limitava a guardarlo dall'alto in basso con odio o con disprezzo.

«Sono già venuta un'altra volta chiedendo della stessa persona. Si chiama Martín.»

«E tu mi hai fatto alzare la serranda per questo? Se è passato di qui non me lo ricordo.»

«Forza, andiamocene», intervenne Santi prendendomi per il braccio.

Perché facevo fatica a staccarmi da quella serranda e da quel tizio? Cosa speravo che succedesse? Doveva essere la stanchezza quello che all'improvviso mi incollò i piedi a terra come se fossi arrivata alla fine del cammino. Il giovane si stava spazientendo, probabilmente doveva finire quello che stava facendo nel retro.

«Scusa», ripresi. «Pensavo che potessi aiutarmi. Credo che quel Martín abbia rapito mio figlio» – mi corressi – «*nostro* figlio.»

Improvvisamente tutta la sua attenzione si rivolse a Santi. Lo osservò molto concentrato, aggrottando la fronte per vederlo meglio. Poi il suo sguardo si staccò da lui come se avesse smesso di interessargli.

«Credo che dovresti rivolgerti alla polizia, non a me.»

«Certo», dissi, e seguii Santi che già tornava da dove eravamo venuti, stanco di tutto.

Avevo stabilito di andare da Frida. Siccome mi ero fatto la doccia di sera, la mattina dopo dovetti soltanto radermi e mettere le lenti a contatto, un compito non facile perché a volte me ne cadeva una nel lavandino o per terra e facevo fatica a ritrovarla. Fortunatamente quel giorno andò tutto liscio e fui uno dei primi a fare colazione. Stavano ancora sistemando le tazze per il caffè e le brioche, le madeleine, i croissant, i biscotti integrali senza zucchero. In sala da pranzo faceva fresco. Il sole avanzava lentamente in giardino e ben presto avrebbe attraversato le finestre del locale. Avevano innaffiato e un odore delizioso attenuava quello che, anno dopo anno e giorno dopo giorno, aveva impregnato la sala da pranzo: un po' di candeggina, un po' di cibo, un po' di medicine e un po' di tutti noi. Per quanto si arieggiasse, rimaneva sempre quel qualcosa che galleggiava nell'ambiente. Presi un buon caffellatte in tazza grande e un paio di madeleine, e per finire una mela. Non sapevo se sarei potuto tornare per pranzo e avevo bisogno di essere forte o, per meglio dire, di non essere troppo debole.

Arrivato al parcheggio mi imbattei in Pilar, che chiudeva la sua BMW con il telecomando. Lanciai un'occhiata ai graffi che avevo cercato di dissimulare con la vernice spray e che erano ancora lì.

«Quando avrò tempo la porterò dal carrozziere», disse seguendo il mio sguardo.

«Bene, mi dispiace», mi scusai per l'ennesima volta.

«Ci è arrivato il bonifico della tua retta, spero che tu non sia messo male con i soldi.»

«Non preoccuparti. Mia figlia mi ha mandato quello che mi serviva.»

Era la prima volta che la sentivo esprimersi in quel modo così informale, e questo indicava che il suo rapporto con James il Falegname andava bene e che la aiutava ad ampliare il suo vocabolario. Mi sembrò anche che portasse una gonna più corta del solito e un taglio di capelli più sbarazzino. Pensai che di quel passo avrebbe finito per sostituire i suoi tacchi a spillo con un paio di stivali Camperos.

«Va tutto bene?» mi chiese mentre si dirigeva verso l'ingresso.

«Tutto bene», risposi mentre raggiungevo il motorino. «A proposito», gridai finché non si voltò verso di me. «Chi è stata l'ultima persona con cui Salva ha parlato prima di morire?»

Assunse un'espressione che voleva dire che non lo sapeva o che io ero ossessionato dalla sua morte o che lei aveva molte cose da fare.

Avevo percorso tre chilometri con il motorino quando cominciai a sentire che il sonno mi vinceva. Immaginai che mi avessero dato un decaffeinato e per di più mi ero rimpinzato di madeleine. Dovetti fermarmi tra gli ulivi e sedermi con la schiena appoggiata a un tronco; mi sarei disteso volentieri a terra, ma in certi punti era umida. Il sole mi faceva assopire sempre di più. Era molto piacevole cadere a poco a poco in una semincoscienza contro cui non potevo lottare.

Dopo non so quanto tempo, sentii una mano sulla spalla.

«Signore, sta bene?» disse una voce dolce di un uomo giovane, una voce che anch'io avevo avuto un tempo, prima che le mie corde vocali diventassero come carta vetrata.

Era Sancho il Secchione, con il suo aspetto da eterno studente. Aveva lasciato la macchina con due ruote sulla strada e due ruote nell'uliveto con lo sportello aperto, casomai avesse dovuto caricarmi per portarmi in ospedale. Pareva che stesse andando ai Tre Ulivi. Mi spruzzò acqua sulla testa e sulla fronte, e le gocce mi scivolarono sul collo bagnandomi la schiena. Gli dissi che stavo bene, che mi era venuta voglia di fare un riposino a metà mattina.

Mi chiese di nuovo se avessi bisogno di aiuto e mi confessò che suo nonno aveva la mia età e che lui conosceva molto bene cos'erano quei momenti in cui le forze venivano meno. Tutto ciò che sapeva glielo aveva insegnato suo nonno, gli voleva molto bene e lo infastidiva che la gente non rispettasse gli anziani.

Con il suo aiuto mi rimisi in piedi, lo ringraziai e fui sul punto di dirgli chi ero e di consegnarmi. Fui sul punto di dirgli che volevo fare uno scambio con il figlio di Sandra e che poi avrei detto loro tutto quello che volevano. Fui sul punto di convincermi che forse quel ragazzo non era cosciente del male che faceva e che avrebbe capito la situazione. Fui sul punto di farlo, ma quando bevvi dalla bottiglia che mi allungò, i miei circuiti nervosi ricominciarono a funzionare in modo più o meno normale e non dissi neanche una parola. Era strano che il Secchione andasse ai Tre Ulivi, visto che non c'erano più né Elfe né il Macellaio e che nulla più lo legava a quel posto. Forse doveva saldare gli ultimi conti con Pilar, pagare qualche spesa rimasta in sospeso.

E anche se mi fossi consegnato al Secchione, lui avrebbe voluto che gli dicessi qualcosa che non sapevo. Finché non lo avessi scoperto, lo scambio non era possibile.

Mentre andavo verso la casa di Frida non trovai nemmeno un bar dove prendere un caffè che mi svegliasse, ma forse non ce ne sarebbe stato bisogno e mi avrebbero svegliato le circostanze.

Sbagliai strada due volte. Non era facile imbroccare quella giusta con quei viottoli sassosi con fichi d'india, palme, file di cassette della posta lungo le cunette e l'odore di fiori d'arancio. Non si muoveva neanche una foglia. Dal cielo scendevano silenzio e calma. Alla fine riconobbi la sua cassetta verde arrugginita, su cui c'erano scritti solo il nome della casa e un numero, piena di pubblicità.

Lasciai il motorino tra i rovi e attraversai con cautela un cortile pietroso con i panni stesi. Non vidi nessun vestitino da bambino. Fui colto di sorpresa da due gatti usciti da dietro le palme che crescevano accanto al muro della veranda imbiancata. Frida sarebbe potuta comparire da un momento all'altro e non mi era molto chiaro cosa le avrei detto. La casa era a un solo piano e potevo spiare praticamente a tutte le finestre. Da quella che dava sulla veranda accanto alla porta d'ingresso vidi Frida che parlava con la madre di Martín e anche – questa sì che era una sorpresa – con l'Angelo Nero, il cui vero nome era Sebastian Bernhardt, l'ideologo del gruppo. Non riuscivo a crederci: alcuni di loro vivevano ancora da quelle parti. Perché non avevano paura? O meglio: cos'era più importante della paura di essere catturati ed estradati verso un'altra vita sconosciuta? Parlavano con stanchezza, come se non trovassero la soluzione per qualcosa. Su una tovaglia cerata c'erano delle tazze e un pacchetto di sigari di Bernhardt, e cicche in un piatto. Forse lui e Frida erano ciò che restava dello zoccolo duro della Confraternita.

Respirai profondamente per far calmare il mio cuore, non perché temessi di essere catturato, torturato e ucciso, ma perché non avevo ancora niente da offrire in cambio del piccolo. Sbirciai nelle altre finestre: in una c'erano le tende tirate ma non mi sembrò di scorgere nessun bimbo che dormiva, né di cogliere il respiro di qualcuno. La presenza dei bambini viene rivelata da tante cose: il pianto, l'odore, i giocattoli, i pannolini. Non avrebbero potuto tenerlo sempre sedato. I pannolini, i pannolini. Accanto a un pergolato c'era un grande secchio nero della spazzatura. Lo aprii e guardai dentro. Siccome non riuscivo a vedere tutto quello che c'era lo rovesciai a terra verso di me. Cercavo pannolini, confezioni di latte in polvere, un ciuccio rotto. Stavo separando lentamente i rifiuti quando sentii la porta che si apriva e le voci delle due donne e dell'uomo. Parlavano in spagnolo, perché evidentemente la madre di Martín non conosceva il tedesco. Sembrava soddisfatta di essere con loro, realizzata. Lasciai il secchio com'era e mi rifugiai tra le piante che si aggrovigliavano accanto al muro di cinta. Per fortuna ero magro e vestito di grigio. Ero coperto dagli oleandri e dai gladioli e pregai che in quel momento non iniziasse a soffiare il vento e le piante non si muovessero.

Sebastian salì in macchina con la spagnola e Frida fece per tornare in casa, ma a metà della veranda si fermò: qualcosa aveva attirato la sua attenzione. Trattenni il respiro quanto più potei senza correre rischi. Lei fiutò l'aria. Probabilmente il secchio aperto e rovesciato emanava un vero e proprio fetore, da cui mi proteggevano i gladioli e gli oleandri. Ci si avvicinò a grandi falcate, di cattivo umore, scacciò con una manata un paio di mosche, diede un calcio al gatto che si aggirava tra i rifiuti, raddrizzò il secchio e lo richiuse. Non sembrava esattamente contenta. Poi inseguì il gatto che tentava di sfuggirle e quando lo acchiappò lo prese in braccio. Continuò a camminare stringendolo e facendogli le coccole e, quando il micio riuscì a liberarsi dalla sua presa e a saltare a terra, girò l'angolo che mi copriva la vista della porta d'ingresso e immaginai che rientrasse in casa. Era un bell'azzardo, ma stare in piedi immobile mi faceva stancare moltissimo e avrebbe potuto iniziare a girarmi la testa, perciò non potevo fare altro che allontanarmi.

Cosa faceva Frida tanto tempo in casa? Era passata dall'essere occupata tutto il giorno pulendo le ville dei signori della Confraternita per evitare che qualcuno ci ficcasse il naso, e poi curando il Macellaio ai Tre Ulivi, al non fare niente, e adesso doveva provare di certo una sensazione di vuoto.

Tirai fuori dalla tasca il quaderno degli appunti e scrissi: «So cos'hai fatto al Macellaio di Mauthausen e so anche che ti ha aiutato Martín. So che non è in Germania, ma probabilmente in fondo al mare. Probabilmente non a tutti i tuoi amici (e sono molti) farà piacere una notizia del genere. La loro fiducia nei tuoi confronti potrebbe essere a rischio. Ho delle foto che vi mostrano mentre lo portate sulla sedia a rotelle fino al portabagagli della macchina. Mi sembra ottimo quello che hai fatto con lui. Terrò la bocca chiusa per sempre se mi dici dov'è il bambino. Aspetto la risposta al Faro sotto una pietra quadrata ai piedi della panchina di legno che si trova tra le palme selvatiche. Le otto di domattina sarà il limite massimo».

Basta. Mi ero stancato di scrivere stando in piedi, senza muovermi. Strappai il foglio il più silenziosamente possibile e mi avviai verso l'angolo. Mi chinai quando passai sotto la finestra. Lasciai il foglio infilato sul cardine della porta con la speranza che quella bruta, uscendo, lo vedesse. Poi, nel dubbio, cambiai idea e lo feci scivolare sotto la porta. Me ne andai di corsa, costeggiando il muro di cinta.

Il rosso scolorito di Libertà II spuntava dietro le ginestre come una specie di grande fiore e solo per quel motivo Frida non mi beccò. Quando stavo per metterlo in moto, lei uscì di corsa sul viottolo e mi rallegrò scoprire che godevo ancora di riflessi e rapidità sufficienti ad appiattirmi tra i rami e il motorino. Mi sorprese che lei non notasse niente di insolito nel paesaggio che evidentemente aveva sotto gli occhi tutti i giorni, quando andava a ritirare la posta dalla cassetta o usciva per allenare quelle gambe tornite, muscolose e instancabili, cosa che indicava preoccupazione e difficoltà. Non si sarebbe mai aspettata che qualcuno tirasse fuori la storia del Macellaio. Quando calcolai che doveva essere ormai tornata nella sua tana, misi in moto il mio vecchio amico e ripartimmo.

Sandra

Quando ci alzammo il mattino dopo, Lucy stava facendo i bagagli, se si può definire fare i bagagli infilare qualche panno appallottolato nello zaino; non prese neanche le dispense del concorso, sempre più spiegazzate e sporche. Era molto più magra di quando era arrivata a Dianium. Eravamo tutti più magri, sciupati e tristemente rabbiosi, furenti. Sbattevamo i bicchieri sul tavolo, chiudevamo le porte facendo un gran rumore, ci lasciavamo cadere sulle sedie come se volessimo sprofondare nel legno ed entrare in un altro mondo, piangevamo sotto la doccia per non farci vedere dagli altri, prendevamo pillole per dormire e pillole per sopportare di stare svegli e poter continuare a cercare Janín senza disperarci più del dovuto. Lucy metteva candele che non bisognava spegnere e quando una corrente d'aria le spegneva lei le riaccendeva subito, come se una semplice corrente d'aria potesse mettere fine alla vita.

«Che fai?» le chiese Santi, scagliando le chiavi della macchina contro il fondo della fruttiera di vetro.

Lucy trasalì, non tanto per il rumore delle chiavi ma perché trasaliva per tutto; persino il ronzio di una mosca la faceva rabbrividire.

«Non so cosa faccio. Non so cosa devo fare. Dimmi cosa vuoi che faccia e io lo farò.»

Santi aprì il rubinetto e lo richiuse. Probabilmente aveva sete, ma non aveva voglia di bere.

«Fai quello che vuoi», ribatté.

«Ho bisogno di andare via da qui. Non perché lo voglia, non voglio disinteressarmi, non potrei disinteressarmi neanche se fossi a un milione di chilometri da qui; ma qualcosa mi dice che devo andarmene.»

Andai in giardino dove c'era la corda dei panni e ritirai un suo bikini e delle magliette che erano stesi lì dal rapimento di Janín.

«Non credo che tu possa fare più di quanto non abbia già fatto.»

La frase non era molto felice ed entrambe guardammo verso lo zaino. Poi le domandai a bassa voce, cercando di non farmi sentire da Santi, come stava Janín in base a quello che sentiva. Glielo chiesi spaventata perché mi meravigliava la sua decisione improvvisa di andarsene. E dopo un secondo mi pentii di averglielo chiesto. Santi aveva ragione: l'unica cosa sensata era ritrovarlo.

«Non ha fame, non ha sete, ti cerca con lo sguardo e piange per il dentino, ma a volte ride, a volte è contento. Al momento fa una vita più o meno normale.»

Respirai, sentii profondamente mio figlio con il suo odore, con le sue lacrime, con il fastidio che gli provocavano le coliche e i denti, con il dolore in sé, e non avrei mai perdonato per i giorni della sua vita che mi stavano rubando.

Santi uscì in giardino, anche se il giardino lo faceva disperare più della cucina. La vita all'aria aperta, l'aria pura, gli alberi, i fiori ci tormentavano più di qualunque buco e del buio. Quando uscimmo anche noi, era seduto su un gradino con la testa fra le ginocchia, qualunque allegria o bellezza del mondo per lui erano eccessive.

«Ciao», disse Lucy con lo zaino in spalla.

La guardai fino allo sfinimento senza sapere perché: un vestito stropicciato di un tessuto che assomigliava alla seta, forse troppo trasparente, un paio di sandali e i capelli scompigliati.

«Hai soldi?» chiese Santi continuando a tenere la testa fra le ginocchia, che erano sempre più appuntite.

«Ho tutto quello che mi serve», rispose Lucy, stabilendo quali erano i principi della sua vita.

Ci ritrovammo più soli: il dolore di Lucy mi aveva confortato, mi aveva fatto compagnia, il suo pianto irrefrenabile e il suo senso di colpa avevano riempito un po' il vuoto immenso del mio cuore.

Mi sedetti sul gradino insieme a Santi, sentivo il contatto con il suo braccio. Quel braccio aveva tenuto Janín e conservava ancora qualcosa del suo calore e forse anche del suo odore. Chinai la testa e avvicinai il viso al braccio cercando una traccia dell'odore di mio figlio. Santi mi accarezzò il capo.

La mia famiglia non aveva la minima idea di quello che stavamo passando. Per niente al mondo avrei voluto che venissero e scatenassero un putiferio. Avrebbero rovinato tutto. Chiesi a Santi di non dire nulla. Solo noi avremmo potuto ottenere qualcosa, neppure la polizia avrebbe potuto combattere contro quella gente.

«Ma che gente?» esclamò Santi. «Mi state facendo impazzire, tu e il tuo amico.»

«La gente che ha inventato la crudeltà, il sadismo, le camere a gas, la gente che pensa che gli altri non siano umani, ma animali come i porci, i conigli o i topi.»

«Stai parlando di quei vecchi nazisti da cui sei ossessionata?»

«Hanno seguaci giovani e di tutte le età; magari ne conosci qualcuno e non lo sai. Molti si nascondono dietro facce gradevoli, sembrano persone normali. Sono dappertutto.»

«E che cosa gli avete fatto per spingerli ad accanirsi contro nostro figlio?»

Santi non poteva capire l'enormità della situazione né le pretese della Confraternita nei nostri confronti.

«Li abbiamo semplicemente scoperti. È come scoprire uno spillo tra quelle piante», dissi indicando i gerani, senza essere sicura che fosse un buon paragone. «Sapevamo chi erano e Julián li ha denunciati. Hanno smesso di essere invisibili, capisci? Ora vogliono lui.»

Mi ascoltava con la fronte aggrottata, senza capire perché io avessi dovuto farmi coinvolgere in un'assurdità del genere.

«E allora che si consegni. Non vedo dov'è il problema.»

«Se volessero soltanto lui sarebbe facilissimo, ma pretendono che dia loro qualcosa che non ha e che ora sta cercando per scambiarlo con Janín.»

Mi fissò incredulo. E mentre mi guardava anch'io provai un'enorme incredulità di fronte alla possibilità di ritrovare Janín.

«Credi che la testimone abbia visto davvero nostro figlio?» chiesi per sfuggire ai miei pensieri.

«È possibile. Non è una sfaccendata che deve inventarsi storie per passare il tempo, ha molto da fare al ristorante.»

Santi fece per tirare fuori le cartine per rollarsi una canna, ma poi le infilò di nuovo nella tasca dei pantaloni; non meritava di rilassarsi, non meritava nessun piacere, nessuna evasione, mentre suo figlio era prigioniero.

«C'era una persona che avrebbe potuto aiutarci, ma mi hanno detto che è morta. Se non fosse vero, lui ritroverebbe Janín.»

Santi distese la fronte, aveva bisogno di tutta la sua ampiezza per comprendere che eravamo appena arrivati al punto in cui c'era quell'altra persona di cui aveva sempre sospettato, di cui era sempre stato geloso e di cui io avevo quasi sempre evitato di parlargli.

«Si chiamava Alberto e faceva parte della Confraternita, ma era diverso da loro. Era sensibile, compassionevole, e mi ha aiutato a fuggire.»

«Non ci capisco niente. Perché quella gente ti voleva?» disse andando su e giù e scuotendo la testa con tutta la negatività del mondo.

«Fa lo stesso. Te lo spiegherò in un altro momento, adesso mi sento troppo male, sono stanchissima...»

Non so perché gli avevo parlato di Alberto, quando era un pensiero che mi era ancora impossibile affrontare.

Julián

Il guanto di sfida era stato lanciato e Frida lo aveva raccolto. Annoiata e disorientata com'era, senza referenti certi, con i suoi capi sparpagliati qui e là, con segreti da custodire, ero sicuro che sarebbe andata al Faro. L'avrebbero spinta la curiosità e anche la paura di ciò che l'autore del biglietto poteva sapere di lei.

Avevo fissato come orario limite le otto di mattina. Io sarei passato di lì nel pomeriggio. Prima volevo andare alla biblioteca comunale di Dianium, dove ero stato mesi prima quando cercavo tracce di Salva in qualunque cosa avesse fatto o letto. Allora non avevo la minima idea di ciò che cercavo, adesso invece ero nella posizione di poter individuare qualunque campanello d'allarme, qualunque indizio.

Molte vetrate chiuse con le tracce delle ultime piogge e degli ultimi caldi, affinché gli studenti lasciassero vagare lo sguardo per fissare le nozioni o per semplice noia. L'addetta mi guardò sforzandosi di ricordarsi di me. Le mostrai il tesserino. Io me la ricordavo bene, perché aveva delle caratteristiche molto riconoscibili. Portava un camice bianco, i capelli raccolti e un paio di occhiali piuttosto grandi, come se non volesse farsi sfuggire neanche un angolo di visuale.

«Adesso ricordo», disse affabilmente, ma senza sorridere. «La sezione di storia, vero?»

Lodai la sua splendida memoria, anche se fra tanti giovincelli io spiccavo parecchio, come un tempo doveva aver spiccato Salva. Cercai nell'emeroteca l'anno 1962. Mi lanciai subito sulle riviste che trattavano di nazismo. Ne portai vari volumi a un tavolo e iniziai a sfogliarli uno per uno cercando le sottolineature e le note a margine.

Nel mio andirivieni dagli scaffali feci caso a uno studente che mi sembrava di aver visto un anno prima nello stesso posto in cui si trovava in quel momento. Mi pareva di aver visto anche un libro che pesava una tonnellata aperto di fronte a lui; mi diceva qualcosa il suo viso pallido e alterato. Si accarezzava il pizzetto con due dita proprio come allora e guardava in direzione delle vetrate e in quel momento raddrizzò un po' la testa per tirare fuori dalla tasca un fazzoletto con il quale si tamponò gli occhi: forse erano lacrime. Poi si soffiò il naso e infine si prese la testa fra le mani. Non volli vedere altro. I volumi che trasportavo pesavano un bel po'. Li appoggiai sul tavolo e ripresi a sfogliare. Arrivai a un capitolo in cui venivano elencati i nomi dei gerarchi nazisti transitati per la Spagna mentre erano diretti in Sudamerica o altrove. Il nome di Otto era cerchiato e Salva aveva sottolineato (non avevo dubbi che fosse stato lui) il seguente testo: «Lo scienziato tedesco Heinz Krug, che durante la seconda guerra mondiale aveva collaborato con il programma missilistico nazista nella base di Peenemünde, sparisce senza lasciare traccia. Si sospetta, sulla base di notizie provenienti da Israele, che Krug sia stato sequestrato dagli egiziani». Posai lo sguardo sulle vetrate. Se Salva aveva sottolineato quel paragrafo era perché era importante, perché significava qualcosa. Ero sulla strada giusta, almeno la strada tracciata da Salva e che prima non ero stato in grado di individuare in mezzo alle erbacce e all'oscurità. Adesso iniziava a essere illuminata. Quando era stato che Salva aveva iniziato a riflettere in quei termini su Otto? E perché? Io avevo un dato che lui ignorava, o forse no: la foto di Otto accanto alla grotta con la data quasi cancellata dell'anno 1962. Perciò sapevo che Otto era stato a Dianium già nel 1962, senza poter determinare per quanto tempo né perché. E forse Salva era arrivato a scoprirlo tramite Violeta. L'autore dell'articolo che avevo davanti a me sottolineava il prestigio di cui godeva Otto tra gli scienziati nazisti che collaboravano con l'Egitto affinché raggiungesse la supremazia strategica su Israele.

Indizi che non ero capace di mettere a fuoco mi arrivavano da tutte le parti. Mi innervosiva non riuscire a fare due più due. Eppure ero sicuro che lì fosse racchiusa l'informazione che la Confraternita voleva da me. Otto aveva qualcosa a che vedere con quel Krug e io possedevo la prova fotografica del fatto che, nel periodo della sua scomparsa, Otto era a Dianium, cosa che lo metteva al centro di un intrigo che in quel momento non capivo. Mentre i miei amici di Buenos Aires continuavano a giocare a carte e a prendersi grandi arrabbiature per i loro piccoli investimenti in borsa, io avevo tra le mani la vita di un bambino.

Depositai i volumi sul tavolo su cui si lasciavano i libri presi dagli scaffali affinché l'addetta li rimettesse a posto – di lì la necessità di un camice bianco, per non sporcarsi di polvere. Quando uscii le rivolsi un cenno di saluto. E resistetti alla tentazione di guardare lo studente, non volevo dover sopportare altre sofferenze altrui.

Quando arrivai al Faro, parcheggiai il motorino dietro una palma affinché restasse nascosto ed entrai nel bar a prendere un caffè ristretto per tirarmi un po' su. Perché non avevo qualche milione di neuroni in più? Se Salva era stato ucciso, era perché gli era stato facile arrivare a una conclusione.

Con grande dispiacere non potei lasciare la mancia: per me i centesimi non erano spiccioli, ma monete con un valore reale. Sorseggiai il caffè cercando di trarre qualche conclusione; non potevo permettermi il lusso di pensare che la vita del bambino dipendesse da quello che la mia intelligenza sarebbe riuscita a combinare. Dovevo agire senza fretta, con serenità, lasciando che i pezzi si incastrassero, e perciò feci lentamente un giro intorno al Faro e mi affacciai alla scogliera, alta una quindicina di metri, e all'improvviso mi resi conto che con una semplice spinta avrebbero potuto togliermi di mezzo, ma non prima che avessi parlato. Salva era potuto rimanere saldo perché non avevano a portata di mano nessun Janín per fargli pressione.

Per quanto riguardava il Macellaio, non sarebbe stato pratico buttarlo giù di lì, posto che in teoria continuava a vivere in Germania. Probabilmente a bordo di una barca lo avevano portato dall'imbarcadero dei bungalow fino in alto mare e lì avevano gettato il suo corpo in acqua. Invece conveniva che il cadavere di Violeta comparisse in un luogo più o meno visibile e frequentato, ma impervio, perché si potesse pensare a un incidente, tra gli scogli di Punta Negra per esempio. Perché fosse un castigo esemplare agli occhi di Salva.

Il mare mostrava un fondale scuro a causa delle alghe e stava iniziando a piovigginare. Non aveva senso che si sbarazzassero del bambino. Se non fossimo riusciti a ritrovarlo, lo avrebbero affidato a una coppia della Confraternita perché lo crescesse. Per fortuna nel sottosella avevo l'impermeabile. Tornai indietro per prenderlo. Sì, stavo rimandando il momento in cui avrei sollevato la pietra e verificato se Frida aveva risposto al mio messaggio. Ormai però non potevo più attendere. Mi chinai e la sollevai. Non c'era niente, la terra era un po' umida. Lasciai cadere la pietra. Stavo pensando che avrei dovuto avvisare Sandra che ormai la nostra buca delle lettere era compromessa quando avvertii una presenza dietro di me. Non si muoveva, stava aspettando che lo facessi io, ma prima che riuscissi a sollevare il mio scheletro, cosa che avrebbe richiesto svariati minuti estenuanti e molto dolore, girai lo sguardo. Vidi i polpacci muscolosi di Frida, dorati dalla brezza, con una leggera peluria bianca. Portava la minigonna e questo la rendeva un po' più umana. Mi appoggiai alla panchina, su un ginocchio e anche a terra per mettermi dritto, poi mi sedetti per riprendermi dallo sforzo e mi sfregai le mani.

«Perciò sei tu», disse.

«Chi altri avrebbe potuto essere?»

La risposta la spiazzò.

«Senti, il Macellaio era un disgraziato, non ha mai apprezzato ciò che facevi per lui e ti ha anche obbligato a tagliarti i capelli. Avevi una chioma splendida, sembravi un'attrice, dico sul serio. È la cosa più umiliante che si possa fare a una donna.»

Mi guardava meravigliata, con gli occhi spalancati. Le si riempirono di lacrime.

«Perché mi dici tutto questo?»

«Perché è vero. E perché voglio che sappia che ti capisco. Ti costringeva a subire troppe umiliazioni. Era un vecchio stupido ed egoista che bisognava accompagnare al gabinetto.»

«Non è stato sempre così», replicò, e gli occhi inghiottirono le lacrime e rimasero asciutti. «Qual era il senso di quel biglietto? Credi di farmi paura?»

«Sei sola.»

Aspettai che incassasse la parola «sola»: era difficile sapere se ci avesse mai pensato. C'era la possibilità che eseguire ordini la liberasse dal peso di dover riflettere su ciò che doveva o non doveva fare.

«Non così sola.»

«Più sola di prima. Ormai siete sempre meno ed è arrivata gente più giovane di te. Nonostante tutta la tua dedizione, non sei in prima linea, se mi permetti di dirtelo.»

Mi guardò con odio. Le gocce diventavano più fitte.

«Io posso...»

«So che se vuoi puoi togliermi di mezzo, ma io non ti ho tradito, non ti ho vessato. Io ti rispetto. Non ti denuncerò alla polizia se mi dici dov'è il bambino.»

Per un attimo mi sembrò sconcertata. Rimase in silenzio con le labbra strette per non far uscire neanche l'aria. Trattenne dentro di sé i suoi sospetti. Iniziavo a preoccuparmi che mi si sarebbero bagnati i piedi. A lei non importava niente della pioggia e del vento che iniziava a formarsi come una conchiglia sul mare.

«Il bambino?» chiese.

«Il bambino di Sandra, ti ricordi di lei?»

«Sì, quella che è scappata», disse con il pensiero da un'altra parte.

«Lo avete rapito.»

Rimase in silenzio sotto la pioggia. Non poteva fare domande senza scoprirsi, non l'avevano coinvolta. Lei, che fino a quel momento si era occupata di tutti i panni sporchi della Confraternita e che aveva aiutato a portare Sandra, semisvenuta, nello scantinato di Villa Sol per l'iniziazione, era stata tenuta fuori da una faccenda così importante.

«Se non sai niente di tutto questo, è meglio che tu non dica loro che mi hai visto e che hai parlato con me. Io non dirò mai che sei stata tu ad ammazzare il Macellaio.»

«È in Germania.»

«Sì, la Germania in fondo al mare. Hai fatto credere loro che si sia suicidato. A Sancho non farà affatto piacere sospettare di te.»

«Vivi ai Tre Ulivi.» Era appena caduta dalle nuvole. «Come ho fatto a non vederti?»

«Perché io ho fatto in modo di non farmi vedere.»

Mi resi conto che non sapeva neanche che mi cercavano.

Era evidente che la donna bionda che la testimone aveva visto con Martín il giorno del rapimento e quella che Lucy aveva visto alla bancarella del mercatino non era Frida. E forse anche il bambino non era Janín.

«Eri molto occupata a cercare di compiacere il Macellaio. E quanto più facevi per accontentarlo, peggio era.»

Assunse un'espressione amareggiata. Frida non era più la stessa, a mano a mano che la Confraternita si sgretolava, si sgretolava anche lei. Adesso esprimeva le emozioni.

«Lo ha rapito Martín», continuai, «e non avrei mai immaginato che potesse fare una cosa del genere senza di te.»

«Abbiamo parlato abbastanza per oggi», tagliò corto dando per concluso il suo nuovo tormento.

La vidi montare in bicicletta. A lei non facevano paura le curve o i pendii, né la pioggia, il buio o la solitudine. Le faceva paura non avere capi che le dicessero cosa doveva fare.

Sandra

Piovve per tutta la notte. Si sentiva il picchiettio lento e ritmico delle gocce sulle foglie. Cercai di concentrarmi su quell'armonia.

Non dormivamo, oppure dormivamo narcotizzati da dosi massicce di Orfidal e ci svegliavamo con gli occhi gonfi e il viso avvizzito per non aver chiuso occhio, per esserci rigirati nel letto con i pensieri che giravano in testa. Oppure ci alzavamo con la stessa faccia stravolta per essere piombati in un sonno finto, che ci serviva soltanto per poterci alzare una volta di più. Ci incrociavamo con i capelli arruffati e non parlavamo, non ci guardavamo. Il primo che arrivava in cucina preparava il caffè in un pentolino più o meno pulito che trovava lì, non ci sembrava il caso di fare le pulizie, né di preoccuparci che la cucina e le stanze fossero gradevoli.

Avevamo bisogno che fosse tutto il più sgradevole possibile. Ci coricavamo tra le lenzuola scompigliate che non avevamo cambiato dal nostro arrivo e nonostante ciò avevamo l'impressione di tradire nostro figlio e le terribili catastrofi che stava vivendo. Quando ci facevamo una doccia, stavamo attenti che fosse rapida, senza indugiare, cercando di far sì che l'acqua che ci scivolava sulla pelle non diventasse un piacere. Naturalmente non tornai più a correre in spiaggia e non ci venne in mente neanche in sogno di fare un bagno al mare. Quanto più era dura la nostra vita, tanto più ci sentivamo in contatto con nostro figlio.

Riempii d'acqua il pentolino e lo misi sul fuoco. Non avevamo spostato il box del bambino pieno di giochi di gomma dalla cucina ed evitavo di guardarlo per non crollare, ma non avevo neanche il coraggio di portarlo nella sua stanza. Se avessi tolto di mezzo il box, in un certo senso avrei tolto di mezzo lui. Versai nel pentolino il poco caffè che ci restava. Ne avrei comprato al volo un pacchetto in un negozio qualsiasi per tenerci svegli, ma non pensavo assolutamente di entrare in un grande supermercato per riempire il carrello della spesa come se pensassimo di vivere nonostante tutto. Io non volevo vivere nonostante tutto e penso che neanche Santi volesse farlo.

Quando il caffè iniziò a bollire lo tolsi dal fuoco. Lavai due tazze del giorno prima e presi alcune madeleine che erano avanzate. A Janín piacevano quelle madeleine, si divertiva molto a mettersene un pezzettino in bocca e a farlo sciogliere.

Pensai che avrei dovuto elaborare il piano della giornata mentre contemplavo il limone, il mandorlo, i due aranci e la palma che rendevano così bello il giardino della casa. E ciò che in un determinato momento è splendido, in un altro è l'inferno. Le madeleine mi andavano di traverso, mi facevano venire i conati di vomito. Mi ricordavano il male e la cacciata dal paradiso. Scendeva una pioggia sottile e il sole si affacciava di tanto in tanto tra le nuvole come un cristallo per poi nascondersi di nuovo.

Sentii Santi che mi chiamava con la voce alterata. Guardai verso il piccolissimo cristallo che restava nel cielo chiedendomi che cosa avesse potuto renderlo sconvolto più di quanto già era.

Mi aspettava in cucina con qualcosa in mano.

«Che cos'è questa, puoi spiegarmelo?» chiese.

Mi avvicinai ancora di più. Dal rapimento di Janín non vedevo bene.

Era la pistola che avevo rubato alla Scarmigliata. La appoggiò sul tavolo con cautela. Era di cattivo umore, come sempre dal giorno del sequestro, e la scoperta dell'arma gli dava l'opportunità di inacidirsi ancora un po'.

«Non preoccuparti, è scarica. Le pallottole sono nel cassetto del mio comodino.»

Evidentemente, se aveva trovato la pistola, doveva aver frugato tra le mie cose. Non glielo rimproverai. Non mi interessava cosa stesse cercando.

Per un momento se la appoggiò alla tempia. E questa è un'immagine che non riuscirò mai a dimenticare. Guardammo a vicenda le nostre facce avvizzite, i nostri occhi gonfi, le nostre teste spettinate e le magliette che usavamo sia per dormire sia per uscire a cercare il bambino. Non sapevamo cosa fare, magari a Julián sarebbe venuto in mente qualcosa.

«Credo che dovresti andare a cercare Julián ai Tre Ulivi, visto che lì non ti conoscono. Puoi dire che sei un assistente sociale.»

Era titubante, ma non avevamo nessun altro piano. Prese i jeans dal bracciolo della poltrona e se li infilò.

«Metti via questa», disse riferendosi alla pistola.

E se nel tamburo fosse rimasta una pallottola? E se a Santi fosse venuta voglia di premere il grilletto per fare un gesto tragico come quello che ci stava capitando?

La portai fino al cassetto del mio comodino tenendola con due dita.

Lucy

Quando lasciai la casetta, mi misi a camminare lungo il ciglio della strada verso il paese. Il mare era dietro le case e le palme. Riuscivo ancora a sentirne il rumore, a volte era più sommesso e altre più forte, ma non spariva mai. Avrei preferito rimanere lì, perché se fossi tornata a Madrid non avrei saputo come andavano le cose e non avere notizie mi avrebbe fatto disperare. Ma almeno adesso non dovevo più vivere l'incubo da dentro.

Stavo fuggendo? Li stavo abbandonando? Quando li avevo salutati, Santi fumava in cortile con delle occhiaie che gli arrivavano fino ai piedi e Sandra non si era neppure voltata verso di me. Un adulto con la capacità di pensare e di andare da una parte all'altra non ha un bisogno reale che ci si preoccupi per lui, era chiaro, e men che meno se si trattava di me, che ero la causa di quella disgrazia.

Per arrivare alla stazione degli autobus dovevo percorrere la strada principale del paese e a piedi mi ci volle più o meno un'ora e mezzo. Avrei potuto fare l'autostop come avevo fatto al mio arrivo ormai una vita prima, ma avevo bisogno di stancarmi, di sentire il fresco del mattino che entrava attraverso i fiori del vestito. Qualche macchina si fermò lo stesso, probabilmente gli automobilisti erano incuriositi da questa ragazza mezza vagabonda, mezza hippy, tutta sola. L'umido che veniva dal mare mi accarezzava la faccia e i capelli sempre più sporchi e crespi. Iniziavo a pensare di fermarmi a prendere un caffè e mangiare qualcosa. Non avevo quella che si chiama fame, ma allontanandomi dalla casetta anche solo di qualche chilometro il mio corpo aveva ripreso a funzionare.

Mi maledissi perché potevo fare ciò che volevo, eppure a volte mi ero considerata sfortunata. Anche con quell'aspetto attraevo vari automobilisti, che insistevano nel volermi aiutare. Piacevo agli uomini perché ero giovane e bionda e perché sembravo ingenua. Niente di tutto ciò contava. Non mi importava l'immagine che gli uomini potevano avere di me. I miei capelli grassi e ingarbugliati mi appartenevano più di quelli setosi e morbidi, che finivano per essere più loro che miei.

Mi sedetti su una panchina di legno di fronte a un bar di tapas, non tanto per riposare – lo zaino era quasi vuoto, senza le dispense del concorso – quanto per decidere il da farsi. Non riuscivo più a stare con Santi e Sandra, eppure non sopportavo di andarmene senza rivedere Janín.

Julián

Stavo pensando a come tornare alla carica con Frida e dirle che Martín la stava usando perché la sua vera alleata era sua madre, quando vidi entrare in sala da pranzo Pilar, che mi cercava con lo sguardo.

Mi fece cenno di uscire.

«Questo ragazzo è un assistente sociale», annunciò con occhi e bocca pesantemente truccati nonostante fosse molto presto. «È venuto per sapere se hai bisogno di aiuto. Magari qualcuno aiutasse anche me.»

«Grazie», risposi, davvero meravigliato davanti alla presenza di Santi.

«Dobbiamo sistemare alcuni documenti», spiegò lui, dando per scontato che saremmo andati via.

Gli chiesi di accompagnarmi in stanza a recuperare le medicine dell'ora di pranzo per ogni eventualità.

Non avevano ancora rifatto la stanza e c'era odore di chiuso, non di me, ma un odore particolare che emanava dalle pareti e dalle anime che erano passate di lì.

«Guarda», dissi a bassa voce, indicando la parte inferiore della scrivania. «Qui custodisco delle foto attaccate al ripiano e anche delle coordinate, che indicano una grotta sul monte.»

Lui si inginocchiò e si sporse leggermente, poi si guardò intorno mentre io contavo le pillole e le avvolgevo in un pezzo di carta igienica. Me le infilai nella tasca dei pantaloni.

«Porto sempre una pillola di nitroglicerina qui», dissi, indicandogli la tasca della camicia, «casomai l'infarto bussasse alla porta. Non voglio spaventarti, ma se quel momento arriva devi mettermela sotto la lingua.»

Fece una faccia che voleva dire che non era mio nipote o qualcuno a cui importava della mia vita.

«Qui», continuai indicandogli la tasca della giacca mentre la indossavo, «tengo il quaderno degli appunti.»

Santi era come un adolescente ribelle. Ascoltava tutto a metà, ci faceva caso a metà, sopportava a metà che succedesse quello che stava succedendo e che io esistessi. Non mi meravigliava che Sandra ci avesse pensato su prima di impegnarsi con lui. Era molto difficile lottare contro uno scettico. A Buenos Aires uno dei miei compagni era così, all'inizio non credeva a niente, davanti a qualunque commento faceva una smorfia, viveva in un mondo strano in cui esistevano soltanto le partite a carte, noi, il cameriere e le tapas che ci portavano con le birre.

Andammo al parcheggio e presi l'impermeabile dal sottosella.

«Qui Sandra ha avuto un amante, vero? Non lo ha negato. Non m'importa sapere che stesse insieme a qualcuno. Adesso non m'importa più niente.»

Non dissi nulla. Non volli nominare Alberto. Non c'era bisogno di complicare ancora di più le cose con il passato, sentimenti a fior di pelle e un sacco di sfumature sempre dubbie.

Dovetti concentrarmi e dimenticarmi di Alberto come se n'erano dimenticati tutti a parte Sandra. Pensai a Frida, che doveva aver riflettuto sulla faccenda del bambino rapito.

«Sandra ha una pistola, lo sapevi?»

Scossi la testa: dove poteva averla presa?

«Sai usarla?» chiesi.

«Manco fossi membro della National Rifle Association...»

«Posso mostrarti io come si fa», proposi. «Non voglio che vi facciate male.»

«Uff», fece lui. «E allora, che storia è questa dell'amante?»

«Prima prendiamoci un caffè», dissi avviando il motorino. Santi salì in macchina con tutta l'incredulità del mondo.

Non pensavo che Frida fosse rimasta a fare la guardia per il secondo giorno consecutivo. Lei non poteva sapere che io sarei salito nuovamente al Faro. Il mio ritorno era dovuto a una semplice intuizione. Ordinammo un caffè ristretto e uno normale. Mentre ce li preparavano uscii e andai fino alle palme selvatiche, mi sedetti sulla panchina e alzai la pietra quadrata. In un sacchetto di plastica per congelare gli alimenti c'era una ciocca di capelli biondi. Non volli aprirlo, nel caso bisognasse portarlo alla polizia. Mi sentii male, nauseato. Cosa significava? Scossi i granelli di polvere dal sacchetto e me lo infilai in tasca. Mi faceva inorridire l'idea che Frida avesse tagliato una ciocca di capelli al bambino con un paio di forbici: non si ricordava di quando li avevano tagliati a lei? Ci sono due tipi di persone: quelle che odiano fare il male che è stato fatto loro e quelle che hanno bisogno di farlo a loro volta per liberarsene. E Frida apparteneva alla seconda categoria. Speravo di non aver messo ancora di più in pericolo il bambino parlando con lei.

Non dissi niente a Santi della ciocca. Quell'informazione sarebbe servita solo ad angosciarlo e a disorientarlo ulteriormente per poi spingerlo ad andare alla polizia, come se la polizia per il solo fatto di essere tale potesse sapere tutto quello che sapevamo io e Sandra. Sarebbero riusciti soltanto a farli fuggire e a far sì che portassero il bambino più lontano, se non qualcosa di peggio.

Tirai fuori dalla tasca il quaderno degli appunti e cercai un biglietto da visita che mi aveva dato Elisabeth, la collega di Alberto, un anno e mezzo prima. Chiesi a Santi il suo cellulare e digitai il numero. Andai in bagno per poter parlare tranquillamente.

Non ricordavo che avesse una voce così aspra, solo i capelli biondi raccolti in una coda, il naso rosso per il freddo e un giaccone giallo il pomeriggio in cui mi aveva dato la notizia della morte di Alberto e della sua vera identità.

Le spiegai chi ero. Si ricordava perfettamente di me. Stavo bene? Avevo qualcosa di nuovo da raccontarle? Prima che potessi dire qualunque cosa mi raccomandò di dimenticarmi delle ultime frange che restavano della Confraternita; l'organizzazione ormai era bruciata e avrebbe finito per disperdersi completamente. Non le dissi niente del sequestro del bambino né che c'erano nuovi membri, con un entusiasmo rinnovato. Le chiesi solo di raccontare ciò che era successo ad Alberto alla ragazza di cui era stato innamorato in quel periodo.

«Si chiamava, si chiamava...» disse lei sforzandosi di ricordare.

«Sandra.»

«Sandra, certo.»

«Credo che tu conoscessi i sentimenti di Alberto nei suoi confronti meglio di chiunque altro e le farà piacere sentire da te che era una bella persona, come lei immaginava che fosse.»

Santi mi aspettava in piedi.

Ebbi un tuffo al cuore quando sentii squillare il cellulare. Aspettavo sempre qualche notizia, ma ogni volta che arrivava mi tremavano le gambe. Per strada un gruppo di bambini con le pinne sottobraccio saliva dal mare. Tenevo quasi sempre la porta aperta affinché ciò che doveva arrivare entrasse senza dover bussare. Era aperta perché, se qualcuno fosse arrivato con Janín, non si ritrovasse davanti alla porta chiusa.

Era una donna di nome Elisabeth e aveva la voce di chi la sapeva lunga. Si presentò come amica di Alberto. Julián le aveva chiesto di chiamarmi perché lei era stata molto in confidenza con Alberto, avevano indagato insieme sulla Confraternita per due anni, finché non eravamo arrivati io e Julián e la faccenda non aveva preso un'altra piega.

Io ascoltavo ansimando, e camminavo avanti e indietro nella piccola cucina e nel salotto. Non potevo avventurarmi in giardino per paura che con il vento qualche parola si perdesse. Elisabeth disse che Alberto aveva corso un grande rischio per me e che non aveva potuto raccontarmi la storia in cui era coinvolto per non mettermi in pericolo: meno ne sapevo, meglio era. Disse che gli sarebbe piaciuto tanto parlarmi apertamente della sua vita, di come era in realtà, di ciò che provava per me, dell'impressione che gli avevo fatto la prima volta che mi aveva visto. Io ero una ragazza così onesta, così diretta, così piena di vita, che si era sentito subito responsabile per me. Aveva capito immediatamente che Fred e Karin volevano succhiare la mia freschezza e la mia bontà e che non mi avrebbero lasciato scappare. Aveva capito anche che potevano essere interessati al figlio che avrei avuto, sangue fresco per la Confraternita. Aveva sperato che il vecchio Julián mi aprisse gli occhi. E disse che lui non aveva mai immaginato che io e Julián potessimo incrociare la sua strada. Era stata una vera e propria sorpresa. All'improvviso due intrusi stavano mandando all'aria l'operazione. Perché Elisabeth e Alberto avevano un solo obiettivo: sgominare la rete di neonazisti che si stava formando intorno a loro. In fondo con la fuga precipitosa dei nazisti avevano perso molte informazioni e diverse prove compromettendo in parte la prosecuzione della missione. E prima che tutto andasse a rotoli la Confraternita sospettava che ci fosse una talpa. Tra le possibili talpe c'ero anch'io, ma alla fine si erano sentiti traditi da Alberto e con ogni probabilità lo avevano ucciso, anche se lo avevano fatto passare per un incidente. Le dispiaceva molto dovermi dare conferma della sua morte. Voleva farlo personalmente perché Alberto le aveva confessato quello che provava per me e si era maledetto migliaia di volte per avermi conosciuto in una situazione così critica.

Era molto preoccupato che mi potesse succedere qualcosa e sognava di fare un viaggio con me quando tutto fosse finito. Elisabeth non sapeva se avesse scelto un buon momento per raccontarmi una cosa così terribile; a sua discolpa doveva dire che era stato Julián a spingerla a farlo.

Mi sentii venir meno. Ero sfinita e nauseata per essere andata su e giù in uno spazio così piccolo mentre ascoltavo e mi lasciai cadere sul divano. Era la prima volta che mi ci sedevo dal rapimento di Janín, ma in quel momento non sentivo la comodità dei cuscini né lo schienale morbido, era come stare seduta a terra o per strada.

«Ci sei?» ripeté varie volte Elisabeth.

«Scusa, stavo pensando a mio figlio.»

«A tuo figlio? Sì, certo, Alberto sarebbe stato tanto felice di conoscerlo. Mi aveva detto che forse era il fatto di essere incinta a darti tanto coraggio.»

"Non è mai stato coraggio", pensai.

«Non sai cos'è successo a mio figlio?» chiesi.

Ci fu un grande silenzio.

«Non fa niente», ripresi. «Ormai Alberto non può più aiutarmi.»

Riagganciai. La Scarmigliata mi aveva detto la verità. Alberto era morto. Maledetta speranza. Non avevo voluto crederle. Non avevo voluto vedere la verità quando Julián sviava il discorso se gli chiedevo dov'era Alberto. Non avevo voluto rendermi conto che se Alberto fosse stato vivo mi avrebbe cercato o almeno avrei avuto qualche sua notizia. E di cos'altro non avevo voluto rendermi conto? Persino Santi intontito da una canna era più sveglio di me.

Avevo perso Alberto. Prima almeno non sapevo cosa avevo avuto. Adesso lo avevo perso e non potevo più continuare a pensare a lui. Niente lo avrebbe riportato in vita. Non poteva aiutarmi a ritrovare Janín. Era un peccato non saper usare la pistola perché sarei andata dalla Scarmigliata e gliel'avrei puntata contro, ma sicuramente avrebbe riso di me. Era una fanatica, una pazza. Era meglio trovare Martín, a qualunque costo.

Julián

«Andiamo da una mia amica», proposi a Santi che stava bevendo il suo secondo caffè. «Non ti far trasportare dal nervosismo. È una vera e propria psicopatica e ieri sembrava che non sapesse che i suoi compagni hanno rapito il bambino, ma magari oggi si lascia scappare qualcosa.» Lanciai un'occhiata al suo grande scetticismo e disprezzo per tutto ciò che facevo e gli dissi che, pensandoci bene, era meglio che andassimo con la sua auto e, una volta arrivati lì, mi aspettasse fuori.

«Non capisco perché non fai tutto questo con la polizia», osservò durante il tragitto, che io gli indicavo il più accuratamente possibile.

Parcheggiò davanti alla casa, in piena vista.

«Perché non c'è tempo», risposi, e scesi dalla macchina incespicando come se avessi le protesi al posto dei piedi. Mi faceva molta rabbia offrire un'immagine così patetica di fronte a Santi: a ragione, si sarebbe convinto che non fossi in grado di recuperare suo figlio.

Rimase appoggiato al cofano.

Che valesse la pena, prima o poi, di dare una mano di calce a quella facciata e una di vernice nera all'inferriata? Più che una casa era un rifugio: quattro pareti tra le quali proteggersi dalla pioggia e da quelli che vogliono spararti. C'era stato un momento, nei primi tempi di quella storia, in cui lì vivevano Frida, Martín e altre giovani leve della stessa risma, ma adesso Martín si era rifugiato sotto le gonne di sua madre e gli altri si erano dispersi, Frida aveva dato al Macellaio quello che si meritava e ora si ritrovava sola come un cane. E per quanto fosse improbabile che riflettesse molto sulla solitudine, la sua condizione l'aveva resa suscettibile e vulnerabile. Provava una certa amarezza, come se l'avessero scacciata dalla sua famiglia nonostante avesse dato loro tutto. Prima c'era stato il trattamento vessatorio da parte del Macellaio e adesso la lasciavano all'oscuro di una cosa importante come il rapimento di un bambino.

Bussai alla porta. Sentii il suo sguardo su di me da qualche punto della casa. Feci finta di non accorgermi di niente. E aprì.

«Ho trovato il tuo messaggio.»

Aveva la mascella serrata, non per me, ma per il mondo. Chissà come era stata la sua infanzia; probabilmente dura, e seguita da un'adolescenza senza infamia e senza lode e una vita adulta da segugio.

«Posso entrare?»

Mi indicò con un cenno la macchina e Santi.

«È un tassista, anche se non ha licenza.»

Non ci credette. Probabilmente durante la sua infanzia aveva imparato che prima di tutto bisogna diffidare. Forse a scuola non sapeva mai con certezza se stessero ridendo di lei o no e aveva scelto di pensare che lo facessero sempre.

«Hai i genitori?» le chiesi.

«Che cazzo te ne importa se ho i genitori oppure no?»

«A te non importa di quello che succede alla gente?»

«Entra», grugnì con la solita espressione arrabbiata.

Tirai fuori il sacchetto con la ciocca bionda. E mentre lo facevo mi resi conto che non poteva appartenere a un bambino. I capelli erano troppo spessi, troppo biondi.

«È tua questa ciocca?»

Restò in silenzio e appoggiò le mani su un tavolo senza sedersi. Le si vedevano i muscoli delle braccia e i tendini delle mani. Stava per esplodere. Guardava con odio fuori dalla finestra.

«Quello non è un tassista.»

«Andiamo al sodo. Non capisco cosa vuoi dirmi con questo», dissi scuotendole il sacchetto sotto il naso.

Me lo strappò con una manata. Anch'io lanciavo occhiate

fuori dalla finestra e vedevo Santi completamente distratto che malediceva la sua sfortuna. Se Frida mi avesse strangolato non se ne sarebbe neanche accorto.

I jeans le si tendevano sulle cosce e la camicia bianca di cotone conteneva a stento la sua schiena. Ancora una volta dovetti riconoscere che era molto forte.

«Non fare sciocchezze», disse. «Non credo a questa storia del bambino.»

«Perché non cerchi di scoprirlo da te? Se lo avessero rapito, dove potrebbero nasconderlo?»

«Tu non sei né mio padre né mio nonno.»

Finalmente reagiva a uno stimolo. Si era appena ricordata della famiglia, della sua infanzia, in cui l'autorità era chiaramente maschile.

«No, non lo sono, ma ti sarebbe piaciuto che lo fossi? Tuo padre e tuo nonno ti rendevano molto felice?»

Una nuvola nera passò sui suoi occhi chiari.

«Erano uomini», rispose. «Tu sei un vecchio.»

«E questo è meglio o peggio?»

«Non mi interessa, non me ne importa niente.»

Stavo per dirle: "Dovresti superarlo, di qualunque cosa si tratti", ma mi fermai in tempo. Si sarebbe infuriata e la nostra chiacchierata sarebbe finita lì.

«Perché dovrei dirti qualcosa di un bambino?» riprese.

«Perché loro non ti rispettano, ti nascondono le cose importanti. Non capisco come il caro Martín non ti abbia messo al corrente del rapimento del figlio di Sandra. Francamente credevo che fossi tu la responsabile e per questo sono venuto da te.»

Continuava a tenere sotto controllo i movimenti di Santi vicino alla macchina e allo stesso tempo sorvegliava me. Non aveva bisogno di guardarmi per farlo. Qualunque cambiamento, come spostare il peso da un piede all'altro, veniva percepito dai sensori della sua pelle da gatto, che si rizzava e si distendeva secondo il suo stato d'animo, i suoi sospetti e le sue paure.

«Cosa ti fa pensare che io non ne sia al corrente? Il bambino ce l'ho io.»

«Tu non sai niente del bambino. Quella ciocca non è di un bambino, è tua, dei tuoi bellissimi capelli che Bert ti ha ordinato di tagliare. Lui sì che assomigliava a tuo nonno, vero?»

Prese un coltello dal ripiano e si girò verso di me.

«Lasciami in pace! Bert mi voleva bene come a una figlia.»

Le costava gridare, con ogni parola le uscivano di bocca schizzi di saliva.

«Per questo l'hai fatto fuori», urlai a mia volta.

Puntò il coltello verso la mia pancia con odio verso gli uomini della sua famiglia e verso Bert, ma ero io quello che aveva a portata di mano. E per un istante provai un certo sollievo, una vigliaccheria piacevole. Se Frida avesse messo fine alla mia vita, io avrei smesso di essere responsabile di quella di un bambino che portava il mio nome e di sentirmi terribilmente in colpa nei confronti di Sandra, e soprattutto mi sarei liberato dal dolore di ciò che le sarebbe potuto accadere per colpa di quei sadici. Non sarei riuscito a sopportarlo. E, a essere sincero, a essere pragmatico, come si diceva adesso, non avevo niente di concreto per andare avanti, erano tutte supposizioni e scoperte a metà. Ero disperato. "Perciò accoltellami", pensai con forza, come un vero vigliacco.

Non indietreggiai neanche di un millimetro. Rimasi dov'ero guardandola negli occhi.

«Il brutto di voi vecchi è che non avete paura di morire», sbottò facendomi arrivare vari schizzi di saliva in faccia.

«Il Macellaio non ha avuto paura? Voleva morire?»

Mi piantò il coltello nell'ombelico, o almeno così credeva lei, perché in realtà lo spinse contro la piega di pelle che lo copriva. Voleva vedermi tremare, ma io stavo pensando che non dovevo neanche prendere la pillola di nitroglicerina che tenevo nella tasca della camicia. Non mi serviva, ero tranquillo come non mai e contro ogni pronostico non sarei morto per colpa del cuore, che aveva continuato a funzionare controvento e controcorrente, a furia di dieci pillole al giorno. Era buffo, sarei morto per una coltellata.

Dopo un minuto, più teso per lei che per me, estrasse il coltello con la punta rossa. Qualche goccia di sangue mi macchiò la camicia. Siccome prendevo un anticoagulante, appena sanguinavo un po' il sangue diventava molto fluido e copioso.

«Forse ti ho fatto un favore», disse pulendo la punta del coltello con un pezzo di carta assorbente.

Guardò di nuovo fuori dalla finestra e io la imitai. Adesso Santi era appoggiato alla portiera.

«È il padre del bambino?» chiese.

Non le risposi.

«Che bel padre! Potresti essere qui a morire dissanguato a terra e lui non se ne accorgerebbe. Tieni», disse dandomi un altro pezzo di carta, «sanguini come un porco.»

Me lo misi sopra la camicia mentre aprivo la porta e subito si inzuppò di sangue.

«Tutti i bambini che sequestreranno e tutti i giovani che prenderanno serviranno solo per mettere all'angolo voi della vecchia guardia. Andrò tutti i pomeriggi al Faro a controllare sotto la pietra, casomai tu decida di aiutarmi.»

La vidi buttare nella spazzatura il sacchetto con la ciocca. La mente di quella donna era come un antico geroglifico, il cui codice, una volta decifrato, poteva avere un contenuto semplicissimo.

Santi rimase a bocca aperta quando mi vide avvicinarmi con la mano sulla pancia e tutto quel sangue.

«Dio santo! Che è successo?»

Guardava alternativamente me e la faccia alla finestra della casa. Non sapeva se aiutarmi o andare a chiedere spiegazioni a quella spaccona.

«Andiamocene. Sto bene. Tra poco smetterà di sanguinare.»

Era indeciso, ma non poteva fare altro.

«Lasciami alla residenza, lì ci sono degli infermieri.»

«Fa parte della banda... quella donna?»

Annuii.

«E sarebbe capace di fare qualcosa a... a... Janín?»

«Non sa niente, per questo è arrabbiata e se l'è presa con me. Credo che abbia avuto una brutta esperienza con suo padre e con suo nonno e poi anche con il suo capo. Odia gli uomini dai quaranta in su. Potresti pensarci tu al motorino?

Domani, non appena potrò, verrò alla casetta a recuperarlo, così concorderemo anche un piano d'azione.»

Non disse di no. Se non altro, il fatto che Frida fosse uscita di testa (come avrebbe detto Sandra) era servito a portare Santi dalla mia parte. E più uniti eravamo, meglio era.

Sandra

Visto che Santi aveva preso la macchina, mi infilai la felpa appesa allo schienale di una sedia e mi diressi in motorino verso la tana sgangherata di Martín e di sua madre. Percorsi lentamente il viottolo che conduceva a casa loro e lì vidi parcheggiato il fuoristrada verde oliva che un tempo apparteneva a Fred e Karin. I cani cominciarono ad avanzare piano, con le orecchie tese, come se avvertissero le mie intenzioni. Non dubitavo che il loro olfatto fosse in grado di ignorare l'odore di gasolio che proveniva dal vecchio tubo di scappamento per isolare il mio e riconoscermi. Svoltai e mi fermai in uno slargo di terra rossa dietro un albero che non era né un pino né una palma e i cui rami diffondevano un forte odore. Non sapevo cosa stessero facendo Santi e Julián. Da quando Lucy era andata via, la casetta rimaneva vuota e se la polizia avesse scoperto qualcosa avrebbe dovuto chiamarci sul cellulare, ma loro preferivano venire di persona perché qualunque notizia di questo genere bisogna darla a voce, o semplicemente per l'abitudine di ricercare qualche segno di colpevolezza sulle nostre facce.

Ero disposta ad aspettare dietro l'albero tutto il tempo che fosse stato necessario, perché notavo la presenza di Martín in casa: l'auto, regalo o prestito di Fred e Karin (dovevano averla affidata a lui perché non potevano portarla dovunque fossero andati o perché temevano di poter essere rintracciati tramite essa); più finestre aperte del solito; la tenda con le perline tirata da un lato come se a qualcuno che non fosse la Scarmigliata desse fastidio; i cani più eccitati del solito; musica techno in sottofondo, probabilmente scelta da Martín. Me lo immaginavo con la sua maglietta nera, il tatuaggio, l'anello d'argento, che l'ascoltava agitandosi per liberare adrenalina. Qualcuno o qualcosa doveva sempre fare da capro espiatorio.

Quando la musica cessò pensai che prima o poi Martín sarebbe uscito.

Dovetti aspettare ancora mezz'ora per sentire i cani che abbaiavano allegramente e il motore del fuoristrada. Riconoscevo le fusa del motore. Lo avevo guidato tante volte per andare a prendere e portare Karin, sentendo sempre il suo sguardo maligno sulle guance o sui capelli, che mi penetrava l'orecchio come se cercasse uno spiraglio da cui arrivare al cervello e rubarmi i pensieri. Chi poteva aver preso il mio posto? Quale incauta o incauto aveva ospitato o aiutato stavolta per succhiargli il sangue, dovunque si trovasse?

Uscirono entrambi in macchina, lui al volante e sua madre seduta accanto. Sembrava contenta, probabilmente perché era con Martín. Quando qualche giorno prima avevo esplorato la casa, non avevo trovato traccia di nessun altro uomo che non fosse Martín, perciò gran parte della vita di quella donna doveva essere dedicata al figlio, ai suoi sogni infranti e ai suoi rancori. Gli mise una mano sulla spalla come a dirgli che tutto ciò che faceva era ben fatto. Non mi videro, erano completamente presi dalle loro cose.

Mi coprii la testa, quasi la faccia, con il cappuccio della felpa, uscii dallo slargo lentamente e a distanza di sicurezza mi preparai a seguirli in motorino. Non si capiva se ero un ragazzo o una ragazza, uno dei tanti studenti che d'estate riempiono i viottoli, le stradine e le strade di Dianium. La madre aveva un'energia tremenda, non faceva altro che parlargli muovendo le mani, la testa e tutto quello che riuscivo a vedere. Lasciai che tra di noi si mettesse qualche vettura senza paura di perderli, perché il fuoristrada spiccava come un monumento alla malvagità.

Fortunatamente ci furono altri giovani che si immettevano sulla strada; alcuni ci superavano o svoltavano, ma uno andava nella nostra stessa direzione, perciò Martín non fece caso a me. Rallentai quando si fermò per far scendere la madre. Riuscii solo a vedere che si salutavano affettuosamente con un bacio e che lei gli accarezzava la testa rasata. Avrei voluto sapere dove andava la Scarmigliata, ma non potevo sdoppiarmi e così lasciai che il fuoristrada mi superasse e continuai a seguire il figlio finché non entrammo in paese e dovetti imboccare una via adiacente per non destare sospetti. Non era facile perderlo di vista. Parcheggiò vicino al trenino che faceva il giro della costa e io feci lo stesso.

Cercavo di fare in modo che non mi scorgesse riflessa nelle vetrine e negli specchietti retrovisori delle auto. La pioggia delle ore precedenti aveva lasciato l'aria insolitamente fresca. Nonostante ciò alcuni pensionati stranieri giravano in pantaloncini corti. Mi ricordai che Fred, a differenza di Julián che si metteva subito il foulard al collo, non aveva mai paura del freddo e delle correnti d'aria, ma andava pazzo per il sole, come pure Karin. Erano capaci di ustionarsi, come se non volessero lasciarne neanche un po' agli altri. Karin si stendeva sulla sdraio, chiudeva gli occhi e le labbra le si tendevano in una smorfia di piacere. A volte si sfiorava il seno con le mani dalle dita ritorte a causa dell'artrosi e in quelle notti sentivo rumori e gemiti che avrei preferito non sentire.

Camminavo a passi lunghi per non perderlo ma senza correre, per non attirare l'attenzione. Finché non imboccammo la strada principale e una forte intuizione mi portò, senza più seguirlo, senza attenderlo, fino al negozio di elettrodomestici. Dalla vetrina del negozio di scarpe di fronte lo vidi entrare da Soimens.

Attraversai la strada e da fuori lo vidi parlare con il ragazzo con la faccia da seminarista. Subito dopo i due varcarono la porta che conduceva nel retro. Svoltai l'angolo per sbirciare dalla stessa finestra di qualche giorno prima. La persiana era chiusa. Il ragazzo del negozio conosceva Martín ma fingeva il contrario, perciò era possibile che fosse a sua volta un simpatizzante della Confraternita, o magari aveva voluto proteggerlo senza avere la minima idea di che razza di canaglia fosse. Avrei potuto aspettare che uscissero e ricordare a quel ragazzo che Martín aveva rapito mio figlio e chiedergli di farlo ragionare. Ma era completamente assurdo. Se lo sapeva non mi avrebbe aiutato e se non lo sapeva non mi avrebbe creduto. Avrebbe pensato che fossi pazza.

Aspettai circa mezz'ora mangiando un cono gelato per completare la mia immagine da studentessa, non perché ne avessi voglia. Non riuscivo a buttarlo giù e infatti mi si stava sciogliendo e dei rigagnoli di cioccolato e menta mi si attaccavano alla mano. Quando la gelataia mi aveva chiesto che gusti volevo, avevo scelto quelli di sempre, quelli che mi piacevano di più, solo che io non ero più la stessa di sempre. Aveva smesso di piacermi il gelato, mi nauseava e mi disgustava. E mi cadde a terra quando vidi entrare nel negozio la Scarmigliata in tutta fretta e con un sacchetto del supermercato in mano. Mi sedetti su una panchina un po' più in là e attesi. Dopo mezz'ora mi squillò il cellulare.

«Che fai?» mi chiese Santi.

«Sono di fronte al negozio di elettrodomestici. Ho visto entrare prima Martín e poi sua madre e non credo che stiano comprando una lavatrice. Sono sicura che tutti sappiano dov'è mio figlio e chi se ne sta occupando.»

Santi rimase in silenzio per un attimo: non sapeva bene chi fossero quelle persone, non gli avevo mai parlato di loro in modo esaustivo, alcuni non glieli avevo neanche mai nominati.

«Dovremmo raccontarlo a Julián», suggerì.

A quel punto fui io a rimanere senza parole. Santi non sopportava Julián, non lo aveva mai visto di buon occhio.

«So cosa stai pensando», continuò. «Ho cambiato idea su di lui. Finora ho pensato che fosse un nonnetto annoiato che approfittava della nostra situazione per avere un po' di compagnia.»

«E cosa ti ha fatto cambiare idea?»

Riagganciai di colpo perché vidi Martín e sua madre uscire con uno scatolone tra le braccia. Sembrava uno scaldabagno. Lei non aveva più il sacchetto del supermercato.

Non credevo che fosse una semplice coincidenza, anche se lo sembrava. In ogni caso, lì non potevo fare niente. Al negozio non mi avrebbero lasciato andare più in là del bancone e tra l'altro avrei destato un allarme pericoloso, perciò decisi di continuare a seguirli, posto che avrebbero dovuto portare da qualche parte lo scaldabagno che a quanto pareva avevano appena comprato.

Mi sentivo più a mio agio con il motorino che in macchina. Mi confondevo con i ragazzi della zona, potevo parcheggiare in un attimo e dovunque. Con il motorino mi sentivo leggera. Rigirai la felpa per paura che Martín mi avesse memorizzato, anche se non mi sembrava probabile. Era grigio chiaro fuori e nera dentro. Per il resto portavo i jeans come più della metà della popolazione e gli stivali con le fibbie come l'altra metà. Ormai era sera. Il sole stava tramontando, il mare lo avrebbe inghiottito a poco a poco, uno spettacolo che sarebbe stato incredibilmente bello per qualcuno che fosse appena atterrato su questo pianeta. Io non volevo sapere niente di bellezza e di splendore finché non avessi ritrovato mio figlio.

Non andarono verso la casa sgangherata del monte. Si diressero verso la spiaggia di sassi. Passarono per Punta Negra e si addentrarono tra i Bungalow Bremenn. Che tenessero Janín in uno di quegli edifici? Non mi era venuto in mente, ma quale posto poteva essere migliore di uno dove un bambino era circondato da famiglie con bambini sotto il rigido controllo della Confraternita? Li vidi scendere dalla macchina con lo scatolone dello scaldabagno ed entrare in uno dei bungalow con le luci di qualche finestra accese.

Ci rimasero per dieci minuti e poi se ne andarono. Dall'imbrunire si era passati alla sera in un attimo e improvvisamente si accesero alcune finte pietre del giardino e i lampioncini delle verande, il neon di Chez Alfredo che era poco più in là e tra gli alberi frondosi alcune luci di case che di giorno non si vedevano neanche. Per quanto apparentemente si potesse entrare e uscire, ero sicura che ci fosse sempre qualcuno a sorvegliare. Perciò scavalcai un'aiuola quasi strappandomi i pantaloni e andai verso il bungalow dov'erano entrati Martín e sua madre.

Davanti alla porta chiusi gli occhi. Respirai profondamente per captare qualunque odore, qualunque rumore per quanto fosse impercettibile. Ma non riuscii a distinguere né il pianto né i balbettii di un bambino. Non c'era quell'odore caratteristico di un bambino piccolo, un odore intenso difficile da dissimulare e da nascondere. E io avrei riconosciuto l'odore di mio figlio tra mille, come pure il suo pianto e le sue risate. Sentii dei passi all'interno, forse mi stavano osservando dallo spioncino della porta. Mi misi da una parte cercando di esaminare l'interno e un'ombra passò davanti alle tendine. Era possibile che li avessero semplicemente incaricati di comprare uno scaldabagno per quel bungalow; tra di loro si facevano in continuazione cortesie, anche se prima, di solito, di quel tipo di commissioni si occupava Frida.

«Cerca qualcuno?» chiese dietro di me una voce maschile. Non sembrava ostile, piuttosto stanca.

Quando mi voltai l'uomo mi sorrise. Portava una tuta azzurra, stivali di gomma e un secchio pieno di foglie in mano. Sembrava il giardiniere.

«All'inizio i bungalow sembrano tutti uguali. Non l'ho vista passare.» Fui felice che continuasse a parlare perché dovevo pensare rapidamente.

«Cerco degli amici con un bambino piccolo. Sono qui da qualche giorno.»

«Uhm... e com'è il bambino? Io passo qui tutta la giornata, ma sa, la gente va e viene.»

Gli descrissi Janín.

«Qui non ho visto nessun bambino, ma per essere sicura è meglio che bussi», ribatté, riferendosi alla porta di legno bianco accanto alla quale ci trovavamo.

«Credo che non si tratti dei miei amici. Tornerò domani.»

«L'uscita è di là», disse. «È meglio che non scavalchi le aiuole perché potrebbe farsi male.»

Lo ringraziai senza sapere bene cos'era successo. Forse lo avevo messo in allerta su Janín e se lo tenevano nascosto lì avrebbero potuto decidere di portarlo altrove. Mi fece molta rabbia aver commesso un errore. Sentivo lo sguardo del giardiniere che mi seguiva. La luna piena illuminava la strada, l'umidità mi bagnava la faccia e mi venne voglia di piangere. Volevo sapere, più di qualunque altra cosa, che voce avrebbe avuto mio figlio quando avesse parlato bene, che voce avrebbe avuto da grande, quando avesse superato l'età dello sviluppo. Volevo vederlo andare a scuola e diventare un uomo. Volevo sapere come sarebbe stato da grande e se avrebbe avuto figli. Sarebbe stato un tipo studioso o festaiolo? Avrebbe fatto le indianate con i suoi amici? Nel suo corpicino era racchiuso tutto il futuro. Trattenni il pianto come potei, mi lasciai scappare soltanto qualche lacrima, ma chiusi subito la diga dell'autocommiserazione: adesso dovevo pensare soltanto a Janín, che da qualche parte stava aspettando che io arrivassi.

Julián

Ai Tre Ulivi la voce che ero tornato ferito si propagò come un incendio.

Scesi dalla Ford Fiesta di Santi, di cui macchiai la tappezzeria appoggiandoci sopra una mano per scendere. Attraversai il più velocemente possibile l'atrio e chiamando l'ascensore lasciai un'impronta rossa sul pulsante, ma, una volta arrivato al mio piano, ebbi la sfortuna che James il Falegname arrivasse sbattendo i tacchi degli stivali lungo il corridoio e che mi vedesse. Mi sembrò più alto e più magro che mai, forse perché io camminavo ricurvo, non per il dolore, ma per la sensazione di doverlo avere.

James mi salutò e ci mise un po' ad accorgersi che qualcosa non andava. Mi strinse la spalla con la sua manona abituata a impugnare la chitarra e tirò fuori dalla tasca gli occhiali da presbite.

«Dio santo, che ti è successo?»

«Non è niente», risposi liberandomi dalla presa e correndo verso la mia stanza.

I suoi stivali però mi seguirono. Entrò con me e mi disse di stendermi sul letto. Non gli diedi retta. Mi tolsi la camicia, mi lavai la pancia con una spugna e poi le mani, mi asciugai e mi misi una garza con un cerotto sulla ferita che mi aveva provocato Frida con il coltello. Poi lavai con grande cura la camicia perché se il sangue si fosse rappreso sarebbe stato più difficile eliminarlo. James mi osservava piuttosto sorpreso. Seguiva i miei movimenti come se dovessi crollare da un momento all'altro.

«Sono stato aggredito per strada. Non è niente. Mi hanno dato un passaggio, adesso sto bene», lo rassicurai aprendo l'armadio per prendere un'altra camicia.

Gli chiesi di non dire niente, non volevo essere l'oggetto dei pettegolezzi della sala da pranzo. Mi chiese se mi fossi spaventato.

Scossi la testa perché era la pura verità.

«No, sono cose che capitano. O ti ammazzano o non ti ammazzano, e se non ti ammazzano non è successo niente.»

Si tolse gli occhiali e si pettinò con le dita allo specchio. Aveva ancora una bella zazzera di capelli tra il bianco e il biondo. Io lanciai solo una rapida occhiata allo specchio, non avevo mai prestato molta attenzione alla mia immagine, e men che meno adesso che vedevo soltanto una pellaccia rugosa.

«Sono orgoglioso di te», disse stringendomi di nuovo la spalla. «Ti aspetto di sotto.»

Bevvi un bel bicchiere d'acqua e verificai che le piastrine ormai stavano funzionando e che avevo smesso di sanguinare. Poi passai la mano sotto il ripiano della scrivania. Era sempre tutto al suo posto. Nessuno aveva toccato niente. Me ne sarei accorto immediatamente. E se avessero spostato anche solo di un millimetro il quaderno che c'era sulla scrivania lo avrei notato, perciò non avevo motivo di preoccuparmi. Indossai un maglione leggero e il foulard al collo e mi distesi per qualche minuto. Visto che non ero morto, dovevo prendermi cura di me stesso. Era quasi un obbligo nei confronti dei miei amici e dei miei nemici.

Quando entrai in sala da pranzo, mi resi conto che James si era lasciato scappare quello che era successo. Geralda aveva già fatto in modo che apparecchiassero per lei al posto accanto al mio, anche se normalmente mangiava a un altro tavolo. La luna piena illuminava il giardino e gli ulivi sullo sfondo. Non sembrava un mondo reale.

«Ti fa male?» chiese.

«Non è stato niente, davvero, cambiamo argomento.»
James mi fece l'occhiolino dal solito posto di Geralda.
«Sei molto coraggioso. Invece di spaventarti, ti sei pulito la ferita e non ci dai importanza. Non mi aspettavo tanto da te, dico davvero.»
Non so perché non mi fece piacere che Geralda sapesse che ero coraggioso o che non ero codardo o che non mi faceva paura la morte. Forse fu per l'intensità con cui mi guardava, per l'ansia che c'era nelle sue parole, per il suo ottimo profumo. La sua curiosità mi angosciò. Non c'era motivo che le interessasse tanto quello che mi succedeva. Sarebbe potuto interessare a Pilar, con cui avevo avuto un rapporto di amicizia più o meno intimo, ma non a Geralda.
«Mi hanno aggredito e mi hanno rubato tutti i soldi. Ti sarei grato se potessi prestarmene un po'.»
«Certo», rispose lei tagliando il filetto, un po' infastidita dalla richiesta.
«Hai sporto denuncia alla polizia?»
Mi limitai a masticare molto lentamente come mi consigliava sempre di fare il medico.
«Ho bisogno anche che domattina tu mi dia un passaggio in paese.»
Continuava a usare lei la Mercedes nera – che l'avesse ereditata come i gioielli di Elfe? Rimase pensosa mentre la sua testa elaborava una domanda dopo l'altra. Per qualche secondo non si rese conto della sua serietà estrema, le sfuggì, ma io la percepii. Era una serietà da analista, da matematico, una serietà dietro la quale c'era una grande quantità di sinapsi. Alla fine rispose: «Dopo la colazione? Anch'io devo fare un po' di spese».

Sandra

Che legame c'era tra il negozio di elettrodomestici e i bungalow? Era Janín il collegamento tra quei due punti o altre faccende che quegli stronzi avevano per le mani? Si dice che le galassie formino una rete intricata unita da particelle di materia oscura di cui a tutt'oggi non conosciamo la composizione e neanche se sia reale. Fintanto che non verrà scoperta, quella materia sarà sempre misteriosa, una mera possibilità. Fintanto che non avessi saputo dov'era Janín si riduceva tutto a una speculazione, pensavo mentre contemplavo la luna e le stelle. L'oscurità tra di esse era angosciosamente profonda e strana. Sentivo Santi che si rigirava nel letto della stanza accanto. Il suo nervosismo non aveva più a che fare con me. E io sarei andata volentieri nel suo letto e sarei scivolata al suo fianco. Lo avrei abbracciato per non sentirmi sola nell'immensità del cielo, da dove Alberto era sparito e dove era così facile sparire. Il calore di Santi mi avrebbe confortato. Era a un passo da me, potevo farlo e proprio per questo non lo feci, perché non volevo usare il mio potere per un vantaggio personale. Chiusi gli occhi cercando di riposare. Un'altra notte, un altro giorno, il tempo volava. Mi assopii dalle tre alle sei di mattina.

Mi svegliò l'aria fresca, avevo lasciato la finestra aperta. Mi misi addosso la coperta e quando mi fui un po' riscaldata mi alzai. Per quante albe avessi visto in vita mia, non arrivavo mai ad abituarmici. Erano traumatiche e non mi piacevano. Il cielo iniziava a schiarirsi come se uno scenografo avesse messo un faro da un lato, e si colorava di azzurro. Preparai il caffè sentendo freddo e un nodo allo stomaco.

Mentre lo bevevo mi infilai i jeans, il reggiseno sotto la maglietta che portavo e la felpa del giorno prima. A metà mattina avrei dovuto togliermela e annodarmela in vita. Presi un altro goccio di caffè con del latte un po' rancido che mi fece venire voglia di vomitare e una madeleine che era avanzata. Mi lavai i denti e la faccia, tirai fuori la pistola dal cassetto del mio comodino, la caricai con due proiettili facendo molta attenzione a puntarla verso la parete, la infilai nello zaino, presi le chiavi della macchina e uscii.

In giardino la notte aveva lasciato un profumo fresco che mi infastidiva profondamente. Avrei preferito sentire odore di tubature putrescenti e topi morti. Santi mi chiamò dalla soglia, scalzo. In mutande e visto quanto era dimagrito, sembrava molto alto.

«Dove vai?» chiese con la faccia di chi non aveva dormito

più di due ore. «Ieri quella stronza di Frida stava quasi per uccidere il tuo amico.»

Aspettai la spiegazione completa. Trattandosi di Frida, non mi meravigliava. Dopo aver subito tanto, doveva avere molta voglia di ammazzare qualcuno. Ma non era logico: perché avrebbero dovuto togliere di mezzo Julián subito dopo averlo trovato, senza torturarlo né estorcergli l'informazione che volevano?

«Gli ha bucato la pancia con un coltello e lui ha iniziato a sanguinare. L'ho lasciato alla residenza.»

«Vi ha trovato lei?»

«No, siamo andati noi a casa sua. Io l'ho aspettato in macchina, non ho potuto fare niente.»

«C'è il caffè pronto nella caffettiera. Il latte è guasto.»

Questo voleva dire che Julián, a suo rischio e pericolo e senza dirmi niente, era andato a consegnarsi a Frida. Mi sembrava strano che si mettesse nelle sue mani senza un patto chiaro: Janín per Julián. Julián non mi aveva raccontato tutto, forse perché non avevamo il tempo di metterci al corrente dei passi che ciascuno di noi stava compiendo per proprio conto. Neppure lui conosceva quelli che stavo compiendo io.

Mi avviai in macchina verso il monte. Ormai conoscevo la strada a memoria. Non appena mi fui lasciata il centro della cittadina alle spalle imboccai viottoli stretti fra gli alberi d'arancio. E poi altri ancora più stretti che quasi mi costringevano ad arrampicarmi sul muro quando incrociavo un'altra macchina. Finalmente arrivai a destinazione e passai lentamente davanti alla casa sgangherata della Scarmigliata. Il fuoristrada non c'era e non si vedeva alcun movimento, perciò ebbi paura che non ci fosse nessuno, che fossero nel posto in cui evidentemente tenevano Janín. Andai un po' più avanti e inserii il freno a mano. Avrei aspettato finché non avessi sentito i cani abbaiare o il rumore della tenda con le perline. Non volevo sbagliare più di tanto. Agivo alla cieca, ma non potevo stare ferma. Dovevo fare qualcosa, non permettere che le acque ristagnassero.

In altre circostanze, a quell'ora, avrei avuto bisogno di un altro caffè bello forte, ma in quel momento no, ero già parecchio eccitata. Aspettai dalle sette meno un quarto fino alle otto e mezzo, attenta a qualunque alito di vento e rumore di motore.

Dovevo tenere in considerazione la possibilità che Martín tornasse da un momento all'altro e, a quel punto, tutto sarebbe andato all'aria.

Alle 8.35 la tenda con le perline ruppe il silenzio. I cani abbaiarono e si misero a correre per tutto il cortile. Scesi dall'auto e mi accovacciai dietro un fico d'India annerito. I cani giravano intorno alle ciabatte della Scarmigliata. Lei versò qualcosa nelle ciotole e poi si stirò in tutta la sua altezza, cioè non molto. Portava una delle sue vestaglie a fiori senza tempo, che servivano sia per quando faceva caldo sia per quando faceva freddo. Anche se non proveniva da paesi freddi come i suoi capi, li imitava in tutto ciò che poteva e li imitava anche nel non avere freddo e nell'essere una grande figlia di puttana.

Entrò in casa. Io infilai la pistola nella tasca della felpa senza essere certa che avesse la sicura inserita e questo mi trasmetteva una sensazione di pericolo aggiuntiva. Andai verso la casa. I cani non sapevano se continuare a fare quello che stavano facendo o mordermi. Thor scodinzolò. La Scarmigliata non si accorse della mia intrusione perché era normale che a quell'ora, mentre mangiavano, fossero un po' su di giri. Feci attenzione a non far sbattere le perline della tenda ed entrai molto lentamente.

La casa dava a nord e tutta la luce che poteva avere nel corso della giornata ce l'aveva in quel momento. Entrava dalla finestra e arrivava come una grande pozza di acqua fino al tavolo di legno sempre pieno di residui disgustosi di cibo. Abbracciava anche lei. I fiori della vestaglia risplendevano come in un giardino pieno di fossi e monticelli. Alcuni sembravano sciupati, come se la Confraternita non le sganciasse abbastanza soldi per rinnovare la stoffa. I capelli le si aprivano sulla parte posteriore della testa, lasciando scoperta una grossa striscia bianca di cuoio capelluto. Forse non le davano abbastanza neanche per il parrucchiere, magari prendeva tutto Martín per la sua divisa da neonazista.

Lavò una tazza molto lentamente, forse mi stava vedendo nel vetro della finestra e stava pensando a come sorprendermi. A quel punto mi venne in mente che dovevo fare una cosa che avrei dovuto fare prima: chiudere la porta d'ingresso perché non potesse chiamare i cani. Avrebbe usato un fischio o una parola speciale per farmi attaccare. Feci rumore e lei andò di corsa nella sua stanza, di sicuro a cercare la pistola. E a meno che non ne avesse un'altra, sarebbe rimasta molto delusa. Si sentiva uno sbattere di cassetti. E «porca puttana», «maledetti», «vi taglio le palle» e altre finezze del genere. Era più volgare di me. Non sapevo se aspettare che uscisse oppure entrare nella stanza.

Decisi di entrare.

Sugli scatoloni, le scarpe e l'altra roba che avevo visto durante la mia visita precedente adesso aveva buttato lenzuola e asciugamani cercando la pistola.

«Smetti di cercarla, ce l'ho io», annunciai mostrandole il rigonfiamento nella tasca destra della mia felpa.

La forma era evidente, come pure il fatto che pesava, perché quella tasca pendeva molto più dell'altra. Nonostante ciò mi guardava incredula e dovetti mostrarle il calcio.

«Ci stiamo capendo?» dissi infilandomi la mano in tasca e sperando di non dover tirare fuori quell'affare, perché in quel caso si sarebbe accorta che non sapevo impugnarla né tantomeno sparare e avrebbe riso di me, per cui a quel punto non avrei potuto fare altro che cercare di premere il grilletto e restare a guardare dove sarebbe andata a finire la pallottola, possibilmente su qualcuno dei fiori della vestaglia.

Rifletté per un attimo, soppesando le varie possibilità che aveva a disposizione.

«Dov'è Martín?»

Fece una smorfia di disprezzo. Sarebbe morta piuttosto che dirmi dov'era il suo bambino, il suo amore, la creatura per la quale odiava tutta l'umanità, tranne quelli che lo avevano accolto.

«Se non mi porti da mio figlio, il tuo dovrà dimostrare

quanto ti vuole bene. Speriamo che tu non abbia una brutta sorpresa.»

«Non so di cosa parli.»

«E allora forza. Andiamo a fare una passeggiata.»

Non si mosse. Mi guardava cercando di determinare fino a che punto potessi essere fredda e pericolosa.

«Tu cosa avresti fatto se qualcuno avesse rapito Martín quando era piccolo? Pensaci», le dissi con tutto il mio essere allerta. Riuscivo a sentire la tensione anche delle pupille e delle radici dei capelli, delle labbra.

Fece qualche passo incerto.

«Non voglio uccidere né Martín né te, se non è necessario.»

Impugnai la pistola con decisione nella tasca.

«Andiamo», le ordinai.

Lei voleva chiudere la casa, ma glielo impedii.

«Dove andiamo? E i cani?»

«Sali in macchina. Guidi tu.»

Mi disgustò che appoggiasse il sedere sui nostri sedili e che premesse l'acceleratore e la frizione con le ciabatte. In qualche modo quella donna furiosa e fanatica stava entrando in pieno nel nostro mondo. Le davo indicazioni su dove andare mentre esaminavo il suo naso, la sua mandibola, la sua pelle ruvida e un po' grassa, troppo lucida, e mi chiedevo come dovesse essere stata la sua infanzia, la sua gioventù, e come avesse finito per essere il cane più miserabile della Confraternita dopo Frida.

«Sei ancora in tempo. Non sappiamo cosa può succedere dopo. Questo farà perdere del tutto la testa a Martín. Sappiamo tutte e due che non è esattamente un genio.» Mi guardò addolorata e ciò mi indusse a immaginare Martín da bambino come lo zimbello della classe, ignorato dai suoi compagni e dai professori, che giocava da solo nella sua stanza, finché non aveva iniziato a entrare in bande di gente come lui e sua madre non aveva scoperto che lì veniva considerato come gli altri e che era felice. «Non sappiamo fino a che punto potrebbe perdere la testa e fare sciocchezze.»

Nella sua espressione c'era un miscuglio di rabbia e tristezza. Tornai alla carica.

«Se mi dicessi adesso dov'è il bambino e io potessi riprendermelo, vi direi dove potete trovare Julián e finirebbe tutto. Libereremmo Martín dal peso di dover uccidere o morire.»

«Non è così facile», disse per sé stessa, senza quasi muovere una mascella indurita da tanto gridare alle manifestazioni dell'estrema destra e probabilmente anche a casa sua o sulla sommità del monte di Dianium.

«Martín non è un traditore e neanch'io», esclamò assumendo un'espressione di ammirazione. Stava recuperando la forza che ardeva in qualche parte del suo cervello.

«Vi stanno usando. E ti posso assicurare che chi ne uscirà sconfitto sarà sempre Martín.»

«O tuo figlio», ribatté lei.

«E allora ucciderò Martín con tutte le pallottole che tenevi nella scatola delle caramelle.»

A quel punto scosse la testa. Non avrebbe dovuto lasciare la casa aperta neanche un attimo. Maledetti cani. E avrebbe dovuto nascondere la pistola. Non sarebbe dovuta cadere nella tentazione di sentirsi sicura.

Io non avrei commesso il suo stesso errore e non smisi di impugnare la pistola neppure per un istante. La guidavo con la grande calma della disperazione.

«Vai dritto, adesso gira a destra, poi a sinistra.»

Era chiaro che non sapeva dove stavamo andando, non conosceva il tragitto e non anticipò neanche una volta le mie indicazioni.

«Dove andiamo?» chiese con l'autorità che emanava dal suo essere furioso.

Julián

A colazione non vidi Geralda e pensai che doveva aver dimenticato la storia del prestito di denaro e del passaggio in paese, perciò mi disposi ad aspettare pazientemente James il Falegname, uno degli ultimi a fare colazione a causa di quella gioventù interiore che lo faceva dormire come un ragazzino. Gli avrei chiesto di prendere la macchina di Pilar e di accompagnarmi nei pressi della casetta. Forse tutte quelle precauzioni erano eccessive, ma ero così abituato a prenderle che, sebbene ai Tre Ulivi non ci fossero più nazisti, chiunque si sarebbe potuto lasciar scappare qualcosa, soprattutto se non sapevano che ciò che dicevano avrebbe potuto mettermi in pericolo. Consideravo buoni amici Geralda, James e anche Pilar, per quanto adesso le nostre comunicazioni passassero attraverso James.

La cameriera lasciò una tazza di caffellatte fumante e un paio di fette di pane tostato con il burro al suo solito posto. Chiudevano un occhio sui suoi orari, lo consideravano attraente, l'artista della residenza, non solo perché rendeva piacevoli le domeniche pomeriggio con la sua chitarra, ma anche perché aveva l'aspetto di un cantante bohémien e disorganizzato e in fondo pensavano che fosse ingiusto che uno così fosse invecchiato come tutti noi. Noi eravamo vecchi, mentre lui era un giovane su cui il tempo si era accanito, come i Rolling Stones, come i Beach Boys, come Cher. Come Clint Eastwood, per fare un altro esempio.

Provai sollievo sentendo i tacchi dei suoi stivali sulle piastrelle vecchie come il cucco. Bevve un bel sorso di caffellatte.

«Caro mio, questo fa resuscitare i morti», esclamò, dando un gran morso al pane tostato, cosa che mi permise di vedere dei bei denti d'oro che a Mauthausen sarebbero durati molto poco. Gli brillavano tra la lingua e le briciole di pane tostato.

Gli chiesi di darmi un passaggio in macchina e lui mi disse che non c'era nessun problema. Era stupendo che tenesse così in pugno Pilar. Eppure mi sorprese il comportamento di Geralda, che normalmente sembrava sempre pronta a darmi una mano.

Credo che James fosse molto avvantaggiato dal fatto di essere alto e slanciato; questo ti costringeva a immaginartelo in concerto che suonava la chitarra con le sue lunghe gambe aperte. In fondo lo ammiravo, e ammiravo la sua vita libera e raminga. Si capiva che era stato molto libero, mentre io avevo la prigionia dentro.

«Ne approfitterò per comprare un paio di plettri per la

chitarra», disse. «Sto componendo a tutto spiano. Quando vuoi che torniamo al monte?»

«Non so, credo che per me sia troppo.»

«E allora non stai morendo dalla voglia di vedere la grotta.»

Tenni la bocca chiusa, la parola «grotta» mi faceva pensare al bambino di Sandra e a quanto poco ne sapeva James della malvagità. Poteva conoscere la fame, il sonno, il freddo delle strade di Dublino su un cartone dentro un portone. Potevano avergli messo le corna e lui poteva averne sofferto, poteva essere stato vittima delle droghe e dell'alcol, ma tutto questo era comunque vita, non aveva conosciuto la malvagità estrema e la crudeltà senza limiti. Lo osservavo guidare, guardavo il suo viso un po' segnato dalla vita dura e mi sembrava un bambino.

Insisteva che dovessimo cercare il mio motorino dove mi avevano derubato e accoltellato e denunciare la cosa alla polizia. Non voleva lasciarmi solo. Era molto insistente. Perciò gli dissi che prima saremmo andati a comprare i plettri e poi a cercare il motorino. Gli sembrò un ottimo programma.

Era un negozio con ogni genere di strumento musicale, il luogo perfetto perché James si distraesse. Io stesso mi sarei fatto rapire da un bellissimo pianoforte a coda che sfiorai, se non avessi dovuto approfittare di quel momento per uscire di corsa.

Più tardi mi sarei scusato spiegandogli che volevo lasciargli un po' di tempo perché potesse godersi in santa pace l'acquisto dei plettri. Arrivai al posteggio dei taxi della stazione degli autobus con la lingua di fuori e mi sorprese che non ci fosse nessuno; chiesi a un ragazzino di darmi un passaggio con il motorino fino alla strada per Las Rocas. E anche se era normale che la mia richiesta lo sorprendesse, ci stava mettendo troppo a reagire. Si guardava intorno chiedendo aiuto ai suoi amici, finché uno di loro mi disse che mi ci avrebbe portato lui.

«Questo qui conquisterà il mondo», dissi al fifone titubante per vendetta, ma in fondo non ci credevo neanch'io; di solito gli idioti arrivano in vetta sostenuti da altri idioti.

Gli chiesi di lasciarmi per strada, all'angolo con la viuzza che portava alla casetta. Quando scesi gli chiesi perché mi avesse dato un passaggio.

«Non ti preoccupa che io sia fuori di testa, che non sappia quello che faccio? Guarda il tuo amico, ci ha pensato su parecchio.»

«Lei voleva venire qui, sì o no?»

«Sì, certo», risposi.

«E allora basta così. Non ne parliamo più.»

Forse mi sbagliavo e il mondo iniziava a muoversi al ritmo di quel ragazzo. Il mondo... chissà cosa ne sarebbe stato del mondo. La strada era in discesa, ma una discesa leggera, che diventava più ripida a mano a mano che ci si avvicinava al mare. Nei giorni di pioggia sembrava malinconica a uno come me, al quale respirare la meravigliosa umidità di un altro giorno metteva quasi tristezza. Mentre agli occhi di un giovane sarebbe risultata romantica. E nel caldo ardente dell'estate era un rifugio di fronte a qualunque tentazione di pensare più del dovuto.

La casetta. Ero arrivato. Non si sentiva niente. La macchina di Santi non era parcheggiata all'ingresso. Il cancello sembrava un giocattolo e la recinzione avrebbe potuto scavalcarla anche un bambino, ci sarei riuscito persino io. Entrai. Neanche la porta era chiusa. Santi fumava seduto su una delle sedie di legno. Pensava assorto nel fumo, come sono soliti fare i fumatori. Dovetti fare rumore perché mi prestasse attenzione.

«Come va la ferita?» chiese.

«Bene. È stato solo un brutto graffio.»

Non mi chiese come fossi arrivato fin lì dai Tre Ulivi. I motorini, uno più vecchio dell'altro, erano accanto all'albero di limoni. Non mi azzardavo a chiedere se ci fosse qualche novità, non mi azzardavo quasi a parlare.

«Ho la sensazione», osservai, «di avere a portata di mano quello che vogliono sapere. Credo che dovrò passare un altro po' di tempo in emeroteca.»

Fece una smorfia sdegnata sentendo la parola «emeroteca». Mi mettevo nei suoi panni. Come si fa a perdere tempo con qualcosa di così morto come un'emeroteca? Un'emeroteca è il passato e noi eravamo vivi e dovevamo correre e uccidere o morire.

«È importante conoscere il nemico, sapere cosa vuole ci dà molti vantaggi.»

«Chiacchiere inutili», ribatté. «Perché non torniamo da quella Frida? Perché non torturiamo quella figlia di puttana fino a farla cantare? Perché stiamo qui senza fare niente?»

Gli chiesi di Sandra e lui fece spallucce in un modo che significava che lì ormai ognuno faceva quello che gli saltava in mente senza rendere conto a nessuno.

«Aspettiamo per un po' che torni. Di sicuro non sta perdendo tempo», osservai.

Mi offrì una sigaretta per abitudine e senza aspettare la risposta se ne accese una con ciò che restava di quella di prima. Mi sedetti sul divano, che loro evitavano, come se il fatto di stare scomodi potesse alleviare le sofferenze del figlio. Lui iniziò ad andare avanti e indietro per la cucina, senza fare niente, senza raccogliere i piatti né lavare i bicchieri, come se la pulizia fosse una frivolezza, un lusso e un peccato. Mi stesi per riposare meglio, non potevo permettermi più sacrifici di quelli inevitabili. Benedetta gioventù, quando ci si può mortificare, autodistruggere e massacrare perché si sopporta qualsiasi cosa. Quando non si sopporta niente, cambia tutto.

Nonostante la tensione che si respirava nella casetta, mi si chiusero gli occhi per lo sfinimento di aver dovuto seminare James e fare l'autostop per arrivare fin lì. E forse furono il fumo di Santi, i cuscini morbidi e il silenzio a far sì che per un istante la mia mente si tranquillizzasse e che avessi la visione di una Mercedes molto simile a quella del Macellaio e di un'automobilista molto simile a Geralda dietro il motorino del ragazzo che mi aveva dato il passaggio. Mi era sembrato di vederla nello specchietto retrovisore e istintivamente avevo girato la testa, ma non volevo sentirmi male facendo sciocchezze e non ci avevo più pensato. Era stato un miraggio, un flash, come si dice adesso, un qualcosa che non sapevo se era una mia fantasia. Perché Geralda avrebbe dovuto seguirmi? Anche se era possibile, visto che mi aveva detto che sarebbe andata a fare spese in paese. Perciò non era escluso che mi avesse visto alla stazione degli autobus e che avesse deciso di seguirmi per darmi un passaggio, ma che alla fine ci avesse perso di vista.

Stavo avendo un rimorso di coscienza per essermi assopito pensando a Geralda quando sentii delle voci in cucina.

Feci fatica ad abbassare le gambe, mi si erano un po' intorpidite e gli occhi mi bruciavano per colpa delle lenti a contatto. Se qualcosa avesse ancora potuto sorprendermi, quando mi fui ripreso e alzato mi sarei spaventato. In ogni caso, dovetti accertarmi che quella che stavo vedendo non era una mia fantasia.

5.
LE STRADE PIÙ BUIE

Sandra

Dissi alla Scarmigliata di parcheggiare accanto al cancello della casetta, in modo che potesse scendere dalla macchina ed entrare in giardino senza essere vista da nessun vicino, salvo qualcuno estremamente curioso – cosa che non sarebbe stata poi così rilevante perché tutte le case erano occupate da gente di passaggio, turisti o pensionati. Le ordinai di tirare il freno a mano e di darmi le chiavi. Poi scesi e aprii il cancello e la sua portiera.

Dopo un attimo Santi uscì di casa. Dal rapimento di Janín i rumori, per quanto fossero piccoli, si erano ingigantiti oppure il nostro udito era diventato più fine. Persino una goccia di pioggia che cadeva da una foglia poteva racchiudere un significato. Figuriamoci una porta che sbatteva. Il motore di una macchina. Gente che parlava per strada. Il balbettio di un bambino. Il cellulare che vibrava sul tavolo. Temevamo in particolar modo che venissero a bussare alla porta i poliziotti che si occupavano del nostro caso. Ci atterriva qualunque possibile notizia da parte loro, ci suscitava immagini insopportabili di bambini morti ritrovati nel ruscello che si tuffava in mare o tra i giunchi o in una discarica. A quel punto i due poliziotti, con le informazioni che avevano a disposizione, non sarebbero stati in grado di ritrovare nostro figlio vivo.

La Scarmigliata gettò un'occhiata al tavolino rotondo di ferro con le sedie in pendant, agli oleandri, agli aranci, all'albero di limoni, alla ghiaia, alla piccola veranda e alla lanterna, di ferro come il tavolino e le sedie, che pendeva dal soffitto. Abbracciò con lo sguardo la facciata color ocra e i due motorini. Stava allerta, cercava di assorbire tutti i dettagli che era in grado di immagazzinare e che secondo il suo istinto prima o poi le sarebbero serviti per fuggire. Si stava preparando per ciò che poteva succedere.

Santi la guardò incassando l'ennesima sorpresa, l'ennesima stranezza. Che ci faceva lì, quella donna? La spinsi dentro. Santi si fece da parte.

«È la madre di Martín», spiegai mentre gli passavo accanto sfiorandolo.

«E qui c'è il tuo amico», ribatté lui accendendosi una sigaretta ed esalando la prima boccata di fumo come se la sua vita dipendesse da quello.

Appena si entrava, sulla destra ci si ritrovava davanti il divano del salottino, distinto dalla zona pranzo dal colore degli arredi, e collegato alla cucina da un bancone di legno. All'inizio non vedemmo nessuno. Spinsi di nuovo la Scarmigliata con una manata sulla schiena fino al centro di quell'ambiente. La stoffa a fiori della sua vestaglia, o vestito, era bagnata. Probabilmente l'inquietudine di guidare verso un luogo sconosciuto l'aveva fatta sudare come non mai. Sfiorai una carne che era a metà tra il morbido e il muscoloso. Sembrava forte, ma non avrebbe mai potuto correre veloce quanto me e Santi l'avrebbe atterrata con una manata.

«Siediti qui», le dissi indicandole una delle sedie di legno massiccio del piccolo tavolo da pranzo. Pensavo di legarla per poterle staccare gli occhi di dosso per un attimo. E fu allora che capii la frase di Santi – «E qui c'è il tuo amico» – a cui non avevo prestato attenzione per non distrarmi dalla Scarmigliata.

Spuntò come un gatto dai cuscini del divano. Prima fece un piccolo rumore, un colpo di tosse, e poi alzò leggermente le gambe, gli stivali, si mise seduto e poi in piedi.

«Ma guarda, chi abbiamo qui?» esclamò Julián come se tornasse dal centro della terra.

«Cerca una corda nei cassetti o sotto il lavandino. Deve essercene un rotolo che usiamo per stendere la biancheria», dissi.

A quel punto, davanti allo sguardo stupito di Julián, infilai la mano nella tasca della felpa, presi la pistola e gliela diedi. La sua mano era fredda e ossuta, ma non tremava, e di sicuro lui avrebbe saputo meglio di me cosa fare con quell'arma.

«È meglio che la corda la cerchi tu», disse puntandola contro la madre di Martín.

La Scarmigliata lo osservò cercando di ricordare. La faccia di Julián le diceva qualcosa. Non era cosciente del fatto che doveva averlo visto nelle foto che con ogni probabilità erano state distribuite tra i membri della Confraternita e forse ai Tre Ulivi, ma non era sicura di niente.

«E perché è qui?» chiese Julián con molta circospezione.

«Che fortuna!» Trovai un rotolo intero di corda. Iniziai a srotolarla con un'allegria infantile, da folle.

«Perché la stiamo sequestrando. Martín dovrà decidere: o sua madre o Janín. Occhio per occhio.»

Santi entrò esalando l'ultima boccata di fumo. Lo inspirava come se fosse acqua e lo espirava come se fosse il demonio.

«Lascia fare a me», disse. «Facciamole vedere com'è fatto un bel nodo.»

La imbavagliammo con il primo straccio da cucina che trovammo, sporco per essere stato passato sul bancone. Glielo mettemmo tra i denti e lo legammo dietro la testa. Doveva essere piuttosto sgradevole, ma tra qualcosa di sgradevole e una tortura c'è un abisso. Ci guardava con gli occhi spalancati, l'unica parte del corpo che poteva muovere senza difficoltà a parte la testa. La vestaglia, bagnata di sudore, stava iniziando a farle venire freddo.

Tirai le tendine della cucina.

«Sarà meglio metterla in quest'angolo, così da fuori sarà impossibile vedere la sua ombra.»

Ce ne occupammo io e Santi. Non volevamo che Julián facesse ulteriori sforzi dopo la coltellata che gli aveva inferto Frida. Ma la sedia era terribilmente pesante, come se il legno fosse pieno di ferro; anche la Scarmigliata pesava un bel po', e tra l'altro non volevamo fare troppo rumore. La trascinammo come potemmo finché non iniziò a ribellarsi, muoveva il sedere e la testa, e così la sedia si ribaltò di lato. Il colpo dovette essere tremendo. Gemeva come poteva facendo dei versi gutturali, le mancava il respiro. Raddrizzammo la sedia con un certo sforzo. E lei ci faceva dei cenni con la testa. Perciò le sciolsi il bavaglio.

«Che cazzo vuoi?» le gridai per farle capire che potevo essere molto più dura di lei.

«Non ce la faccio più.»

Doveva andare in bagno. E io non volevo di certo che la casa puzzasse di piscio della Scarmigliata, perciò fummo costretti a slegarla. Santi mi chiese come avessi fatto a non pensarci prima. Gli risposi fuori di me, mentre scioglievo i nodi con tutta la rabbia di cui erano capaci le mie mani, che non avevo mai sequestrato e legato nessuno, che prima di legarla non mi era venuto in mente di chiederle: "La signora desidera andare al bagno?".

«E va bene», concesse Julián, «che faccia quello che deve fare prima di legarla di nuovo, così potremo spostare comodamente la sedia fino all'angolo. Ma Sandra dovrà entrare in bagno con lei. Non mi fido.»

Dovetti sopportare il rumore e l'odore del rivolo di urina calda che usciva dal corpo di quella donna che aveva portato in grembo Martín. E poi non potei fare altro che guardarla con la coda dell'occhio mentre si tirava su le mutande, si abbassava la vestaglia e si lavava le mani e vidi anche le boccette di profumo di mia sorella alla sua portata. Attraverso lo specchio notai che le guardava. Con un movimento rapido poteva prenderne una, romperla sul lavandino e tagliarmi la gola prima che Santi potesse venire ad aiutarmi. Perciò decisi di retrocedere verso la porta e mentre lo facevo lei prese in un batter d'occhio una boccetta di Chanel, la ruppe contro il lavabo proprio come avevo immaginato e io ebbi il tempo di aprire la porta, uscire dal bagno e mettermi a correre. Il corridoio si percorreva tutto con quattro passi e lei avrebbe potuto raggiungermi, ma non lo fece. Quando arrivai nel salotto-sala da pranzo-cucina, Julián e Santi mi guardarono senza capire. Neanch'io capivo finché non mi resi conto che la Scarmigliata non aveva intenzione di ferire me, sarebbe stato inutile. Tornai coprendo la distanza di quattro passi con due falcate.

Era appoggiata al lavabo con il polso sinistro insanguinato. Stretti sulla soglia del bagno Santi e Julián osservavano la scena attoniti. Lei ci minacciava con il vetro insanguinato. Il bagno era inondato da una fragranza meravigliosa che eliminava ogni traccia del cattivo odore della Scarmigliata.

«Dobbiamo aiutarti. Ti stai dissanguando», disse Julián con un tono di profonda umanità che lei non si meritava.

«Mio figlio non diventerà una spia per colpa vostra. Non lo ricatterete usando me», mormorò lei con la mascella serrata.

«Entro mezz'ora perderai i sensi e bloccheremo l'emorragia. Non morirai», replicò Julián, senza dubbio il più adatto a gestire quella situazione, in verità senza molta prudenza perché lei si passò il vetro nell'altra mano, pronta a tagliarsi l'altro polso.

La ferita era poco profonda e il sangue denso, come se nelle sue vene scorresse fango. Provai sollievo. Quelle gocce che schizzavano il lavabo e le piastrelle bianche erano la conferma che mio figlio era ancora vivo, altrimenti Martín non avrebbe potuto tradire nessuno. La speranza mi ispirò, andai verso di lei e le diedi un pugno sulla faccia lucida e carnosa. Barcollò e si portò le mani al naso, il vetro cadde a terra rilasciando qualche altra goccia di profumo. Adesso le sanguinava anche il naso. «Che si fotta!» esclamai.

La presi per i capelli e la costrinsi a sedersi sul bordo della vasca da bagno.

«Non voglio che sporchi il salottino», dissi mentre sentivo le mie parole come se fossero pronunciate da un'altra persona.

Santi cercava lentamente garze, ovatta, alcol e cerotti. Julián ci disse di stare calmi e si occupò di medicarla. Prima il polso. Lo disinfettò con un bel po' di alcol, per cui fu necessario imbavagliarla con un asciugamano perché non si sentissero i suoi ululati, e poi le mise un po' di ovatta nelle narici.

«Non so», disse. «Sembra che abbia il setto nasale rotto.»

Presi un sacchetto di ghiaccio dal freezer e glielo sbattei sul naso. Julián le chiese di reggerlo da sé e lei lo lanciò contro le piastrelle di fronte. Mi venne voglia di colpirla di nuovo, ma non volevo peggiorare la situazione, non volevo altro sangue.

Quando l'emorragia dal naso si bloccò, la portammo fino alla sedia. Lei non collaborava e dovetti darle vari spintoni; ogni volta provavo più piacere a malmenarla. Mi piaceva afferrare una manciata dei suoi capelli stopposi e tirarglieli. Quando le facevo male, sentivo il desiderio di fargliene ancora di più. Non avrebbe mai potuto farmi pena, mi veniva solo voglia di strattonarla. Mentre le tiravo i capelli per l'ennesima volta, Julián mi guardò fisso.

«È molto facile superare il limite: controllati.»

Ma di che limite stava parlando? Non m'importava un cazzo di superare il limite. Io non volevo essere migliore di loro, l'unica cosa che volevo era rivedere mio figlio.

Le misi di nuovo lo straccio sulla bocca e stavolta strinsi più forte, con la sensazione che da qualche parte anche Martín stesse sentendo ogni spinta, ogni tirata di capelli e le corde che si conficcavano nei polsi e nelle caviglie. Doveva sentire la furia di sua madre e la sua disperazione. Doveva essere una sensazione strana, sconfortante, che non avrebbe avuto niente a che fare con le ombre della sua infanzia e la sua patetica solitudine. La guardai con disprezzo infinito.

«E adesso che facciamo con questa? E se in questo momento arrivassero i poliziotti che si stanno occupando del nostro caso? E se qualche vicino l'ha vista entrare? Bisognerà darle da mangiare e da bere e in qualunque momento di distrazione potrebbe trovare il modo di attirare l'attenzione di qualcuno. È molto furba, questa figlia di puttana», disse Santi accendendosi una sigaretta.

«Se ci vedessimo costretti a sbarazzarci di lei», intervenne Julián con grande calma e naturalezza, «sarebbe complicato perché è piuttosto voluminosa, pesa molto e ci metteremmo un secolo a farla a pezzi. Dovremmo optare per trasportarla in alto mare e poi gettarla in acqua con un'enorme pietra al collo. Ma voglio vedere chi di noi riuscirebbe a sollevare una pietra del genere. Ovviamente sarebbe più fattibile farla a pezzi. Abbiamo una sega?»

Per la prima volta la Scarmigliata aveva un'espressione veramente terrorizzata. E Julián era incredibile, perché mentre io e Santi a mano a mano che aumentava la disperazione passavamo al lato oscuro del vocabolario, il suo si raffinava sempre di più, con parole come «optare» e «fattibile». Sembrava che stesse leggendo quello che diceva.

«Vado a pulire il bagno. La Scarmigliata lo ha ridotto uno schifo», dissi.

Santi uscì in giardino. Avrebbe potuto fumare dentro, ma aveva bisogno di aria fresca. Bagnai un asciugamano e lo passai dappertutto, poi lo infilai in un sacchetto di plastica per gettarlo in un bidone dei rifiuti. Nel profondo di me, in quel posto recondito (per usare il lessico di Julián) in cui si custodiscono i pensieri peggiori, io avevo ucciso la Scarmigliata e quell'asciugamano insanguinato ne era la prova. Sentivo di essere su quello che chiamano «l'altro lato della legge», sentivo di essere nelle strade più buie, e non provavo nessun senso di colpa o rimorso. E pensare che quando ero piccola avevo paura di attraversare un campo di sera, e persino un semplice corridoio buio.

«Ho pensato», disse Julián mentre mi guardava legare il sacchetto, «a possibili nascondigli dove portarla. Un posto dove a Martín e ai suoi compagni non venga in mente di cercarla. Adesso non possiamo correre ad affittare un appartamento, e tra l'altro non sarebbe abbastanza sicuro.»

Non sapevo dove voleva arrivare. I posti che conoscevo erano quella casetta, la residenza I Tre Ulivi, i Bungalow Bremenn. Tutti posti scartati. Villa Sol era stata messa sul mercato e restava soltanto la grande casa di Otto e Alice.

Santi entrò, si lavò le mani e si sfregò anche una macchia sulla camicia.

«Bene, cosa ti è venuto in mente?» chiesi a Julián.

«La metteremo nel seminterrato della casa di Otto e Alice. Adesso è chiusa in attesa che i proprietari ritornino e sembra che a nessuno della Confraternita venga in mente di andarci. Non sono autorizzati a occuparla e, da quello che abbiamo visto l'altro giorno, non hanno nessun interesse a pulirla. È il posto migliore.»

Annuii varie volte.

«Dovremo aspettare le prime ore del giorno per portarcela. A quell'ora sono svegli solo i pescatori», disse Santi senza smettere di sfregare la macchia. «Io andrò avanti.»

Julián si infilò l'impermeabile. Una tasca gli pendeva più dell'altra per il peso della pistola. Prese le chiavi del motorino, e la cosa mi sorprese: non volevo che ci lasciasse soli. Anche Santi si innervosì, invece la Scarmigliata chiuse gli occhi sollevata.

«Devo farmi vedere alla residenza. Tornerò appena possibile, non vi preoccupate.»

Mi chiesi se sarei stata in grado di proseguire in quella storia senza Julián. Mi chiesi se sarei stata in grado di sopravvivere a Villa Sol senza Julián. Santi aveva gli occhi pieni di lacrime.

«Fai il caffè!» gli ordinai con la voce più aspra e forte che fui capace di tirare fuori dal petto.

La Scarmigliata era una spettatrice in prima fila della nostra tragedia. L'avrei messa con piacere con la faccia rivolta verso il muro, ma volevo tenere sotto controllo il suo viso e non avevo più voglia di avvicinarmi a lei per cambiarle di nuovo posto.

Julián

Dovetti fermarmi per fare benzina a Libertà II. Per fortuna avevo messo l'impermeabile. Faceva un fresco che per me era freddo. Da quando avevo compiuto ottant'anni avevo sempre freddo e se avevo caldo svenivo, perciò in fin dei conti era quasi meglio il freddo se non avevo paura di beccarmi una polmonite. La polmonite era un pericolo latente. Alcuni dei miei amici, che non erano neppure stati a Mauthausen e non sapevano cosa significasse stare nudi in un cortile innevato, erano morti proprio per una semplice polmonite. Li avevano portati in ospedale perché avevano la febbre, lì era stata loro diagnosticata una polmonite, si erano aggravati e poi erano morti. Quando avessimo recuperato il bambino avrei riso delle polmoniti. Pensavo di comprare qualche bottiglia di champagne da condividere con Sandra e Santi con quello che mi restava sul mio risicatissimo conto in banca, e di farmi il bagno nudo in mare. Se mi avessero ricoverato in un ospedale sarebbe stato dopo aver fatto il bagno nudo come un verme.

«Ero preoccupata per te», mi disse Geralda non appena mi vide in giardino.

«Sto bene», risposi. «Ho appena recuperato il motorino.»

«Dov'era?»

«Era rimasto dove mi hanno aggredito. È così vecchio che non lo hanno preso.»

Scoppiò a ridere. «Eh già, noi vecchi non interessiamo proprio a nessuno», commentò.

«Tu sei un vero e proprio piacere per gli occhi. Non dovresti stare qui.»

«Eh...» sospirò scuotendo la testa e muovendo la sua chioma aristocratica e brizzolata che quel giorno portava sciolta. «E tu sei molto coraggioso. Sei tornato sanguinante senza lamentarti. James non è ancora arrivato. È una banderuola.»

Non mi disse che mi aveva seguito e io non potevo chiederle niente, perché poteva trattarsi benissimo di mie fantasie. Forse non voleva infastidirmi dandomi a intendere che la preoccupava che potessi avere un incidente con il motorino.

Era già quasi l'ora di pranzo. Il tempo va sempre al contrario: durante l'infanzia, quando si vuole che passi in fretta, va a passo di lumaca. Quando avremmo bisogno di un momento di respiro, che l'orologio si fermasse per un attimo, decide di andare a tutta velocità. C'era odore di brodo di pollo. La residenza era impregnata dell'odore del pranzo, che per noi era alle due in punto, momento in cui alla maggior parte degli ospiti toccava il secondo giro delle varie medicine. Alle due stavamo già sorbendo il brodo e inghiottendo le pillole. Per alcuni quello era tutta la vita: sapere cosa c'era di secondo e che gli avrebbero misurato la pressione. Per altri, come me e James, era una semplice circostanza della vita, anche se a dire il vero a James interessava sempre molto sapere cosa c'era per dessert. Andava pazzo per la crema inglese e i profiterole al cioccolato accompagnati dal vino.

Alle due meno un quarto mi ero già seduto al mio posto

con il tovagliolo sulle gambe. Volevo essere uno dei primi a essere servito per poi correre alla biblioteca comunale. Dovetti richiamare varie volte l'attenzione della cameriera e farle vedere che ero stato il primo ad arrivare, cosa che sembrò disturbarla come se fossi in ritardo. Da quando non godevo più del favore di Pilar mi trattavano come uno dei tanti.

Stavo finendo la sogliola in crosta di patate quando spuntò Geralda.

«C'è l'anguria», le dissi.

«Stamattina ti ho cercato dappertutto», intervenne James. «Hai comprato i plettri?»

Se n'era dimenticato. Era impazzito a furia di guardare le chitarre e non ci aveva più pensato. Poi si era messo a cercare me e infine aveva pensato che potevano avergli fatto la multa perché aveva parcheggiato nella zona riservata ai disabili, e quando era già a metà strada si era ricordato dei plettri. Pensai che la sua meravigliosa vita fatta di mille attività e vagabondaggi lo aveva reso smemorato, non si era visto costretto a fare caso ai dettagli, né a essere sospettoso, né a guardarsi le spalle. Era come un bambino.

Non mangiai l'anguria per non dover andare in continuazione in bagno per tutto il pomeriggio e mi alzai prima dei caffè e delle tisane. Mi liberai come potei dalla cara Geralda e passai in biblioteca prima di andare poi alla casetta, dove mi aspettavano Sandra, Santi e la Scarmigliata legata a una sedia.

Salutai la bibliotecaria e superai il tavolo dell'eterno studente occhialuto. Adesso portava una benda elastica al polso e aveva le nocche di una mano livide, come se fuori di lì avesse una seconda vita, per giunta non molto tranquilla. Andai direttamente verso i grossi volumi dell'emeroteca. Aprii quello che parlava di Otto e dei suoi camerati e di come per loro la Spagna fosse stata un luogo di passaggio e in qualche caso di residenza. Tornai alla frase sottolineata da Salva su Otto e sulla sparizione dello scienziato Heinz Krug.

Cercai quel nome con la pressione a mille per l'emozione. A quanto pareva in quel periodo lavorava al programma missilistico egiziano, perciò perché gli stessi egiziani avrebbero dovuto sequestrarlo? Non era più logico che lo rapisse il Mossad? Guardai di nuovo la foto di Otto davanti alla grotta. Forse gli uomini che erano con lui non erano commilitoni nazisti. Il loro aspetto non era precisamente ariano.

Ciò che stavo sospettando sembrava incredibile, ma era la spiegazione più logica.

A quel punto mi misi a guardare lo studente così intensamente che prima si sentì a disagio e poi provò un vero e proprio fastidio. Si alzò e venne verso di me.

«Che succede?»

«Niente, figliolo, credo di aver trovato la chiave di tutta questa faccenda e che presto potremo liberare la creatura.»

Mi guardò provando pena verso di sé e disprezzo verso di me. Che importava, era lui che stava scegliendo quella vita così demenziale. Rilessi l'ultima pagina per capire se la mia immaginazione stava interferendo con la realtà. Sarei dovuto salire fino alla grotta a tutti i costi. Prima però sarei passato al centro commerciale a comprare qualcosa per cena. Non contavo sul fatto che Santi e Sandra si occupassero di una simile piccolezza. Avrei comprato qualcosa di semplice e neutro alla vista che non facesse pensare a nessun tipo di piacere, affinché non si sentissero in colpa per l'ennesima volta. E pensai anche ai bisogni della Scarmigliata, come la chiamava a ragione Sandra.

Sandra

Con il passare delle ore mi veniva sempre più voglia di imprecare. Non sentivo il cuore. Dovetti slegare la Scarmigliata per portarla in bagno, ma stavolta non le liberammo le mani e non le togliemmo il bavaglio, perciò dovetti abbassarle io le mutande. Poi gliele tirai su e pigiai il pulsante dello scarico. Mentre uscivamo mi diede una pedata e io le risposi con un ceffone.

Le scesero le lacrime. Potevano essere di rabbia, di pena per sé stessa, di odio. Non me ne fregava un cazzo delle sue schifosissime lacrime. Come se una lacrima potesse redimerla.

«Non so come fai a portare i capelli in quel modo. Sembri una pazza», le dissi facendola sedere bruscamente sulla sedia.

Serrò la mascella.

«Perché adesso non gridi?» la incalzai, sapendo che per lei era impossibile farlo.

Santi mi guardava.

Avremmo voluto non essere così soli. E la presenza della Scarmigliata ci faceva sentire ancora più isolati. Santi prese il telecomando del televisore, ma non lo accese. Lo tenne in mano come soppesandolo e fissò lo sguardo sullo schermo nero vedendo la propria immagine sfocata che si disfaceva nel vetro. Io mi sedetti su una sedia e mi concentrai su Janín. Quando era nato mio figlio, ero stata per quindici giorni a casa dei miei genitori. Non faceva altro che piangere e dormiva con me nella mia vecchia stanza da eterna adolescente. Lo allattavo ogni quattro ore. Adoravo il suo profumo e il fatto che stesse accoccolato accanto a me. Gli baciavo la fronte sempre un po' bagnata. La Scarmigliata chiuse gli occhi e si addormentò con la testa inclinata verso la spalla sinistra.

Santi adesso fumava in giardino facendo la guardia e disprezzando la vita. Io continuai a pensare a Janín, al fatto che mia sorella gli aveva regalato delle scarpette apache con le frange con cui lui si piaceva tantissimo e faceva qualche passetto quando noi lo tenevamo per le mani. Tutte le sue caratteristiche, che prima erano semplici dettagli, mi si ingrandivano nella mente, i colori delle tutine, il disegno sul petto della salopette – una casetta con un comignolo da cui usciva il fumo – e mi sentivo colpevole per il fatto che qualche volta il suo pianto mi aveva irritato. Adesso avrei dato qualunque cosa per sentirlo piangere.

Julián comparve con una confezione di pannoloni per adulto, due polli arrosto e un filone di pane. I polli emanavano un profumo molto forte e mi venne la nausea. Secondo lui non mangiare era un azzardo e un'incoscienza. Quando iniziò a raccogliere le pentole e a lavare i bicchieri, mi avvicinai per aiutarlo.

«Siediti, ci penso io», disse.

Per un istante ci dimenticammo tutti e tre che la Scarmigliata ci osservava. Aveva gli occhi un po' gonfi per aver pianto e dormito, per aver pensato. Fui quasi felice di dover lavare i piatti e spazzare, di pulire il tavolo con lo straccio e lavarlo bene perché puzzava di pomodoro inacidito. Mi fece bene sistemare quella stalla che stava iniziando ad assomigliare a quella della Scarmigliata, il che non era affatto un buon segnale perché noi eravamo un altro tipo di persone. Oppure non più?

Quando Santi entrò, il salotto brillava e Julián era tutto intento a prendere appunti sul divano. Lo usava soltanto lui. Si era tolto gli stivali e teneva le gambe stese sui cuscini.

«Aiutami», dissi a Santi solo per fargli fare qualcosa. «Metti i polli su quel fornello.»

«Facciamo una bella festa?» chiese lui con quel sarcasmo orribile che aveva sviluppato negli ultimi giorni.

«Bisognerà darle qualcosa da mangiare. Non vogliamo che muoia prima che l'ammazziamo noi, vero?» Mi sorprendeva sentire me stessa parlare di ammazzare una persona come se niente fosse. Fino a pochissimo tempo prima la vita e il bene erano da una parte, la morte e il male da un'altra. Adesso non c'era più separazione. Il rapimento di Janín aveva abbattuto la frontiera tra l'odio e i sentimenti normali. Mi bastava guardare la Scarmigliata per sapere che stavo smettendo di essere normale e, come me, anche Santi e Julián.

Santi fece quello che gli avevo chiesto di malavoglia. Mise i polli sul fornello come se li stesse buttando nella spazzatura e staccò una coscia.

«Ti tolgo il bavaglio. Se gridi ti spacco la faccia, anche se qui non ti può sentire nessuno, e se ti sentono penseranno che ti stai divertendo. Poi ti avvicinerò questa coscia di pollo alla bocca e tu ne mangerai un pezzo bello grande. Lo masticherai e lo butterai giù e poi ne mangerai un altro pezzo. Se fai qualche cazzata, non ti daremo nient'altro. Tanto hai riserve di grasso in abbondanza.»

In vita mia non avrei mai immaginato che vedere soffrire una persona potesse arrivare a piacermi, che la crudeltà mi avrebbe dato soddisfazione.

Santi le avvicinò la coscia alla bocca e lei ne staccò un pezzo e poi glielo sputò in faccia. Finii di piegare uno straccio che aveva ancora i grumi di omogeneizzato di Janín e mi avvicinai a loro. Le colpii la faccia con lo straccio con tutte le mie forze. Non volevo che Santi finisse per picchiare una donna, anche se si trattava della Scarmigliata, non volevo che per colpa sua ci abbrutissimo fino a quel punto. E il fatto che avessi ancora qualche scrupolo significava che pensavo al futuro, e il futuro era mio figlio. Lei gridò e Santi le infilò la coscia di pollo in bocca.

«A quanto pare vuoi lasciare orfano tuo figlio. Grida un'altra volta e te la ficco in gola», sbottò Santi.

La tirò fuori e le ordinò di mordere di nuovo.

Lei strinse i denti e le labbra. Si capiva che gliele avevano baciate poco. Erano bianche, senza vita, non ci scorreva il sangue. Era da secoli che le usava solo per mangiare, bere e parlare. Aveva procreato Martín con i baci o senza? Forse suo figlio le ricordava i pochi che aveva avuto, e per quello lo amava tanto. Amava un po' d'amore.

«Dai un morso ti ho detto!» insistette Santi rabbiosamente passandole la coscia sulla bocca. All'improvviso le labbra le divennero lucide e si iniziò a distinguerne la forma. Faceva bene a non usare il rossetto.

La coscia di pollo stava iniziando a sfilacciarsi. Santi aveva le dita unte e lei non cedeva. Julián smise di prendere appunti e si alzò dal divano. Capimmo tutti che se non l'avessimo uccisa in quel momento non ci avrebbe preso sul serio.

«Qui no», disse Julián rimettendo le cose al loro posto. «Ceniamo, riposiamoci un po' e poi la spostiamo. Tappale quella boccaccia.»

Santi la imbavagliò di nuovo con lo straccio sporco e da dove si trovava lanciò la coscia di pollo spolpata e piena di bava nella spazzatura.

«Alla residenza non si preoccuperanno se stanotte non torni?» chiesi a Julián.

Gli occhi della Scarmigliata soppesarono le mie parole e si fissarono su Julián. Aveva appena risolto un'incognita. Adesso sapeva dove aveva già visto quell'uomo: ai Tre Ulivi.

Gli allungai il cellulare di Santi perché potesse chiamare. Rimase pensoso per un attimo e poi digitò un numero.

«Ciao, Pilar. Sì, sto bene, non preoccuparti. Mi chiedevo se avessi voglia di venire a bere qualcosa a casa del pittore. Te lo ricordi? Quello della mostra. Ah, mi dispiace. E va bene, ci vediamo domani, stasera resto qui e magari anche domattina. No, non sono sicuro che sarò lì per pranzo, sai come sono gli artisti.»

Mi restituì il cellulare dicendomi che era un modo per dire alla responsabile della residenza che quella sera non sarebbe tornato senza darle spiegazioni in maniera diretta.

«E se lei avesse accettato l'invito?» chiesi.

«È giovedì, e di giovedì lei va sempre a ballare con uomini giovani e vigorosi.»

La Scarmigliata ascoltava con attenzione, era molto interessata a sapere cosa le era sfuggito durante le sue visite alla residenza, quando si prendeva cura del Macellaio. Mi venne in mente di infilarle due batuffoli di ovatta nelle orecchie, ma dopo un attimo me ne dimenticai. Da quando mi dominava la preoccupazione intensa e devastante per Janín, la mia mente passava da un pensiero all'altro alla velocità della luce. Dai batuffoli di ovatta passò ai polli sul tavolo. Dopo aver visto la coscia nella bocca della Scarmigliata, mi facevano proprio schifo.

Julián aprì il frigorifero, tirò fuori un pomodoro maturo che non arrivava a essere marcio e lo tagliò a pezzetti su una porzione di petto di pollo.

«Forza», disse, «è l'unica cosa che mangeremo stasera.»

«Grazie, ma non posso», risposi. «Mi vengono i conati solo a vederlo.»

Santi obbedì e masticò l'altra coscia guardando verso la finestra. Fortunatamente c'era la luna calante e la strada era poco illuminata. A meno che il vicino della casa accanto non fosse in giardino a fumarsi una sigaretta intorno alle quattro di notte, nessuno ci avrebbe visto salire in macchina con la

Scarmigliata per andare alla casa di Otto e Alice; si sarebbe sentito soltanto il rumore del motore nel momento in cui avremmo messo in moto. Quando Santi finì, lanciò l'osso nel secchio della spazzatura. Prese un boccone di pane per togliersi il sapore dalla bocca e io feci lo stesso. Il pane era buono, imitava quello artigianale, cotto in forno a legna, e se uno non andava tanto per il sottile ci poteva anche credere. Mi si formò una palla nello stomaco.

L'unico che cenò lentamente e quasi assaporando ogni boccone fu Julián. Nel profondo del mio cuore glielo rimproveravo, e mi alzai da tavola. Andai a letto. Era terribile coricarmi e chiudere gli occhi. Per quanto mi sentissi molto stanca, la mia mente era accesa come quando prendevo le anfetamine per gli esami. Vedevo tutto con una chiarezza strana, che mi lasciava senza fiato. E sapevo che a poco a poco la chiarezza sarebbe diventata vetrosa e confusa, come i postumi di una forte sbronza, e non sarebbe servita più a niente, perciò non potei far altro che prendere un Orfidal. Mi misi a letto vestita, non mi tolsi neanche gli stivali ma tirai su le lenzuola e il copriletto. Sentii i passi di Santi che evidentemente stava andando a fare la stessa cosa in camera sua e pensai che Julián avesse bisogno di una coperta, ma non avevo né la forza né la voglia di fare altro.

Julián

Li svegliai alle quattro, come avevamo concordato.

Mi ero steso sul divano mettendomi addosso due accappatoi che avevo trovato in bagno e mi ero anche coperto la testa con un cuscino per non sentire russare la madre di Martín. Ero riuscito ad assopirmi per un'ora intera. Non si poteva chiamare sonno perché sentivo tutti i rumori, anzi sentivo anche quelli che avrebbero potuto esserci, come il cigolio della porta di ingresso, una finestra che si apriva o passi di stivali militari.

Non dimenticavo di avere la pistola carica ai piedi del divano e a portata di mano. Dovevo soltanto prenderla e per farlo avrei avuto tempo a sufficienza, posto che se fosse entrato qualcuno non mi avrebbe individuato subito. Il divano era di fronte a un finto camino e chi fosse entrato ne avrebbe visto soltanto lo schienale alto.

Feci un caffè bello carico e mi accorsi che la prigioniera stava avendo degli spasmi muscolari. Peggio per lei. Le avevamo offerto da mangiare e la possibilità di un trattamento migliore, e l'aveva rifiutato. Fintanto che non era morta, non mi faceva pena. E anche dopo non mi avrebbe fatto pena, mi avrebbe fatto soltanto preoccupare. Mah! Morire non è così facile, prima della fine una persona come lei sarebbe dovuta passare per molte fasi di malattia e debilitazione. Non avevamo fatto nient'altro che iniziare. Andai a guardare fuori. Il giardino era tranquillo, come pure la strada. Dal mare saliva l'odore del sale e nel silenzio si avvertiva leggero il rumore delle onde. Faceva fresco, l'umidità mi si insinuava nelle ossa. Il caffè mi fece bene. Riunii tutto quello che dovevamo portare via: i pannoloni, il caffè, quello che rimaneva del pane e del pollo. Quei ragazzi non avevano neanche idea di ciò che stavamo facendo. Presi da un mucchio di panni piegati su una sedia dei calzini e una maglietta da uomo. Infilai tutto in un sacchetto del supermercato.

Svegliai per primo Santi. Si alzò di colpo.

«Che succede?» chiese, completamente stralunato.

«È ora di andare. Tieni, una tazza di caffè.»

La prese tra le mani e bevve mentre scendeva le scale. Era scalzo e non portava la camicia.

«Fa freddo, mettiti qualcosa addosso.»

Salì di nuovo e scese con una Lacoste rosa, che non sembrava far parte del suo guardaroba.

Si versò un altro po' di caffè e osservò la Scarmigliata, che dormicchiava e di tanto in tanto apriva gli occhi per sincerarsi che tutta quella situazione non fosse un incubo, poi li richiudeva per sfuggirvi.

«È meglio che vai avanti tu con il motorino: con molta cautela salti la recinzione, entri dalla finestra della cucina come l'altro giorno, apri la porta e il cancello», gli dissi. «Così, quando io e Sandra arriviamo con lei in macchina, la teniamo fra me e te e la portiamo nel seminterrato. Nel frattempo Sandra parcheggerà in una strada dove la macchina non insospettisca nessuno. Tu puoi lasciare il motorino dovunque.»

Non ci fu bisogno di svegliare Sandra: scese sfregandosi la faccia con un asciugamano. Le versai una tazza di caffè con due cucchiaini di zucchero, perché avrebbe avuto bisogno di tutta l'energia possibile. Era già vestita, perciò le chiesi di mettere nella macchina il sacchetto del supermercato e di avvicinarla alla porta. Non c'era tempo da perdere, non dovevamo tenere accese le luci della casa per tanto tempo, non si poteva mai sapere chi avrebbe potuto vederle. Nel frattempo liberai le mani della Scarmigliata e le chiesi di slegarsi da sola i piedi. Le puntavo contro la pistola. Mi obbedì, c'era qualcosa in me che mi rendeva più temibile degli altri.

«Adesso andiamo in bagno. Niente sciocchezze. Fai i tuoi bisogni. Non preoccuparti di me, ho visto tutta la sozzura umana del mondo.»

Si tirò su la vestaglia e si sedette sul water senza togliermi gli occhi di dosso, casomai le avessi dato l'opportunità di agire.

«Sai una cosa? Non abbiamo più bisogno di te. Ho scoperto come recuperare il bambino. Se ti sparassi dispiacerebbe soltanto a tuo figlio, agli altri non importerebbe niente, non sei una di loro.»

Quando finì, intuii chiaramente che stava soppesando la possibilità di accopparmi. Era una donna forte con le braccia muscolose, e io un vecchio con il cuore ridotto male. Valutò quanto fosse svantaggioso per me che si sentisse un colpo di pistola a quell'ora, di cui si sarebbero accorti tutti i vicini dei dintorni.

«Le case qui intorno sono vuote e uno sparo assomiglia a un terremoto, ma in ultima istanza lo farei senza pensare alle conseguenze», dissi intuendo i suoi pensieri e guardandola fisso negli occhi.

In salotto le chiesi di sedersi e aspettammo che tornasse Sandra, che le legò le mani dietro la schiena e le mise addosso una felpa con il cappuccio tirato sulla testa. Uscimmo. La facemmo sedere sul sedile posteriore dell'auto. Io chiusi la porta di casa mentre Sandra metteva in moto. Pregai che non incrociassimo nessuna volante della polizia, visto che sarebbe stato difficile spiegare loro perché avevamo con noi una donna legata e imbavagliata.

Era impressionante, sulla strada verso Tosalet, vedere la macchia scura degli alberi che si univa alle stelle. Scintillavano sulle ondulazioni abissali dei monti come se al firmamento fosse caduto uno strato di pelle. Pareva che se avessi alzato la mano e l'avessi infilata in quell'oscurità qualcuno o qualcosa mi avrebbe tirato verso l'alto. Per il momento eravamo laggiù e facevamo quello che potevamo. Anche la Scarmigliata alzava di tanto in tanto lo sguardo verso quell'immensità, probabilmente pensando a come se la sarebbe cavata suo figlio senza di lei.

Mi meravigliò l'abilità di Sandra nel riuscire ad arrivare fino alla casa di Otto e Alice con le luci spente dall'inizio della strada. Santi aprì appena il cancello e io diedi una mano a far scendere la Scarmigliata. La spinsi tenendole la pistola puntata su un fianco. E pur sapendo entrambi che non avrei potuto ucciderla lì, era un avvertimento del fatto che avrei potuto farlo più avanti in un fosso qualunque. Andammo rapidamente verso la casa. Santi socchiuse in fretta il cancello senza chiuderlo del tutto per permettere a Sandra di entrare.

Nella villa faceva freddo. Tirai fuori una torcia dalla tasca: le luci della casa avrebbero reso evidente la nostra presenza. La prigioniera guardava con gli occhi spalancati quel posto al quale fino a quel momento non aveva avuto accesso. Un luogo intoccabile per lei, la dimora di uno dei suoi idoli. La luce della torcia scivolava sul camino di marmo verde, sui divani di raso giallo, sulle scale bianche, sui mobili di mogano. Presi la confezione di pannoloni. Santi portò il nostro ostaggio giù per le scale tenendola per un braccio: non volevamo che cadesse o che si buttasse.

Con la torcia esplorammo il seminterrato finché non trovammo un divano di pelle lungo due metri dove probabilmente Otto schiacciava qualche pisolino. In un ripiano alto di un armadio c'erano varie coperte. Chiesi a Santi di prenderne una perché io non ci arrivavo e in più dovevo occuparmi della pistola. Gli dissi anche di slegare le mani alla donna.

Allungai alla Scarmigliata la confezione di pannoloni e le ordinai di mettersene uno. Non avremmo potuto essere sempre presenti per portarla in bagno. Probabilmente quando l'aveva catturata, o sequestrata, Sandra non si era soffermata su quei particolari. Doveva essersi fatta trasportare da quell'immagine dei film di un prigioniero legato al letto, che può passare giorni interi senza che dal suo corpo esca niente.

«Starai molto comoda su quel divano di pelle, non sappiamo se umana. Sai bene quanto sono capricciosi i tuoi capi.»

Lei si tirò su la vestaglia. Era la seconda volta che assistevo a quella scena; Santi si voltò di spalle. Quando se l'abbassò sembrava che avesse i fianchi più larghi. Le feci cenno di mettersi i calzini e la maglietta che avevo portato dalla casetta e poi di stendersi. La storia della pelle umana l'avevo detta per farle provare ribrezzo per il divano, ma siccome in fondo poteva essere vera cercai di sfiorarlo il meno possibile. Santi comparve dal fondo del seminterrato con una bella corda e un altro paio di torce.

«Qui c'è di tutto», disse.

«C'è anche una sega elettrica?» domandai dando le spalle alla Scarmigliata, ma sentendo il suo sguardo atterrito su di me.

«Sì, e anche guanti di gomma. E c'è un congelatore con torte e altre pietanze già pronte.»

«Vivevano come re», commentai mentre cercavo il modo di legarla al divano. «Porta un cacciavite. Devo fare un buco da cui far passare la corda.»

Alla fine riuscimmo a legarla per bene. Le tre torce la illuminavano da un tavolo come se fosse un quadro. Ma siccome non volevamo che al sorgere del sole la si potesse scorgere dalle finestrelle del seminterrato, dovemmo spostare di qualche metro il divano con lei sopra. L'operazione mi lasciò stremato e cercai un rubinetto per bere un po' d'acqua. Come diceva Santi, c'era di tutto là sotto, persino un bagno con la doccia.

Mi lavai la faccia e bevvi l'acqua con la mano. In un vaso dalla forma allungata c'erano dei fiori di stoffa. Li buttai e ci misi dentro l'acqua. Poi cercai un tubo di gomma stretto e lungo, che probabilmente usavano per l'irrigazione automatica del giardino, lo tagliai e lo infilai nel vaso. Lo misi accanto al divano e infilai il tubo nel bavaglio che aveva sulla bocca.

«Così potrai bere quando hai sete, ma senza esagerare, perché potresti rimanere senz'acqua.»

Santi rimase ad ammirare la mia opera con la testa piegata da un lato.

«Adesso è ora di comunicarlo a suo figlio», concluse. «Si chiama Martín, no?»

Sandra

La casa di Otto e Alice sembrava disabitata come sempre. Dopo che Julián e Santi ci furono entrati insieme alla Scarmigliata, parcheggiai la macchina in una strada laterale. Non c'erano luci accese. Bene. Guardai in tutte le direzioni prima di entrare e chiusi il cancello dall'interno. Non potei evitare che il rumore rimbombasse in mezzo all'oscurità. Per fortuna, una volta dentro, era impossibile essere visti. Gli alberi alti e fitti lo impedivano, e avrebbe potuto intravedersi qualcosa soltanto dagli ultimi piani dell'hotel Dianium. Mi facevo guidare dalla luce delle stelle e da quella scarsa della luna. Conoscevo la strada fino alle colonne doriche e al porticato. C'era odore di foglie marce, come se l'acqua della piscina non si fosse ancora asciugata del tutto. Lasciai la porta aperta per poter vedere dentro. Mi arrivò un leggero riverbero, come se nel centro della terra ci fosse un falò. Andai fin lì, il silenzio era totale. «Sandra?» Sentii che Santi mi chiamava. «Scendi, ti faccio luce io», disse dal seminterrato.

Respirai. La discesa mi sembrò interminabile. E quando arrivai alla fine delle scale vidi il volto di Santi sfigurato dalla luce delle torce. Fui sul punto di gridare e mi resi conto che avevo i nervi a fior di pelle nonostante l'Orfidal che avevo preso qualche ora prima.

Mi abbracciò, e per la prima volta non mi sottrassi. Rimasi per un attimo con la faccia tra il suo collo e la sua spalla.

Sentii la mancanza di Alberto e mi odiai per averlo nei miei pensieri in un momento del genere.

«È tutto sotto controllo», intervenne Julián illuminando la Scarmigliata che ci osservava in preda al panico.

«Non sappiamo neanche come si chiama», dissi.

«Adesso prepariamo un altro po' di caffè con la caffettiera che ho trovato», riprese Julián. «In quel sacchetto c'è il pane.»

Io restavo in silenzio.

«In questo seminterrato non manca niente», osservò Santi con voce malinconica.

Tirai fuori il pane. Julián aveva ragione. Dovevamo fare colazione. Ci aspettava una giornata molto intensa.

La Scarmigliata aveva una coperta addosso e un cuscino sotto la testa. Adesso indossava un paio di calzini – che mi sembrava di aver visto stesi alla casetta – sotto le ciabatte. E a quanto pareva la faccenda del bagno si era risolta con un pannolone. Non aveva di che lamentarsi. Stava quasi meglio lì che nella sua casa sgangherata. Almeno non doveva occuparsi di dare da mangiare ai cani. Se era furba, avrebbe cercato di riposare finché non si fosse scatenata la tempesta. Stava molto meglio di me. Avrei fatto cambio con lei un milione di volte purché mio figlio fosse libero come il suo. Niente di ciò che avrebbero potuto farmi era paragonabile all'angoscia di non sapere cosa stava capitando a Janín.

«Dovremmo andare a casa sua. Martín deve essere lì, in attesa che arrivi sua madre.»

Prendemmo ognuno varie tazze di caffè aspettando che la caffeina ci desse la soluzione e illuminasse la strada che dovevamo percorrere, come aveva fatto per me qualche minuto prima la torcia di Santi. E speravamo che il suo aroma intenso non attraversasse i muri della casa e non arrivasse lontano. Il caffè aveva un sapore un po' strano perché era fatto con l'acqua del rubinetto, ma ci fece svegliare e riscaldare.

«Dovremmo mandare a Martín un biglietto anonimo come ha fatto lui con te quando te lo ha infilato nella borsa del bambino», disse Julián.

Non avevamo un piano. Improvvisavamo a mano a mano,

e questa non era una buona cosa. I sentimenti di amore, angoscia e disperazione ci annebbiavano di sicuro le facoltà mentali, non è così facile essere intelligenti. In quel momento avremmo avuto bisogno di qualcuno che valutasse la situazione dall'esterno, un dirigente in giacca e cravatta con la mente fredda e molto sicuro di sé.

«Perché perdere tempo con i biglietti anonimi? Andiamo a cercarlo.»

Mi versai un altro po' di caffè. Il suo sapore forte di tubature era in completa sintonia con il mio essere. La caffettiera era una Melitta vecchiotta con residui di polvere attaccati al vetro, ma funzionava alla perfezione. Era in un angolo su un tavolo allungato con piccoli mosaici incastonati nel legno, che probabilmente veniva ricoperto di croissant e dolci di ogni genere durante le colazioni della Confraternita. Puntai la torcia tutto intorno a me: il seminterrato in un certo periodo era stato ben arredato. C'erano piantane e tappeti persiani, probabilmente autentici, arrotolati e addossati alle pareti, poltrone di raso rosso e altre di pelle dove di certo sprofondavano Otto, Fred, il Macellaio e altri vecchi nazisti. Sembrava che lo scantinato di Villa Sol (la casa di Fred e Karin) fosse destinato più alle cerimonie, mentre quello in cui ci trovavamo fosse utilizzato per le feste. Spostai un lenzuolo e comparve un giradischi che dovevano aver usato quando erano più agili, negli anni Sessanta e Settanta. Qualunque studioso di postnazismo lì dentro sarebbe impazzito. La luce della torcia cadeva sui vinili malinconica, decadente, nostalgica e fredda, morta. La voce di Santi mi costrinse a reagire.

«Che dici, Sandra? Andiamo a casa di questa pazza?»

Julián si sedette sulla poltrona di raso rosso e chiuse gli occhi. Probabilmente stava pensando, o forse dormicchiando un po'. Non si era tolto l'impermeabile.

«Julián dovrebbe restare qui o, meglio, tornare alla residenza. Questa è una cosa tra me e Martín da quando ha rapito mio figlio.»

«Nostro figlio», puntualizzò Santi alterato. Evidentemente

gli sembrava che così il bambino fosse più protetto, meno solo in questo universo freddo ed estraneo.

«Probabilmente ormai Martín ha già fatto due più due ed è andato alla casetta a cercare sua madre», disse Julián, dando per scontato che una volta arrivato a casa sua Martín non fosse caduto come un ciocco nel letto pensando che la mammina stesse facendo commissioni dalle parti dei bungalow di Punta Negra.

La Scarmigliata chiuse gli occhi e si infagottò come poté con la coperta. Le nostre chiacchiere non le interessavano più e aveva deciso di riposare, il che significava che aveva dedotto che non avevamo neanche idea di dove potesse essere Martín, altrimenti avrebbe cercato di rimanere allerta. In ogni caso io e Santi saremmo andati a dare un'occhiata. E dovevamo allontanarci da lì prima che facesse giorno e potessero vederci.

Cercammo nel vestibolo le chiavi di casa. Guardammo in scatole di legno intagliato e d'argento. Non potevamo perdere altro tempo, perciò mettemmo un fermo sotto la porta perché non si chiudesse, per non dover entrare di nuovo dalla finestra, e poi facemmo lo stesso con la serratura del cancello. Da fuori non notai niente che attirasse l'attenzione, nessuna luce, nessun odore che non fosse di foglie marce e di gelsomino.

Julián

Appena se ne andarono uscii di corsa. La Scarmigliata russava. Mi accertai che avesse a portata di mano il tubo per bere e spensi le torce. La stanza iniziava leggermente a schiarirsi in qualche punto e le finestrelle rettangolari del seminterrato non erano più così nere. Salii le scale con cautela. Al piano di sopra, l'anticamera, il salone e la cucina iniziavano a essere in penombra e nulla faceva sospettare che in casa ci fosse una presenza umana. Per fortuna il russare non era in grado di arrivare fin lì. Se qualcuno della Confraternita fosse entrato, avrebbe notato soltanto che dei ragazzi erano stati in giardino a bere. Raccolsi gli avanzi dal tavolo della cucina con un panno e li gettai in un sacchetto di plastica: ero stufo di vederli ogni volta che passavo. Aprii la porta di ingresso e notai che Sandra e Santi ci avevano messo un fermo di cartone per non dover entrare dalla finestra. Otto e Alice si erano portati via tutte le chiavi? Nelle case normali c'è sempre un mazzo di riserva per ogni evenienza. A casa mia a Buenos Aires, per quanto io e mia figlia avessimo ciascuno la nostra copia, ne lasciavamo un mazzo in una fruttiera e un altro lo aveva la domestica. E dovendo fuggire in tutta fretta portandosi dietro solo gli oggetti di maggior valore, i gioielli, i soldi e qualche vestito, era logico pensare che Otto e Alice avessero dimenticato le chiavi di scorta. Non volevo perdere troppo tempo a cercarle perché iniziava a fare giorno, e da lì al momento in cui avrebbe cominciato a splendere un sole forte e rosso non c'era che un passo.

Mi fermai all'ingresso ma non trovai nessun posto dove le avrei lasciate io. C'erano un armadio, un grande specchio, una consolle di noce con inserti di madreperla senza cassetti. Poi mi fermai in mezzo al salone. Probabilmente le tenevano lì, per non dover perdere tempo andando a cercarle in cucina. Lì sì che c'erano cassetti inseriti in mobili importanti, altri specchi, quadri, posacenere di vetro di Murano. Chiusi gli occhi e strinsi le mie chiavi. Dove le avrei messe? Andai verso il camino come se le chiavi stesse mi portassero fin lì. Non erano in vista, ma senza pensarci feci scivolare la mano dietro un orologio di ceramica istoriato. E, guarda un po', sentii il metallo tra le dita.

C'erano cinque chiavi e le provai una per una, ma evitai di chiudere la porta. La mia imbranataggine mi innervosiva, mi odiavo in quei momenti in cui mi cadevano le cose a terra, sembrava che infilassi la chiave al contrario di proposito. E la luce s'insinuava sempre più tra i rami. Attraversai il giardino stando curvo, come se dovessi schivare la pioggia o le bombe. Feci in modo di non far cigolare il cancello e mi proposi di portare un po' di olio per lubrificare i cardini per la durata del sequestro. Poi misi di nuovo il fermo nella serratura.

Mi allontanai rapidamente dal cancello e stando davanti

alla casa guardai a destra e sinistra. Si sentì un tonfo, come di un vaso che si schianta a terra, rumori tipici dell'alba. Santi e Sandra avevano portato via la macchina, ma da qualche parte doveva esserci il motorino. Lo trovai in una stradina boscosa. Ci cadeva sopra una cascata di fiorellini bianchi e gialli. Dovetti fare contatto con i fili per metterlo in moto. Il mio vecchio compagno. Il fresco che veniva da una parte dal monte e dall'altra dal mare era molto piacevole. Mi diressi verso la casa di Frida sul monte di Dianium.

Ormai le curve della strada mi erano più familiari del corridoio di casa mia. A volte avevo rimorsi perché non pensavo intensamente alla mia vita passata: volevo vendicarla e continuavo ad amare Raquel e mi preoccupava che mia figlia non fosse felice, ma non avevo tempo di rimestare nei ricordi. Mi sentivo in colpa per non essermene rimasto tranquillo nel momento in cui il mio amore se n'era andato e la vita non era più davanti ma dietro di me. Adesso ogni giorno parlavo di meno con lei, dovevo sempre uscire di corsa perché il figlio di Sandra era in pericolo, probabilmente per colpa mia. Raquel mi avrebbe detto di certo: forza, dai, non essere tanto apprensivo. Adesso, quando mi svegliavo alle cinque del mattino e rimanevo a fissare il soffitto, la prima cosa che mi veniva in mente non era Raquel ma quel bambino che portava il mio nome e che avevo visto una volta, ma che non potevo consultare come facevo con mia moglie. Raquel aveva una bella chioma di capelli neri e ricci, ciglia folte e fianchi larghi, ed era sempre disposta a farsi un bel pisolino con me. Ho cancellato la sua morte, me la ricordo a stento; quando si affacciano nella mia mente un angolo di quel lenzuolo, di quell'asciugamano zuppo di sudore, di quel dolore, scuoto la testa e li disperdo come se fossero gocce d'acqua. Non voglio niente di tutto questo per Raquel.

Per poco non passai oltre l'abitazione di Frida. Sembrava che fosse il vento a spingermi. Mi addentrai nel piccolo viottolo che portava alla casa di cemento grigio, un progetto incompiuto.

La macchina era sotto un pergolato, per cui doveva esserci anche lei. Mi sincerai di avere la pistola nella tasca dell'impermeabile. Dalla finestra della cucina la vidi che si dava da fare. Era tutta assorta e stava lavando i piatti con dei guanti di gomma rosa. Un anno prima si sarebbe accorta della mia presenza da lontano e invece in quel momento fece fatica ad alzare lo sguardo, e ciò voleva dire che Frida aveva un cuore o un po' d'orgoglio, e non c'è niente che blocchi tanto una persona quanto il cuore e l'orgoglio.

Mi vide quando bussai con le nocche sul vetro. Mi guardò depositando su di me tutti i suoi pensieri duri. L'azzurro dei suoi occhi sembrava strappato da un pezzo di ghiaccio. Nessuno che conoscessi e che fosse uscito dai campi di concentramento più atroci era arrivato a essere così. Tornò ai suoi piatti. Aveva voglia di continuare a odiare ancora un po' chiunque avesse in mente. Non voleva fastidi, non voleva parlare con nessuno. Si comportava come un'innamorata che si chiude nella sua stanza a pensare al suo amore. Bussai di nuovo con le nocche. Mi indicò la porta. Evidentemente era aperta. Frida non aveva paura di niente, tranne che di non essere amata dai suoi capi.

Entrai in cucina e lei continuò a fare quello che stava facendo, non si girò nemmeno. Non aveva voglia di parlare. Quando ebbe finito di lavare i piatti, mise su il caffè. Mi porse una tazza con gli uccellini dorati, minuscola tra i suoi guanti di gomma.

«D'accordo», dissi, per passare al linguaggio orale, «ma senza veleno, per favore.»

Sbuffò e scosse la testa come a dire: "Non ho voglia di parlare".

La lasciò sul tavolo e io mi sedetti. Vi pose vicino anche una zuccheriera che faceva parte dello stesso servizio e si voltò verso il bancone per tagliare qualche fetta di pane.

«È quello il coltello con cui mi hai ferito l'altro giorno?»

Sbuffò di nuovo. Sembrava una bambina enorme con i suoi pantaloni corti, gli stivali, i calzini e una maglietta.

Bevvi un sorso di caffè: era buono e, visto quanto poco avevo dormito, mi avrebbe fatto bene.

«Ti stanno ricrescendo i capelli, meno male. Fra tre anni o poco più li avrai come prima.»

Il coltello si bloccò in aria, rimanendo sospeso sulla fetta di pane.

Stava pensando, e anch'io lo stavo facendo. Dovevo riconoscere che non avevo pianificato come continuare. Un attimo di respiro mi faceva comodo.

«Sei una brava ragazza, grazie a te Bert ha vissuto tanto a lungo.»

Si girò verso di me con il coltello sporco di burro e i guanti rosa. M'infilai la mano in tasca e accarezzai la pistola.

«So chi sei», disse. «Ti cercano. Non so come non abbia fatto a capirlo prima.»

«È normale. Hai molte cose per la testa.»

«Che vuoi? Vuoi ricattarmi? Se mi viene voglia non esci vivo da qui.»

Ovvio, quello era il suo punto debole, ciò che l'aveva spinta a ferirmi la volta prima. La sua paura che scoprissero che aveva ammazzato il Macellaio.

«Non si è suicidato, vero?»

Nel ghiaccio azzurrino dei suoi occhi brillò la soddisfazione, come il sole sull'Artico.

«Mi stai facendo incazzare», grugnì, e conficcò la punta del coltello nel tavolo con una forza fuori dal comune.

«Loro non ti avevano ordinato di ucciderlo. L'hai fatto tu per conto tuo. Una cosa così impensabile che hanno deciso che doveva essersi suicidato e hanno incaricato te di disfarti del suo corpo, facendo credere che era tornato in Germania.»

«Non hai le prove.»

«Finirai per confessarlo, credimi, tu non sei forte come Violeta.»

Si tolse lentamente i guanti, come se dopo dovesse togliersi anche la maglietta e i pantaloni.

«Violeta, Salva, Bert.»

«Cosa vuoi che ti dica? Non mi ricordo neanche di quei due.»

«Violeta e Salva sono stati uccisi per qualcosa che a loro interessa molto, e io so cos'è.»

La conversazione la stancava, con tutti quei tira e molla. Era una donna di azione, rapida.

«Ti sto offrendo la possibilità di farti ammirare e rispettare da Sancho, così che faccia più affidamento su di te che su Martín. Adesso conti come il due di picche.»

Il cielo azzurrino diventò ancora più chiaro, nel bene o nel male. Era difficile sapere cosa ci fosse nella testa di quella psicopatica. Anche se forse era significativo che si versasse il caffè non in una tazzina con gli uccellini dorati, ma in un tazzone enorme, e che non toccasse il pane tostato. Le era passata la fame.

«Ciò che sto cercando di dirti è che mi piacerebbe che non mi vedessi come un nemico. Aiutami e io ti aiuterò. Io farò bella figura con i miei e tu con i tuoi.»

Venne verso di me con la tazzona in mano. Impugnai bene la pistola e la puntai verso di lei tenendola in tasca. Il caffè era bollente e non mi avrebbe fatto per niente piacere che me lo buttasse addosso. Le sue cosce tornite e forti mi sfioravano le ginocchia.

«Sei un chiacchierone. Parli così tanto che non ti capisco.»

«Tu mi dici dov'è il bambino. E io ti dico dov'è una cosa che loro cercano disperatamente e per la quale hanno ucciso Violeta e il mio amico Salva. Forse ti nomineranno capo di Sancho.»

«Molto chiacchierone per certe cose e molto poco per altre. Dovrai dirmi qualcosa di più su quello che cercano.»

«Quando tu mi dirai qualcosa del bambino. Ascoltami bene, voglio che porti un messaggio a Sancho. Digli che il vecchio Julián conosce il segreto di Otto, e quando il bambino darà segni di vita e ai genitori verrà permesso di vederlo io mi consegnerò e darò loro i codici che Violeta aveva dato a Salva e che Salva ha affidato a me. Digli anche un'altra cosa: che questa informazione gli procurerà un grande potere sulla Confraternita. Se non sei stupida...» – e qui lei aggrottò la fronte, doveva avere un grande complesso di inferiorità che le faceva scattare i campanelli d'allarme per ogni minima cosa – «se non sei stupida», ripetei compiacendomi di quella parola che la mortificava così tanto, «saprai trarre vantaggio dalla situazione. Ti avverto che se al bambino succede qualcosa ti ucciderò senza pensarci due volte e facendoti soffrire. Anche se non ci credi, ho visto tormenti che nemmeno ti immagini. Ma se il bambino torna dalla sua famiglia come ne è uscito, lascerò che tu metta fine alla mia vita con quei guanti di gomma rosa.»

Se Frida aveva un pregio era che sapeva ascoltare. Sapeva rimanere in silenzio cercando di capire se la si stava ingannando o meno.

Il caffè mi fece bene e fui indeciso se passare dalla residenza prima di tornare a sorvegliare la Scarmigliata a casa di Otto e Alice.

Sandra

Mentre guidavamo verso i pini, i cisti e gli arbusti selvatici in mezzo ai quali si nascondeva la casa della Scarmigliata alla ricerca di Martín, sentii che mi girava la testa e stavo per svenire. Chiesi a Santi di fermarsi appena possibile. Non finii la frase, lungo il collo mi saliva una spossatezza che mi impediva di tenere la testa dritta. Vidi tutto nero e mi si chiusero gli occhi. Non era la prima volta che perdevo il controllo del mio corpo e che sperimentavo cosa doveva essere morire, e sapevo che quando arriva quel momento uno è nelle mani degli altri e alla fine di Dio. Sentivo vagamente la voce di Santi e poi più nulla, sparii.

Mi svegliai stesa sul ciglio della strada. Avevo la testa appoggiata sulle gambe di Santi e la nuca bagnata. L'acqua mi colava lungo la schiena. Avevo una caramella in bocca.

«Succhiala. Stai meglio?»

Annuii, ma avevo paura di muovermi. Le nuvole si delineavano e un raggio di sole mi si piantava nella fronte. Improvvisamente vidi Janín venire verso di me con le braccia aperte, ormai camminava da solo. E i suoi primi passi senza aiuto erano stati per qualcuno che non gli voleva bene.

«Andiamo in ospedale», disse Santi aiutandomi a rialzarmi.

Mi strinse troppo forte per infilarmi in macchina.

«Sto bene. Sono solo svenuta. Sai che ho la pressione bassa.»

«Non so», disse scuotendo la testa mentre metteva in moto.
«Ti dico che non è nulla. Non possiamo perdere una giornata in ospedale.»
Era di fronte a un dilemma, io o suo figlio. Suo figlio indifeso e nelle mani di sconosciuti o io, adulta e libera. L'ospedale poteva attendere.

«Non credo che Martín sia a casa di sua madre. Non si è ancora accorto di niente.»
E in effetti era rimasto tutto come l'avevo lasciato quando me l'ero portata via. Stavolta i cani grugnirono, ci mostrarono i denti e si lanciarono contro di noi senza nessun successo perché Santi li ignorava, non ne aveva nessun timore. Scese dalla macchina e andò dritto verso la casa, come se fossero invisibili. Uno gli morse il bordo dei pantaloni e lui se lo scrollò di dosso senza neppure guardarlo. Io lo seguivo protetta dal mio amico Thor, che quando mi vide scodinzolò.
«Vai a vedere se hanno l'acqua», disse Santi. «Io darò un'occhiata dentro.»
In realtà, come la volta precedente, pensai di dare loro un po' d'acqua in un secchio, ma dopo un attimo me ne dimenticai. Entrai nella casa sgangherata dietro Santi. Martín non ci aveva messo piede. A ogni modo, aprimmo le porte delle camere, casomai stesse dormendo. In quella che doveva essere la sua c'era una maglietta nera perfettamente stirata sul letto, e sul muro, a coprire tutta la testata, l'aquila di una bandiera della Spagna franchista. Sulle mensole vari libri con la svastica in copertina e sul comodino il *Mein Kampf*. In realtà si trattava dell'unica stanza un po' ordinata, l'unica a cui sua madre prestava davvero attenzione.
«Se non è qui, dove può essere quell'idiota?» borbottò Santi.
Gli lasciammo un biglietto sulla maglietta proprio come lui lo aveva lasciato a me nella borsa con gli orsetti di Janín.
È stato un vero piacere conoscere tua madre. Adesso ha tutto il tempo del mondo per pensare a te, proprio come io penso a mio figlio. Se vuoi vederla, chiama questo numero.

Scrissi il numero di Santi e ci avviammo verso i bungalow nei pressi di Punta Negra.

Avevamo fatto solo pochi metri quando ci venne incontro il giardiniere che già conoscevo. Non sapevo se si sarebbe ricordato di me, fra tante facce di passaggio. Aveva una zappa in una mano e un secchio nell'altra.

«Cercate qualcuno? È un complesso privato, riservato ai residenti.»

«Certo», disse Santi. «Abbiamo appuntamento qui con un amico. Non è precisamente un residente, si occupa di fare lavoretti e cose del genere. Si chiama Martín.»

Ci fissò e noi guardammo lui con tutta l'ingenuità che fummo capaci di disseppellire dalla nostra infanzia più remota. E per non dargli la possibilità di riconoscermi mi girai facendo finta di ammirare dei gerani. Lui si rivolgeva a Santi, ma osservava me, me ne accorgevo.

«E dite che avete appuntamento qui con lui? Non so se parliamo della stessa persona.»

«Abita sul fianco del monte con sua madre e... be'... oggi pomeriggio partiamo e lui voleva farci vedere i bungalow. Diciamo che siamo come fratelli.»

Santi fece il segno delle virgolette con le dita quando pronunciò la parola «fratelli». Il giardiniere lasciò cadere a terra il secchio. Era di plastica e rimbalzò.

«Perché non lo chiamate sul cellulare? Non sono sicuro di potervi aiutare.»

«E se facciamo un giro per vedere se lo troviamo?»

«Questo non è possibile. Vogliamo che i nostri ospiti si sentano a proprio agio.»

Non parlammo, non ci muovemmo. Santi davanti a lui e io davanti ai gerani. Perciò si vide costretto ad aggiungere qualcosa.

«Non è piacevole sentirsi osservati da intrusi.»

Osservati. Intrusi. Sembrava che avesse appena squartato qualcuno con la zappa.

«La sua faccia non mi è nuova», disse inclinando il corpo verso il punto in cui mi trovavo io.

«Me lo dicono in molti. Penso di essere la cugina o la vicina di tutti.»

«E anche la sua voce non mi è nuova.»

Chiuse gli occhi per sentirmi meglio. Evidentemente gli piaceva la musica, perché li chiuse con un'espressione deliziata. E mentre li teneva chiusi e un raggio di sole affilava ancora di più la zappa, vidi Martín uscire dallo stesso bungalow che qualche sera prima avevo spiato senza nessuna fortuna.

Fu questione di niente, di qualche secondo, che andassimo verso di lui e che il giardiniere tornasse in sé e ci seguisse.

«Guarda un po'», dissi, «ecco il nostro amico.»

«Ciao Martín», esclamò Santi. «Siamo venuti a portarti un messaggio.»

Il giardiniere chiese con lo sguardo cosa doveva fare: assecondarci o inseguirci con la zappa? E Martín dovette pensare, dovette pensare così tanto che persino il giardiniere finì per annoiarsi. Finché non mi venne in mente cosa dirgli.

«Tua madre ti sta aspettando a casa. È molto preoccupata. Mi ha chiamato in preda alla disperazione.» Gli sorrisi un po' per inviargli un messaggio subliminale con quel sorriso, anche se sembrava tutto piuttosto evidente.

Qualcosa andava male, molto male: non c'era motivo che io gli parlassi di sua madre. Si mise a correre verso la sua macchina.

Noi tre rimanemmo a osservare per qualche istante come correva.

«Ha visto quanto era importante che lo incontrassimo?»

«So perché mi sembra di averla già vista», fece il giardiniere. «L'altra sera.»

Anche noi però ci avviammo tranquillamente verso l'uscita.

Avemmo il tempo di veder partire il fuoristrada verde oliva che un tempo guidavamo Fred e io stessa. Sapevo cosa c'era nel cassettino portaoggetti e che sulla tappezzeria del sedile accanto a quello del conducente spiccava una macchia.

Non ci fu bisogno di metterci d'accordo per andare verso la villa di Otto e Alice. Era chiaro che quando Martín avesse visto il biglietto che avevamo lasciato in casa sua avrebbe chiamato sul cellulare di Santi e sarebbe stato interessante fargli sentire il respiro affannoso di sua madre.

Dovevamo stare molto attenti mentre entravamo in casa, perché il sole, alle nove di mattina, era un faro puntato su chiunque camminasse per strada. Presto Martín avrebbe fatto circolare l'allerta tra i membri della Confraternita e avrebbero predisposto un sistema di sorveglianza in qualunque punto considerassero nevralgico. Era difficile valutare quante persone facessero parte del loro esercito, ma come il giardiniere potevano essercene molti altri. I vecchi pezzi grossi disponevano di denaro sufficiente per farsi dei sudditi. Perciò il giardiniere aveva un lavoro sicuro e un certo potere, e sentiva di appartenere a una corporazione che lo proteggeva. Probabilmente in precedenza aveva dovuto ammazzarsi di fatica potando e piantando di giardino in giardino per una miseria, e adesso portava a casa un buono stipendio. Aveva deciso di eseguire ciò che gli veniva ordinato senza fare domande.

Il cancello si aprì, il fermo cadde ed entrammo. Ci infilammo rapidamente nel giardino e una volta dentro procedemmo con grande cautela. La porta d'ingresso era aperta, dovemmo soltanto spingerla. Dentro non si sentiva niente, non era più buio. La luce attraversava le tendine della finestra della cucina e le vetrate del salone da cui si scorgevano piante inselvatichite, rami secchi e uno stagno che ormai era diventato una pozza verde con le foglie marce.

L'acqua di una fontana addossata a un muro non smetteva di zampillare. Ci accertammo che la casa fosse sufficientemente protetta dalle occhiate indiscrete grazie al cancello, ai pini enormi e alle piante rampicanti. A loro i ficcanaso non piacevano.

Non facevamo rumore. Indossavamo entrambi scarpe da ginnastica con suola di gomma. Osservammo che qualcuno aveva raccolto i residui di cibo dal tavolo della cucina. Scuotemmo la testa. Ci avrebbe fatto comodo avere la pistola, ma era giusto che la tenesse Julián perché era l'unico che sapeva usarla e mi ripromisi che, quando tutto questo fosse finito e avessi avuto mio figlio tra le braccia, avrei imparato a sparare e avrei seguito anche un corso di difesa personale e poi avrei preso il porto d'armi. Non avevo più fiducia nella bontà umana, solo in alcune persone. Forse avevano mandato qualcuno a pulire, probabilmente Frida. E se si fosse trattato davvero di Frida era facile che ci stesse aspettando laggiù pronta all'azione, con Julián verosimilmente incosciente. Santi decise di aprire i cassetti il più lentamente possibile in cerca di un coltello grande e affilato. Fece rumore e il mio cuore ebbe un sussulto. I nostri piani stavano andando a rotoli. Non eravamo dei bravi genitori, non sapevamo proteggere nostro figlio. Eravamo due imbecilli e avremmo dovuto mettere tutte le informazioni che avevamo nelle mani della polizia. Ci guardammo sconfortati. Santi mi affidò un altro coltello e un paio di forbici. Era ridicolo. Non avremmo potuto fare niente contro la letale Frida.

Andammo piano verso la porta del seminterrato e la aprimmo producendo un piccolo scricchiolio. Se ne fossimo usciti vivi avremmo dovuto oliare i cardini. Le scale erano vagamente illuminate dal chiarore che entrava dalle finestrelle. Santi andava avanti e io lo seguivo, pronta a non so cosa con il coltello e le forbici, pregando di non inciampare.

Arrivati di sotto, scoprimmo che Frida non c'era, ma neppure Julián.

Non avemmo altro tempo per pensare. Il cellulare di Santi squillò. La Scarmigliata voltò lo sguardo verso di noi. Io ero appoggiata al tavolino di ciliegio, l'intarsio del bordo mi si conficcava nelle cosce.

«Ti passo tua madre», disse Santi, «ma potrà dirti soltanto una parola.»

Le avvicinò il cellulare alla bocca e le spostò un po' il bavaglio. Non si capì bene cosa dicesse perché non riusciva a muovere bene la lingua, ma Martín comprese che era la sua voce.

«No, non te la passo. Hai già molto più di quanto abbiamo noi su nostro figlio. Sì, sono il padre. Fai molte domande e rispondi poco, non ti sembra?» Santi stava aspettando la risposta dell'altro. «Come? Che dici? Abbiamo tutto il necessario per farla sparire. Nessuno sospetterà di noi... D'accordo, quando ci darai una prova del fatto che nostro figlio è vivo, le toglierò il bavaglio e potrai parlarle.»

Se Martín le voleva bene la metà di quanto lei amava lui, sarebbe stato un colpo all'anima immaginarsela con uno straccio sulla bocca, uno straccio che poteva essere, come di fatto era, assolutamente ripugnante, infestato di batteri, e che pertanto avrebbe potuto provocarle malattie e infezioni.

«E un'altra cosa», aggiunse Santi. «Siamo stanchi e stufi. Se non ci dai la certezza che il bambino è ancora vivo, noi la ammazziamo. Non vediamo l'ora.»

Riagganciò immediatamente e si mise a piangere. Si sedette scosso sul bracciolo del divano dov'era la Scarmigliata e si prese la faccia tra le mani. Non lo avevo mai visto piangere. Lo avevo visto far finta di piangere, frignare un po' quando gli avevo detto che la nostra storia non andava da nessuna parte, emozionarsi quando gli avevo annunciato di essere incinta e alterarsi quando gli avevo spiegato che non avevo in mente di vivere con lui. In tutte quelle occasioni lo avevo visto quasi piangere, ma non piangere davvero come in quel momento. Si asciugava gli occhi con i pugni e poi se li asciugava di nuovo con la manica, con un lembo della camicia, dovette addirittura alzarsi per cercare un pezzo di carta igienica. La Scarmigliata non provava pena, non solidarizzava con un dolore simile al suo, lo guardava senza pietà.

Mi staccai dal tavolo e andai verso di lei, ma Santi mi fermò. «Così non risolviamo niente», disse.

Julián

Il fatto di non disporre di un cellulare mi limitava molto, ma non appena ero arrivato a Dianium avevo deciso di permettermi solo le spese indispensabili, e questo faceva sì che fossi una specie di fantasma di un'altra epoca in mezzo alla gente reale. E proprio questo impediva che fossi localizzabile e individuabile. In fondo tante invenzioni hanno come fine ultimo quello di controllarci più comodamente.

Dopo la mia gita a casa di Frida, decisi di tornare alla residenza, anche se lì non mi aspettava più nessun dovere. Ma non potevo sbarazzarmi da un giorno all'altro delle mie ultime abitudini: entrare in camera mia, dove avevo i miei pochi effetti personali, ed entrare in sala da pranzo, dove avevo i miei pochi amici. Mi sarei fatto la doccia, mi sarei cambiato le mutande e la camicia, che avrei lavato in bagno e avrei lasciato appese alla sbarra della tenda della doccia, mi sarei tolto per un po' le lenti a contatto e poi avrei fatto colazione con i miei compagni. Non avevo l'età per vagabondare senza mai fermarmi, avevo bisogno di una certa routine per non disintegrarmi nell'aria. All'ora di pranzo sarei tornato alla villa di Alice e Otto con qualcosa da mangiare per quattro.

Prima di sedermi per colazione e di fare tutto quello che avevo programmato andai nella mia stanza e controllai il ripiano della scrivania, che nessuno aveva toccato. Invece qualcuno aveva aperto l'armadio. I cassetti erano chiusi male, una cosa impercettibile per gli altri, ma non per me. I miei calzini non erano allo stesso posto. Magari si era trattato di curiosità da parte di una delle ragazze delle pulizie, che pensava di trovare soldi o qualcosa di valore. Mi distesi sul letto cercando di calmarmi, ma non ci riuscii. E se non era stata una cameriera? A chi potevano interessare le mie cose alla residenza?

Quando mi sembrò di aver recuperato un po' di forze andai a trovare Pilar.

Ormai le ero indifferente, mi fece aspettare cinque minuti fuori e una volta dentro non mi chiese di chiudere la porta. Mi sedetti su una delle poltroncine scomode per i visitatori molesti.

«Allora sei tornato.»

Se non avessimo avuto un rapporto di maggiore intimità non avrei mai creduto che fosse una donna affettuosa e sensibile. E capivo che era vitale che si distanziasse da me emotivamente, che non mi ammirasse, che non si facesse coinvolgere da un problema futuro. «Vitale» era una parola che mi infastidiva, ma che si adattava all'esuberante Pilar.

Annuii e le chiesi se ci fosse qualche nuovo membro del personale delle pulizie.

«No, perché?»

«Credo che abbiano frugato tra le mie cose.»

Aggrottò la fronte con tutta l'incredulità del mondo e con un po' di ironia. Chi avrebbe potuto voler frugare tra le quattro cose di un vecchio? Mi pentii di averle dato quell'informazione, per cui mi alzai e la ringraziai.

«Di niente», rispose provando pena per me, non poteva evitarlo.

Avevo fatto solo qualche passo quando mi imbattei in Geralda. Mi prese per un braccio agitatissima.

«Pensavo che ti fosse successo qualcosa. Per fortuna la coordinatrice mi ha detto che stavi bene. Si può sapere dove sei stato?»

No, non si poteva sapere, perciò le diedi la stessa informazione che avevo dato a Pilar: mi ero fermato a casa di un amico pittore. Poi le chiesi se avesse visto qualcuno entrare nella mia stanza. Per rispondere ci mise più del previsto.

Ci erano entrati lei e James per controllare che non mi fosse successo niente. Poi erano andati in direzione.

«Ci fai stare in ansia», aggiunse. «Siamo una famiglia, oppure no?»

«E non è entrato nessun altro?»

Sapeva soltanto quello che mi aveva appena raccontato. L'importante era che fossi tornato.

Provai una grande confusione. Che a James e Geralda fosse venuto in mente di frugare tra le mie cose? Mi sembrò brutto chiederglielo. In sala da pranzo era tutto come al solito, lo stesso odore del giardino mischiato a quello del caffè e del pesce del prossimo pranzo. James ci fece un cenno. Ci sedemmo vicini, perciò mi sarebbe riuscito difficile portarmi via qualche frutto per mangiarlo più tardi.

«E così siete entrati nella mia stanza, ma con quale chiave?»

«Ce l'ha data il portiere. Ha detto che preferiva che fossimo noi a trovare il morto stecchito», spiegò James.

Poi rise a crepapelle mostrando i denti d'oro. Non mi immaginavo James che metteva a soqquadro i miei poveri calzini e mutande, a meno che non pensasse che ero un vecchio avaro con milioni nascosti, e questo sì che avrebbe potuto essere da lui.

Mangiai i soliti cereali con il latte in tutta fretta e bevvi il succo di frutta da un piccolo brik. Non prestai attenzione alle chiacchiere dei miei compagni, immaginavo solo Santi e Sandra nel seminterrato che non sapevano cos'altro fare. I miei compagni non avevano fretta, potevano mangiare il pane tostato con tutta calma. A Geralda, quando si portava il pane tostato alla bocca, tintinnavano i bracciali che aveva ereditato da Elfe; se c'era qualcuno alla residenza che conveniva derubare, quella era lei. Dissi loro, mentre allungavo il braccio per prendere uno yogurt e due mele, che dovevo riposare.

«Li mangerò in camera mia.»

«Un attimo!» esclamò Geralda un po' imperiosamente. «Non penserai di sparire un'altra volta?»

Non seppi cosa dire. Ero in piedi con lo yogurt e le due mele in mano ed era tutto molto complicato. Lei si preoccupava per me. Dopo Sandra ed Esther era la persona a cui stavo più a cuore. Si comportava come una madre. Non volevo pensare alla mia vera madre, perché quel pensiero mi conduceva alla mia disperazione e a quella di tutto l'universo.

«Forse più tardi vado di nuovo a casa del mio amico. Se stasera non mi vedete, non vi preoccupate.»

Mi chiusi nella mia stanza per riflettere e riposare, ero uscito dalla villa alle sei di mattina e avevo dovuto affrontare Frida. Ero distrutto. Finalmente potei togliermi le lenti a contatto, mi stesi sul letto e puntai la sveglia per mezzogiorno. Magari Martín aveva già mandato una prova del fatto che il bambino stava bene. Purtroppo Sancho il Secchione, che a quanto pareva aveva preso il comando, non sarebbe stato disposto a rinunciare al segreto di Otto in cambio della madre di Martín. La Scarmigliata non interessava a nessuno. Se Sandra mi avesse consultato, non le avrei consigliato di rapirla. A Sancho non sarebbe dispiaciuto neppure togliere di mezzo Martín, se avesse fatto qualche sciocchezza. Avrebbe accettato di scambiare il bambino soltanto con me e con l'informazione che possedevo soltanto io.

Ero impaziente di sapere come erano andate le cose a Frida con Sancho, sperando che gli avesse trasmesso bene il mio messaggio: io in cambio del bambino. Non sapevo se tornare o meno a casa sua, ma non volevo ritrovarmi in un'imboscata. Perciò pensai che, prima di andare al supermercato a comprare il pranzo, sarei passato dal Faro.

Restando in sella al motorino, feci un giro accanto alle vetrate del bar-ristorante e tra le macchine del parcheggio. Ai tavoli esterni c'era poca gente, era un giorno feriale e minacciava pioggia. A mano a mano che le ore passavano il cielo si faceva sempre più grigio. Non mi sembrò che ci fosse nessuno di indesiderabile. Parcheggiai e mi addentrai fra le palme selvatiche, mi sedetti sulla panchina di sempre e alzai la pietra. C'era un foglio a quadretti ripiegato. Sentii la mia pressione alzarsi all'istante, e questo mi ricordò che non avevo preso tutte le medicine, distratto da Geralda e dalla necessità di portarmi via qualche frutto. Era una cosa che alla residenza ci era tassativamente proibita, perché poi la frutta marciva nelle stanze attirando mosche e moscerini. Spiegai il foglio. Poteva essere soltanto la grafia di Frida: grande, irregolare, di una persona scarsamente scolarizzata. Diceva: *Problemi. Vieni a casa mia. Se su cassetta laccio bianco, entra. Se laccio nero, no.*

Non sapevo se fosse il caso di tornare indietro a prendere le medicine. Tra l'altro, avevo bevuto pochissimo. Mi rimordeva la coscienza per Esther, non per me. Sudavo con l'impermeabile addosso. Mi pesavano le tasche, odoravo tutto di mela. Quando arrivai al viottolo che portava a casa di Frida mi entrò la polvere negli occhi che iniziarono a bruciarmi. Non vidi nessun laccio sulla cassetta della posta, finché alla fine non scorsi lei che veniva verso di me indossando un pantacollant aderente e una maglietta troppo grande.

«Stavo venendo adesso a mettere il laccio.»

Me lo mostrò. Era bianco. Le dissi che non c'era bisogno di metterlo, visto che io ero già lì, ma volle farlo lo stesso. A quanto pareva era dovuta andare in paese a comprare la corda, tagliarla e uscire di nuovo, perciò l'avrebbe legato eccome. Non ebbi niente da obiettare, non vedevo l'ora di andarmene di lì. Le proposi di fare una passeggiata nei campi, tra gli ulivi, i vigneti e i pini.

Anche se adesso Frida non poteva fare altro che stare dalla mia parte, non dimenticavo che era un'assassina e non smisi di impugnare la pistola. Lei non aveva niente con sé, non ne aveva bisogno. Con le sue gambe, le sue braccia e le sue mani, poteva farmi a pezzi. Tirai fuori le mele dalle tasche e gliene offrii una. Non la volle e così le buttai; buttai anche lo yogurt, era già abbastanza il peso delle mie gambe stanche, delle chiavi, del portafogli e della pistola. Mi sollevò l'idea che le avrebbero beccate gli uccelli e che se le sarebbero godute.

«Perché non hai il cellulare? È assurdo arrivare fino al Faro, non è normale.»

Dio mio! Sapevo che quello che stava per dirmi non era niente di buono.

Si appoggiò a un mandorlo di un color rosa penetrante, completamente irreale. Lei era più robusta del tronco ed ebbi paura che lo abbattesse.

«Sancho vuole parlarti. Vuole che gli spieghi di cosa stai parlando. Fino a quel momento lui si rifiuta di menzionare qualunque bambino», spiegò.

«Tu hai visto il bambino?» chiesi.

Scosse la testa.

«Mi piacerebbe sapere cosa pensi di tutto questo. Mi interessa la tua opinione.»

«E perché credi che li tradirei per te?»

«Perché sei stufa che ti sputino in faccia. Non te lo meriti. Ti ho visto lavorare, prima con i Christensen e poi con il Macellaio: hai rinunciato alla tua vita per aiutarli. Adesso avresti potuto tendermi una trappola e consegnarmi a Sancho.»

«Posso ancora farlo. E non mi puntare contro quella pistola che hai in tasca, non mi fai paura.»

«Non ti fa paura il buio totale, il nulla, non avere un corpo, non provare niente, sparire?»

Si staccò dal tronco e si stirò in tutta la sua altezza, con le braccia sopra la testa, esibendo il suo corpo atletico davanti a uno ridotto uno straccio come me.

«Queste sono sciocchezze», disse.

In ogni caso, fece un passo indietro quando tirai fuori la mano dalla tasca. Le mostrai il biglietto che aveva lasciato al Faro.

«Qui dici che è sorto un problema. Io non direi che vedere Sancho sia un problema. Hai una grafia molto bella, molto personale.»

«No, non è di questo che si tratta.»

Si prese rabbiosamente la testa bionda tra le mani per pensare meglio. Doveva giocare una piccola partita a scacchi nella sua mente e aveva bisogno di tempo e solitudine, io la distraevo, non voleva perdere nessuna possibilità, forse la sua ultima chance di fare una buona impressione a Sancho.

«Sai veramente quello che stai facendo? Sei una brava persona e ti salverai», insistetti.

«Dici sul serio? Sei un prete o qualcosa del genere? Potrai vedere Sancho domani alle otto sulla spiaggia accanto al ristorante Bellamar. Sarà seduto sulla sabbia a contemplare le onde. Gli piacciono molto.»

Me ne andai più inquieto di prima e mi fermai a comprare pane, burro e qualche porzione di pizza che sarebbe arrivata un po' fredda, poi mi feci fare una copia delle chiavi della villa nel reparto ferramenta del centro commerciale.

Parcheggiai il motorino in una strada laterale e presi a camminare con il sacchetto della spesa in mano. Dovetti fare il giro lungo perché in quel momento c'erano vicini che entravano e uscivano. Aspettai che la strada fosse di nuovo morta per entrare. Spalmai il burro sulla serratura per poter chiudere a chiave senza mettere in allarme nessuno e poi feci lo stesso con la porta d'ingresso. Adesso non avrebbe potuto sorprenderci più nessuno. Mi accorsi, con un tuffo al cuore, che qualcuno stava scendendo le scale di marmo dal primo piano.

Non vidi che era Sandra finché non me la ritrovai davanti. Scendemmo nel seminterrato senza parlare, io con forti palpitazioni. Era come tornare a casa dopo essere usciti per andare a comprare le sigarette vent'anni prima.

Laggiù, Santi aveva la testa sepolta tra le braccia su un tavolino.

Lasciai la spesa sul tavolo allungato delle colazioni della Confraternita, su cui c'era ancora qualche mollica secca, che buttai in un cestino. Indicai con un cenno la Scarmigliata e il cibo per far capire ai ragazzi che avremmo dovuto fare il possibile per farle mangiare qualcosa.

«Qui c'è un mazzo di chiavi. Le serrature sono già state lubrificate.»

Sandra

Mentre Santi piangeva sempre più forte salii al piano di sopra con una delle torce; le finestre e le persiane erano chiuse e non volevo accendere la luce. Il mio grande pianto non era ancora arrivato: erano arrivati la nausea, lo svenimento, il vomito, ma il pianto sarebbe giunto solo nel momento finale, quando la mia vita sarebbe ritornata a me. Lo lasciai a sfogarsi su una delle poltrone di raso rosso e salii nelle stanze del piano di sopra. Ci ero già stata la prima volta, ma volevo indagare un altro po'. C'erano mobili e specchi che sarebbero bastati per riempire tre palazzi. Probabilmente ad Alice piaceva passarci sopra le mani inanellate. Era davvero pacchiana. E si capiva qual era la sua stanza perché era la più grande e la più sfarzosa, con baldacchino dorato, specchi dorati, poltrone dorate, copriletto dorato, e sul camino un enorme quadro che la ritraeva, con cornice, ovviamente, dorata. Alice allo stato puro. Sentii qualcosa mentre osservavo il suo ritratto: mi guardava. Sembrava che seguisse i miei passi e che dovesse saltarmi addosso da un momento all'altro. Nonostante ciò, aprii l'armadio. Riconobbi i pantaloni ampi di velluto con i quali una volta l'avevo vista scendere le scale di marmo. Le fluttuavano intorno alle lunghe gambe. Era piuttosto alta, snella e agile, e adesso, sapendo quello che sapevo di lei, mi avrebbe fatto parecchia paura.

Mentre stavo frugando nell'oscuro mondo d'oro di Alice

e Otto, sentii un movimento al piano di sotto, dei passi e il leggero scricchiolio di un sacchetto di plastica. Perciò scesi con cautela, scivolando lungo le scale come una gatta finché non vidi Julián in mezzo all'ingresso, con in mano un sacchetto del supermercato. Fu un vero sollievo, non solo perché voleva dire che non erano entrati degli sconosciuti, ma anche perché Julián si era salvato, aveva salvato sé stesso, me e altri, era come una moneta portafortuna.

Pensai che fosse il momento di approfittarne per andare alla casetta. Magari la polizia era passata di lì, magari qualcuno aveva lasciato nostro figlio sulla soglia. Mi venne voglia di vomitare. Mi facevano davvero schifo i pantaloni di velluto di Alice, e li avrei bruciati molto volentieri in giardino. Alla stoffa dovevano essere attaccati milioni di cellule morte, in qualche modo Alice era sparpagliata per tutta la casa. Perciò avrei dato fuoco volentieri anche a quella casa, quella che chiamavamo la Magione.

Preferii scavalcare la recinzione piuttosto che uscire dal cancello. Era troppo azzardato entrare e uscire in continuazione, qualcuno avrebbe potuto vederci e la Confraternita aveva occhi dappertutto. Ora piovigginava e il cielo si era fatto completamente grigio. Scavalcando caddi a terra e mi feci male a un ginocchio. Speravo di non essermi rotta niente. Non appena fossi entrata nella casetta ci avrei messo del ghiaccio, poi mi sarei spalmata una pomata e me lo sarei bendato. Dovevo essere pronta a correre e saltare.

Quando parcheggiai la macchina, mi sorprese vedere una lampadina accesa nella casetta, che si sarebbe notata di più se fosse stato buio. Era quella del corridoio, il cui riflesso s'insinuava in una stanza e usciva dalla finestra in giardino. Cercai di ricordare e mi sembrò di aver spento tutte le luci, era una cosa su cui mia sorella insisteva così tanto che era diventata un'abitudine lanciare un'ultima occhiata dalla strada per verificare che non ce ne fosse neanche una accesa. E probabilmente lo avevo fatto anche la notte del trasferimento della Scarmigliata alla Magione, ma non mi ero accorta che ne era rimasta una accesa. Nonostante ciò, scesi dall'auto con circospezione e aprii il cancello senza fare rumore. In confronto al grande cancello di ferro battuto della villa di Otto e Alice, quello sembrava un giocattolo, e tutta la casetta pareva un plastico in miniatura. Quando infilai la chiave nella porta, si aprì da sé. Che l'avessi lasciata aperta? In realtà avevo fatto attenzione solo a infilare la Scarmigliata in macchina il più rapidamente possibile. Non avevo mai sequestrato nessuno e perciò i dettagli e le dimenticanze di quella notte non contavano.

Schiacciai con grande piacere l'interruttore dopo la luce fioca e piovosa di fuori, ero stufa delle torce e del seminterrato. S'illuminò tutto, non solo il corridoio, e non m'importava che qualcuno lo vedesse. Anzi, meglio se avessero visto che non avevamo abbandonato per sempre la casetta. E in quel momento avvertii l'impulso di vomitare. Arrivai a fatica fino al bagno. Non avevo quasi niente nello stomaco e i conati erano molto dolorosi. Sul lavabo cadde solo muco. Muco e succhi gastrici, sembrava che lo stomaco fosse stretto in una morsa. Senza nient'altro da rimettere, il corpo continuava a tentare di espellere qualcosa, forse me stessa, fino allo sfinimento totale. Mi facevano male il ginocchio e la testa, e non osai bere acqua. Per la prima volta da quando Janín era scomparso non potei fare altro che distendermi sul divano. Mi ricordava i pisolini davanti alla televisione, il non pensare a niente, la vita normale. La odiavo.

Dalla porta aperta entrava una corrente di fumo freddo. A quel punto finalmente bevvi e trattenni l'acqua piuttosto bene. Mi massaggiai il ginocchio con l'olio da cucina, non avevo voglia di cercare bende o ginocchiere, né ghiaccio. La porta d'ingresso, di legno di pino, non si chiudeva bene, come se l'avessero forzata senza lasciare segni o altri indizi. Dalla sedia dove avevamo imbavagliato la Scarmigliata, staccata dalle altre intorno al tavolo, pendeva ancora un pezzo di corda. Non c'era niente altro che attirasse l'attenzione. Esaminai le stanze da letto e neanche lì notai qualcosa fuori posto. Chiunque fosse entrato avrebbe potuto portarsi via soltanto il televisore o il computer di Santi, ed erano entrambi al loro posto.

Feci caso soltanto a un bracciale agganciato alla tenda della stanza di Janín. Mia sorella l'aveva decorata a tema marinaro e la tenda era fatta con una rete da pesca. Qui doveva essersi impigliato uno dei suoi brillocchi, come li chiamavo io. Alcuni erano belli, con brillanti autentici, regali di Richi, altri di bigiotteria, come quelli che vendevamo al negozio. Lo misi nel portagioie della sua stanza. Che importanza aveva in quel momento tutto questo? Nessuna. Era un dettaglio della vita normale e come tutta la vita normale era una sciocchezza. Sembrava che anche dal portagioie non mancasse niente. Proveniva dal mercatino del Paseo Marítimo ed era di ottone con incastonate delle pietre semipreziose.

Presi uno yogurt scaduto che era rimasto in frigorifero e lo mangiai un po' alla volta, non volevo svenire mentre guidavo. L'unica spiegazione che trovavo per la faccenda della porta era che fosse venuta la polizia e, non trovandoci, l'avessero aperta con uno dei loro metodi per farsi un'idea di quello che stava succedendo. Per loro anche noi eravamo dei sospetti. Avremmo potuto essere genitori crudeli o criminali che fingevano di stare cercando il proprio figlio. Ed evidentemente loro volevano trovare prove per incriminarci. Era normale, significava che non si erano dimenticati del caso anche se erano completamente fuori strada.

Non sapevo se tornare al seminterrato della Magione ad aspettare una telefonata di Martín o disperarmi da sola. Accanto allo yogurt avevo visto una bottiglia di vino mezza vuota che spandeva un odore un po' acido ed ebbi la tentazione di stordirmi con quella porcheria e per un attimo dimenticarmi chi ero, ma il box vuoto di Janín con i suoi giochi di gomma era più forte di tutto il dolore che potessi provare, e non potevo ubriacarmi, perché in quel caso i poliziotti avrebbero avuto ragione e io sarei stata la persona più ripugnante del mondo.

Mi stesi di nuovo sul divano e chiamai Santi per dirgli che mi sarei trattenuta ancora un po' alla casetta e di telefonarmi per qualunque cosa. Mi faceva male il ginocchio. Misi la sveglia alle sei di pomeriggio. Avrei preso tre caffè doppi per tirarmi su in un bar. Più o meno dopo un'ora, però, squillò il cellulare e dovetti uscire di corsa per tornare alla Magione. Martín voleva vedere me e Santi. Mi sentivo già un po' meglio, soprattutto se non dovevo scavalcare nessun muro. Avrei resistito fino alla fine e, a seconda di quale fosse l'epilogo, avrei avuto due opzioni: la felicità, l'amore e la vita. Oppure...

Julián

Non fu necessario insistere molto per farle dare un morso a un pezzo di pizza: sapeva che se non l'avesse mangiata, Santi le avrebbe messo immediatamente lo straccio in bocca. Quando masticava le facevano male le mascelle, una cosa di cui aveva colpa soltanto lei per non aver collaborato. Inoltre per la prima volta bevve l'acqua direttamente da un bicchiere. Le dicemmo che poteva mangiare tutta la porzione di pizza, anche se uno di noi avrebbe dovuto accontentarsi di pane e burro.

«Se gridi qui non ti sentirà nessuno. Sei nella Magione di Otto e Alice e questo seminterrato è stato usato per feste, omicidi, cerimonie di iniziazione, tradimenti, orge, tutto quello che ti possa venire in mente, perciò, come potrai immaginare, è perfettamente insonorizzato.»

La pizza era stata così a lungo nella scatola che sapeva di cartone. Lasciammo il pane e burro a Sandra e cercammo di metterci comodi sulle poltrone di raso. Mi vennero in mente i giorni che Raquel aveva trascorso in ospedale prima di morire, quando io tentavo di riposare come potevo su una poltrona davanti al suo letto. Almeno si era salvata nel campo di concentramento, almeno era morta in un ospedale normale. Almeno era morta senza che nessuno la uccidesse, mi dicevo per consolarmi, anche se non sono sicuro che non avessero seminato nella sua vita una morte prematura. In realtà non morì di nulla di specifico, ma di un collasso generale. Iniziò a dimagrire e a stancarsi. Il suo organismo impazzì e a un certo punto dovettero ricoverarla, ma lei disse: «Esther ormai è una donna e tu sai provvedere a te stesso, e in più ci sono i tuoi amici della partita». Mi accarezzò il viso con la mano magra esprimendo un amore profondo, e il giorno dopo ci lasciò.

Santi borbottò che non poteva resistere senza fumare e io lo avvisai che avrebbero potuto scoprirci per una sola sigaretta. L'odore attraversa i muri, si insinua nelle crepe. Se qualcuno fosse arrivato davanti alla porta della Magione lo avrebbe sentito. Esagerai. Anche l'odore di pizza era penetrante. Credo che in quel modo stessi costringendo Santi a combattere per suo figlio sino alla fine con un grande senso del sacrificio personale, come aveva fatto Raquel. Lei aveva lottato per nascondere il suo dolore e per far sì che fossimo più felici.

Nel seminterrato stava comoda soltanto la Scarmigliata, come la chiamava Sandra. Noi cambiammo posizione varie volte per un'ora finché non squillò il cellulare di Santi.

Rispose e rimase in silenzio. Mi fece un cenno perché mi avvicinassi per sentire. Mi stizziva non capire bene cosa diceva quella che sembrava la voce di Martín. Quando riagganciò, Santi rimase a guardarmi.

«Be', che te n'è sembrato?»

Dovetti confessargli che proprio dall'orecchio destro non ci sentivo molto bene.

«Cazzo! Vuole vederci entro un'ora. Voleva che gli passassi di nuovo sua madre. Chiamo Sandra.»

Non mi venne in mente nient'altro se non fare il caffè. Anche l'aroma del caffè poteva attirare l'attenzione, ma Santi non andava tanto per il sottile.

6.
SALUTO AL SOLE

Julián

Non mi piacque per niente che avessero forzato la porta d'ingresso della casetta. Secondo quanto aveva raccontato Sandra arrivando alla Magione, era una forzatura leggera, quasi impercettibile, se non fosse stato che la porta si apriva da sola. Le era sembrato che non mancasse niente. Non avevano portato via né il computer né il televisore, non avevano toccato neppure il portagioie di sua sorella, né un bracciale di cristalli agganciato a una tenda. Se si erano già portati via il bambino, cos'altro potevano volere?

Santi e Sandra erano agitati, sbadigliavano per il nervosismo più che per il sonno all'idea che Martín avrebbe permesso loro di vedere il bambino. Gli raccomandai di mantenere il sangue freddo e di non prendere decisioni precipitose. Loro insistettero per lasciarmi alla residenza mentre andavano al loro appuntamento.

Finalmente potevo prendere le medicine, con le mani che mi tremavano, ovviamente. Il bicchiere dell'acqua mi pesava. Mi sentivo stanco, il cuore batteva troppo lento e speravo che non mi sarebbe venuta la nausea poiché si trattava di dieci pillole che cadevano su un letto quasi vuoto. Dovevo conservarmi in buona salute, non per me, ma per il piccolo. Per lui Santi aveva abbandonato gli spinelli e Sandra non aveva versato neanche una lacrima, le ingoiava tutte per suo figlio. Mi riposai dieci minuti e fui tra i primi ad arrivare a cena. Non avevo voglia di parlare, perciò feci in modo di non sedermi vicino a Geralda e James. Le domande benintenzionate di Geralda mi sfinivano. Quella donna viveva in un altro mondo, dove contava soltanto conservarsi bella e agile dalla mattina alla sera, probabilmente ricordarsi la vita che aveva vissuto nei palazzi e preoccuparsi per i poveri diavoli come me. Non potevo dirle: "È tutto uno schifo", come avrebbe detto Sandra, o: "Esiste gente terribile, che sarebbe capace di staccarti la testa per rubarti quella collana di perle". Le avrei detto: "Sei stata molto fortunata a non capire chi erano Elfe e il Macellaio". Le avrei detto: "Sei molto bella con quel vestito aderente e dovresti sfoggiarlo in un albergo a cinque stelle o su uno yacht o in un ristorante di lusso". Le avrei detto: "Non perdere tempo con me, io sto combattendo una guerra".

Ma non riuscii a sfuggirle. Costrinse la persona che cenava accanto a me a cambiare posto. Del giardino si distinguevano a malapena solo le foglie del nespolo, rese brillanti da una pioggerellina lenta. Per la mania di risparmiare sull'illuminazione non ci si poteva godere il piccolo privilegio di cenare guardando le piante. Quando si è vecchi quanto me, si torna ai piaceri di base, a godersi i raggi del sole, i fiori, il colore della terra, la purezza dell'aria e alcune persone.

«Fai una vita da libertino», mi rimproverò Geralda appoggiandomi la mano ingioiellata sul braccio.

E mi chiese di aiutarla a cercare un bracciale di brillanti che doveva esserle caduto da qualche parte. Era una cosa che la faceva impazzire e, senza voler mancare di rispetto a nessuno, credeva che glielo avesse sottratto una delle addette alle pulizie, perciò pensava di metterne al corrente la direzione della residenza. Non era soltanto per il suo valore, ma soprattutto perché si trattava di un regalo di Elfe.

«E tu?» mi chiese. «Stasera ti fermerai qui o uscirai di corsa come al solito?»

Sarei rimasto. Ero stanco di tutte quelle feste. «I giovani non hanno limiti», dissi.

Mentre servivano il dessert James arrivò picchiando a terra con gli stivali. Attraversò lentamente la sala da pranzo sfoggiando una cintura con un turchese al centro. Alcuni, i più svegli, si girarono a guardarlo. Quando fu alla nostra altezza strinse una spalla a entrambi. «Oggi mi tocca cenare con i ragazzi della partita», disse.

Mi voltai verso la sua mano e vidi all'anulare una gemma montata su oro bianco che contrastava con il suo stile country-rock e con la mia camicia a strisce sbiadite. Non feci domande, lui sembrava orgoglioso di portarlo, perciò non doveva essere falso. Avevo appena capito che era un autentico gigolo. Pilar e Geralda se lo contendevano. Una lo manteneva alla residenza e l'altra gli regalava gioielli. Poteva essere una condizione invidiabile.

Bevvi un sorso di vino, mi pulii con cura bocca e mento con il tovagliolo e mi avviai verso i miei appartamenti.

Provai un sollievo enorme quando mi tolsi le lenti a contatto. Avevo gli occhi rossi, secchi, con una sabbiolina che mi graffiava quando me li stropicciavo e non riuscivo più neanche a trovare il collirio. Quando finalmente lo vidi sul ripiano di vetro, me ne misi così tanto che sembrava che piangessi fiumi di lacrime, cosa che in realtà non potevo fare. Erano secoli che non piangevo, come se piangere fosse una cosa da giovani, un gesto di speranza e frustrazione, come se a un certo punto la vita mi avesse escluso dal pianto. Inforcai gli occhiali con le lenti a fondo di bottiglia e attraverso i quali vedevo annebbiato, come attraverso la finestra velata dalla pioggia. Avrei dovuto farmi una doccia, ma non ne avevo la forza e non ne avevo neanche troppo bisogno: il sudore è una faccenda di gioventù, di ormoni, di grasso sotto la pelle, di ansia di vivere. Perciò mi cambiai le mutande e mi infilai il pigiama. Non le lavai neanche, le lasciai in un angolo. Accesi il televisore, ma gli occhi mi bruciavano così tanto che dovetti spegnerlo. Quante comodità: un letto, il pigiama, la TV. Mi chiesi se si fossero ricordati di cambiare il pannolone alla Scarmigliata. Bisognava slegarle le mani e farglielo mettere da sé. Se avessi avuto il cellulare avrei chiamato, ma siccome non l'avevo, chiusi gli occhi e mi assopii. E quando stavo per essere inghiottito dal materasso spensi la luce e mi tolsi gli occhiali.

Quella fu l'ultima azione che ricordavo quando – non so che ore fossero – sentii la porta che si apriva e passi nella stanza. Invece di accendere la luce e chiedere chi era, rimasi fermo, quasi rigido, supino con gli occhi chiusi. Un inganno impossibile, loro sapevano perfettamente che mi ero svegliato, è una cosa che si nota nella respirazione e nello spirito di una persona. Non è facile fare il morto. Una mano accese l'abat-jour del comodino e neanche in quel momento aprii gli occhi. La sua luce giallastra mi attraversava le palpebre come un campo di grano lampeggiante. Doveva essere Martín. Evidentemente Frida gli aveva detto dov'ero. In realtà era così facile localizzarmi che era da idioti che non ci avessero pensato prima.

Eppure la voce non era quella di Martín.

«Alzati. Sono venuti a trovarti degli amici.»

Aprii gli occhi. Era Geralda. La prova definitiva che stavo sognando. Nella stanza non era entrato nessuno e non mi aveva parlato nessuno, perciò mi rigirai.

«Non fare il pigro. Dobbiamo andare in un posto», disse, e mi tolse la trapunta di dosso strattonandola.

Sentivo freddo e proprio per questo stavo sognando che mi stessero scoprendo. A quel punto si accesero i neon del soffitto, la cui luce spietata mi cadde sugli occhi. Geralda si muoveva come un fantasma luminoso davanti a me.

«Non stai sognando, non essere noioso. Alzati. Dobbiamo andare.»

Mi sembrava ridicolo rispondere alle domande dei sogni e così rimasi a guardarla.

«Tieni.» Mi allungò le scarpe da ginnastica. «Ci aspettano.»

Mi alzai e sentii il freddo delle piastrelle sotto i piedi. Mi mossi esitante in cerca delle pantofole. E, sul comodino, gli occhiali. Era tutto troppo logico per essere un incubo. Andai in bagno tirandomi su i pantaloni del pigiama e bevvi un bicchiere d'acqua. Urinai.

«Chi ci aspetta?» chiesi alla fine.

La mia voce rimbombò nella stanza e infranse la luminosità che avvolgeva Geralda. Era reale, e io ero sveglio.

«Ma tu che ci fai qui?» dissi riprendendo il controllo della realtà.

«Devo portarti in un posto dove ti aspetta un amico.»

«Quale amico?»

«È una sorpresa.»

Feci scivolare la tenda. Il buio grondava come una stoffa che non gocciolava. Andai verso il comodino, controllai l'ora sull'orologio da polso e poi me lo misi. Lo toglievo solo per dormire, era un regalo di Raquel ed Esther per il mio cinquantesimo compleanno e il mio legame con questa realtà che mi è toccato vivere. Erano le tre.

Entrò James vestito come lo avevo visto a cena, con in più un giubbotto di jeans.

Mi guardò con la testa china, desolato, sapeva che quello che faceva non era una bella cosa.

«Prendi le foto attaccate sotto la scrivania e dammele. Cosa credi che significhino?» chiese Geralda. Lei e James implicati nella Confraternita? Possibile? Oppure James si lasciava trascinare senza sapere bene ciò che stava facendo?

Mi limitai ad allungarle le foto. Non avevo tempo di reagire con sorpresa di fronte a questa nuova personalità di Geralda. Ero più preoccupato di sapere dove volevano portarmi. Non potei fare altro che cedere, perché forse sarei riuscito a sfuggire a Geralda, ma non a Geralda e a James insieme. Mi rivolsi a lui, che con il giubbotto sembrava più grosso.

«James, tu sai cosa significa tutto questo?»

Scosse la testa e disse: «Non preoccuparti». Cosa vuol dire "non preoccuparti"? Non pensare, lasciati portare, fidati ciecamente degli altri, lascia che siano loro a decidere per te? Stava accanto alla porta, casomai mi fosse venuto in mente di uscire di corsa.

«Mi vesto», dissi per prendere tempo.

«Le scarpe bastano», sibilò Geralda con le sue labbra rosse e sottili. Un filo grigio le usciva dalla crocchia dandole un impressionante aspetto da strega Disney.

Finii di allacciarmi le scarpe da ginnastica.

«Con il pigiama mi gelerò. Devo mettere l'impermeabile.»

Geralda annuì. Me lo abbottonai per bene. Non volevo

beccarmi una polmonite, nel caso non mi avessero ucciso. Sentii il peso della pistola contro la coscia.

Non sembrava che tutto questo avesse a che fare con Martín. E non avevo mai visto Geralda nel gruppo intorno al Macellaio. Ero molto confuso oltre che a pezzi, preferivo non fare ipotesi e scoprire di cosa si trattava.

Guidavo io. Geralda era accanto a me, probabilmente con una pistola in borsa, e James stava dietro. Non sapevo fino a che punto l'irlandese fosse implicato o se Geralda gli avesse detto soltanto: "Andiamo a fare una commissione, non preoccuparti".

Ci fermammo a Punta Negra e scendemmo – lei con un'agilità incredibile – fino alla cala, tra i cui scogli coperti di alghe era comparso il cadavere di Violeta. Geralda chiese a James di aspettare in macchina. Illuminava il tragitto con una piccola torcia che produceva un potente fascio di luce e che spense una volta arrivati giù.

«Sai molte cose. Sappiamo che hai fatto domande in giro su Violeta, su Otto. Sei molto curioso.»

«Tu con chi stai?» le chiesi. «Per chi lavori?»

Mi sistemai di nuovo il cappuccio dell'impermeabile e m'infilai le mani nelle tasche. Impugnai la pistola. Lei non poteva sospettarlo, mostrava una sicurezza offensiva.

«Cosa sai della grotta? Dimmi quello che sai. Ti sono affezionata e non voglio ucciderti.»

«So che Otto ha ucciso lo scienziato Heinz Krug, con l'aiuto degli agenti del Mossad, e ha nascosto i suoi resti in una delle grotte del monte di Dianium. Non sono stati gli egiziani a sequestrare Krug, ma Otto. Krug lavorava per un programma missilistico egiziano e rappresentava un pericolo per Israele. Il Mossad localizzò Otto e lo convinse a lavorare per loro. E lui scelse il tradimento, purché lo lasciassero vivere in pace. Violeta lo sapeva e lo ha raccontato al mio amico Salva. Ho le coordinate della grotta. James ci è salito. Io non ci sono riuscito. Immagino che te lo abbia raccontato.»

«Perciò sai tutto, e l'unica cosa che ti manca è vederlo con i tuoi occhi e raccontarlo ai quattro venti.»

«È così. Mi manca qualche dettaglio?»

«Finché vivrò, questo segreto continuerà a essere tale.»

«Il giovane Sancho è sulle tracce di questa informazione. Sospetta qualcosa, ma non sa esattamente di cosa si tratta. Se lo scoprisse cambierebbe tutto, vero?»

«La nostra vita non è stata facile. Non permetteremo che ci rovinino la poca che ci resta. Otto è un leader e continuerà a esserlo.»

«Non ti ho mai visto nella Confraternita.»

«Tu non sai niente della Confraternita.»

Sorrise sotto la luce della luna. Un sorriso che mi ricordò altri sorrisi orribili.

Aprì la borsa con la chiara intenzione di tirare fuori un'arma. Aveva la forma di un panino. Era molto carina, color caffellatte brillante. Geralda indossava una giacca dello stesso colore e stivaletti di pelle nera scamosciata. Se non l'avessi uccisa, sarebbe potuta vivere più di cent'anni. Perciò impugnai la pistola e senza tirarla fuori dalla tasca la puntai verso di lei e feci fuoco. Il rumore dello sparo si perse in quello delle onde.

Si strinse lo stomaco con una mano. La borsa le cadde e le onde la portarono avanti e indietro. Lei andò barcollando verso gli scogli e si sedette in una pozza di sabbia e acqua annerita dalle alghe. Io cercai di non bagnarmi troppo le scarpe per recuperare la borsa. Poi mi diressi verso di lei.

Presi la sua piccola pistola, una pistola argentata, per le occasioni speciali, me la infilai nell'altra tasca dell'impermeabile e le allungai la borsa. Mi guardava meravigliata. Non parlava. Immaginai che la pozza si stesse tingendo di rosso, come pure gli anelli della mano. Persino per quello si era vestita elegante. Le tastai il polso, era già molto debole, ci avrebbe messo al massimo un'ora a morire. Non mi sembrò che fosse in condizione di chiedere aiuto. Le strappai gli anelli, l'orologio e la collana. Chissà da quali vittime provenivano, da persone che un tempo li avevano sfoggiati piene di vita. Quella morte era una giusta vendetta.

Salii a fatica fino al terrapieno dove avevo parcheggiato l'auto e da lì scagliai i gioielli in acqua con tutta la forza che avevo in corpo. Risalii in macchina e chiesi a James di mettere in moto.

«E Geralda?»

«Dice che vuole pensare un po' alle sue cose. Non preoccuparti», dissi, così come lui aveva detto a me.

«Mi ha detto che lei e un tuo vecchio amico volevano farti una sorpresa.»

«Adesso saranno insieme, non preoccuparti», ripetei.

Non feci caso all'espressione totalmente sconcertata di James. Non feci caso ai suoi sospetti. Dovevo riposarmi, perché alle otto avevo un appuntamento con Sancho il Secchione.

«Senti», dissi a James. «Hai qualcosa da fare alle sette e mezzo?»

Gli promisi di offrirgli una colazione con vera spremuta di frutta, uova strapazzate e qualche pezzo di salsiccia bella grassa. Lo pregai di indossare il cappello texano che qualche volta sfoggiava durante i suoi concerti alla residenza, perché se non gli si vedeva bene il volto poteva passare per giovane.

E, nell'eventualità che avesse preso sonno, gli chiesi le chiavi della macchina. Davanti alla sua resistenza dovetti dirgli che se non fosse stato per pura necessità non sarei mai più salito su quella vettura. «Non è il mio stile», dissi.

Adesso, senza Geralda, avevo la sua Mercedes – o, per meglio dire, quella del Macellaio – a mia disposizione.

Cercai di riposare il più possibile, anche se riuscii ad assopirmi solo a tratti. Mi assaliva l'immagine moribonda di Geralda che si dissanguava tra le alghe, ed ero preoccupato che qualcuno passasse di lì e la portasse in ospedale. No, non era probabile. Non mi era sembrato opportuno finirla. Uno sparo avrebbe potuto confondersi con qualunque cosa, due avrebbero probabilmente richiamato l'attenzione.

Mi alzai alle sette perché, tra la barba, le lenti a contatto e tutte le altre incombenze, mezz'ora volava.

Alle sette e mezzo stavo bussando alla porta di James. Mi aprì in mutande sfoggiando le sue gambe lunghe e magre. Al muro c'erano un poster dei Rolling Stones e foto di macchine e di ragazze nude. I panni erano scompigliati sulla sedia e i calzini sporchi appallottolati in un angolo, la chitarra stava appesa a un gancio. Se non fosse stato per la sua presenza, avrebbe potuto essere la stanza di un adolescente.

Non ci scambiammo neanche una parola mentre andavamo verso il parcheggio.

«Credi che Geralda stia bene? Mi è sembrato strano che rimanesse lì da sola.»

«Sta benissimo, non preoccuparti.»

Guidai io per avere il controllo delle chiavi. Non sapevo quale avrebbe potuto essere lo sviluppo degli avvenimenti.

«Se non prendo subito un caffè non ti sarò di grande aiuto», disse James.

Non gli prestai attenzione, non volevo arrivare tardi all'appuntamento.

Sarebbe stata una mattinata splendida. Uno di quei giorni di cielo azzurro, mare blu e facciate bianche e splendenti. Passammo con l'auto accanto al Bellamar, il cui ingresso principale affacciava sul mare. Sembrava chiuso. Parcheggiai il più vicino possibile e presi le chiavi, anche se non chiusi gli sportelli. Avrei potuto lasciarle a James, ma non mi fidavo di un tipo che portava un brillante al dito. Nelle tasche dell'impermeabile avevo le pistole di Sandra e Geralda.

Sulla battigia qualcuno stava facendo stretching o yoga. Immaginai che fosse Sancho e andai verso di lui. Sprofondavo nella sabbia per le scarpe e il peso dell'impermeabile. Mi guardai indietro e vidi James appoggiato al cofano che guardava dalla parte opposta rispetto a me.

Aspettai che il Secchione finisse quello che stava facendo, qualunque cosa fosse, e che sembrava abbastanza faticoso.

«È il saluto al sole», disse quando terminò. «Adesso mi faccio un bagno, a te va?»

Scossi la testa. Lo vidi togliersi la camicia e immergersi. Mi stancavo molto a stare in piedi, ma non volevo sedermi per non far vedere al Secchione quanto mi costava rialzarmi.

Uscì fresco e splendente. Era più forte di quanto sembrasse vestito, muscoloso e senza un filo di grasso. Prese gli occhiali da sopra un asciugamano. Sulla schiena aveva il tatuaggio di un sole nero, i cui raggi si muovevano mentre contraeva i muscoli per asciugarsi. Irradiava crudeltà e pericolo da tutto il suo essere. Mi terrorizzava l'idea che il bambino, se era ancora vivo, fosse nelle sue mani. Pulì gli occhiali con un lembo della camicia. Vennero così brillanti che mi facevano male agli occhi.

«Frida mi ha raccontato una storia su un bambino e un segreto. Dice che noi abbiamo il bambino e tu il segreto.»

«Io il segreto ce l'ho. E tu il bambino?»

Mi girai per verificare che James fosse sempre al suo posto e vidi Frida sulla terrazza del ristorante con le gambe larghe in atteggiamento difensivo od offensivo, o entrambe le cose.

«Quello sta con te?» chiese Sancho, indicando James con un cenno della testa.

«Come Frida sta con te. Fai bene, è una macchina da guerra.»

«E allora siamo pari. Martín dice che avete sequestrato sua madre. Avete fatto benissimo, io non la sopporto. Per me potete ammazzarla.»

Me lo immaginavo. Lo sapevo. Sandra aveva agito troppo precipitosamente. «Bene, andiamo al sodo. Se ci date il bambino, io ti dico quello che vuoi sapere. Loro pensano che vivranno per sempre, ma io so cosa significa essere vecchi. Bisogna lasciare spazio ai giovani. È giusto che aspiri a guidare la Confraternita, e certe informazioni ti spalancherebbero le porte.»

«Il patto è», disse mettendosi l'asciugamano in spalla, «che tu mi dai le informazioni e io ti restituisco il bambino.»

«Il piccolo sta bene?»

Mi diede le spalle per dire sì. Risultò debole, un gesto senza credibilità. Si può essere un assassino, un fanatico, e non possedere il dono di mentire bene. In certe persone la poca fede che hanno in ciò che dicono si insinua nelle fessure delle parole, la falsità di ciò che affermano gocciola come l'acqua. Provai una grande angoscia. Avanzavamo verso Frida. Lui agilmente, io sprofondando nella sabbia.

«Aspetta! Se non vedo il bambino, non dico nient'altro.»

Mi strinse la spalla con una forza tale che mi fece sprofondare un po' di più. Frida ci osservava. James non si accorgeva di niente.

«Vieni con noi», disse mettendosi la camicia. «Se vuoi vederlo, lo vedrai.»

Le sue parole comunicavano una speranza terrorizzante. Fece un cenno a Frida per farle capire che doveva controllare James. Lei andò verso di lui e lo perquisì, poi gli chiese di salire sulla Mercedes.

James non aveva le chiavi, perciò non sarebbe potuto andare da nessuna parte.

Partimmo a bordo di una Opel. Io ero seduto sul sedile del passeggero e Frida dietro. Mi girai per guardarla e dal suo sguardo non riuscii a capire se era completamente dalla parte di Sancho, adesso che lui iniziava a tenerla in considerazione. Però doveva immaginare che io ero armato e non lo disse, e questo mi fece sospettare che non fosse sicura della piega che avrebbero preso gli eventi.

Parcheggiammo nei pressi della strada principale di Dianium e Sancho scese per primo. Io mi limitavo a obbedire. Il sole picchiava forte sul vetro e l'impermeabile mi infastidiva. Non avevo ancora fatto colazione né preso le medicine. Il sudore mi scorreva pericolosamente lungo la fronte.

«Adesso dove andiamo?»

Frida non rispose. Mi fece scendere dalla macchina dopo dieci minuti. Entrammo in un negozio di elettrodomestici. Una donna bionda mi fissò da dietro il bancone. Doveva essere quella che aveva rapito il bambino con Martín.

«Buongiorno», disse. «Io vado.»

Uscì e abbassò la serranda. Noi ci spostammo in un magazzino pieno di scatoloni enormi e altri più piccoli, con sopra un dito di polvere. Sancho aprì una porta nascosta da scaffali industriali e sbucammo in un corridoio largo e buio che terminava con una scala, che dovetti salire senza aver messo niente nello stomaco, e alla cui sommità c'era una stanza insonorizzata da pannelli di polistirolo.

Sul soffitto c'erano due finestre allungate. Doveva essere la tipica soffitta riadattata e probabilmente si affacciava su un'altra strada. Chissà quanti nazisti si erano nascosti lì dentro, sperando di poter partire per il Sudamerica o che ci si dimenticasse di loro. Sul pavimento c'era un materassino.

«Dov'è?» chiesi.

«Lo hanno portato a fare un giretto. Adesso l'importante sei tu.»

Sancho si tolse la camicia e gli occhiali. Il suo sguardo divenne oscuro e lontano, i muscoli gli si contrassero. Dalle finestre si vedevano le nuvole passare. Andò verso un mobile, iniziò a cercare qualcosa nel cassetto e, senza voltarsi, ordinò a Frida di andarsene.

«Quello di cui devo parlare con lui è una cosa mia», disse mentre la sfera nera della schiena si contraeva tra le scapole.

«Ma... non avrai bisogno di me?» insistette Frida dandogli un'occasione per rispettarla e volerle bene.

Sembrò invece che per lui fosse un fastidio doversi girare per guardarla. Gli si stavano formando le occhiaie e lo sguardo era sempre più lontano. Sembrava che si stesse trasformando in un essere dell'altro mondo. Chiunque al mio posto avrebbe avuto davvero paura. Io invece stavo verificando con curiosità che quel ragazzo nascondeva i suoi simboli e la sua vera identità sotto un abbigliamento più semplice del mio. Nessuno avrebbe sospettato che sotto la camicia a quadri ci fosse un mostro.

«E perché credi che dovrei avere bisogno di te?» le chiese.

Frida era un soldato semplice e i suoi superiori erano abituati a prenderla a calci. Ciò che Sancho il Secchione ignorava era che la ferita di quella donna era molto profonda e che se era stata capace di vendicarsi della mancanza d'amore nei suoi confronti di un gran sadico come era stato il Macellaio, non si sarebbe di certo inchinata davanti a un sadico da quattro soldi.

Anche se avevo lo sguardo fisso sul materassino a terra, non stavo guardando quello ma osservando indirettamente lei, e rendendomi conto che i miei occhi disastrosi abbracciavano più di quanto credessi e che in generale vediamo molto più di quello che ricordiamo. Riuscii a scorgere un leggero sorriso sulle sue labbra fini e sottili, quasi crudeli. Poi mi passò accanto, sfiorandomi. Probabilmente un modo tutto suo per congedarsi. Per sempre? Non mi aveva disarmato, in senso letterale, e credo che in quel momento ne fosse contenta.

«E va bene, me ne vado. Buona fortuna.»

Il Secchione tirò fuori dal cassetto degli aggeggi di acciaio che non avevo mai visto in vita mia. Non so come descriverli: piccole seghe circolari unite che giravano le une sulle altre e che andavano a batteria. Mi concentrai sui suoi capelli corti da studente passato di moda. Fui felice che il mio amico Salva probabilmente fosse stato avvelenato e che non avesse dovuto affrontare quel pazzo. Ma il bambino? Il sudore aumentò, mi sentivo svenire e non potevo togliere l'impermeabile. Mi guardai intorno mentre Sancho giocherellava con le lame. Non c'erano tracce di sangue. Le azioni terribili, per quanto si cerchi di cancellarle, restano nell'aria e in alcuni indizi invisibili.

Di fronte a uno sconcertato Sancho, rigirai il materassino. Per un attimo lui lasciò perdere le lame. Quando cadde a terra, il materassino sollevò una nuvola di polvere, come se fosse in quella posizione da parecchi giorni. Anche negli angoli della stanza si ammucchiavano bioccoli di polvere. Doveva essere almeno una settimana che non spazzavano, e questo era tranquillizzante e allo stesso tempo strano. Una stranezza che, per il momento, comportava un sollievo.

Sancho ricominciò a far girare le lame, che emettevano un sibilo, e mi chiese di togliere l'impermeabile.

«Stai sudando», disse.

Il sole batteva sulle finestre del soffitto e creava un effetto serra.

«Togli l'impermeabile», ripeté, «e stenditi sul materassino a riposare. Adesso ricordo che una volta ti ho detto che assomigliavi a mio nonno. Vi conosco e vi capisco molto bene. So che hai bisogno di bere acqua, chiudere gli occhi e pensare ai cari vecchi tempi. Voi vecchi siete fortissimi.» Quando vide che non gli obbedivo iniziò ad alterarsi. «Forza, stenditi, cazzo! Oppure dimmi cosa nasconde Otto. Dimmi se è vero che è un traditore. Dammi nomi, prove.»

Con la parola «nasconde» voleva dire molte cose, e anche con la parola «traditore».

«Se riporti immediatamente il bambino a sua madre ti dico tutto. Prove, nomi. Diventerai il padrone.»

Sancho aveva occhiaie sempre più profonde e viola e un'espressione sempre più folle. Voleva davvero la verità o voleva farmi a pezzi? Che cosa l'avrebbe reso più felice?

Stavo per dirgli che lui non era un assassino, ma sarebbe stato come dargli del marziano. Perciò, con le mani infilate nelle tasche, gli dissi: «So che non hai scrupoli e che sei un pazzo, perciò non mi lasci altra scelta». Tirai fuori l'arma della Scarmigliata. «Io non sono tuo nonno, ho dovuto affrontare gentaglia come te da quando mi hanno messo in un campo di concentramento a diciotto anni.»

Continuai: «Metti via quella merda nel cassetto e dimmi cosa ne è stato del bambino».

Per un attimo non seppe se prendermi sul serio, e io non potei fare altro che spararagli a un piede.

Fece fatica a reagire, non riusciva a crederci. Gridava e prese a pugni il ripiano del famoso cassetto. Era ovvio che gli facesse piuttosto male.

«Sai qual è la cosa più divertente? Che Frida sapeva che ero armato. Non capisci niente né di vecchi né di donne.»

Mi ascoltava tra gemiti di dolore. Si bendò il piede con la camicia a quadri. Aveva le mani rosse.

«Adesso, se non mi dici dov'è il bambino, ti sparo all'altro piede, poi alle palle e infine al cuore. Il proiettile attraverserà il sole nero.»

Per un attimo ebbi il dubbio che quella fosse l'ultima pallottola, ma comunque avevo ancora la piccola pistola di Geralda.

«Il bambino non c'è. È scomparso.»

«Com'è possibile?»

«E che ne so? Lo abbiamo lasciato solo per pochi minuti ieri mattina.» Gemette di dolore, le lacrime gli scendevano lungo le guance arrossate. «E quando siamo tornati qualcuno lo aveva portato via. È la verità, cazzo!»

«Ma come?» Era la cosa più assurda che avessi sentito in vita mia.

«Dalla finestra sul tetto, chi lo ha portato via ci ha messo il tavolo sotto. Devo andare in ospedale!» gridò. «Devono estrarmi la pallottola.»

«Ma chi ha potuto portarlo via? Forse uno dei vostri vi ha tradito e vuole ricattarmi per conto suo.»

«Ha potuto farlo solo Martín. Lo ammazzo quel figlio di puttana.»

«Non ci credo», replicai, e mi accinsi a spararargli all'altro piede.

Fortunatamente la pallottola c'era e gli si conficcò nella pianta. Adesso non poteva più inseguirmi. Mi avvicinai a lui e gli tolsi il cellulare. Con la punta delle dita portai le lame fino a un cestino nella parte opposta della stanza, dove lui non sarebbe più potuto arrivare. Dietro una porta c'era un bagnetto e neanche lì vidi tracce del bambino, nessun pannolino, nessun biberon.

Improvvisamente i lamenti di dolore di Sancho cessarono e quando mi voltai verso di lui era svenuto. Gli tolsi dalla tasca dei pantaloni le chiavi con cui aveva aperto la porta, che richiusi con varie mandate. A partire da quel momento gli sarebbe potuta succedere qualunque cosa, che qualcuno gli salvasse la vita o che morisse dissanguato. Le cose stavano così.

Tornai sui miei passi senza smettere di impugnare la pistola. Non volevo ascoltare la voce della mia coscienza, non volevo ascoltare Raquel. Non volevo che se la cavassero di nuovo, non volevo dare loro tante opportunità. E non pensavo che mi aspettasse l'inferno per quello che stavo facendo, ci ero già stato.

Durante la fuga lungo il corridoio sentivo che un'ombra mi inseguiva. Naturalmente erano solo paranoie, ma avanzai il più rapidamente possibile, come quando da piccolo giocavo nel parco fino a sera e dovevo ritornare a casa per strade buie, le strade più buie che abbia mai percorso. "È il tuo spirito che ti insegue", avrebbe detto Raquel. E cosa potevo farci? In fin dei conti non avevo ucciso Sancho e non gli avevo fatto neanche la millesima parte del male che lui avrebbe fatto a me con tantissimo piacere.

Nel negozio si respiravano pace e silenzio. Il candore dei frigoriferi, delle lavatrici e dei microonde gli dava un'aria paradisiaca. Naturalmente lì le urla di Sancho non potevano arrivare, semmai si fosse svegliato. Alzai la serranda quanto bastava per uscire e poi cercai la chiave che entrava nella serratura, che si trovava a pochi centimetri da terra. Ci misi un po' e quando mi alzai mi facevano male le ginocchia.

Zoppicai fino all'auto di Sancho. La chiave per metterla in moto si distingueva perfettamente dalle altre. E mi diressi verso il ristorante Bellamar, dove avevo lasciato James.

Sandra

La Scarmigliata emanava una puzza che arrivava alle scale, ma stava bene. Santi e Julián erano riusciti a farle mangiare un pezzo di pizza e beveva regolarmente acqua. Prima di uscire le riempii di nuovo il vaso, che un tempo doveva aver contenuto belle rose e bei gladioli. In quei momenti a chi interessavano il cambio del pannolone e l'igiene personale, a parte lei? E lei a chi interessava?

«Adesso andiamo da tuo figlio», disse Santi. «Se ci aiuti a trovare il nostro, Martín non dovrà sopportare tutto questo, forse vedere morire sua madre. O, meglio ancora, che tu veda morire lui.»

Scosse la testa. Non sapeva dov'era Janín o non voleva che facessimo niente di ciò che dicevamo. Non fece alcun cenno affermativo. Perciò ci preparammo a uscire. Martín ci stava già aspettando in un *chiringuito* sulla spiaggia, più o meno dove mi aveva avvicinato il giorno in cui correvo sulla battigia. Adesso il clima era desolante, sconfortante, piovoso, più in tono con quello che provavamo.

Chiesi a Santi di fare la guardia dalla macchina, per evitare che Janín potesse rimanere orfano. Il *chiringuito* consisteva in una costruzione di cemento grezzo tirata su in fretta, che si mimetizzava bene tra gli scogli sul mare, perciò quando c'erano molte onde l'acqua arrivava fino al bancone. A un certo punto il comune aveva pensato di abbatterlo, ma poi si era deciso che dava un certo fascino al posto. Era gestito da un gruppo di hippy con le code di cavallo determinati a essere pazienti, lenti e contemplativi, perciò se io e Martín ci fossimo ammazzati non si sarebbero accorti di niente.

Lui mi stava aspettando seduto sulla piccola piattaforma all'esterno. Le gocce sottili di pioggia e di bruma marina danzavano sul suo giubbotto illuminato dalle luci del *chiringuito*. Era lo stesso di sempre. Una delle sue mani, resa ancora più piccola dal grosso anello d'argento massiccio, reggeva una sigaretta, che gettò nella schiuma nera quando mi vide.

Si alzò.

«Lasciamo perdere i preamboli e le cazzate varie. Tua madre è ridotta uno schifo e agonizzerà ridotta uno schifo e completamente sola, se io non posso vedere mio figlio in questo stesso momento.»

Portava le basette incolte e i capelli gli stavano crescendo lasciando scoperta una stempiatura pronunciata.

«Anch'io voglio vederla. Altrimenti non possiamo fare nessun accordo.»

«Il bene che tu puoi volere a tua madre non è paragonabile a quello che voglio io a mio figlio. Non vedo l'ora di liberarmene. Te la restituisco con molto piacere. Altrimenti finirà lì.» E gli indicai il ventre oscuro e rigonfio del mare. «Ti saluto.»

Mi voltai. Se Janín era vivo me lo avrebbe detto. Stava giocando con me alla disperata. Santi scese dalla macchina terrorizzato. La mia faccia diceva tutto: era la fine, non c'era più niente da fare. A quel punto Martín rincorse me e anche Santi quando lo vide.

Il mare avrebbe inondato il bar da un momento all'altro e bisognava gridare per farsi sentire sul frastuono delle onde. La sua voce arrivava fino a noi umida e spaventosa.

«Non so dov'è!» gridò. «È sparito e lo sto cercando come un pazzo.»

Feci un cenno a Santi perché proseguissimo verso la macchina.

Pensavo di tenere fede alla mia parola. Se non avessi visto mio figlio, lui non avrebbe mai più rivisto sua madre. Poteva inventare tutte le scuse assurde che voleva perché se le sarebbero portate via la pioggia e il rumore roco del mare.

«Lo giuro!» continuò a gridare. «Qualcuno lo ha portato via dalla soffitta dove lo tenevamo nascosto.»

Le raffiche di pioggia portavano avanti e indietro pezzi della sua voce e delle sue parole. Quando arrivammo all'auto, Santi mi fermò.

«Aspetta, dobbiamo ascoltare quello che ci dice. Non abbiamo nient'altro.»

«Perché volevi il vecchio Julián? Se te lo consegniamo ci restituisci nostro figlio? Julián e tua madre in cambio del bambino.»

«Non so dov'è il bambino», ripeté separando le parole come se facesse fatica a parlare o noi a capire.

Non sapevo se erano lacrime o gocce di pioggia quelle che gli scendevano lungo il viso.

«Julián sa dove Otto ha nascosto qualcosa che interessa molto al mio capo.»

«Chi è il tuo capo? Fred?» chiesi per non lasciare nessun punto in sospeso.

Fece una smorfia sdegnata. «Il mio nuovo capo è Sancho. Le cose sono cambiate molto da quando te ne sei andata.»

«Dov'è questa soffitta dove nascondevate Janín?»

«Che ti importa? L'hanno portato via. Lì non c'è più nessuno.»

Invece sapeva dove si nascondevano quelli che erano fuggiti dopo la denuncia di Julián: Fred e Karin, Otto e Alice. Non erano neanche usciti dal paese. Prima si erano rifugiati nel casino di caccia di un ex ministro franchista. Poi però, a poco a poco, erano tornati e si erano rinchiusi nel Nordic Club. Non uscivano di lì, non si facevano vedere se non per giocare a golf. A me non interessava più e a Santi ancor meno.

Improvvisamente ci accorgemmo che la voce di Martín ci arrivava dal basso. Era caduto a terra o si era inginocchiato.

«Io e mia madre dovremo andarcene lontano quando scopriranno che li ho traditi, ma non mi importa, ciò che conta è restare insieme.»

«Alzati», gli ordinò Santi prendendolo per il braccio. «Adesso ci porti dove hai visto Janín per l'ultima volta.»

La pioggia ci sfiorava la pelle e rimaneva attaccata sulle punte dei peli in un modo così piacevole che la odiai.

Martín si agitò e si liberò dalla presa.

«È inutile.»

«Questo lo vedremo noi.»

Era incredibile che fosse un figlio così affettuoso pur essendo una persona così cattiva. Non voleva far arrabbiare Sancho; in fin dei conti lui aveva meno da perdere rispetto a Martín. Preferiva vederlo e spiegargli come stavano le cose e sapere se era riuscito a capire dove fosse finito il bambino. Ci saremmo visti alle nove del mattino allo stesso posto. Sapeva che Sancho aveva una cosa importante da fare e che avrebbe finito più o meno a quell'ora.

Julián

Tornai a riprendere James con la macchina di Sancho. La teneva molto pulita e ordinata. Davanti al parabrezza oscillava un piccolo pino verde che diffondeva un odore intenso di bosco. Sul cruscotto non si notava neanche un granello di polvere e i vetri brillavano. Nel cassettino portaoggetti i documenti della macchina erano riposti in una custodia di pelle con le ricevute della benzina ordinate per data e tenute insieme da una graffetta. Tanta organizzazione metteva i brividi. Mi sarebbe rimasto per sempre il dubbio a proposito della maniera metodica con cui Sancho pensava di usare quelle lame su di me. Era stato un grave errore non ucciderlo.

Trovai James disteso sulla sabbia al sole. Il cappello gli copriva la faccia. Ebbe un sussulto quando sentì la mia voce.

«Adesso possiamo fare colazione. Scusami per averti lasciato a piedi.»

Gli lanciai le chiavi della Mercedes del Macellaio e le afferrò al volo.

«Dove sei stato? Cosa volevano quelli da te?»

Gli avrei messo le mani sulle spalle se non fosse stato così alto.

Il Bellamar aveva spalancato le porte e ai tavoli esterni si stavano mescolando le ultime colazioni con i primi aperitivi, i caffè con le birre e le fette di pane tostato con le olive e le patatine. La pioggia della notte aveva lasciato una scia di purezza nel cielo e nell'aria. Le sedie di alluminio e i bicchieri di vetro avevano una brillantezza rinnovata. James coronò il suo banchetto con un whisky. Io mi accontentai di un decaffeinato e di un panino al prosciutto che mi lasciarono appesantito quanto lui.

L'immagine di Sancho steso a terra con i piedi sanguinanti andava e veniva nella mia testa come le onde. Chiusi gli occhi, come James, di fronte al sole. Temevo che la mia pelle rugosa, sottile come la carta velina, si sarebbe bruciata in due secondi, ma avevo bisogno di lasciarmi trasportare dalla vita per un attimo e ricaricare le pile. Nel locale suonava la radio. L'emittente locale di Las Marinas alternava musica e notizie. «*Stamattina all'alba un pescatore ha trovato il corpo senza vita di un'anziana vicino agli scogli di Punta Negra in una pozza di sangue.*»

James aprì lentamente gli occhi, e anch'io.

«*La donna è stata identificata come Geralda Strauss, domiciliata nella residenza per la terza età I Tre Ulivi.*»

James si tirò su. Io richiusi gli occhi.

«*È la seconda volta che la polizia si trova di fronte un caso simile nella stessa cala, uno dei luoghi più idilliaci della zona. La vittima non aveva addosso niente di valore, anche se la qualità dei capi che indossava era notevole.*»

«Hai sentito? Hanno trovato Geralda morta...»

Vidi con gli occhi socchiusi che mi guardava con aria inquisitoria e accusatoria.

«Che fatalità», risposi. «Non mi ha detto chi aspettava e perché a quell'ora e in quel posto. Hai idea del perché mi abbia tirato giù dal letto per portarmi lì?»

Scosse il cappello texano.

«E allora smettila di preoccuparti. Tutti dobbiamo morire, o no?»

«E se la polizia fa domande?»

Piantai i miei piccoli occhi rugosi nei suoi piccoli occhi rugosi. «Dimentica tutto.»

«Okay», disse alzandosi e stirandosi in tutta la sua altezza.

Quando pagai non mi tremò la mano, anche se voleva dire che non sarei più tornato a bere un triste caffè per strada per un anno, se pure avessi vissuto tanto. Mi stirai anch'io, ma non tanto come lui, perché avevo paura che mi si rompesse un'arteria.

Sandra

Prima che uscissimo per il nostro nuovo incontro con Martín, la Scarmigliata chiese di potersi cambiare il pannolone. Acconsentii malvolentieri perché, come temevo, l'odore si diffuse per tutta la casa, e inoltre dovetti cercare un sacchetto di plastica grande dove infilare quello usato, che poi lasciai chiuso in un angolo perché non avevo voglia di andare in giro a cercare un contenitore. Avrebbe anche voluto lavarsi, ma rifiutai categoricamente. «Questo non è un albergo», le dissi.

Arrivammo al *chiringuito* hippy per incontrare Martín parecchio prima delle nove. Volevamo sorvegliare la zona per vedere se arrivava da solo o accompagnato dal famoso Sancho. Santi andò a prendere due caffè e li bevemmo in macchina. Non so da quanto non mi facessi una doccia. Improvvisamente, stando per tanto tempo in uno spazio così ristretto, me ne resi conto. Mi raccolsi i capelli con un elastico. Non li avevo lunghi, ma quanto bastava per poterli legare. Sentivo ancora nel corpo l'umidità della notte. Non avevo più vestiti per cambiarmi, a meno che non passassimo dalla casetta.

Alle nove e cinque Martín era accanto alla macchina, smagrito e con un'ombra grigiastra sul mento per non essersi fatto la barba. Lo facemmo salire. Lui era seduto davanti accanto a Santi e io dietro, che lo sorvegliavo e contemplavo senza volerlo il tatuaggio sulla collottola.

«Non ho trovato Sancho, non so niente di lui. Vi porterò alla soffitta dove», ingoiò la saliva, «tenevamo il bambino.»

Ci guidò fino alla strada principale e trovammo subito parcheggio.

Camminammo per un po' dietro di lui fino ad arrivare, con mia sorpresa, al negozio di elettrodomestici Soimens. Era chiuso. Lui aveva le chiavi; sollevò la serranda di metallo e una volta dentro la abbassò di nuovo. Pigiò l'interruttore della luce e le lavatrici e le macchine del caffè risplendettero. Io e Santi ci guardammo per un attimo. Non chiedemmo niente, non volevamo perdere tempo con domande e risposte. Entrammo in un magazzino, poi attraversammo un corridoio, salimmo una scala e alla fine Martín aprì una porta con la chiave.

Sentimmo un lamento. C'era puzza di sangue marcio. Riuscivo a sentire le palpitazioni del cuore di Santi. La luce che filtrava dalle finestre sul soffitto illuminò un fagotto a terra, sul quale Martín si precipitò. Era un uomo, e non vedevamo Janín da nessuna parte. Neanche in un piccolo bagno dietro una porta.

Martín cercava di far reagire l'uomo e gli giurava tra le urla che sarebbe arrivata subito un'ambulanza. Mi avvicinai a lui e scivolai su qualcosa che doveva essere il sangue che appestava la stanza. Scoprii che si trattava del commesso del negozio con cui avevo parlato un paio di volte. Cosa c'entrava quell'individuo con mio figlio?

Aveva le scarpe da ginnastica inzuppate di sangue e fece in tempo solo a indicarle prima di svenire di nuovo. Martín piangeva.

«Stronzi! Figli di puttana!» gridava mentre prendeva il cellulare dalla tasca. Santi non gli toglieva gli occhi di dosso, e neanch'io.

«Qui non c'è campo. Devo uscire per chiamare.»

Santi gli bloccò il passo. Improvvisamente diventò enorme, più alto e più grande della porta e di Martín.

«È questo Sancho, il tuo capo, il nuovo referente della Confraternita?»

Martín annuì spostandosi per trovare campo. Santi gli strappò il telefono di mano. Chi poteva aver fatto quell'atrocità a Sancho? Sembrava un regolamento di conti ed era possibile che non c'entrasse niente con il sequestro di Janín.

Sancho continuava a essere esanime e il suo petto saliva e scendeva molto debolmente. Non indossava la camicia, che giaceva appallottolata vicino ai suoi piedi. A giudicare dalla faccia, dai capelli corti e dagli occhiali, nessuno avrebbe detto che avesse una schiena e delle braccia così muscolose.

«Com'è possibile che qualcuno abbia portato via di qui il bambino?» chiese Santi guardandosi intorno.

Martín si muoveva nervoso.

«Abbiamo trovato questo tavolo addossato al muro sotto le finestre. Evidentemente lo hanno portato via dal tetto. Se avessimo la minima idea di chi è stato, sapremmo dove cercare.»

Io e Santi guardammo sotto le finestre e notammo a terra le tracce del fatto che il tavolo era stato trascinato fin lì. E poi a chi sarebbe potuta venire in mente una storia del genere, se non fosse stata vera?

«E questo chi lo ha ridotto così?» chiesi.

Martín scosse la testa. «Non capisco, loro non si sarebbero mai azzardati...» Doveva riferirsi ai vecchi della Confraternita. «A meno che...»

«A meno che cosa?»

«Mi viene in mente soltanto che possa essere stata Frida. È un po' risentita con lui... e con me.»

«Ascolta, Santi», dissi all'improvviso. «Forse questo sa qualcosa di più, e se muore non lo sapremo mai.»

Attendemmo l'arrivo dell'ambulanza da uno dei portoni di fronte al negozio. Poi non sapevamo più cosa fare, perciò tornammo al seminterrato della Magione.

Il locale puzzava. Dicemmo alla madre di Martín che aspettavamo una telefonata da parte di suo figlio e che avrebbe potuto essere quella definitiva, che adesso non sapevamo più cosa fare e che ci era tutto indifferente. A quel punto Santi mi prese per mano. Era molto serio, quasi rigido, mentre pensava, e mi stringeva la mano fortissimo. Era dimagrito molto, gli si vedevano tutte le ossa della faccia, gli occhi gli si erano infossati un po' e lo sguardo era profondo e solido come una pietra. Non odiavamo neanche più la Scarmigliata. Lei sì. Ma l'ira e la violenza erano scomparse dai suoi occhi stanchi. Si era rassegnata a un odio impotente, a farsela addosso e a bere attraverso un tubo di gomma. Non avevo voglia di ucciderla, volevo solo vedere Janín, vederlo piangere e ridere, respirare. Mi liberai dalla presa di Santi, non volevo nessun tipo di consolazione. Mi avvicinai a lei e verificai che avesse ancora l'acqua. Non la guardai in faccia. Quello che provava mi era indifferente.

Probabilmente Julián era alla residenza e stava riposando. Ma le cose erano arrivate a un punto tale per cui l'integrità fisica di Julián era passata in secondo piano, non era più una priorità.

Dopo tre ore passate a essere tristi e stremati, senza la paura che qualcuno arrivasse all'improvviso per liberare la Scarmigliata, il mio cellulare squillò. Non doveva trattarsi di Martín perché lui chiamava sempre Santi.

Era mia sorella.

Era arrabbiata. «Hai messo il cartello AFFITTASI?» Mi confortò sentire la sua voce severa. Lei non poteva sapere niente di ciò che stava accadendo, e se non sapeva niente, nel suo mondo Janín continuava a giocare nel box con i suoi dinosauri di gomma. Non gli era successo nulla e contavano soltanto le cose normali.

«Sì», risposi. «L'ho messo.»

«Uhm.» Non ci credette. «Mettilo e torna. Quando è troppo è troppo, non posso fare tutto io.»

In quel momento squillò il cellulare di Santi. Dalla faccia che fece si trattava di Martín, perciò riagganciai con mia sorella.

«Non è ancora riuscito a parlare con Sancho, è sedato. I medici dicono che con tutta probabilità non camminerà mai più. Martín resterà con lui finché non sarà in grado di dire qualcosa. Dopo di noi è quello che ha l'interesse maggiore a recuperare il bambino.»

Non avevamo nient'altro a cui aggrapparci.

Il mio telefono squillò di nuovo. Era di nuovo mia sorella e preferii non rispondere. Facevo una fatica terribile a tornare nel suo mondo. Se fossi riuscita a farlo, le avrei confessato che qualcuno aveva forzato la porta della casetta.

Julián

James non diede retta al mio consiglio di dimenticare. Durante il pranzo e mentre cercavo di riposare spaparanzato davanti alla televisione mi si avvicinava per sussurrarmi che Geralda ne aveva eccome di gioielli la notte dell'omicidio. Io gli chiedevo, per favore, di parlarmi nell'altro orecchio e quando coglievo la parola «gioielli» gli dicevo che si trattava chiaramente di una rapina, ma siccome lui doveva aver ricevuto qualche regalino come il brillante che sfoggiava al dito e siccome eravamo noi quelli che l'avevano accompagnata a Punta Negra, era meglio che stesse zitto. Non volevo muovermi dai Tre Ulivi per tenere sotto controllo James casomai ci avessero interrogato.

Pilar ci riunì nella sala comune prima di cena, non tanto per darci la notizia che Geralda era passata a miglior vita, quanto per metterci in guardia e consigliarci di non fare imprudenze se non volevamo finire come lei, in mezzo agli scogli con una pallottola nello stomaco. I più svegli ritenevano che qualche gigolo l'avesse trascinata fin lì per rubarle i gioielli che portava sempre. James mi guardò con la coda dell'occhio. Speravamo che nessuno ci avesse visto salire in auto con lei. Ma ciò che mi interessava davvero, che mi toglieva il sonno, che mi obbligava a incrociare le gambe e a distenderle in continuazione, era non riuscire a immaginare chi avesse portato via il bambino dalla soffitta. Non potevo rimanere ancora lì a sentire i miei compagni che facevano mille ipotesi su chi potesse essere il mantenuto – che loro, in maniera un po' antiquata, chiamavano gigolo – di Geralda.

Mi ero già impossessato della macchina di Sancho ed era questione di minuti prima che qualcuno mi chiedesse dove l'avessi presa.

Il caro Sancho, a meno che Frida non l'avesse soccorso, stava probabilmente per spirare, se non era già morto. In verità non provavo nessun piacere per il supplizio vissuto da quel ragazzo e cercavo di togliermi la sua immagine dalla testa.

Mi avviai alla Magione per raccontare quelle novità a Sandra e spiegarle che qualcuno aveva strappato Janín dalle mani dei suoi primi rapitori. Pensai che era molto che non parlavo con Esther e anche che non ascoltavo i consigli di Raquel, che non avrebbe approvato nulla di quello che avevo fatto. Mi avrebbe detto che anch'io ero diventato un mostro e che non mi riconosceva. Io le avrei risposto che non mi avevano lasciato altra scelta e che avevo soltanto cercato di fare in modo che il Macellaio, Geralda e Sancho capissero che non si può giocare con la vita degli altri. Raquel mi avrebbe ricordato che non potevo ingannarla, che quello che facevo si chiamava vendetta e che il rapimento del bambino mi liberava da ogni senso di colpa per essermi vendicato. "Può essere, Raquel, può essere, ma le cose stanno così e per fortuna tua tu non devi vederlo."

Parcheggiai l'auto in una strada laterale, sotto la cascata di caprifoglio dove avevo l'abitudine di lasciare anche il motorino. Non che la nascondesse del tutto, ma passava un po' più inosservata.

Aprii il cancello con cautela e avanzai lentamente sul selciato, c'era pochissima luna e non volevo inciampare e farmi male. Non si sentiva niente e non si percepiva nessun odore che potesse nascondere quello dell'acqua ristagnante, delle foglie marce e dei rampicanti profumati. Dalle finestrelle del seminterrato, per quanto fossero chiuse, usciva qualche raggio di luce, impossibile da vedere dalla strada. E quando chiusi la porta di ingresso sospirai perché ancora una volta mi ero liberato dal pericolo che qualcuno mi seguisse.

Sandra andava da una parte all'altra del seminterrato.

«Sono io», dissi da sopra.
Sandra illuminò le scale con la torcia.
«Scusate», aggiunsi, «ho dimenticato di portare qualcosa da mangiare.»
«Non fa niente», rispose Santi. «Non abbiamo fame, stiamo aspettando la telefonata di Martín. È in ospedale con uno che si chiama Sancho. Lo abbiamo trovato ferito, mezzo morto nella soffitta dove hanno tenuto Janín finché qualcuno non lo ha portato via.»
«Avete portato Sancho in ospedale?»
«Quello che lo ha ferito è senz'altro uno dei loro. Una persona normale non è in grado di fare una cosa del genere.»
Mi preoccupava ciò che Sandra avrebbe potuto pensare di me se avesse scoperto che ero io il responsabile. Ma mi preoccupava molto di più che Sancho si salvasse e che cercasse di vendicarsi. Sarebbe stato semplicemente orribile. Avrei dovuto finirlo.
«A quanto pare non potrà più camminare», aggiunse Santi distrattamente.
La madre di Martín mi guardò atterrita perché tra i presenti soltanto io e lei eravamo in grado di comprendere l'enormità della cosa.
Santi proseguì: «Martín non capisce cosa possa essere successo nella soffitta e spera che quando Sancho si sveglierà saprà dirgli chi ha portato via il bambino. Qualcuno ha messo un tavolo sotto una finestra e lo ha portato via da lì».
Non avevo nessuna domanda e non volevo che continuassero a spiegarmi una storia che conoscevo già. Loro non avrebbero mai potuto immaginare quanto bene la conoscessi. L'unica che non mi toglieva gli occhi di dosso era la madre di Martín.
«Non riesco a stare tranquilla», disse Sandra camminando su e giù per lo scantinato. «Non posso starmene qui aspettando che Martín chiami. Vado alla casetta a cambiarmi. Ho bisogno di prendere aria. Mi sento soffocare.»
Parlava affannosamente, era allo stremo delle forze.
«Sto per impazzire», ammise.
Io e Santi ci offrimmo di andare con lei.

«Non è il caso che guidi in questo stato», disse Santi.
«Lasciami in pace!» ribatté lei.
Sbatté la porta del seminterrato per chiuderla e poi fece lo stesso con la porta d'ingresso. Iniziava a non importarle più di niente, aveva perso la speranza.

Sandra

Fui indecisa se prendere il motorino invece della macchina: volevo andare a sbattere contro la notte, contro i monti sullo sfondo. C'è un momento in cui la fine arriva. E sentivo che la fine era quella, lì, in quell'istante. Respirai profondamente. Faceva freddo. Volevo andare a sbattere contro il freddo. Era finita.
«Prendiamo l'auto», disse Julián dietro di me.
Me lo sussurrò a voce così bassa che ebbi il dubbio che fosse la voce della mia coscienza.
«Vengo con te. Potrai farti la doccia e cambiarti. Ti farà bene. Santi resta qui ad aspettare la telefonata di Martín», insistette.
Mi lasciai spingere dentro la macchina. Julián guidava e io non avevo voglia di arrivare alla casetta. Le stelle erano molto basse, era facile viaggiare verso di loro.
«Non voglio più cambiarmi. Non voglio andarci. Non posso rimettere piede lì dentro.»
«Se vuoi ci fermiamo da qualche parte. Possiamo prendere un po' d'aria.»
Non risposi. Non volevo desiderare niente.
Rallentò per darmi modo di rasserenarmi e decidere.
«Credi che quel Sancho saprà chi ha portato via Janín?» chiesi.
«Potrebbe essere. Bisognerà aspettare», rispose Julián a mezza bocca, semplicemente per darmi speranza.
«Non cercare di tirarmi su.»
Non ci dicemmo più niente finché non arrivammo nei pressi della casetta. La strada era molto buia. Era nel mondo lontano delle strade più buie. Qualche lanterna in qualche cortile apriva una luna aranciata tra le foglie degli alberi di

magnolia e i nespoli, mentre le altre abitazioni erano chiuse e mute. Parcheggiammo di fronte alla casetta. Avevo lasciato la luce accesa l'ultima volta che ci ero stata e questo fece sì che mi salisse un succo gastrico amaro fino alla gola. Vomitai quando scesi dalla macchina.

Julián aspettò pazientemente che mi calmassi. E la verità era che i momenti in cui mi sentivo male erano quelli in cui stavo meglio.

«Va meglio», dissi, e aprimmo il cancelletto di legno bianco. «Pensavo di avere spento tutte le luci, non so cosa sto facendo, sono un'idiota. E noi idioti non dovremmo avere figli, dovremmo vagare senza fare male a nessuno.»

Avevo appena finito di pronunciare quelle parole che ci fermammo di colpo. La luce che avevamo appena visto si spense e si accese quella della cucina. Io e Julián ci guardammo spaventati. Lui tirò fuori la pistola che portava sempre nella tasca dell'impermeabile. Io sapevo che bisognava soltanto aprire la porta. Julián mi precedeva e a quel punto, prima di entrare, sentimmo un lamento, il pianto di un bambino.

Spalancammo la porta. Lucy si girò verso di noi con un biberon vuoto in mano. Lo lasciò cadere a terra.

«Grazie a Dio! Non osavo uscire di qui. Non potevo chiamarvi, ho dimenticato il telefono nello zaino e lo zaino su una panchina. Aspettavo che tornaste da un momento all'altro.»

Andai di corsa verso la stanza di Janín. I battiti del cuore mi rimbombavano nelle orecchie: *bum, bum, bum.* Era nella vecchia culla di uno dei miei nipoti. Dormiva supino con il ciuccio in bocca. Aveva ancora le ciglia bagnate per aver pianto. Sul comodino c'era lo sciroppo che gli davamo per la tosse. Sentii una mollezza irresistibile nel petto e nelle braccia. Credo di essere svenuta.

Quando mi svegliai, avevo un panno freddo sulla nuca e Julián mi parlava.

«Il bambino sta benissimo. Ieri Lucy è riuscita a trovarlo e a portarlo qui.»

La borsa con gli orsetti viola era aperta sul tavolo. Dovetti sedermi, mi sembrava di stare per svenire di nuovo, e Julián mi portò un bicchier d'acqua.

«Lei dov'è?»

«Se n'è andata. Dice che le dispiace molto per quello che è successo.»

Chiamai Santi, ma non riuscivo a parlare, mi mancava il fiato e così passai il telefono a Julián. Janín continuava a dormire e cercai una coperta per avvolgerlo meglio. Pensai a Lucy, a quanto era sbadata, e al fatto che neanche lei avrebbe mai dovuto avere figli. Anche se, a ripensarci, i suoi figli sarebbero stati molto felici perché lei li avrebbe capiti alla perfezione. Proprio come capiva Janín.

Julián

Lucy tremava di freddo. Portava lo stesso vestito a fiori con cui era andata via dalla casetta ormai mille anni prima e da quel giorno l'aria si era rinfrescata. I capelli le cadevano sporchi e sfilacciati sulle spalle. Le occhiaie le erano diventate azzurrine su una pelle esageratamente bianca. Sembrava un fantasma.

«Lo hai trovato tu?» chiesi mentre correvo lungo il corridoio dietro Sandra. Mi pulsavano le tempie.

«Sono stata molto fortunata», disse lei seguendo i miei passi.

Il bambino dormiva a pancia in su, era un miracolo vedere il suo petto che si alzava e si abbassava, e abbracciai Lucy per la necessità di condividere quell'emozione, un attimo prima che Sandra svenisse. Lucy portò un asciugamano umido dal bagno.

«Sei un angelo», le dissi, e ne ero realmente convinto.

Insieme portammo Sandra nella camera matrimoniale e la facemmo stendere sul letto. Da un armadio presi una giacca da uomo blu mare con i bottoni dorati e la misi sul vestito leggero di Lucy. Mi ringraziò.

«Io vado», disse. «Non ho più niente da fare qui.»

Mentre Sandra si riprendeva dall'emozione, chiamai Santi per dirgli che c'erano nuove e buone notizie e che doveva venire alla casetta. Gli chiesi di prendere la mia auto, parcheggiata sotto una cascata di caprifoglio nella strada laterale.

«Da quando hai la macchina?» mi chiese *en passant* mentre saliva le scale del seminterrato.

«È troppo lungo da spiegare. Vai piano, non avere fretta.»

Non gli dissi che suo figlio era ricomparso perché non volevo che guidasse come un pazzo e rischiasse un incidente.

Non appena vide Sandra capì che il bambino stava bene. Li lasciai soli. Uscii in giardino. Sentivo i piedi freddi. Da quando avevo compiuto ottant'anni avevo sempre i piedi freddi e più sottili, perciò tutte le scarpe mi pesavano.

Feci un giro tra le piante senza pensare a niente, assolutamente a niente, anche se sembra una cosa impossibile, e respirai profondamente. Quando le soluzioni arrivano ci si dimentica subito dei problemi. L'unica cosa che importava era che il bambino fosse vivo.

Per la seconda volta nella mia vita, dopo la nascita di Esther, provai una pace assoluta e vidi più stelle che mai, era una sensazione che mi stordiva. Dopo un po' sentii dei passi e intravidi una piccola luce rossa accanto a me. Poi una nuvola di fumo. Santi sospirò sollevato e alzò anche lui il viso verso il firmamento.

«Finalmente ha chiamato Martín. Sancho ha ripreso conoscenza e gli ha spiegato che qualcuno che potresti essere tu lo ha ferito e lo ha lasciato esanime nella soffitta.»

Non mi girai neanche verso Santi. «Avete fatto bene a salvargli la vita, così non avrete quel peso sulla coscienza.»

«Ti fa piacere che quel tizio sia vivo? Cosa provi?»

«Che importa ciò che provo? Quello che provo non interessa neppure a me.»

Santi mi mise le mani sulle spalle. Era in maniche di camicia.

«Porteremo Janín in ospedale per farlo visitare e alla polizia diremo che ce lo ha restituito uno sconosciuto, che eravamo usciti a cercarlo e quando siamo tornati lo avevano lasciato nel suo lettino. In ogni caso continueranno a sospettare di noi.»

«Tutto ciò che non si capisce è sospetto, e anche ciò che si capisce finisce per essere sospetto.»

Accanto al bar c'era un negozio di elettrodomestici. E fu in quel momento che avvertii davvero ciò che dicevo a Sandra di sentire per compiacerla e mitigare la sua angoscia. Sentii l'odore di Janín. Si trattò di pochi secondi.

Un ragazzo con la faccia da seminarista con occhiali e camicia a quadri mi passò accanto con un sacchetto della spazzatura. Lo buttò in un contenitore di plastica verde e poi entrò nel bar di tapas. Nel sacchetto dovevano esserci qualche pannolino e salviettine usa e getta, il cui odore avrebbe potuto attraversare uno strato di acciaio.

Rimasi per cinque minuti senza sapere cosa fare. Janín non era l'unico bambino al mondo. Ce n'erano migliaia, milioni, e si assomigliavano tutti. La loro pipì, la loro cacca, i residui del biberon, la bava, le urla. La potenza dei loro corpicini sembrava muoversi in tutte le direzioni. Eppure io lo avevo tenuto stretto, lo avevo cambiato, abbracciato, baciato. Lo riconoscevo, e tra l'altro usavamo un sapone neutro che non era quello tipico da bambini, perciò le sue cose non emanavano mai quel profumo dolciastro aggiuntivo dei prodotti normali; e poi avevo notato anche l'aroma dello sciroppo per la tosse che aveva preso per giorni. Mi accosciai, concentrata come lo sono stata poche volte in vita mia. Tutto ciò che dovevo sapere era dentro di me. Qualcuno mi sfiorò una spalla per sapere se avevo bisogno di qualcosa. «Ti senti bene?»

Alzai la testa e vidi la serranda del negozio tirata giù per metà. E se fossi entrata?

Era una follia. Se uscendo dal bar il Seminarista avesse chiuso il negozio, sarei rimasta intrappolata dentro. Senza contare che poteva avere un bambino di cui si occupava e il cui odore mi ricordava quello di Janín. L'autobus per Madrid era già partito. Ce n'era solo uno diretto al giorno, e lo avevo appena perso. In realtà mi resi conto che non lo avrei mai preso. Perciò entrai nel bar. Mi sedetti al banco accanto al Seminarista, che stava prendendo un caffè, e ne ordinai uno a mia volta. Dalla sua camicia provenne una zaffata dello stesso odore di prima.

Bevve l'ultimo sorso dalla tazzina e lasciò cadere qualche moneta sul bancone facendo un gran fracasso.

«A domani, Sancho», disse il cameriere.

Chiesi se nelle vicinanze c'era un alberghetto economico per passarci una o due notti. Il cameriere mi appuntò l'indirizzo di una casa privata che affittava stanze. «Sono persone di fiducia», mi assicurò.

Gli spiegai che avevo bisogno di lavoro e che mi faceva piacere badare ai bambini.

«Secondo lei il cliente che è appena uscito potrebbe avere bisogno di una baby-sitter?»

La domanda lo sorprese il giusto, cioè per niente, trattandosi di una persona abituata a sentire frasi senza senso dalla mattina alla sera.

«Chi? Sancho? Assolutamente no. Che io sappia non ha figli né voglia di averne. Lascialo vivere.»

Scoppiammo a ridere.

«Se vuoi puoi attaccare un annuncio sulla porta.» Mi lanciò un'occhiata indagatrice. «Il caffè lo offre la casa.»

Il negozio di elettrodomestici adesso era aperto e morivo dalla voglia di entrare, ma mi trattenni. Sancho, come lo aveva chiamato il cameriere, mi aveva già visto al bar e non era opportuno che mi riconoscesse nel negozio. Comprai un panino al prosciutto e una bottiglia d'acqua e mi appostai di fronte, sulla panchina.

Dopo un'ora dall'apertura un ragazzo robusto con un chiodo nero e l'aria da rocker, da bullo, entrò nel negozio. Aveva in mano un sacchetto grande della farmacia. A meno che non si comprino pannolini o scatole di latte in polvere, nessuno esce da una farmacia con un sacchetto così grande. Il tizio robusto scomparve nelle profondità del negozio e Sancho si immerse nel computer che era sul bancone.

Non tolsi gli occhi dalla porta fino alla chiusura, che avvenne prima del previsto, alle otto meno un quarto. In realtà entravano pochi clienti e quelli che entravano uscivano a mani vuote come se lì dentro ci fosse poco interesse a vendere. Sancho uscì e abbassò la serranda, ma senza chiudere a chiave. Qualcuno la chiuse da dentro. Non vidi uscire il bullo. Forse il locale disponeva di un alloggio più interno. Avevo freddo. Avrei dovuto comprarmi un maglione poco costoso prima che chiudessero i negozi, ma non volevo muovermi casomai fosse successo qualcosa. La mattina dopo sarei andata in banca a prelevare un po' di soldi.

Feci qualche passo avanti e indietro per riscaldarmi. A mano a mano che la notte calava, il silenzio cadeva sugli alberi, sulla strada e sugli esercizi commerciali. Si spegnevano le luci degli interni e delle vetrine. Probabilmente il negozio di elettrodomestici aveva un'uscita dalla parte opposta. Era un mistero. Magari il bullo dormiva su una brandina nel retro, chissà. Mi nascosi come potei per non farmi vedere dal cameriere del bar che uscì per chiudere. Quando ormai per strada non c'era quasi più nessuno, mi avvicinai al contenitore della spazzatura e aprii il sacchetto di plastica nero che ci aveva gettato Sancho. Lo strappai per sincerarmi che effettivamente ci fosse un pannolino. C'era anche una confezione vuota dell'omogeneizzato ai cereali che tenevamo sempre nella borsa con gli orsetti per tutte le evenienze, e un contagocce. Stavo per leggere l'etichetta quando una mano sulla spalla mi fece sussultare, lasciare il sacchetto dov'era e chiudere il coperchio del contenitore.

Improvvisamente mi ritrovai con venti euro in mano. Qualcuno pensava che stessi frugando nella spazzatura in cerca di qualcosa da mangiare. Rimasi così sorpresa che non glieli restituii e non lo ringraziai. Magari era un buon segno. L'aiuto sarebbe arrivato in modo insperato, sconosciuto, o magari era già arrivato.

Mi diressi all'affittacamere suggeritomi dal cameriere e presi possesso di una piccola stanza con un'inferriata che dava su un cortile. La padrona, dopo avermi lanciato un'occhiata, mi avvisò che non era il caso di farsi la doccia a quell'ora. Non ne avevo intenzione. Feci pipì, mi lavai le mani e la faccia, tolsi una coperta dal letto, la infilai nello zaino e uscii. Presi un caffè a una macchinetta per strada e mi accoccolai all'ingresso di una banca di fronte al negozio. Mi sedetti sullo zaino e mi misi addosso la coperta. Senza freddo andava tutto bene. Sarei rimasta fino a scoprire se il bambino dei pannolini era Janín, a qualunque costo.

Quella mattina mi svegliai intorno alle sei. Le stelle sparivano a una a una come se qualcuno le stesse spegnendo. La serranda del negozio era sempre uguale. Janín non prendeva gocce, solo lo sciroppo per la tosse, e questo mi faceva dubitare che si trattasse realmente di lui.

Alle sette e mezzo iniziò a passare gente, perciò mi alzai, piegai la coperta, la infilai nello zaino e mi sedetti sui gradini in attesa di qualche movimento.

Il bar di tapas aprì alle otto e dieci minuti; poco dopo il cuore mi batté forte al sentire il frastuono metallico della serranda del negozio. Vidi il bullo uscire con la faccia assonnata e sedersi su uno sgabello del bar. Aveva lasciato la serranda completamente abbassata ma non chiusa; aprirla per entrare, però, sarebbe stato molto rischioso perché avrebbe fatto rumore. Dovevo aspettare il momento giusto. Avevo sempre agito d'impulso: innamorarmi di Santi, andare a Dianium... in fondo avevo bisogno di fare sempre ciò di cui avevo voglia. E adesso non volevo commettere errori, volevo mettere a posto le cose. Volevo fare tutto per bene, da sola.

Andai un attimo al bagno del bar di tapas e presi un caffellatte senza smettere di guardare la strada. Il cameriere mi chiese della stanza e se avessi trovato lavoro; a quanto pareva aveva un'ottima memoria. Alle dieci il tizio con il chiodo aprì definitivamente il negozio e dopo un po' comparve Sancho. Io avevo già preso possesso della panchina con lo zaino accanto a me. Una hippy di quelle di una volta, una mendicante, una poveraccia; erano abituati a quei personaggi, proprio per questo mi sarebbe piaciuto ringraziare il tizio dei venti euro. Fortunatamente c'era il sole, e mi cadeva sulle spalle. Il bullo con il chiodo andò verso una Opel Corsa e dopo mezz'ora Sancho abbassò la serranda a metà per segnalare che era uscito per breve tempo ed entrò nel bar. Speravo solo che il cameriere dalla memoria prodigiosa non gli dicesse niente né di bambini né di me.

Il cuore stava per scoppiarmi e respirai profondamente tre

volte, non c'era più tempo. Mi infilai sotto la serranda, attraversai il negozio ed entrai in un magazzino con tanti scatoloni, percorsi un corridoio, salii delle scale e arrivai davanti a una porta chiusa. Non sapevo cosa fare. Le diedi una spallata per fare un tentativo e a quel punto sentii un colpo di tosse. Era la tosse di Janín, ne ero sicura. Tornai di corsa in negozio e tastai disperatamente il bancone in cerca di chiavi. Ce n'era un mazzo accanto al computer. Qualcuno mi fece un cenno da fuori per farsi aprire, ma io gli feci segno di no con la mano. Pregai che Sancho si stesse trattenendo con il cameriere. Pregare è una parola grossa: fu un desiderio urgente, una scintilla in una richiesta d'aiuto. Percorsi il corridoio e le scale, stavolta più rapidamente, e dovetti provare quattro chiavi finché una non aprì. Chiesi all'angelo dei venti euro di darmi una mano.

Vidi Janín che dormiva su un materassino. Chiusi la porta. Sancho ci avrebbe messo almeno altri cinque minuti a tornare al negozio e dieci, nella migliore delle ipotesi, ad accorgersi della mancanza delle chiavi.

Individuai immediatamente una via di fuga attraverso le finestre del soffitto. Non erano troppo in alto, si inclinavano verso il muro e da lì si vedeva il cielo azzurro e qualche tetto. Dovevo agire, non pensare. Dovevo trascinare l'unico tavolo della stanza e addossarlo al muro sotto una delle finestre. Dovevo aprirne una. Poi dovevo prendere la borsa con gli orsetti. La misi sulle tegole e da ultimo presi in braccio Janín. Non si svegliò, sembrava sedato. Lo appoggiai sulla borsa e poi facendo uno sforzo enorme riuscii a issarmi e a uscire. Il bambino pesava molto. Mi appesi al collo la borsa con lui sopra. I piedi con i sandali oscillavano nell'aria, dovevo stare attenta a non scivolare. Arrivai a un terrazzo e da lì scesi una scala che mi condusse in un piccolo giardino che dava sulla strada. Mi appesi la borsa in spalla e misi le braccia di Janín intorno al mio collo. Non sapendo cosa fare, lì per lì tornai alla camera in affitto comprando qualcosa per il bambino nella farmacia più vicina. Non avevo modo di mettermi in contatto con loro. Avevo lasciato il cellulare nello zaino e lo zaino con la coperta sulla panchina – che testa avevo! Non ricordavo neanche a memoria il numero di Santi.

Solo verso sera mi decisi a uscire col bambino per prendere un taxi e tornare alla casetta. Lì restai sola con Janín senza sapere cosa fare, sorpresa dall'assenza di Sandra e Santi, e senza riuscire a dormire perché la porta d'ingresso (che avevo trovato aperta) non si chiudeva bene, pensando al modo migliore per fuggire se fossero arrivati Sancho o il bullo a cercarci. Misi una scala accanto al muro che divideva la casetta da quella del vicino, per poter uscire con il bambino dalla porta sul retro in caso di emergenza e saltare di là e poi chiedere aiuto. Per fortuna lo sciroppo era sempre al suo posto. La tosse gli passò a poco a poco e iniziò a riprendersi; una volta mi sorrise anche.

Dormivo tenendolo stretto a me e con un occhio aperto. Non dovevo rilassarmi. Non potevo fidarmi. Non ero sicura di poter difendere Janín se fossero tornati per portarlo via. Ma non avevo neanche un posto migliore dove andare. Almeno lì eravamo in casa. Fino a che, la seconda notte, non comparvero Sandra e il vecchio Julián. Sentii le loro voci da dentro. Uno parlava a voce più alta dell'altra e per questo all'inizio non riconobbi quella di Sandra e mi spaventai, pensando che si trattasse di Sancho o del bullo.

Spensi la luce del salotto e non potei fare altro che accendere quella della cucina per prendere un paio di biberon per Janín prima di fuggire, ma a quel punto riconobbi le voci e, per lo choc, un biberon mi cadde a terra davanti a Sandra. Mi emozionava così tanto il momento in cui avrebbero visto il bambino che non riuscivo a parlare. Sandra si precipitò nella stanza. Avevo lasciato accesa una piccola lampada che creava radure nel bosco di fiorellini dipinti del muro. Anche Sandra non disse niente. Perse i sensi.

Me ne andai senza salutare quella notte stessa e feci l'autostop fino a Madrid con una giacca da uomo blu che Julián mi mise sulle spalle. Nell'appartamento di Santi era tutto in disordine e mi misi a sistemarlo con la musica in sottofondo senza pensare a niente, assolutamente a niente, per quanto sembri impossibile. Finalmente potevo farmi la doccia, cambiarmi e mangiare senza sentirmi in colpa.

Sandra

Alla fine non dicemmo niente alla polizia. Eravamo troppo stanchi e dopo la visita medica di Janín, la mattina seguente comprammo una bottiglia di vino e un pollo arrosto e andammo alla casetta. Il bambino stava bene anche se Sancho, Martín e chissà chi altri gli avevano somministrato un sedativo. Il medico non sapeva cosa pensare, si mostrò sospettoso e disse che avrebbe dovuto informare i servizi sociali. Per noi andava bene. Adesso Janín guardava tutto con gli occhi spalancati, di tanto in tanto piangeva, come se ricordasse qualcosa, e ci tendeva le braccine per farsi prendere.

«È un bambino con un buon carattere e pieno di voglia di essere felice, non lascerà che questa esperienza gli amareggi l'esistenza», disse Julián.

Santi mi mise un braccio sulle spalle perché contemplassimo insieme nostro figlio che giocava con i suoi giochi di gomma. Rimasi così per qualche secondo finché non riuscii a sottrarmi con discrezione al suo abbraccio per non ferirlo. Santi, contrariato, rassegnato o semplicemente stanco dopo tanta tensione, disse che sarebbe andato a montare una serratura nuova.

Mi chiusi in bagno. Non volevo che niente o nessuno rovinasse quel momento. Mi coprii la faccia con l'asciugamano. Era un miracolo poter vedere e toccare Janín, che l'universo mi avesse avvicinato nuovamente a lui come si avvicinano gli atomi e le onde alla spiaggia, come si avvicinano i bambini ai loro genitori nel parco e le persone che si vogliono bene. Provai un'enorme gratitudine per quella possibilità di essere felice. Alberto era morto per questo. Prima o poi avrei cercato Elisabeth – la sua vecchia collega – perché mi parlasse di lui e forse avrei cercato di conoscere la sua famiglia. Meritava di stare nella storia della mia vita.

Al mio ritorno a Madrid avrei cambiato asilo a Janín affinché non potessero ritrovarlo e avrei avvisato mia sorella di non parlare di noi con nessuno. Lei mi avrebbe chiesto di addobbare la vetrina e io lo avrei fatto con piacere. Non mi sentivo più tanto sola. Avevo Santi come alleato, e anche Lucy. Erano passati per la prova del male e si erano salvati, e non sarebbero tornati mai più innocenti come prima.

Uscii dal bagno con la faccia arrossata e iniziai a preparare la valigia. Ci aspettava un lungo viaggio. Julián mi si avvicinò. Sorrise con quel suo sorriso così serio. "È finito tutto qui?" sembrò dire con lo sguardo. Per me era impossibile sorridere. Aveva le mani molto sottili e gli occhi infossati per la stanchezza di tutti quei giorni, era invecchiato un altro po' e, se possibile, era anche dimagrito. Mi si fissarono per sempre nella memoria le righine verdi della sua camicia. Pensai che non lo avrei rivisto mai più. Rimasi a guardargli gli stivali che, lo sapevo, gli pesavano, e il bordo dei pantaloni beige che portava sempre. Mi abbracciò.

Julián

Lasciammo passare la notte senza chiamare Martín. Per poco non ce ne dimenticammo. Il giorno dopo nessuno aveva voglia di telefonargli per dargli la buona notizia. Ci ripugnava pensare al seminterrato. Quello apparteneva alla zona buia delle nostre anime e bisognava tornare alla luce il prima possibile. Alla fine chiesi a Santi di comporre il numero di Martín e gli parlai io. Mi limitai a dargli l'indirizzo della Magione e a dirgli di scendere nel seminterrato.

Sentivo la mancanza di Lucy. Grazie a lei potevo smettere di sentirmi in colpa. Se la Confraternita aveva messo gli occhi sul figlio di Sandra era stato a causa mia. Soltanto io li avevo condotti da lui. Né la disattenzione di Lucy, né la passata intromissione di Sandra nelle faccende dell'organizzazione, soltanto io. Sono stato una calamita che attirava quelle bestie verso tutto ciò che mi circondava. Che Dio mi perdoni. E Lucy mi ha liberato da questa responsabilità, anche se non dalle precedenti e da quelle che verranno più avanti.

Adesso il mio primo compito sarebbe stato scrivere una relazione per Elisabeth, affinché la consegnasse al giudice.

Non avrei chiesto scusa per niente, avrei raccontato ciò che avevo fatto a Sancho e soprattutto spiegato che era ancora vivo e pieno di un rancore indescrivibile, cosa che potrebbe trasformarlo nell'essere più pericoloso del pianeta.

Ero rimasto a dormire sul divano del salotto. Era meraviglioso sentire la pace della casetta accarezzata soltanto dal vento notturno. E il giorno dopo partirono per Madrid. Santi aveva cambiato la serratura della porta e lo aiutai ad affiggere il cartello AFFITTASI. Non dissi loro che avevo scoperto chi aveva forzato la serratura e si era introdotta nella casetta: Geralda. Non mi ero sbagliato quando mi era sembrato che seguisse me e il ragazzo che mi aveva dato un passaggio fin lì. Mi ero lasciato vincere dalla mia simpatia nei suoi confronti e non avevo voluto rendermi conto della verità, e ciò significava che ero ancora debole e che sarei morto essendo debole e fidandomi degli altri, a mie spese.

Io e Sandra ci salutammo mentre lei faceva la valigia, e fui sul punto di crollare. Stavolta però Sandra non era sola, e questo mi rallegrava molto. Poi salirono in macchina e ci salutammo con la mano. Quando montai a bordo della Opel di Sancho, della quale mi ero impossessato, sentii un grande vuoto nello stomaco. Non potevo fare altro che andare avanti.

Ormai non potevo più tornare in Argentina, non ero in grado di affrontare il viaggio, e lì avevo soltanto la residenza I Tre Ulivi. Perciò avrei chiesto a Pilar di ridurmi un po' la retta.

Non appena parcheggiai alla residenza, abbattuto e sollevato in misura uguale, James mi venne a cercare. Mi guardava in un altro modo e mi parlava con più rispetto e a voce bassa. Aveva capito che le mie faccende non erano facili né semplici, e non potevano essere rese di pubblico dominio con leggerezza.

«Sono venuti a chiedere di te due uomini, più o meno della tua età. Uno alto e magro e l'altro più basso e scuro di carnagione. Quello alto era vestito in modo sportivo e quello basso era elegante. Mi hanno fatto una cattiva impressione.»

Immaginai di chi potesse trattarsi. Quella storia non sarebbe mai finita.

James mi seguì fino alla mia stanza, sembrava che avesse qualche altra cosa da dirmi. Io non avevo molta voglia di parlare, solo di cambiarmi, prendere le medicine e, se possibile, togliermi le lenti a contatto. Perciò gli chiesi una cosa che mi suscitava una certa curiosità e che era stata la fonte dei miei ultimi problemi.

«Non mi hai mai detto che cosa hai visto nella grotta.»

«Niente», rispose infilando due dita sotto la fibbia di turchese. «Non ti sei perso nulla. Buchi molto stretti e cavità attraverso le quali sarebbe potuto passare solo un bimbo magrolino. E quella macchina? Mi sorprendi molto.»

Dalla finestra rimasi a contemplare come l'aria agitasse i pini, gli ulivi e le palme. Muoveva i fiori delle aiuole del giardino e le erbacce selvatiche dei campi, creando una leggera ondulazione. Almeno James era ancora lì, per quanto non potessi fidarmi di lui al cento per cento. Non nominammo mai più Geralda. Stabilimmo un patto di silenzio che rendeva il nostro rapporto più facile. Non potevo raccontargli neanche ciò che avevo scoperto di Otto e che non avrei mai immaginato che uno come lui, un eroe per i suoi, non fosse in grado di rimanere fedele neanche al male. E il fatto è che esiste un male che è peggiore del male, lo sorpassa e si addentra in una profondità senza legge. Qualcosa che assomiglia al colore nero assoluto, che non può essere attraversato da nessun tipo di raggio. Il male assoluto camuffato da bene, che continua a regnare tra di noi quando ormai crediamo che il male in sé sia sotto controllo. Sarà possibile un giorno mettervi fine una volta per tutte? Troppo complicato per questo povero vecchio, che adesso non vuole fare altro che riposare.

NOTA FINALE

La maggior parte dei vecchi nazisti che compaiono in questo romanzo sono ispirati a personaggi reali che dopo la seconda guerra mondiale hanno trovato rifugio sotto il cielo caldo e mite delle coste spagnole, dove hanno vissuto indisturbati fino a età molto avanzata.

Grazie a tutti i lettori che, da quando *Il profumo delle foglie di limone* è apparso in Spagna nel 2010, hanno generosamente condiviso con me esperienze, fotografie personali e testimonianze (come il libro autobiografico di Lope Massaguer *Mauthausen: fin de trayecto*) che mi hanno aiutato ad approfondire la conoscenza della vita quotidiana dei vecchi nazisti nascosti sulle coste spagnole. Grazie a tutti coloro che hanno investigato su questa pagina torbida e poco conosciuta della nostra storia; in particolare devo molto a *La Guarida del Lobo*, di Javier Juárez, e a *La última gesta. Los republicanos que vencieron a Hitler (1936-1945)*, di Secundino Serrano. Un grazie ai miei amici di Dénia (dove ho conosciuto in prima persona quella realtà già negli anni Ottanta), che non hanno lesinato informazioni, ricordi e documentazione sui nazisti che si rifugiarono in questa città affascinante e qui vissero a lungo.

Mi ritengo molto fortunata per il fatto che una casa editrice così autorevole, creativa e piena d'entusiasmo come Garzanti abbia notato *Il profumo delle foglie di limone* e l'abbia tradotto trasformandolo in un successo. Da allora vi considero la mia famiglia letteraria. Grazie a tutti per il vostro incoraggiamento e per il grande lavoro, che mi hanno spronato a far continuare l'avventura di Sandra e Julián in *Lo stupore di una notte di luce*. Grazie a Stefano Mauri per la sua fiducia nel potenziale delle mie storie e per l'articolo che mi ha inviato in un momento decisivo durante la stesura di questo romanzo. E alla mia talentuosa editor, Elisabetta Migliavada, per la buona idea che sta alla base di questa storia e perché mi è di consolazione sapere che c'è sempre, in qualsiasi momento abbia bisogno di lei. Un abbraccio a Cristina Foschini: mi sentirei orfana senza di lei, senza la forza calorosa di Elena Campominosi e senza Paolo Zaninoni. Grazie alla splendida squadra della comunicazione e del marketing, che hanno progettato magnifici eventi di promozione. Grazie a Enrica Budetta per le sue traduzioni. E naturalmente la mia eterna gratitudine va alla superba rete commerciale, che ha fatto sì che *Lo stupore di una notte di luce* arrivasse al cuore di tutte le librerie italiane.

Sarò sempre debitrice verso tutti i librai italiani per la loro dedizione e il loro amore per i libri. E verso i lettori italiani, per la loro meravigliosa complicità.